中世纪史诗与浪漫主义

[德] 威廉·瓦格纳 纂　[英] W.S.W.安森等 编　庆铸 译

Epics and Romances
of the Middle Ages

四川人民出版社

尔文

趣物博思 科学智识

《中世纪史诗与浪漫主义》

改编自威廉·瓦格纳教授作品

伦敦：W. SWAN SONNENSCHEIN & CO.1884

齐格飞、克琳希德与矮人王
《屠龙者齐格飞的英雄生活和功绩》
(*The Heroic Life and Exploits of Siegfried the Dragon-Slayer*, 1848)

日耳曼传说中的飞行铁匠——威兰德
《屠龙者齐格飞的英雄生活和功绩》
(*The Heroic Life and Exploits of Siegfried the Dragon-Slayer*, 1848)

《女武神》舞台场景
约瑟夫·霍夫曼为《指环》首演设计，1876

《齐格飞》舞台场景
约瑟夫·霍夫曼为《指环》首演设计,1876

故事到此结束
哈根和克琳希德双双死去，周围的人都在哀悼他们的死亡
《尼伯龙根之夜》（*Der Nibelungen Noth*，1843）

北欧神话中，世界树（Yggdrasil）是构成一切的基础
（威廉·瓦格纳，1886）

日耳曼英雄齐格飞回到城堡
(沃尔特·克兰,1889)

美丽好战的冰岛女王布伦希尔德走向终结
（卡尔·冯·克劳塞维茨，1889）

持剑的亚瑟王与巨人战斗
（沃尔特·克兰，1894）

礁石上的海妖们向远处经过的船只挥手致意
（沃尔特·克兰，1895）

北欧神话中,罗恩格林随白天鹅乘船前来,
代替美人艾尔莎女爵与伯爵决斗
(沃尔特·克兰,1895)

目录

引　言 / 001

第一部分
亚美伦人及其同源传奇

I　伦巴第传奇
第一章　阿尔博因与罗莎蒙德 / 003
第二章　罗瑟王 / 014
第三章　奥特尼特 / 037

II　亚美伦人
第一章　胡格狄特里希与沃尔夫狄特里希 / 065
第二章　萨姆森王（萨姆辛格王）/ 096
第三章　狄特沃特 / 105

Ⅲ 伯尔尼的迪特里希

第一章　迪特里希与希尔德布兰德 / 111

第二章　迪特里希的同袍们 / 129

第三章　劳林与伊尔桑的冒险 / 147

第四章　忠诚的盟友迪特里希 / 163

第五章　厄门里希与伯尔尼的英雄反目 / 172

第六章　匈人王埃策尔、瓦斯根斯坦的沃尔特和希尔德根德 / 183

第七章　埃策尔与迪特里希大战罗伊斯人 / 188

第八章　激战拉文（拉文纳之战）/ 191

第九章　回到故土 / 197

第二部分
尼伯龙根及其同源传奇

Ⅰ 尼伯龙根英雄

第一章　齐格飞的少年时光 / 207

第二章　齐格飞在勃艮第的冒险 / 219

第三章　栖龙岩 / 225

第四章　巩特尔追求布伦希尔德 / 234

第五章　勃艮第人的背叛与齐格飞之死 / 242

II　尼伯龙根悲歌

第一章　匈人王埃策尔求婚 / 259

第二章　勃艮第人到访匈人之地 / 264

第三章　尼伯龙根挽歌 / 286

III　黑格林传奇

第一章　黑　根 / 293

第二章　黑格林人赫特尔和他的英雄们 / 300

第三章　古德伦 / 306

第四章　格林德王后 / 313

第五章　出战得胜 / 320

IV　贝奥武甫

第一章　格伦德尔 / 327

第二章　勇敢的潜水侠贝奥武甫 / 330

第三章　海中母兽 / 336

第四章　贝奥武甫称王 / 339

第五章　与龙搏斗 / 342

第三部分
亚瑟王及其同源传奇

I 加洛林传奇

第一章　海蒙之子 / 349

第二章　罗　兰 / 375

第三章　奥朗日的威廉 / 386

II 亚瑟王与圣杯传奇

第一章　狄都雷尔 / 397

第二章　珀西瓦尔 / 404

第三章　罗恩格林（罗安戈林）/ 428

第四章　崔斯坦与伊索德 / 436

III 唐豪瑟

唐豪瑟传奇 / 451

引 言

  传奇不等同于历史，但我们发现传奇故事可以反映历史事件、旧时风俗、思想信仰和迷信观念，因为历史并不考虑这些要素，所以若非传奇留世，我们就会将它们早早遗忘。传奇为我们留下的是男女英雄们一幅幅激励人心的画面，英雄们或身着华服，可能变了姓名、换了身世，但他们都历经苦难、顽强生存，英勇战斗最终克敌制胜，或以令人敬服的勇气直面死亡。同时，传奇中还有另外一些人的画面，这些人的实力与英雄旗鼓相当，他们强大无比却恶贯满盈，得胜一时也未逢比之德行更高、实力更强的敌手。

  正如书中所写的那样，骇人的阿尔博因一时失智，高举用国王头骨做成的酒杯①；尼德兰贵族齐格飞同克

---

① 阿尔博因（Alboin），伦巴第人的领袖，意大利伦巴第王国的建立者。568年，阿尔博因击败格皮德人，将其国王库尼蒙德头骨做成酒杯，强迫库尼蒙德女儿罗莎蒙德成为他的配偶。*（*号表示译者注，下同）

琳希德相爱，又与善妒的布伦希尔德结下仇怨①；勇敢的国王迪特里希②奋勇杀敌，终于夺回故土；贤淑坚毅的古德伦③和她美丽的母亲希尔德，带领王国渡过难关。传奇故事中的情节相继闪过脑海，栩栩如生。这些画面想必也存在于祖先的脑海中，促使他们做出高贵的义举，远离不端的恶行。因此，古往今来的正义之士都在与邪恶斗争，所有族裔的人类也都以各从其志的曲调歌颂英雄战胜邪恶的事迹。无论人类复杂的善恶观念有何不同，倘若国家总是毫无理性地吹捧权贵之人，这场正邪的较量还会继续下去。

本书包含了日耳曼中世纪六大英雄史诗集群④中的主体内容，我们还在其中加入了充满神话色彩的伟大巨作——加洛林史诗集群，这些史诗主要围绕查理曼与其麾下英雄的事迹进行叙述。后者大多起源于罗曼语作

---

① 出自德意志民族史诗《尼伯龙根之歌》，沐浴龙血的尼德兰王子齐格飞（Siegfried）与勃艮第王的妹妹克琳希德（Kriemhild）结婚，继承尼德兰的王位。齐格飞曾戴暗影帽帮勃艮第王在新婚之夜制服了王后布伦希尔德，事情败露后，齐格飞被勃艮第家臣哈根刺中弱点暗杀。

② 伯尔尼的迪特里希，出自狄德雷克传说（Thidrekssaga）。幼年时师从大英雄希尔德布兰德（Hildebrand），少年时期完成击败巨人等壮举。他被舅舅厄门里希夺去了维罗纳，流亡来到匈人王的宫殿。而之后他率领一支强大的军队再次征服了自己的国家。相传他的历史原型是东哥特君主狄奥多里克大帝。

③ 古德伦（Gudrun，又作Kudrun），一译古德隆恩，是日耳曼与斯堪的纳维亚英雄传说中的女主角。

④ 史诗集群（epic cycle），cycle一词指系列作品，原意是"完整的一系列"，后逐渐用来表示以某个重要事件或杰出人物为中心的诗歌或传奇故事集。

品①，由宫廷乐师创作以取悦王公贵族，因此它未曾真正成为大众遗产。除了这些法国诗作，还有讲述亚瑟王与圆桌骑士的布列塔尼诗歌。这些诗歌后来将圣杯传说作为核心，并流传到了德意志地区。它们经宫廷乐师之手，变得更加浪漫、更富诗意。但这些来自外国的诗歌未能在德意志人群中找到归属，也从未在德意志地区流行过。

相比之下，德意志地区的本土英雄叙事诗虽在概念和形式上都稍欠美感，却长存了几个世纪，延续至今。这些史诗大多都被改编成了书摊上的小故事，因为在德国的市场和尚存不多的英国老集市上，书贩们会将很多古老的传奇故事印刷成册，来卖得几法寻②。比如齐格飞与龙的战斗、玫瑰园、阿尔贝里希③和艾贝加斯特的冒险故事，还有其他源自日耳曼史诗的奇幻历史。即便这类文学作品现在还说不上已经绝迹，但也在迅速消亡。

然而在冰岛和法罗群岛，传统文学的主导地位未被动摇，古老的史诗传说依旧唱给侧耳倾听的灰髯老人，唱给成年男女和成长中的年轻人。这些传奇故事赞颂统

---

① 罗曼语（Romance），由拉丁语演变而成，有法语、意大利语、西班牙语等，Romance一词源于欧洲语言的romanicce一词。而在这句话中，这个词是romanicus一词的副词形式，意为"以罗马人的方式"。
② 法寻，英国旧硬币，值四分之一旧便士。
③ 阿尔贝里希（Alberic），在德国英雄史诗中是一名矮人，名字寓意为"精灵王"，类似法国史诗中的奥伯龙。

御天界的神王奥丁,讲述海尼尔[1]、诡计之神洛基[2]、雷神索尔[3]、农神弗雷[4]、天后芙蕾雅[5]、芬里斯巨狼和米德加德之蛇[6]。

　　漫漫冬夜,传统史诗仍在歌颂勇士西格鲁德[7]的赫赫战功,诉说古德伦忠诚的爱意和她默默守候主君遗体时的哀伤,讲述贡纳尔在蛇园中用竖琴奏出的动听乐曲[8],倾听者将情节记于脑海,转述给自己的子子孙孙。他们也珍视父辈的古老传说,我们仍能听到热情似火的年轻人恳请妻子"像古德伦一样爱着他",厂主会斥责

---

[1] 海尼尔(Honir)是北欧神话中阿萨神族的神明,奥丁的友人和旅伴,在《诗体埃达》里他和另一位神洛德曾帮助奥丁创造人类,三位神分别赋予礼物给人类。
[2] 洛基(Loki)是北欧神话中的谎言与诡计之神,亦是火神。
[3] 索尔(Thor)是北欧神话中的雷电与力量之神,同时还司掌风暴、战争、农业。
[4] 弗雷(Freyr)是北欧神话中的日光之神和丰饶之神,司掌播种、收成、牧养和繁殖。
[5] 芙蕾雅(Freyja)是北欧神话一位与爱情、美丽等有关的女神,有的说法称她与北欧神话中的天后弗丽嘉(Frigg)起源自同一人,作者在此称其为天后,显然是采取了这一说法。
[6] 芬里斯(Fenris)是北欧神话中的巨狼,诡计之神洛基和女巨人安格尔伯达的第一个孩子;米德加德之蛇(Midgard-serpent),又译"尘世巨蟒",同时也被称为Jormangund,即耶梦加得。
[7] 西格鲁德(Sigurd)是北欧神话中达成屠龙伟业的大英雄,也是齐格飞同源但不相同的人物。
[8] 贡纳尔(Gunnar)是古德伦的兄弟,由于不愿意向国王阿提利交出黄金,被投入了蛇窟。当古德伦得知兄弟的处境,于是立刻找来一架竖琴送到了贡纳尔身边。贡纳尔明白古德伦的意思,用脚趾拨动琴弦,以高超的琴技弹出优美的旋律,想将所有的蛇催眠入睡,但可惜的是,蛇窟中还有一条又大又凶狠的蝰蛇抵抗住了贡纳尔琴声的诱惑,将贡纳尔一口咬死。

他不诚实的工人"像雷金①一样虚伪"(邪恶的侏儒),而老人们则摇摇头,说这个勇敢的小伙子"真是沃尔松格②的后裔"。人们还会在舞会上唱着西格鲁德的赞歌,在圣诞节前夕的哑剧中看到丑陋的法夫纳③登台亮相。衰落的古日耳曼传说被陌生的希腊罗马神话赶出了最初的家园,因此她在遥远的北方找到了避难所,或许那也是她最后的安息之地。如今学校里每个男学生都知道宙斯与赫拉、阿基里斯和奥德修斯;而每个女学生都知道赫斯帕里得斯的金苹果、海伦和珀涅罗珀。但即便是齐格飞、克琳希德和布伦希尔德这样伟大作品中的经典人物,老一辈之中又有几人知道他们名字之外的故事呢?

现在英国和德国确实正在兴起一股潮流,再次探寻我们两国共同祖先的古老传说与信仰。诚然英国有莫里斯④,德国有瓦格纳⑤,但我们更寄望两国人民能普遍对这些知识感兴趣,因为这些传说与信仰不仅对他们有内

---

① 雷金(Regin)是北欧神话的侏儒,他曾怂恿西格鲁德为其铸剑,计划待西格鲁德杀死看守财宝的巨龙法夫纳后,再杀死西格鲁德,为自己夺财。
② 沃尔松格即Volsunga或Wolsing,是北欧神话中的一位国王,奥丁血系的后裔,生有十个儿子和一个女儿,其中包括大英雄齐格蒙德(Sigmund)。
③ 法夫纳是北欧神话中的一名侏儒,之后化身为龙,后来被西格鲁德用再铸的神剑杀死。
④ 威廉·莫里斯是19世纪英国设计师、诗人,他参与冰岛研究,并有很多作品题材包含古希腊到中世纪的传说,如诗作《大地乐园》、翻译诗集《沃尔松格传》等。
⑤ 理查德·瓦格纳是浪漫主义时期德国作曲家、指挥家。他的很多作品以英雄史诗与神话为原型,如著名的《尼伯龙根的戒指》。

在价值，也是他们长期遗忘的文化遗产。不同于课本中能找到的历史知识，它们既是先祖的风俗旧习、悲欢苦乐，又是祖辈的娱乐游戏、工作职业、节日庆祝与宗教仪式，还是他们拼搏的战役、历经的胜败、积累的善行和犯下的罪恶。这真是我们脚下的一片黄金圣地，但我们却毫不在意地让它荒废，直至从我们的记忆中几乎绝迹。

在《阿斯加德与诸神——我们北方祖先的故事和传统》(*Asgard and the Gods, the Tales and Traditions of our Northern Ancestors*)中，我们已详尽叙述了古老北欧祖先们的宗教，在本书中，我们将关注他们的传奇故事。

如今我们已经无法确切考证，这些传奇故事在多大程度上构成了宗教的一部分，它们起源较晚，文字处理上更富诗意，以古日耳曼人的视角叙事，就像希腊英雄传说是以历史上希腊人的角度叙事。有人认为这些传说中的英雄是被赋予神格的历史人物，学识渊博的德国语言学家格林就是持此观点者之一[1]，还有部分人认为这些英雄本身是人格化的神。这两种说法虽各有合理成分，但都并非完全准确。在英雄传说中，我们肯定会发现英雄具备某些神的独特属性，也很想在这些英雄的形象中加入其他神性，但我们更愿意将这些神性视为神的馈赠，而非神化接受馈赠的英雄们。这点与希腊人类

---

[1] "Teutonic Mythology," translated by J. S. Stallybrass. Vol. i. p. "日耳曼神话"，译者J.S.斯塔利布拉斯，第1卷，315页，原作者注。

似，也许与所有处在类似阶段的国家都相似，即此时英雄已经真正构成了他们信仰中的一个重要元素。神从来都不是凡人英雄，而凡人英雄也永远不会成为神，只不过两者是如此接近，我们才经常误以为两者别无二致。

W. S. W. 安森

第一部分
亚美伦人及其同源传奇

PART FIRST
THE AMELUNG AND KINDRED LEGENDS

I

伦巴第传奇

LANGOBARDIAN LEGENDS

> 伦巴第(Lombard),又译伦巴德,Langobard意为伦巴第人,字面意为"长胡子的人",日耳曼民族的一支,之后在意大利北部建立了自己的王国。

第一章
阿尔博因与罗莎蒙德

阿尔博因

诗人以过去的伟大事迹为主题进行创作时,不会像历史学家那样小心顾虑,而是倾尽才思叙述史诗,努力为听者呈现生动鲜活的故事。

阿尔博因和罗莎蒙德的故事确实有其历史原型,但里面也有很多内容属于诗歌的自由创作。例如在本篇以及之后的故事中,英雄成了狄奥多里克国王[①]的前辈,可事实恰恰与之相反,因为直到公元568年,阿尔博因才作为伦巴第人的首领进军意大利,而狄奥多里克其实死于公元526年,其哥特帝国于公元553年灭亡。尽管如此,我们还是按照史诗的顺序来讲述故事,借此保持故事之间本来的联系。

故事开篇,有三支民族定居于潘诺尼亚(位于今天匈牙利及周边

---

① 狄奥多里克(Theoderic),阿马立王第14代直系后代,著名的东哥特国王,他征服整个意大利半岛与多瑙河中游地区,建立了一个名义上臣服东罗马帝国的强大王国,而之后的史诗英雄"伯尔尼的迪特里希"便是以他为原型创作的。

伦巴第军队首领阿尔博因进入帕维亚市

省份），他们分别是来自日耳曼的格皮德人①、伦巴第人以及迁自亚洲的阿瓦尔人。自由民从事作战与狩猎，而农奴则负责照料牛羊和耕种土地。

阿尔博因是伦巴第国王奥多因②之子，正是此时，他与格皮德之王图里辛德的儿子进行了一场公平决斗，并将对手当场杀死。随后阿尔博因将手下败将的盔甲占为己有，并身穿铠甲来到父亲的大厅之上，恰逢伦巴第人的勇士们聚集于此庆祝节日。阿尔博因本要加入勇士席间，但却被其父禁止。父王奥多因称节庆一直由古时贤者举办，除非能得到外国国王赠予的一套铠甲，否则王子没有资格与英雄同席。年轻的阿尔博因气得一把抓起自己的战斧，可他想到父王就站在身前，便及时恢复了理智。随后他转身离开大厅，带上一班随从，骑上战马前往格皮德人的领地。阿尔博因抵达格皮德人的皇家城堡时，国王图里辛德正设宴招待格皮德诸位亲王。

阿尔博因走向国王，他借待客礼法为由，请求格皮德王立马赏赐他一套铠甲。格皮德人不满阿尔博因大胆粗鲁的举止，可图里辛德依旧礼貌地接待了阿尔博因，让他坐在自己身旁。宴会上的许多酒客都酩酊大醉，因而，在酒桌上的谈话也愈发充满敌意。因为这位陌生的不速之客竟然能坐在国王身边，国王的长子库尼蒙德也对阿尔博因嫉妒交加。国王图里辛德见此情形，生怕不和的气氛被进一步激化，便召进游吟诗人来活跃气氛。

游吟诗人应召而来，开始歌颂格皮德人祖先的丰功伟绩，特别是

---

① 格皮德人（Gepidæ），又译戈比德人、格皮特人、日皮德人，是东日耳曼哥特族部落。他们曾在阿提拉死后击败匈人。
② 奥多因，阿尔博因的父亲，546年他创立了奥多因王朝。

阿尔博因被格皮德人侮辱

战功赫赫的先王阿尔达里克[①]，因为正是他一举击败了匈人[②]的大军。最后，诗人呼吁面前的年轻人追随祖先的步伐，不要在意命运是否会回报他们的努力。

---

① 阿尔达里克（Aldarich），格皮德人最著名的领袖。454年，以格皮德人领袖阿尔达里克为首的日耳曼各部落组成联军反抗匈人帝国，而阿提拉的长子埃拉克正是在尼达奥河之战中被阿尔达里克击杀，导致匈人帝国灭亡。
② 匈人（Huns），是一支生活在东欧、高加索和中亚地区的古代游牧民族，匈人和匈奴人是否为同一民族仍有争议。

"是的,"库尼蒙德在歌声结束时说道,"命运真是有眼无珠,竟让那些膝裤上带着白色条纹的畜生有了好运,他们像一群被人骑的白腿鞍马满世界跑来跑去求运气,所有人都知道得狠狠揍上他们一顿才能把他们赶走。"

伦巴第人的服饰带有库尼蒙德暗讽的白色条纹,所以他们知道这番污蔑之辞就是针对自己的。阿尔博因一时怒火中烧,起身告诉库尼蒙德,要对方去角斗场一决高下。阿尔博因曾在那里杀死了库尼蒙德的兄弟,也将在那里让他见识见识"白腿鞍马"可以踢出多么凌厉的一脚。会场立即陷入混乱,格皮德老国王也很难平息局面,随后他给了阿尔博因渴望的盔甲,只想赶紧送走阿尔博因和他的随从们,他不想看到事态恶化,或是出现有违待客之道的局面。

阿尔博因策马离开时,恰好经过罗莎蒙德身旁,她是库尼蒙德美丽的小女儿,正在和侍女们玩毽球,而路过的阿尔博因用炙热的目光久久注视着她。

罗莎蒙德

伦巴第人与格皮德人之间的和平,在两位老国王在世之际得以延续,可在他们相继去世后,两支敌对的部落终因世代血仇爆发了战争。最终阿尔博因带领伦巴第人取得胜利,库尼蒙德和许多格皮德贵族都倒在了敌人的战斧下。伦巴第王阿尔博因将敌人的头骨做成镶有银边的高脚杯,在盛大宴席上作祝酒之用。不仅如此,阿尔博因还强娶了罗莎蒙德,可怜的罗莎蒙德自始至终都憎恨着杀父仇人。她虽想亲手勒死自己的丈夫,但不得不假装对阿尔博因仍有爱意,一边忍受悲惨

皮德公主罗莎蒙德被伦巴第国王阿尔博因俘虏

的命运，一边暗暗祈祷终有一日能为父报仇。

阿尔博因并不知道妻子的想法。志在征战四方的他响应罗马将军纳尔西斯[①]的号召，带领伦巴第人、罗莎蒙德的格皮德人以及其他冒险者翻越阿尔卑斯山，来到了意大利。这位战胜东哥特人的将军感觉自己被帝国朝廷轻视，决意要报复帝国。阿尔博因替纳尔西斯完成了一切战事，任何没有立即开门投降的城镇和堡垒，都会被他一一摧毁，

---

① 纳尔西斯（Narses，约480—约568年），东罗马帝国宦官，军事家，他接替贝利撒留为统帅，击败过意大利的东哥特王国与之后来犯的法兰克人。

只有帕维亚①一城与他相持甚久。在三年的围城战中,伦巴第王突袭邻近村庄,将其归入自己治下。而其间只有一位勇士与阿尔博因实力相当,那就是巨人佩雷德斯,据说他的蛮力抵得上十二个男人。最后,帕维亚城开门投降,阿尔博因骑马从拱门进城,他发誓要烧杀抢掠,血洗城中居民。

就在此时,他的马被绊了一跤,一位牧师喊道,这是个神兆,如果他真要对城中百姓犯下暴行,必会惨死。阿尔博因相信了神父的警告,最终赦免了帕维亚城。

弑君

阿尔博因大办宴席犒劳战士,产自南方的烈性葡萄酒被一饮而尽。宾客们先是谈论战神沃登②的伟大功绩,赞颂他是如何与女神芙蕾雅一同指引祖辈获得胜利。随后他们吹嘘自己如何征服了格皮德人,还有在意大利打的数场胜仗。

宴席中的阿尔博因喝得烂醉如泥,更被胜利冲昏了头脑,他命人将用库尼蒙德头骨做成的高脚酒杯取来,转身要求王后罗莎蒙德用之饮酒为自己庆祝。罗莎蒙德迟迟不肯举杯。"为什么?"阿尔博因喊道,"罗莎蒙德,你难道还不知道我爱你胜过一切吗?现在按我说的去做,让我知道你对自己丈夫的爱与顺从。"罗莎蒙德看着阿尔博因,用眼神默默恳求自己的丈夫,可她的犹豫激怒了阿尔博因,伦巴第王的尊严

---

① 帕维亚(Pavia),位于提契诺河畔的引人入胜的历史名城,如今是意大利伦巴第的一个大区。
② 沃登(Wodan),日耳曼的主神,相当于北欧神话中的奥丁。

令他挥手打了她。罗莎蒙德将被杀父亲的头骨举到唇边，但很快就将酒杯往桌上狠狠一扔，酒水也洒了出去，没人知道她是否真的饮过酒。"我已经服从了你，可你也失去了你的妻子。"罗莎蒙德说完这些话就毅然起身离开了宴席。

没有人认同国王的所作所为，心生不满的战士们开始议论纷纷。至于阿尔博因，他也因妻子的反抗而突然清醒，匆匆起身离开了宴会大厅。

阿尔博因强迫罗莎蒙德用她父亲的头骨酒杯饮酒

直到第二天，阿尔博因才见到罗莎蒙德，她神色平静，依旧履行着身为王后的日常职责，似乎已经原谅甚至遗忘了阿尔博因对她的侮辱。可罗莎蒙德既不会原谅他，也不会忘记屈辱，她无时无刻不梦想着能够复仇。终于，她说服了国王的盾卫侍从赫尔米吉斯谋杀其主，但行动开始之际，赫尔米吉斯又怯缩了。王后又转而求助佩雷德斯，经过她几番讨好与甜言蜜语，佩雷德斯站到了王后一边。一天傍晚，他溜进国王的房间，杀死了阿尔博因。在阿尔博因的死讯为众人所知前，参与弑君计划的同谋中已有许多人获得了王室财宝，并将其远藏到秘密地点。当财宝完全转移后，罗莎蒙德随即宣布与赫尔米吉斯订

格皮德公主罗莎蒙德一心渴望复仇

婚，同时任命他继承阿尔博因的王位。

贵族们聚在一起分析阿尔博因的死因，经过多次讨论，大多数人都认为杀死阿尔博因的凶手是赫尔米吉斯，因为他本来只是一名侍卫，现在却竟要继承王位，所以嫌疑最大。最终贵族们都同意让赫尔米吉斯为他的罪行付出代价，听闻议政厅里贵族们的议事后，杀死阿尔博因的同谋们都逃之夭夭了。

报 应

在忠诚的格皮德人的保护下，罗莎蒙德和同谋们带着财宝逃到了拉文纳①，罗莎蒙德一行人得到了东罗马帝国总督②朗基努斯的庇护。逃亡者们没待多久，朗基努斯便疯狂地爱上了美丽的罗莎蒙德，抑或是惦记这位寡妇拥有的巨额财富。他向罗莎蒙德求婚，罗莎蒙德立即同意了，但条件是罗马总督要让她摆脱现在的未婚夫赫尔米吉斯。朗基努斯给了她一杯掺有致命毒药的葡萄酒，告诉她等到赫尔米吉斯口渴时便递给他喝。罗莎蒙德照做了，中计的赫尔米吉斯一下喝光了半杯毒酒，酒中强烈的剧毒令他自知难逃一死，愤怒的他拔剑强迫罗莎蒙德也喝下了剩余的毒酒。就这样，谋杀阿尔博因的主谋双双殒命，大笔财富不费吹灰之力便落入罗马总督之手。但故事的结尾却称这笔财富并没有让罗马总督幸福，他最终也因此而丧命。

我们再来看看巨人佩雷德斯的下场。已经习惯杀戮和暴力的他并没有将谋杀阿尔博因当一回事，他自立为一帮格皮德人的首领，前往君士坦丁堡为东罗马皇帝效力。佩雷德斯依靠自己的巨力在朝廷谋得高位，也赢得了皇帝欢心。随着时间的推移，他开始不满足于自己的待遇，觉得自己的诸多努力没有得到相匹配的赏赐。他的一些愤恨之语也多次传到皇帝耳中，罗马皇帝下定决心要让佩雷德斯无力威胁皇位。一天夜晚，佩雷德斯纵欲狂欢后醉得不省人事，一帮人悄悄潜入佩雷德斯的房间，睡梦中的他被铁链锁住手脚，双眼也被挖出。身体

---

① 拉文纳（Ravenna），又译为"腊万纳""拉韦纳"，是意大利北部城市，是古代罗马的海港，5世纪至6世纪成为东哥特王国都城，6世纪至8世纪是东罗马帝国统治意大利的中心。

② 总督（exarch），在东罗马帝国的语境下是指掌管大片土地的官员。

的疼痛令佩雷德斯大声号叫，呻吟声吓得皇宫内外都为之战栗。

之后，失明的巨人表现得安静而顺从，看守他的士兵们也不再害怕，但并没有松开束缚他的铁链。直到一天夜晚，佩雷德斯请求士兵们允许他在皇帝面前表演摔跤，并坚称他的力量绝无消退。于是，解除束缚的佩雷德斯被带到大厅，在全场掌声中证明了自己仍是过去那个强大的摔跤手。突然他

罗莎蒙德与谋杀阿尔博因的凶手
双双饮下毒酒毙命

听到了罗马皇帝的声音，便掏出藏在身上的尖刀，朝声音的方向冲去，可实际上那两人只是朝廷重臣，他们被刺死后不久，佩雷德斯也命丧于护卫的长矛之下。就此，谋杀阿尔博因的凶手们一个接一个地惨死。伦巴第人群龙无首，再也无力掌控他们此前征服的南方宝地。

偶尔，伦巴第人的国力会因一些贤君而复兴一时，下篇传奇的主人公罗塔里[①]（636—652年）便是其中的代表。最终，伦巴第王国衰败后为法兰克王国的查理大帝[②]所灭（774年）。

---

① 罗塔里（Rotharis），又译罗泰利，伦巴第王国明君，曾经编订《罗塔里法典》。
② 查理大帝（Charlemagne），或称为查理曼（"曼"即大帝之意）。法兰克王国加洛林王朝国王（768—814年1月28日在位），查理曼帝国建立者。

第二章
罗瑟王[①]

十二使者

巴里[②]是一座意大利小镇,虽然如今它地小无名,过去可是一座繁华大港。在昔日的辉煌时光,巴里港又深又大,停满舰船,而镇里也有数座宫殿,房屋四周环绕着许多花园与柑橘林。

伟大光荣的罗瑟王是子民的慈父、敌人的噩梦,他在巴里主持朝政期间,常与诸位公爵、伯爵以及地方贵族们一同议事。这里的竞技场邻近大海,年轻武士们习惯在此聚集,投掷长矛或做类似的运动磨炼技艺,成年女子与懵懂少女们会前来观看比赛,还会为比赛胜出者颁奖。

---

① 罗瑟(Rother),14世纪流行的史诗《罗瑟王》的主人公,他的名字原型可能来源于伦巴第君王罗塔里,也是作者采用的观点,但也可能来源于另一位诺曼君王,即西西里的鲁杰罗二世(Ruggero II of Sicily)。
② 巴里(Bari),位于意大利东南部,坐落在濒临亚得里亚海的肥沃平原上,是意大利通向巴尔干半岛和东地中海的主要港口。

有一天，罗瑟王坐在自己的宝座上，周围站满了顾问大臣，他时而看着眼前比赛的人群，时而又盯着翻涌不息的海浪，脸上浮现出不安的神色。忠诚的老旗手梅兰①公爵贝希特正坐在国王身边，罗瑟王转身对他说："看，你有没有发现海浪是怎么将满是泡沫的浪头抛向半空，冲到岸上后就消失得无影无踪的？这世间的诸王都和海浪一样转瞬即逝，所有人都是如此。"

罗瑟王历史原型之一：西西里的鲁杰罗二世（Ruggero II of Sicily）

"国王陛下，您为什么这么说？"公爵喊道，"您没听到多少歌谣在歌颂您吗？您难道不知道这些歌谣将世代相传，而您的功名也将永远为人传颂，直至时间尽头吗？"

"这只能聊以慰藉，"国王答道，"我现在的生活贫乏无趣，未来又会变得怎样呢？对我而言，一个幸福的家庭远比你提到的赞歌更重要。看你的七个儿子走在赛场上，勇敢的利奥波德领头，他们的头盔上都

---

① 梅兰（Meran），意大利一个小镇，位于意大利北部边陲，其名称Meran源自德语，Merano源自意大利语，译作"梅拉诺"。

佩戴着象征胜利的装饰。你的生活因他们重新焕发生机，他们敬爱你，也将在你年老时扶持你。可我呢？王位于我有什么好处？我无妻无子，终会像老树一样枯萎。将来我老了，新一代的年轻人只会把我当作笑柄！"

"那您为什么不结婚呢？"公爵问道，他发自内心地笑了起来，"您风华正茂，又是著名的武士，可以随意挑选任何您喜欢的女人成婚，无论是普通的女子还是出身高贵的公主，没有人会拒绝您。"

"你说我可以随意挑选，"罗瑟王苦涩地说，"可国王比其他人的选择更少，他们必须和能与自己相配的人结婚，否则子女便不能继承王位，甚至自己也会招致厄运。我已经去过很多地方，但从未见过能做我妻子的公主。"

"别这样，陛下，如果您真的很难满意的话，"贝希特一阵深思熟虑后答道，"我想我知道一位贵族千金或许适合您，前提是您得甘愿为她去冒生命危险。"

罗瑟王想继续了解，贝希特给他看了一张可爱女孩的肖像，公爵说她是君士坦丁堡的皇帝之女。罗瑟王被迷住了，眼睛一刻也无法挪开，他惊呼这位公主是他唯一的挚爱，誓要娶她为妻。

"很好！陛下，"贝希特说，"但是此事并不容易，容我务必解释一下。皇帝君士坦丁对他的女儿疼爱有加，形影不离，无论是国王还是公爵，任何人胆敢向公主求婚，都会立即被皇帝下令斩首。为了求婚而掉了脑袋又有什么好处呢？"

罗瑟王答道："我想我不会落此下场，东方的皇帝会知道如何屈服于西方的君王。现在召集我的顾问大臣，我会告诉他们自己的打算。"

群臣齐聚国王议会，罗瑟王将心事向大臣们袒露无遗，最后他还说要亲自前去求婚。大臣们极力劝阻国王勿行此事，他们称，国王作为一国之君，不应轻易冒险，置王国于不顾。罗瑟王虽然很不情愿，但最终让步。议题转到遣谁去君士坦丁堡替他求婚，大家虽都觉得为了国家应当保护国王的性命，但同时也认为自己的脑袋也一样重要，所以辩论持续了很久。随后，勇敢的贝希特之子利奥波德带着六个兄弟挺身而出，他们以自己和兄弟的名义宣誓愿意担此重任，只要船一备好便可动身。随后又有五名贵族效仿七兄弟的义举，宣誓他们愿意随同前往。

十二名使者出发前的准备工作陆续展开，而他们启程的日子也很快到来。就在船起锚前，罗瑟王来到港口，他手拨金弦竖琴，为使者们唱了一首离别曲，歌声尤为动人，正如过去沃坦①的歌声感动了他们的祖辈那样，仿佛战神已然现身，召唤他们行动起来。音乐已毕，罗瑟王随后告别了使者，他说道："倘若你们身处险境，听到这首歌就能知道我已经来到你们身边，会及时搭救你们。"

缆索解开，舰船启航。经过几周的航行之后，使者们终于看到了金角湾②，那是君士坦丁堡的海港，当太阳在城市上空升起时，他们便登上码头。他们穿着天鹅绒和厚重的金锦缎，身上的斗篷也装饰着白色貂皮。使者们穿过街道走向宫殿时，所有人都望着他们，人们不知道这些使者是谁，或是来自哪里，但都认为他们一定是由某些势力强大的亲王③派出的。

东罗马帝国的皇帝仍酣睡榻上，梦中他正沉迷宴饮狂欢。此时皇

---

① 沃坦（Wodan），日耳曼神话中对奥丁的称呼。
② 金角湾，希腊语音译为"哈利奇湾"，曾是东罗马帝国重要的军港与货港。
③ 欧洲君主制国家中，英语的 Prince 用作爵位时常翻译为"亲王"。各地的亲王常常由皇帝、国王或罗马天主教教宗册封。而德语的 Prinz 和 Fürst 都常常在英语中翻译为 prince，复数时可泛指贵族与诸侯。

后叫醒了他:"起床吧,君士坦丁。有位大王派使者来见您。他们捎来非常重要的消息,您必须接待他们,给他们应有的荣誉与尊重。"

皇帝君士坦丁准备就绪后,召见使者在王座室会面。皇帝对使者以礼相待,起初一切都进展顺利,君士坦丁很高兴统治西方的君王想与他结为朋友、签订盟约,他也毫不掩饰自己的喜悦之情。但当利奥波德继续谈到国王也派他来向公主奥达求婚时,皇帝怒不可遏,命令侍卫将这些"外国走狗"抓进牢中。

卫兵们把十二使者带离大厅时,君士坦丁开始来回踱步,一边搓着手,一边喃喃自语:"到底是斩首,还是淹死,或是绞死?啊,最好还是绞死他们,十二位身着华服的绅士上绞刑架,那将是多么壮观的景象!连圣·莫里斯①也会认为这场奇观能为我们带来荣耀!"

"君士坦丁,"慈爱的皇后说道,"想想你的做法,我们的女儿难道永不出嫁?让她嫁给罗瑟王难道不是好事吗?让她和罗瑟王一起统治西方,就像我们统治东方一样,这难道不是件好事吗?如果您杀死派来的使者,罗瑟王一定会和沙漠中的巴比伦异教国王联手,设法消灭您。"

"圣米迦勒②和他的圣天使会保护我们,免受这群邪教徒的淫威。"皇帝虔诚地回答。

"唉,"谨慎的皇后又说,"还是小心行事,毕竟圣米迦勒远在天堂,还要忙于教化蛮夷、救赎异教愚民。听我的建议,把罗瑟王的使者扣为人质,当罗瑟王率领大军渡过西边大海向您要回使者们时,我们会更有胜算。"

---

① 圣·莫里斯(St. Maurice),公元3世纪的埃及军事领袖,底比斯军团团长,被封圣的殉道徒。
② 圣米迦勒(St.Michael),《圣经》中的大天使长。

皇帝听了皇后的建议，不禁龙颜大悦，他下令要好好看守囚禁的使者们。

英雄远航

数周过去了，数月过去了，一年一晃而过，罗瑟王的十二使者还是没有回到巴里。每个人心中又疑又惧，十二使者是否已经葬身大海，或者惨遭暴君毒手？没人能够解答这些疑问。

有一天，老贝希特觐见国王说："陛下，我很难过，心中的哀伤让我不能自已。我有十二个好儿子，长子赫尔弗雷奇，在易北河边的极北之地同蛮族战斗而死，七个儿子为您去了君士坦丁堡，可再也没有回来，我要去看看能不能找到他们。"

"你绝不能一个人去，"国王答道，"我会在皇家议会召开会议，询问我睿智的顾问，看看最好该怎么做。"

议会上大家各抒己见，有人刚提出有力的观点便迎来更激烈的反对，激辩之后，议会决定听从资历最老的大臣的意见。这些德高望重的老臣认为派兵攻打君士坦丁堡不是明智之举，因为使者们如果还活着，东罗马皇帝发现罗瑟王是自己的敌人，必将置十二使者于死地。他们认为最好还是派遣一支人手充足又精干忠诚的使者团，一方面侦察敌人国土，看看有无可能拯救十二使者，另一方面努力接近公主，帮助国王求婚。

罗瑟王宣布他打算自己担任远征队的领队，贝希特也不甘留下而加入队伍，滕格灵的阿梅尔格伯爵则被任命为摄政王。出发前的准备工作进展迅速，高贵的勇士们从王国各地赶来效劳。在入选的勇士中

罗瑟王的远航

有十二人,他们又高又壮,根本没有马匹能够承载他们的重量。只有罗瑟王知道他们是谁,他们正是北方巨人酋长阿斯普里安(奥斯本)和十一个部落中个子最高的人。

终于一切准备就绪,船在一阵号角声中起航了。一阵和风吹鼓银布镶嵌的帆绳,舰队如被天鹅拖动般航行在琉璃似的大海上。国王高高站立在战舰甲板上,拨动琴弦,歌唱女人的爱意、男人的勇气,听到歌声的英雄心中燃起激情的烈火,足以做出勇敢的义举。美人鱼和海豚也把头伸出海面,在船头嬉戏,聆听国王吟唱的叙事诗。

于是罗瑟王召集他的手下大将,告诉他们自己打算到君士坦丁堡后隐秘行事,他会在东罗马皇帝面前自称罗瑟王王国的贵族"迪特里希",并说自己正被君主通缉,现在想来寻求君士坦丁的保护。接着,罗瑟王要求将领们以化名称呼他,这样他们抵达君士坦丁堡后就不会出错。

这次航行一帆风顺,冒险者们很快就抵达了目的地。

第一批登岸的人是"迪特里希"和老贝希特,紧随其后的是罗瑟王的军队,最后出现的是巨人,他们令所有人都心生恐惧。队伍里每个人都盛装打扮,穿戴着镶嵌珠宝的铠甲,如同亲王贵族一般。

君士坦丁的皇后优雅有礼地接待了这些陌生人,皇帝看到他们也很高兴。"陌生的来客们,"他说道,"我要知道你们的来历和身份,以及此行的目的。或许我会允许你们停留在这座繁华的都市,但在此之前,我想先多了解了解你们。"

"君临希腊、匈牙利和保加利亚的皇帝陛下,"迪特里希回答道,"我们来自罗瑟王的王国,我曾是那里的一方公爵,为自己的国君征战无数,但因为我胜绩斐然,招致国王的嫉妒,于是不得不为了保命而四处流亡。身为罪人的我带着自己忠诚的部下来到这里,带来了所有能带走的财产,而现在我恳请您能为我提供庇护,为此,我愿为您在战场上忠心效劳。"

"你是个诚实的人,"皇帝回答道,"你会得到应有的欢迎。起初我担心你和罗瑟王的大使们一样是来向我的女儿求婚的。我已经把他们锁在牢里好好看押,不见天日。你们要是也打着公主的主意,就会落到一样的下场。"

听完这些话,巨人阿斯普里安不由得迈步向前,整个房间都在他强健的步伐下颤抖。"陛下,"他将手按在自己的剑上喊道,"或许您会发现关押我们绝非易事，在您要囚禁我们之前，您的侍卫们或许已被我们纷纷打倒，谁又能保证您会逃过一劫呢？我们可不是任人宰割的羔羊。"

皇帝君士坦丁并不喜欢这番说辞，他试图安抚愤恨的巨人。又经过一番交谈，他邀请陌生的来客和他一起用餐。用餐时，皇帝非常喜欢的一头驯狮开始从客人手中偷吃食物。阿斯普里安看到手中诱人的食物被狮子抢走，勃然大怒，他站起身用一双力大无穷的手抓住狮子，然后猛地将之砸向了宴厅的石墙，倒下的狮子再也没能站起来。君士坦丁想让侍卫把巨人赶出大厅，但皇后小声提醒："当心您的作为，别忘记那些人可是被定了罪的。罗瑟王肯定非常强大，才能让这群人流亡成囚。听我的建议，放了罗瑟王的十二使者，让他们带我们的女儿回到罗瑟王的王国，或许她就能成为一名伟大国君的妻子，并且能劝诱她的丈夫成为我们的盟友。"愤怒的君士坦丁静静地听着，最后他让妻子安静，并提醒她：无论何时，一旦他打定主意就绝不改变。

迪特里希和他的同行者们在皇帝安排的住处安顿下来，他把财宝分给水手们，犒劳他们多日的劳累。他还分了许多礼物给新认识的朋友，其中包括赫尔姆爵士与一名叫阿诺德的水手，他虽然生性勇敢，但生活着实有些拮据。收到赏金的阿诺德被迪特里希的好意打动，为此他发誓要尽己所能来回报他的恩人。

美人奥达

有关迪特里希阔绰大方的故事在宫里众人皆晓，奥达公主也十分好奇，很想见识这位传奇的豪杰。于是她同自己的顾问大臣和侍女长赫林德商议，如何能在不失礼仪的情况下，一睹英雄风姿。随后，奥达按照侍女长的提议，恳求父皇举办一些比赛，并且允许她和宫女观赛。皇帝同意了，而在比赛的那天，一大群观众来到赛场，聚在迪特里希身边的人将他围得水泄不通，没有哪位宫廷仕女能一瞥英雄容貌。

第二天，奥达把赫林德叫到房间，答应给她五个金手镯，前提是她能促成奥达与迪特里希私会，侍女长承诺将尽其所能。她前往迪特里希的住所，其间处处小心以免被人发现，随后向迪特里希传达了公主的口信。迪特里希当场拒绝去见公主，以免私会公主的消息泄漏传到皇帝耳中。但在送走赫林德之前，迪特里希给了赫林德一只金鞋和一只银鞋作为礼物，侍女长匆匆回宫，将一切都告诉了公主。

"迪特里希是一位正人君子，"奥达说，"他更关心我们的名誉而不是自己的安全。我会把这双鞋留作纪念，而你能得到这双鞋等值的金币。"赫林德对公主的提议很满意，接着又帮公主穿鞋，但是却穿不上，因为两只鞋都只能穿上同一只脚的。

"走！"公主大喊，"他不是真心的。我不会收下他的礼物，也不会再挂念他了，把鞋送回去，扔到迪特里希的脚下。"聪明的赫林德一下明白了公主命令中的弦外之音。她赶忙来到迪特里希跟前，告诉他公主尽管很生气，但还是很想见他，如果迪特里希能亲手带来一双合脚的鞋，公主一定会原谅他。迪特里希第一时间抓住了机会，趁无人察觉之际来到了公主的住所。

迪特里希敲了敲门，开门迎接他的少女美丽绝伦，他惊得驻足门边，而公主也为迪特里希高贵的仪容、坚定的表情和阳刚英俊的脸庞所倾倒。公主本想故作不悦，但现在她却做不到，只能听迪特里希郑重而合理地解释他为何没有立即同意与公主私会。迪特里希请求为公主穿鞋时，公主难以回绝。在交流的过程中，他向公主提到罗瑟王向

罗瑟王为美人奥达穿鞋

她求婚之事,并将他的秘密和此行的目的都一一坦白。

随后,他向公主求婚,公主也答应做他的妻子。罗瑟王告诉公主,正是她父皇的眷恋造成了他们现在的困境,他们唯一获得幸福的办法就是一起离开这里,并说在他们能逃离之前,囚在皇帝地牢的罗瑟王的忠臣得先重获自由。罗瑟王请求公主奥达设法释放他们,公主承诺会尽最大努力,并向罗瑟王指明,那座阴暗的高塔就是囚禁他的忠臣之地。

第二天,公主身穿阴暗的丧服站在父皇面前,诉说自己做了一个噩梦。她的房间似乎燃起来自地狱深渊的烈火,同时听到有人对她叫道,要是罗瑟王的十二使者没有从地牢里出狱,穿好衣服、带好酒食的话,她将永远遭受谴责。

"那是魔鬼的声音，而不是天使的，"君士坦丁回答道，"天赐皇权的我不会屈服于这样的命令。但如果这能让你更加开心，奥达，我将允许囚犯暂时自由一小会儿，前提是有人能以性命担保这些使者不会逃跑。"

奥达故意在父皇面前表现出大为宽慰的样子，因为她心中早已想好未来的对策。

使者获释

晚宴当天，皇帝同宾客朝臣列席，公主奥达领着她的宫女走进大厅，她绕桌而行，告诉形形色色的来客，她希望释放十二名关押的囚犯，并说出她父皇所提出的条件。"那么现在，"公主问道，"谁愿意以自己的项上人头为这些不幸之人做担保？"

大厅里一片死寂。最后，迪特里希从座位上站了起来，掷地有声地宣布愿为这些使者担为人质。国王同意这一条件，遂下令将十二位贵族从牢中放出，待他们沐浴净身后，换上了与之地位相符且适合晚宴的华服。一切办妥后，可怜的使者们几乎不敢相信眼前的景象，他们坐下来享用国王提供的饭菜，还有人在房外为他们演奏竖琴。使者们聚精会神地听着，他们那因长期挨饿而凹陷的脸颊一下涨得通红，悲伤神情中划过一丝惊喜，因为他们认出了竖琴的曲调。"是他！我们的国王陛下就在附近。他已经来救我们了！"使者敬畏地低声交流。

几周过去，因为阳光的滋养和食物的补给，十二使者的力量很快恢复如初。

一天，使者的房门被打开，全副武装的罗瑟王走了进来。"你们自由了，"他高兴地说，但罗瑟王还没来得及恭喜使者，贝希特就冲上前去拥抱他的儿子，紧随其后的是泰格林的英雄沃夫拉特、强壮的阿斯普里安和他形影不离的伙伴维多尔特。

罗瑟王将他这一路的旅程经历都告诉了利奥波德和其他使者，但东罗马帝国的希腊人[①]都只知道他叫迪特里希。随后他说了自己是如何赢得美人奥达的芳心，并在她的帮助下冒死释放了他们。但这还不是最好的消息。伊梅洛特是沙漠王国巴比伦的国王，他已经带着强大的军队入侵君士坦丁的领土，还要求君士坦丁割让一半的帝国，并把公主奥达嫁给他的儿子巴斯里斯滕。"东罗马皇帝不知所措，"罗瑟王说，"我向他承诺，如果能让你们成为我的同袍，便愿意助阵沙场。皇帝应允，所以现在你们已经获得自由，可以和我共赴前线，你们也不用担心没有武器战甲，皇帝自然会为你们筹备妥当。"

维多尔特一想到战斗就异常兴奋，他忍不住放声大笑，前来宣布囚犯自由的皇帝也差点被他的笑声震倒。

参战得胜

在当时所有随皇帝君士坦丁踏入战场的人中，迪特里希和他的人马最受关注，只因他们不仅装备奢华，而且仪容高贵。这批部队的大将都是西方的豪门贵族，其中包括来自巴伐利亚泰格林的勇士沃夫拉

[①] 故事在此称东罗马帝国的人为希腊人，很大原因是由于当时西欧人眼中的东罗马帝国是希腊人的国家，因为东罗马帝国在思想文化上受希腊文化同化影响很大，同时希腊人也是东罗马帝国的主要居民。但当时东罗马帝国的人并没有视自己为希腊人的身份意识，他们依然会自称"罗马人"。

特、梅兰的老公爵贝希特与他的儿子——米兰的利奥波德，最后是身材壮硕的阿斯普里安和他麾下的巨人。定下大战日期的前夜，他们一起探讨作战计划，决定当东罗马帝国和巴比伦的军队都入睡时，迅速撤离他们自己的营地，如果时机允许，就溜进巴比伦的军营。

午夜时分，冒险计划开始。罗瑟王的部队利用他们仔细破译的口令通过了哨兵的检查，然后悄无声息地逼近巴比伦国王的帐篷。

这是一个温暖而幽暗的夏夜，天上一颗星星都踪影难寻。国王的贴身护卫在他们的哨岗上睡着了，他们再也无法醒于世间。只因沃夫拉特为防惊醒守卫，早已将他们悄悄捅死。维多尔特走进王的帐篷，就像举起婴儿一样用臂膀抱起巴比伦王伊梅洛特，他告诉国王如果还想活命就保持安静。巨人的吼声惊醒了一些睡在近处的仆从，他们冲向帐篷救驾，但很快被杀死。整个营地乱作一团，巴比伦士兵们的反抗徒劳无功。突然惊醒的他们在黑暗中茫然无措，许多人都被击毙。遗憾的是，巴比伦的大军本该人多势众，可士兵们却惊慌失措、四散而逃，只想跑到船上去避难。

罗瑟王和他的部将虽人数不多，却大获全胜。他们将伊梅洛特和其他巴比伦亲王一网打尽，并在黎明前将其押送回自己的营帐。经过一夜激战，筋疲力尽的将士们躺在卧榻上，享受着应得的休憩时光。皇帝君士坦丁却不同，他一反常态，起了个大早，下令吹响号角，唤醒全军。他要求士兵们必须结队走过他的面前，供他检阅。军令一出，所有部队都已到齐，唯有迪特里希大人和他的同袍们没有到场。

"哈哈！"皇帝轻蔑地笑道，"所以那群家伙论平日高谈阔论，只不过是在空耍威风。我要去看看他们是什么原因没有出场。"随后，他快步走向了迪特里希的营帐。

皇帝到了营帐，发现一切寂若死灰。他示意随从扶他下马，随之便走去叫醒入睡的士兵。当他走进第一个帐篷，只见可怕的巨人维多尔特躺在一块黑豹皮上，而其背后一个躺在稻草上、腿脚被捆的男人正不停挣扎。皇帝没敢叫醒入睡的维多尔特，他小心迈步跨过他，走近了那个战俘。极度恐惧的伊梅洛特担心自己当场被杀，于是大声喊出自己的身份，并声称愿意用半个王国的领土来换自己的性命。噪声吵醒了巨人，维多尔特一跃而起，握住战棍，大喊大叫，要迪特里希赶过来，因为伦巴第人正巧在这座帐篷中密谋背叛皇帝。迪特里希杀意正浓，如果不是同伴及时阻拦，他定会立马杀死另外两位君王。君士坦丁听到前夜发生的战事后十分震惊，不禁对迪特里希敬佩有加。

巨人维多尔特掳走国王伊梅洛特

随后，君士坦丁举办了一场盛大的宴会庆祝胜利，当众将迪特里希的功劳归在自己头上，因为在当时，迪特里希和他的同袍们不正是君士坦丁的麾下战将吗？为了让皇后和她的宫女迅速知道战果，君士坦丁派迪特里希把胜利的消息带到皇宫。

带回新娘

迪特里希告诉他的同袍们，很快他们就能启程回家，于是来自西方的英雄们一路欢声笑语，高兴地回到了君士坦丁堡。在迪特里希看来，计划的第一步就是先行一步，赶在君士坦丁回城之前宣布伊梅洛特已经击溃了敌军，而且正迅速向首都进军。

当市民出来迎接英雄时，迪特里希和他的同伴们喊道："趁现在逃吧，或许还有机会保住你们的性命。伊梅洛特和成群的野蛮人会很快找到你们。"然后迪特里希奔向宫殿，恳求皇后和她的女儿以及宫女，带上她们所有的贵重物品，登上他的战舰逃难。他们很快便来到了海边，奥达信赖地伸手撑住迪特里希的臂膀，跨过登舰的木板。随后登舰板便被撤下，皇后哭着乞求迪特里希将她带上，但迪特里希向皇后解释了实情并说明了自己的真实身份，他保证奥达将和他一起回国，作为他心爱的王后同他一起统治西方。

皇后备感欣慰地说道："啊，高贵的英雄，请善待我的女儿，我祝福你们。有时记得想想我，我会想念你们的。"

经过一段愉快的旅程后，远行的勇士抵达巴里，在那里，罗瑟王隆重地举办了自己与公主的婚礼。

意气风发的君士坦丁领着军队凯旋，当他得知发生的事后非常生气。要不是害怕罗瑟王和他的巨人盟友，他定会派出军队去巴里夺回公主。整座国都陷入一片混乱，而巴比伦国王伊梅洛特没有费多大劲便成功逃回自己的王国。皇帝听到消息并没有多懊悔，只因他满脑子全是失去女儿的悔恨。他不再热衷往日盛宴，管家送来的葡萄美酒也不能勾起他的食欲，愈发消瘦苍白的他也衣带渐宽。

行骗高手

一天，君士坦丁独自在房间里，一名管家走到他身前，禀报一位聪明的骗术师要来觐见，他一定能取悦陛下，让皇帝心情更畅快愉悦。君士坦丁允许召见骗术师，奈何骗术师奇特的戏法并没能让皇帝一展笑颜。当骗术师唱起一首歌谣，唱到一位女子被人从她的家园拐走，她的朋友依靠妙计而非蛮力解救她时，皇帝听得全神贯注。一曲唱完，皇帝示意骗术师上前并问他是否可以把公主奥达带回君士坦丁堡。

骗术师回答："请给我一艘漂亮的宝船，里面要装满商品，我便可承诺将公主殿下带回您身边。您要是愿意的话，可以派一些士兵陪我前行，如果我不能践行诺言就让他们砍下我的脑袋。"

不久这艘船便满载货物，准备出海。这不仅是一艘快船，还有许多能干的水手，更不用说有皇帝派来的士兵监督骗术师是否真的会履行他的职责。宝船畅通无阻地一路航行，最终抵达了巴里。

骗术师上岸后就开始工作，想方设法搜寻一切关于王室家族的情报。他发现罗瑟王已经带兵去了利弗兰德，留下米兰的利奥波德代为摄政，骗术师得到这一消息后，庆幸自己碰上了好运气，因为他认为自己的计划会在国王离开时更容易成功。回到宝船上的骗术师，准备好了展示令人眼花缭乱的魔术。奇特的魔术表演吸引了众多看客，眼看时机成熟，骗术师便拿出丝绸宝石售卖，奇怪的是这些琳琅满目的商品中却有一枚格格不入的鹅卵石。人们好奇地问骗术师，这枚平平无奇的鹅卵石能做什么？

"这枚石头，"骗术师轻轻地将石头拿在手中，说，"价值一吨黄金，因为如果王后能用这颗石头碰一个跛足或者病弱的人，他就能立刻强健如初。"

当时围观的许多大人物中有一位贵族叹息道："唉，如果是真的该多好！要是真如你所说，我会把我的领地分给你一半，毕竟我确实有三个孩子，可他们生下来都是瘸子。"

"如果你的好王后能登上我的船，试一试这鹅卵石的神力，"骗术师答道，"他们就会立刻像其他孩子一样活蹦乱跳的。"

伯爵赶忙觐见奥达王后，向她讲述了自己的心愿，一向善良的奥达表示如果真能治好孩子，她当然愿意一试。王后立刻前往宝船，当她和宫女们刚踏上船，登船板便滑落了，船帆的缆索一降，宝船借着一阵大风，飞快驶出岸上众人的视野。

罗瑟救妻

巴里的市民聚在港口周围，不知如何是好，而利奥波德也没能找到一艘能立刻出发的船去追赶劫走王后的绑匪。正在此时，罗瑟王的号角声响起，宣示国王班师回朝。在得知消息后，国王立刻做了决定。

"我们必须向君士坦丁堡派出一支军队，"他喊道，"我亲爱的妻子被人用蛮力和奸计骗走，而我也一定会以武力与智略将她赢回。"

老公爵贝希特摇了摇他满是灰发的脑袋，但还是表示他和自己的手下将追随国王。利奥波德、沃夫拉特和王国的其他亲王也同样承诺愿意随王出征。信使被派往王都外的王国各地，很快就集结出一支大军。罗瑟王挑选出最勇武的战士随他出战，其中就包括阿斯普里安和他的巨人，其他的人马都被遣返回家。与此同时，运载这支小股部队的舰队也准备妥当，一路航行无阻后，罗瑟王一行人马顺利抵达了君士坦丁堡附近。罗瑟王下令舰队在一座小海湾的海岸停靠，这里有浓密的树林环绕，而树林一直延伸到城市的方向，可以藏匿舰船和部队。

"我们在这里很安全，"罗瑟王对他的贵族说，"民众对这片森林有难以形容的恐惧，他们认为这里居住着各种怪物。让我们的人马在此扎寨吧，我会穿上朝圣者的衣服去城里看看发生了什么。"

众人都反对国王独自冒险闯入敌人的据点，许多亲王也站出表态，愿意与罗瑟王一起出发。因此，罗瑟王同意梅兰公爵贝希特与其子利奥波德随他同行。动身之前，沃夫拉特给了罗瑟王一把小号角，他告诉国王，这个号角的声音非常刺耳，几英里外都能听到。阿斯普里安说："一旦我们听到号角声，就会拿着战棍刀剑为您助阵。"

"没错，"维多尔特笑道，"我敢保证，会有许多人被我们打得脑袋开花。"

三个"朝圣者"出发了，他们走了一段路便看见一名骑士穿着闪亮的铠甲朝他们走来，罗瑟王一行人问骑士，君士坦丁堡里是否有什么好消息。

"一条好消息都没有，"他回答，"看，我这身铠甲和这把宝剑都是罗瑟王给的，还有这双价值千金的靴子也是，因为一群不法之徒的侵害，我失去了土地与财富，罗瑟王便资助了我这么多财物。而如今，我了解到希腊人已经偷走了他美丽的妻子，并准备把她嫁给巴比伦王子巴斯里斯滕,那家伙是一个残忍的恶魔。伊梅洛特逃出君士坦丁堡后,召集了一支大军攻入皇帝君士坦丁的皇都,俘虏了皇帝。所以现在,伊梅洛特要求君士坦丁割让他帝国一半的领土,并让奥达夫人和他那个乳臭未干的儿子结婚。根据现在的安排,巴斯里斯滕结婚后也会留在东罗马帝国,这样君士坦丁依然能和他的女儿相伴。一想到随之而来的迫害,这里所有的基督徒都吓得瑟瑟发抖。啊,要是罗瑟王回来该多好啊!我一定会带领所有部下加入他的人马,正如我的大名是阿诺德一样千真万确。"

"一点不假啊,"罗瑟王在分别时说道,"一件善举往往会带来意想不到的回报。"

热闹的君士坦丁堡歌舞升平,伊梅洛特、君士坦丁和他们的部下们在宴厅里其乐融融,谈笑风生,毕竟能在与女儿相伴的情况下又解决了她棘手的婚姻大事,君士坦丁对此大喜过望。驼着背的新郎坐在他父亲与未来丈人之间,而附近还坐着忧愁的奥达和同样悲伤的皇后。宴厅的大门敞开,民众可以前来观看婚礼的盛况。所以三位乔装的"朝圣者"进入宴厅后也未被注意。他们将帽兜拉到眉间遮掩,在一旁观察。罗瑟王三人听到君士坦丁、伊梅洛特和巴斯里斯滕三人吹嘘,如果罗瑟王敢到他们这里,就会尽情羞辱他并将之绞死。他们的谈话引发群臣阵阵笑声,民众则显得躁动不安。罗瑟王趁机设法把一枚镌刻有他名字的戒指塞进了奥达手中,看到戒指的奥达突然如释重负,她拿起戒指展示给母亲。

驼背的新郎突然叫道:"罗瑟王就在这里!他已经给了我妻子一枚戒指,上面刻有他的名字,快把他揪出来!"

侍卫们拔剑出鞘,掀翻宴厅的桌子,四处噪声大作。罗瑟王和伙伴们走上前去,他铿锵有力地说:"是的,本人在此。我来这里是要带回我的妻子,如果巴比伦王和他驼背的蠢儿子胆敢阻挠,我会叫他们尝尝我宝剑的厉害。"

伊梅洛特放声大笑,笑声在大厅内回荡不止,他叫嚣着:"那我就和你这可怜的小国王比一场吧!不,不,你必须被绞死。"

"他必须被绞死!"朝臣附和道。

"把罗瑟王和他的同伙都带到绞刑台,"巴比伦之王继续说道,"抓住他们,好好绑起来,直到他们的手指流血为止。"

扮成朝圣者的英雄们只带着木棍,这些不堪一击的武器哪能帮他们挡住敌人袭来的刀枪剑戟。罗瑟王一行人就此被俘,虽然围观的人群中有许多义士曾接受过罗瑟王的施舍,他们本想挺身而出,但奈何寡不敌众,没有人能救下君臣三人。

罗瑟王骄傲地说:"我身为一名国王,经常在沙场上出生入死,也知道大限将至时该如何毅然赴死。让刽子手在那片闹鬼的树林里处死我吧,那里已经有太多无辜的人死于可耻的君士坦丁之手。"

"好主意,"皇帝冷冷地说,"那里正好有绞刑架可以将拐骗女子的盗贼和他的同伙吊死。"

"没错,"伊梅洛特笑着说,"然后晚上住在丛林里的怪物会来玩弄他们的尸骨,如果巨人也来海边寻找罗瑟王和他的同伙,我们也会绞死他们,这样他们或许就能做个伴。如此一来,巴比伦的全军将士就能见证我伊梅洛特复仇成功,我将成为一位彪炳史册的伟大君王。"

处决的准备工作几小时就完成了,熙熙攘攘的人群中发出不绝于耳的鼓角声,沦为阶下囚的罗瑟王一行人被带到闹鬼的树林里,而好奇的民众也想看一名国王怎么被吊死。

"这就是迪特里希,善良的迪特里希呀!"有人叹息道。也有人笑着答道:"这和我们有什么关系?无论是国王还是乞丐,谁被吊死都一样。"又有人说:"这绞绳套在谁的脖子上都不舒服,但要套在国王的脑袋上,我倒是没想过。"

行刑队伍到达了目的地,囚犯被带到绞刑架下。"高兴点,大人,"刽子手说,"您曾施舍过我一把金币,为了感激您,我会用一条丝绸绞绳给您行刑,这绳子会很快要了您的命,减少您的痛苦。但遗憾的是,另外两位大人就必须被普通的麻绳绞死。圣米迦勒在上,我之前一天行刑的活都没做过,我很讨厌这个活儿。"

"请把我的双手松开一小会儿,好兄弟,"罗瑟王请求,"我想先祈祷祈祷。"

"您真是虔诚,"刽子手回答,"我也会向我的主保圣人①祈祷,求他把您从绞刑架上直接带到天堂。"

刽子手一边说着,一边松绑国王的双手,然后罗瑟王开始祈祷。与此同时,他将藏在衣服里的号角取出吹响三次,巨大的号角声穿过大山、穿过谷地,呼喊着国王隐于树林深处全副武装、整装待发的忠诚战友。国王伊梅洛特越来越不耐烦了,他下令如果刽子手再拖延行刑时间,就把刽子手也一起吊死。胆小的刽子手只得再次捆绑起罗瑟王的双手,就在此时,树林背后传出一阵巨响。

阿诺德已经率领自己的部下加入罗瑟王的大军,此时他冲入刑场,率领部队奋力营救自己的恩人。一场恶战就此打响,伊梅洛特和他的手下相继陷入绝境,巴斯里斯滕也在逃亡路上被杀。来自沙漠的巴比伦大军分崩离析,毁于一旦。

战斗胜利后,罗瑟王寻找皇帝,但他发现君士坦丁坚信"小心即

---

① 主保圣人(Patron Saint),是守护圣人的意思。是被天主教会立定的圣人(女),选定为个人、国家、教区、堂区、职业等在天主前代祷之圣人或圣女。

大勇"①的道理,早就逃进皇宫躲在了宫女的住处避难。皇帝的勇气荡然无存,他恳求皇后和女儿拜托罗瑟王让自己免受巨人的毒手,这些人是名副其实的恶魔之子。宫女很快就准备好出门迎接西方的君王,她们将胆小的皇帝藏在队伍中间,在许多随从陪同下前往森林。他们见到的第一批人就是巨人,阿斯普里安的双眼如同猎鹰般锐利,一下子就发现了努力躲藏的皇帝,他伸出长臂,越过皇后头顶,抓住皇帝的颈背,随后把君士坦丁扔在地上。维多尔特举起战棍,想将倒在地上失去知觉的皇帝杀死,但身为巨人酋长的阿斯普里安制止了维多尔特,他说:"别这样杀了他,维多尔特,把这个可怜虫送到绞刑架吊死吧。"

巨人像捡起婴儿一样抓起皇帝,然后一路手舞足蹈,抱着皇帝去了绞刑架。但很快罗瑟王领着他的英雄们赶到,及时救下了君士坦丁。因妻子已经回归怀抱,满脑爱意的罗瑟王已忘记了胸中的怒气与仇恨,决定宽恕君士坦丁。当晚他们在宴厅会面时,君士坦丁皇帝百感交集,他心情大起大落后异常饥饿,据说他吃下了一整条羊腿,喝下了一大坛葡萄酒。

罗瑟王虽然征服了东方帝国,但他还是把所有帝国领土还给了他的岳父,随后和王后奥达坐船驶向巴里。靠岸后,他们又去了罗马城,在那里极为隆重地举行了第二次婚礼仪式。罗瑟王和妻子生活得快乐长久,儿孙绕膝。随着时间的推移,我们会听到他们的女儿赫尔卡②和孙女赫拉特的许多乐事。

---

① 原文Prudence the better part of valour,作者或许很可能用典了莎士比亚《亨利四世·上篇》的名句,"Discretion is the better part of valour",讽刺胆小鬼为自己的怯懦找借口。
② Herka,其名亦可写作Herche或Helche,原作者注。而后文中作者实际将其写作Erka(埃尔卡),译者注。

第三章
奥特尼特

伦巴第曾经出现过一位伟大的国君,远近王国都不如他的帝国富裕强大。这位君主便是奥特尼特,他治下的领土横跨整个意大利,从阿尔卑斯山直到汪洋大海,甚至还囊括了西西里岛。奥特尼特王战无不胜,他的力气可抵得上十二名成年男子,附近的王公也全是他的附庸。

然而他仍然渴望冒险,内心的躁动让他无法安心享受万贯财富和伟大名声。他常常如同梦游般坐在桌旁,美味佳肴食之无味,弄臣奉承无心倾听,甚至游吟诗人们的唱歌赞颂,他也无动于衷。他经常独自一人徘徊山中,寻求冒险,诛杀强盗,消灭捕食牧民牛羊的野兽。但即便如此,奥特尼特也并不满意,他叹了口气,似乎还渴求更多东西。

有一天,奥特尼特一如既往地伫立海边,看着波浪在夕阳的照耀下起起伏伏,此时水面上升起了一层薄雾。又过了几分钟,薄雾像面纱一样慢慢散开,呈现出一幅奇妙的景象。那是一座带有塔楼和碉堡的城堡,城垛上站着一名女子,奥特尼特王虽已游历四方,但从未见过如此国色天香的美人,奥特尼特王就像中了魔一般,完完全全被女子迷住了双眼,目光无法从她身上挪开片刻。随后雾又渐渐浓密,而女子与城堡也彻底消失,仿佛从未存在过一般。

就当奥特尼特还痴迷地盯着女子出现过的地方时,身后传来了脚步声。

"啊,是她来了!"奥特尼特以为女子从背后出现,便迅速转身,紧紧抱住并亲吻了来者,但来人却是长着胡子的伊利亚斯[①],即奥特尼特的舅舅,他是统治罗伊斯[②]蛮族的亲王。伊利亚斯热情地向奥特尼特回以拥抱,然后说:"真是我的好外甥,竟然像情人一样欢迎舅舅,不过你一直盯着女巫的方向,我想那才是让你这样热情的原因吧。试着忘记你所看到的一切,否则身为国王的你,脑袋也会被挂在芒塔布尔[③]要塞上示众,那里住着可爱的女巫和他的父亲——一位老异教徒。"

"如此说来那位美人是真的存在,"奥特尼特很快喊道,"那她非我莫属,我愿意用生命赢得她的芳心。"

"你这是说的什么话?"伊利亚斯回答,"竟想用国王的脑袋换女人的一绺鬈发!看来伦巴第的游吟诗人又能把你的故事写成新的歌谣了。"

"我怎样才能找到她?"奥特尼特王问道,"告诉我有关她的情况,我想一定有流浪的乐手传唱她的故事。"

---

① Ylyas,其名亦可写作Eligas或者Elias,原作者注。传说其原型来自俄罗斯的民间英雄伊利亚·穆罗梅斯(Ilya Muromets)。
② 罗伊斯,Reussen即Reußen是过去德语中对俄罗斯民族或俄罗斯国家的称呼,直到20世纪初该词仍与"Russen"和"Russland"交替使用,有时可泛指整个东斯拉夫人。
③ 芒塔布尔(Muntabur),这座要塞的名字原型很可能来自Mount Tabor,即塔沃尔山,位于以色列北部,传统上认为该山是《新约圣经》记载耶稣显现圣容的地方,苏丹阿迪尔一世也曾在那拥有城堡。

"哎呀，外甥，"身为长辈的伊利亚斯说，"我现在要和你说的故事全都是我亲眼所见、亲耳所闻。没有夹杂丁点儿游吟诗人的想象来哄你开心。马科雷尔①是这位少女的父亲，他统治着叙利亚、耶路撒冷等东方领土。那时我从圣墓②朝圣归来，有一晚来到芒塔布尔要塞的门口，身体疲倦不堪，双脚酸痛不已，值守的撒拉逊③卫兵同情我，于是带我进城，还热情地招待了我。就是那时，我看到了邪恶的异端国王，他的皮肤和摩尔人④一样漆黑，还有他那美丽的公主西德拉特。我听说国王打算在他生病的妻子过世后就迎娶自己的女儿，所以才将所有向公主求婚的追求者通通斩首。芒塔布尔要塞的塔楼已经挂上了七十二颗龇牙咧嘴的骷髅头。所以说吧，勇敢的年轻人，你难道想成为第七十三个被那位国王砍掉脑袋的人？"

"我早已经历无数冒险，"奥特尼特回答，"这一次也定让异教徒臣服于我。"

第二天，全国上下的名流显贵被召集到议会厅开会。奥特尼特告诉众人，他要在叙利亚发起战役，希望各位廷臣帮助他集结军队。一开始，大家都劝说奥特尼特放弃这项荒诞不经的计划，但他们屡次劝说无果后，一切事项都听从了奥特尼特的旨意，甚至把他缺席时代管国家各省的总督与副总督人选都已敲定。伊利亚斯是在场唯一支持国

---

① 马科雷尔（Machorell），这位国王名字的原型很可能来自第五次十字军东征中对抗的苏丹，阿迪尔一世，他的全名是阿里·马尔科·阿迪尔（al-Malekal-Adel）。
② 圣墓即耶稣坟墓所在地，位于以色列东耶路撒冷旧城。
③ 撒拉逊（Saracen）系指从如今的叙利亚到沙特阿拉伯之间的沙漠牧民，广义上则指中古时代所有的阿拉伯人。
④ 摩尔人（Moor），居住在非洲西北部的穆斯林，曾于8世纪侵占西班牙部分地区。

王的人，他表示无论外甥想去哪里，他都将亲身陪伴。

散会时，萨迦瑞斯出现了。他是掌管阿普利亚与西西里的异教领主，也是国王的忠实伙伴。听完国王和议会决定的事项，他立刻宣布自己准备提供一艘大船来运载武器渡海，国王感谢他的热心帮助。在伊利亚斯的建议下，国王将远征计划推迟到次年春天，那时的天气更适合海上航行。

因此，奥特尼特不得不尽力抑制他心中的躁动。他非常孤独，因为他知道没人支持自己。奥特尼特的母亲竭力劝说他放弃这次冒险，她直截了当地向奥特尼特讲明远征的危险，告诉他如此爱一个只在幻象中见过的女人是多么可笑，更何况对方的性格脾气他还一无所知。奥特尼特不愿过着闲适而一成不变的生活，决心去群山中找些事来做。临行前，母后恳请奥特尼特不要离开，因她害怕他发生意外。但她发现自己的努力徒劳无功后，便从手指上取下一枚戒指，说："如果你决意要走，务必戴上这枚戒指。虽然这枚戒指镶金不多，里面的石头也不太美观，可它有着神奇的魔力，这是用整座王国也换不到的。你就在山野中随意探索吧，但首先一定要沿着路朝左骑行，那条路会带你翻过高山找到湖泊，然后沿着一堵石墙下的小路走到山谷。仔细看路，直到你发现一眼从岩石涌出的泉水，它附近还有一棵巨大的椴树[①]。你将在那里经历一段奇遇。"

神情激动的母后声音颤抖、泪眼婆娑，却只能用哀伤的眼神看着儿子，恳求他别再多问。

---

① 椴树（lime-tree），日耳曼人心中的圣树，日耳曼人将其尊奉为爱情女神芙蕾雅，甚至用来裁定法律。虽然树名英语中含有"lime"，但椴树和水果酸橙、青柠都无关系，而中亚热带的寺庙会种植椴树来替代菩提树。

矮人阿尔贝里希[①]

奥特尼特骑马远行,他禁止任何随从陪同,只说自己想独处一会儿。清凉的山风吹过太阳穴,令奥特尼特神清气爽,困扰他的浓雾也一并被吹散了。奥特尼特进入森林时,太阳已开始落山。夜晚四周一片漆黑,奥特尼特迷了路,直到第二天破晓,他才走出森林。

来到一片空地后,奥特尼特小憩了片刻,马儿在草地上吃草,他也享受着早餐时光,之后便再次朝群山出发。终于,他来到母后提到过的石墙,开始沿着墙脚骑行。正如母后所说,直到听见潺潺的泉水声,一转过弯,他就看到了面前的椴树。这棵大树早在一年前就已枝繁叶茂,结苞开花。奥特尼特环顾四周,发现树下是一片宽大的草坪,草丛中长着三叶草,还有许多颜色各异的花朵竞相绽放,筑巢于椴树上的鸟儿们更是多得数不胜数。

国王感觉很奇怪,似乎他在童年时就听到过那些鸟儿欢迎他的歌声,他猛然想起母后曾经唱过的一首小曲,不由得开始轻声哼唱起来。小鸟们唱的这一首歌,每段旋律都各成特色,甜美动听,令人闻之如坠夏日。整首歌都是在致敬森林之王——阿尔贝里希。

"阿尔贝里希——森林之王。"奥特尼特觉得自己一定听过这个名字,但他现在却什么也记不起来。难道他童年时没有和叫阿尔贝里希的男孩一起玩耍过?困惑的他感觉自己的记忆一片混乱,无意中瞥见了母后的戒指,戒指里的石头像火一样闪闪发光,照亮了一位孩子可爱的脸庞,而这孩子躺在附近的草坪上睡着了。

"可怜的小男孩,"英雄奥特尼特王同情地说,"不知道是谁把你抛

[①] 阿尔贝里希(Alberich),又可写作阿尔夫李奇(ÆLF-RIC),原作者注。

奥特尼特和阿尔贝里希

在这么偏远的地方,你妈妈一定很担心你!我不能让你在这饿死,或是给野兽吃掉。"

奥特尼特先把马绳拴在树枝上,然后弯下腰想把孩子抱在怀中带走。令他惊讶的是,孩子竟朝他胸口狠狠一踢,他不仅痛得仰面跌倒,一松手孩子也掉到了地上。奥特尼特刚勉强站稳脚跟,又发现自己被孩子紧紧抓住,不得不使出全力才没被他掀翻。高大的国王竟和可爱的孩子激烈地扭打在一起,这幅场景确实让人惊奇。两人在扭打之时将花草踩在脚底,折断了树枝与灌木,最终奥特尼特将对手扔倒在地,接着便要拔剑挥砍。尽管怒火中烧,但奥特尼特还是没法下手,毕竟此时小家伙恳切地注视着他,用温柔的嗓音求饶,恳请奥特尼特不要杀害手无寸铁的自己。小男孩还称，如果国王能饶他一命，自己便愿报救命之恩，献上一套珍贵的武具，包括头盔、盾牌和一身金银编织的锁子甲，最后还有一把宝剑，名叫罗森①。这把宝剑浸泡过龙血，所以剑刃坚固耐用。

奥特尼特要求对方提供人质来确保信守诺言，而小家伙告诉他，在这片荒山野岭是找不到人质的，但他保证奥特尼特大可相信他的话，因为他也是一位国王，统治的领土比伦巴第大得多，不过他的领土实际上在地下而非地上，而且他日夜都从事着锻冶金属的活儿。英雄奥特尼特也觉得没有必要提供人质，而且确实没法找到，便允许他的俘虏起身。但在小家伙去拿许诺的盔甲前，他说希望能得到奥特尼特手上戴着的戒指，他索要这枚戒指时毫无顾忌，似乎这枚戒指没什么价值一样。

"我不能给你，"奥特尼特回绝，"因为这是我亲爱的母后送给我的礼物，如果我把这枚戒指送给别人，她将永不原谅我。"

小家伙嗤笑道："你自称一介英雄，却还害怕你妈妈的拳头！那我想听听，当你在战斗时负伤会做什么？会像小孩儿那样看到血就号啕大哭吗？"

奥特尼特答道："哪怕你要把我剁成肉片，我也不会怕痛，可母亲的一滴眼泪、一声叹息却真的令我心如刀绞。"

"行吧，你可真是孝顺母后的大孝子，"小家伙继续说，"但我只想摸一摸，看一看你的戒指，又不会弄坏了它。更何况现在我还任你处置，不是吗？你执剑在手，而我手无寸铁。"

犹豫了一会儿，国王同意让男孩拿走手指上的戒指，但戒指刚一

---

① 罗森，Rosen，该词在德语中有"玫瑰"的含义。

到手，男孩便突然毫无预兆地消失在奥特尼特眼前。奥特尼特不知所措，而男孩的声音时近时远，嘲讽国王丢了戒指，回家会被母亲责打。最后男孩又说会投一些石头，看看自己能砸多准。尖锐的石块如同暴雨一般朝奥特尼特袭来。奥特尼特虽然身佩宝剑，力大无穷，可还是招架不住这阵石雨，于是他转身去找自己的马，准备骑马离开。

看到这里，淘气的小妖精叫道："等一会儿，我的好朋友。要是你母亲真拿鞭子抽你，我也会很难受。听我说，我会告诉你一些很重要的秘密，如果你能以国王的名誉保证不会因为之前的恶作剧报复我，我就会归还这枚戒指。"

"那好吧，"奥特尼特回答，"我以我的名誉保证。"

"如果我要继续说你母亲的坏话呢？"

"那不行，"国王喊道，"那我将绝不原谅你，你想怎么说我都行，但我的母亲绝对是最纯洁、最完美的女人。"

"我完全同意，"小家伙说，"因此你大可不用担心我会诽谤你的母亲，毕竟我是矮人之王阿尔贝里希，而我和你的关系实际比你想的要更近。我会告诉你真相，但是先收好你的戒指，我相信你言而有信。"

奥特尼特刚发现戒指回到手中，就立刻戴回手指上，然后一下就看见男孩站在他身前。阿尔贝里希接着说："大王，您其实得感谢我，因为是我帮您打下了广袤的领土，赢得无数的胜利，让您可以统御众多的国民，拥有雄伟的城堡、繁荣的城镇。而您这身惊人的力量也是源自我。您的上一任国王，也就是您口中的父王，在年老时和罗伊斯亲王的年轻妹妹结婚，可这场婚姻并没有为国王诞下孩子，国王和王后恳求上天能赐予他们一位子嗣，可是未能如愿。您母亲是伦巴第最好、最贤惠的女人，但她担心丈夫去世，而王国没有继承人后就会陷入混乱，并为此心力交瘁。她预见国家那时会分裂成几个派别，战乱不断，同胞们兵戎相见，田地荒芜，民不聊生，而她自己也会被驱逐出伦巴第，逃亡在外，无家可归。我经常隐身走进她的房间，听到她的悲叹。国王年纪越大，她越是焦虑，随后，想必您迟早会知道的，我于是成了她第二任丈夫。"

"怪物，你在撒谎！"奥特尼特拔出一把匕首，冲着对方大叫，但是他没能下手杀他，因为男孩毫无惧怕地看着他微笑。

"您这样发火没有什么好处，"他说道，"我建议你最好听我说完故事。虽然看上去我很年轻，但我已经五百岁了，论身材我很矮小，可在实力上我和你一样强大，更何况我还是你的父亲。我曾向老国王提议，他可以和妻子偷偷离婚，然后让她与我结婚。老国王应允了，但你的母亲不同意。她成天累月地哭泣，可在国王的一再要求下，最后只好同意。在一位神父主持下，我们秘密地结婚了。没人猜到之前发生了什么，因此你从出生之时起，就被视作老国王的儿子。直到老国王去世后，我才赢得你母后的芳心。我有时带你们到这里，和你像两个孩子一样在花丛中玩耍。有时我会和鸟儿一起唱那首歌颂森林之王的自然之歌，你的母后在加登城①里也经常唱给你听。你成长为一名男子汉和英雄后，我常常在你身边，而没有人可以看到我，每当有一些致命的武器威胁到你的生命时，我都会把它们挡在一边。在你跨过汹涌的大海、努力争得摩尔少女的芳心时，我也会到那儿帮助你。只要你还戴着手指上的戒指，仅需向我许愿，便可以见到我。现在稍稍等几分钟，我去为你拿来坚不可摧的战甲，还有削铁如泥、甚至连龙鳞都无法抵御的罗森剑。"

---

① 加登城（Castle Garden），应指奥特尼特所居住的王室城堡。

奥特尼特沉浸在矮人讲述的故事中，觉得自己恍如置身梦境，突然他听到身后有一阵沉重的脚步声，还有盔甲哐当作响。奥特尼特一下回过神来，转身一看，发现一位健壮的矮人帮助阿尔贝里希带来了许诺的礼物。矮人赠送的盔甲不仅镀有黄金，顶部还安有一颗价值连城的宝石。整套战甲的做工也非常漂亮，工匠还在铠甲上精心镶嵌了几枚闪闪发光的钻石。送给奥特尼特的宝剑则插在金质剑鞘中，刀柄是发光的红玉，而锋利的钢刃上则雕刻着金色花纹和国王的名字。

眼前精美的装备令奥特尼特叹为观止，他穿上铠甲，发现很合身。然后，他用强壮的胳膊抱起娇小的父亲，吻了吻他玫瑰色的嘴唇，阿尔贝里希满怀深情地回以拥抱。在奥特尼特骑马远去时，他听到父亲说的最后一句话是："别忘了那枚重要的戒指。永远不要把它送给别人，只要你将戒指戴在手指上，我就能立刻到你身旁。"

奥特尼特回家后，所有家臣都高兴地迎接他，而她的母亲也望向他，示意奥特尼特到她那里。奥特尼特立刻跑上台阶，亲吻着母亲，低声说："我是从父亲阿尔贝里希那儿回来的。"

"那些事你都知道了吗？"母后问道，把脸埋在儿子的肩膀上。

"我只知道我依然会敬爱我的母后。"奥特尼特回答。

终于到了五月，国王的大军集结完毕，向南进军，途经托斯卡纳、罗马和那不勒斯，从那里他们上船去西西里岛。岛上的城镇墨西拿是所有军队的集合地，他们在那举办誓师大会，军队抵达后，他们发现忠诚可靠的萨迦瑞斯不仅准备好了船，还把船内装得满满当当，里面不仅有航行时需要的补给品，还有可以出售的商品，以备不时之需。

很快，大家都登上了船，一阵顺风鼓起船帆，经验丰富的水手驾船驶向汹涌的大海。

苏德斯之城（提尔①城）

经过一段漫长的航程，船员们欢呼"陆地"的声音从桅杆上传来，很快大家在甲板上就可以清楚地看到提尔城的海岸和码头。但这时船长走到国王面前说："陛下，我们迷路了。没有风能带领船驶出这个地方。城镇里的人都已经看到我们了，很快他们就会派出海盗船来围追我们。"

"来吧，外甥，"伊利亚斯说，"把这个胆小鬼扔到海里去和鱼群做兄弟吧。难道我们的士兵还不能抵御摩尔人吗？"

"大人，"船长答道，"就算我们有宝剑和盾牌也打不过他们，这群异教徒会往船上投掷希腊火②，船会因此点着，所有人要么被火烧死，要么只得跳海溺水而亡。"

大家不知如何是好，都站在国王面前一声不吭。突然，一个声音从桅顶传来："所有人放下武器！把货物运上来，再把帆收起来，以免敌人猜到我们想逃跑。"

"嘿，天哪！这是阿尔贝里希，"奥特尼特说，"我怎么会忘记他？"奥特尼特抬头一望，看见矮人之王迅速地从桅杆滑到甲板上，又过了一会儿，就站到了他的身边。

"你把戒指和我都忘了，"阿尔贝里希说，"但父亲不会这么快就忘记他的儿子。现在赶快按我的指令行事。"

奥特尼特听了感到惭愧，他命人把杀敌的武器都藏在船下，同时将萨迦瑞斯送来的商品铺在甲板上。与此同时，矮人再次爬上桅杆，

---

① 提尔（Tyre），最雄伟的腓尼基城市，据说是紫色颜料的诞生地。
② 希腊火，是东罗马帝国所发明的一种可以在水上或水里燃烧的液态燃烧剂，可以盛载于陶器中，由人手抛出。

一来到高处，就向摩尔人喊道："朝这儿看，我们是从意大利带来商品的友好商人，请让我们自由驶进提尔港。"

伊利亚斯张嘴盯着桅杆顶，旗帜一如既往地正常飘扬，什么人也看不到，可他刚听到的声音又是谁发出的？

"是有魔鬼在船上吗？"他在自己身上画着十字，"还是一位善良的精灵？外甥，你之前到底是在和谁说话？现在又是谁在船的桅杆上喊话？"

"是一位善良的精灵，"奥特尼特答道，"一位会帮我们化险为夷的小矮人，你应该亲眼看看。"奥特尼特说着便把自己的魔戒套到了舅舅手指上，伊利亚斯非常惊讶地看到一位长相近似孩子的矮人爬下船桅，而奥特尼特简略地说了说自己经历的奇遇后，伊利亚斯听了更是惊讶无比。

这时，提尔人的战舰已经追上了奥特尼特的船，舰队提督自称是来自城中的巡查官，他质询这群陌生人来到海边是不是真的要和他们做生意。随后他看了看船上的商品，发现它们数量众多、品相华美，于是巡查官确信奥特尼特一行人是来此贸易，便同意放他们进港，甚至还准许他们上岸。那天下午，许多提尔城的镇民买到了物美价廉的意大利商品。

傍晚，奥特尼特与伊利亚斯商讨下一步行动，伊利亚斯建议对城堡进行突袭，无论老幼都统统杀光。奥特尼特还没来得及回答，阿尔贝里希便插进叔侄的谈话，他说在敌人不知情的情况下偷袭并不是光明正大的行为，渴求名誉与荣耀的人绝不会这样胜之不武。但奥特尼特担心派出的使节会被异教徒杀害，阿尔贝里希便自告奋勇，承担下达战书的重任。阿尔贝里希挑了一条鲜有人走的偏路匆匆赶到芒塔布尔要塞。来到城堡时，他看到国王马科雷尔正站在城墙上享受着凉爽的晚风。

"给我听着，摩尔人的国王，"矮人站在城堡的护城河上叫阵，"记住我的话，我的主君，奥特尼特王希望娶你的女儿为妻，让她做伦巴第王国的王后。如果你不肯同意，他就会命我立即对你宣战。再次警告你，他会在第二天破晓前就攻打提尔城，打下城后就会来到芒塔布尔要塞，惩处你的恶行，娶走你的女儿。"

"是嘛，小妖精，"马科雷尔生气地叫道，"你是想给你的主子说门亲事，对吧？如果你还坚持这愚蠢的计划，我很快就会砍下你和你主子的脑袋，挂在我堡垒的城垛上做装饰。不过你到底躲在哪里，我怎么看不见你？"

"在你的护城河下。"阿尔贝里希答道。

国王将一块巨石扔向他猜测的位置，但没能砸中阿尔贝里希。马科雷尔叫出卫兵，把四周都搜查了遍，但直到夜幕降临，回来的士兵都一无所获，令马科雷尔大失所望。同一天晚上，奥特尼特突然向城市发起猛攻。起初，他发现提尔城中毫无防备。然而提尔人很快就拿起武器，英勇地保卫城镇，但他们依旧无力改变战局。经过一场恶战，奥特尼特终于获胜，只可惜他的许多忠诚部下都战死沙场。

奥特尼特追击完提尔人后，就赶回他舅舅战斗过的地方，发现伊利亚斯正躺在地上，周围都是他的部下。舅舅是死是伤？奥特尼特焦急地弯下腰，解开舅舅的头盔，急切地想知道他是否还活着。伊利亚斯的心脏仍在跳动，当奥特尼特把舅舅抱在怀中时，碰巧用阿尔贝里希的戒指碰到了舅舅，不一会儿伊利亚斯便站了起来，他的伤口迅速痊愈，身体也恢复了活力，就仿佛从未受过伤似的。这对奥特尼特来说可谓幸事，因为不久，他和部下又再次被城市里的几帮敌人围攻，他们虽一度溃败，可又重新集结。最终，敌人损失惨重，再次败退，奥特尼特彻底控制了提尔城。剩下的提尔市民宣誓效忠伦巴第之王奥特尼特，奥特尼特命令他们照顾有需要的伤员，无论敌友。奥特尼特让部下休息几天，因为之后他就要带他们攻打芒塔布尔要塞。

芒塔布尔要塞

经过一番考虑，伊利亚斯和奥特尼特一致认为阿尔贝里希是突袭战中担任旗手的最佳人选，他也同意了。武士们满是惊讶地看到走在前面的战马旁竟飘浮着一面皇家旗帜。

"那位看不见的旗手一定是天使。"他们充满敬畏地说着。行军路上并无大事发生，因为有隐身的阿尔贝里希领着队伍，一切都进展顺利。

最终，芒塔布尔要塞耸立在众人眼前，那是一座坐落在悬崖峭壁上的可怕堡垒。马科雷尔已经听说奥特尼特大军即将到来，便做好准备迎击对手，他大大强化了守备，觉得自己稳操胜券。战局之初，马科雷尔的自信似乎确实不是空穴来风，但在撒克逊人似乎就要取得胜利的关键时刻，命运的风向发生了改变。

隐身的阿尔贝里希爬到了城墙上，用他惊人的力量将城墙上的石弩一台又一台地扔进护城河。守军士兵发现竟有一双看不见的手推走这些笨重的武器，都被吓得一动不动，随后阿尔贝里希又趁机将他们打得丢盔弃甲。

奥特尼特抓住矮人创造的机会，再次发起更猛烈的进攻。

美丽的西德拉特

阿尔贝里希接着离开城墙，打开一道侧门，找到路走向城垛上方的塔状建筑中。那是摩尔人的神庙，供奉着两位摩尔人崇拜的神灵，也就是穆罕默德与阿波罗，同时还安放着两座巨大的石刻雕像。皇后和她的女儿——美丽的西德拉特跪在神像面前，祈祷神灵保护她们不被入侵者伤害。

突然，西德拉特发现有一只隐形的手轻轻抓住了自己，起初她有点害怕，但随后又感到欣慰，因为她觉得神灵已经听到了她的祈祷，所以现在才会降下神兆来安抚她。但是这位看不见的朋友并非一位异教之神，而是阿尔贝里希。

阿尔贝里希低声说："你们的神已经归于尘土，我是来自另一个世界的使者，奉命到这里拯救苍生，教化你们信仰真神。"

公主吓得站了起来，急忙走向跪在不远处的母亲。与此同时，矮人将神像通通推倒在地，摔成碎砾。这对母女更加恐慌，她们确信一定是恶魔在神庙里作祟。

阿尔贝里希回到公主身边，把她拉到要塞的碉楼上，低语道："看，那儿有位英雄希望娶你为妻，让你做他王国的王后。"

公主不由自主地向下望去，看到奥特尼特正在英勇地战斗，击败了所有挡在他面前的敌人。奥特尼特举止高雅，仪容端庄，看上去犹如神灵一般，令公主无法移开目光。此时奥特尼特正准备攻击她的父亲，两人交手一番后，奥特尼特一剑劈开了马科雷尔的盾牌。奥特尼特举起宝剑便要再次挥砍，但西德拉特痛苦地大叫一声，令奥特尼特收住了杀意。因为在那一刻，奥特尼特看到了站在碉楼上的西德拉特，他知道这位少女便是他在海上幻象中见到的少女，自那以来，奥特尼特就一直爱着她。

"看到英雄王了吗?"矮人问道,可公主没有回答他。矮人继续说:"明早天一亮就走到护城河那儿,和你父亲说你要去召唤诸神庇护要塞,他便会放你出去。而当你到了护城河,便会看到国王正等着与你说话。"

阿尔贝里希料想公主会按照他说的去做,便转身离开了。战斗不再像之前那么激烈,双方将士经过奋战都很疲惫。奥特尼特的军队退到河岸扎寨过夜,而摩尔人则躲在要塞闭门不出。奥特尼特一整晚都梦到西德拉特,随后醒来的他担心公主不会前来赴约。清晨太阳还没升起,他就骑上马,独自前往芒塔布尔。奥特尼特藏在一棵酸豆树的枝干下,等了又等,先是怀疑,又是害怕,想着心爱的公主是会来,还是不会?终于,要塞的一扇后门打开,走出一位穿着白衣之人。

"西德拉特!"奥特尼特失声喊道,同时迅速上前把公主抱在怀里。

"快上马,不要在此地耽搁,"矮人小声说,"沿着那条穿过瀑布的路走。"

奥特尼特立即遵照矮人的建议行事,他扶少女上马,然后准备骑行离开。塔楼上的一名守卫看到了奥特尼特的头盔,一下认出来了他,立即拉响了警报,马科雷尔等人及时出现。奥特尼特差点被箭射中,好在那天,命运的天平数次偏转,最终战斗结束。攻城一方人数大减,没法再靠强攻夺取城堡,守城一方也境遇凄惨,还因为失去公主而士气低落。

奥特尼特第二天早上开始撤退,抵达提尔城时,他发现自己的船情况良好,可以出海。于是奥特尼特下令尽快出发,这支勇敢的小部队带着西德拉特和众多战利品迅速回到王国。

在伦巴第,基督牧师为公主传授宗教知识时,西德拉特表现得虚心好学，于是她得以受洗，获得教名"利布加特"。不久之后，她便和奥特尼特在加登城结婚，举国臣民都为国王的好运而欢欣。

蛤蟆蛋

奥特尼特与妻子的婚后生活非常幸福，国内也一片安宁祥和。因为叙利亚的战役光荣磊落，英雄沐浴在荣耀之中，甚至戴上了罗马的帝国皇冠①。

一天，奥特尼特和王后一起坐在宴厅中，他们的战士正坐在二人身旁用餐。仆人通报一位陌生人要来觐见，此人自称来自东方，要为奥特尼特夫妇送上大礼。等了几分钟后，大使被允许觐见，他高如巨人，面相野蛮，称自己名叫韦莱。他宣称自己是国王马科雷尔派来的，让他以国王的名义同奥特尼特交朋友，同时也为他的漂亮女儿捎来问候，为了表示与女婿和解，国王马科雷尔为奥特尼特送来从整个叙利亚搜集到的极品珠宝。说完，韦莱便叫来自己的妻子萝泽。萝泽随即出现，她甚至比韦莱更高大，也更可怕。她将四个大宝箱拖进了大厅，然后相继打开，展现在国王、王后以及朝堂群臣的面前。第一个宝箱装满了各式衣物和各类钢制器皿，第二个装满了银手镯和做工精美的装饰品，第三个宝箱也是手镯和饰品，只不过是金制而非银制。第四个宝箱由韦莱亲自打开，他非常小心地从里面拿出了两颗奇形怪状、

---

① 西罗马帝国灭亡后，查理曼于公元800年被教皇利奥三世加冕为"罗马人的皇帝"，使得罗马皇帝的头衔得以流传，除了加洛林王朝君主，也有意大利东北部的贵族君王获得过头衔。但是伦巴第王国早在774年为查理曼所灭，故史诗说法在历史上并不严谨。

色泽怪异的大蛋。

"这些蛋是亚伯拉罕的魔法蛤蟆下的，"韦莱说道，"我的妻子会照料它们，孵化几日后，你们会看到每颗奇妙的蛤蟆石蛋内都会有东西发出光芒，就像黑夜中的太阳一般耀眼，那是一种奇特的生物，只要你们能喂饱它，它就能帮你们在海岸抵御所有入侵者。我是马科雷尔国王的首席猎人，懂得如何饲养这头野兽，并能教它听话。所以，我恳请陛下能为我和妻子在山里找一处潮湿安静的地方，我们可以在那照看好这些蛋。明年我的主君会亲自渡海与您结交为朋友，还将亲眼见证我们培养出的神奇动物。"

王后发现父王愿意和解不禁大喜，她伸出双臂搂住丈夫的脖子，恳请丈夫接受她父王的善意。朝臣非常赞同王后的观点，但是奥特尼特的异教忠臣萨迦瑞斯却摇了摇头，他当场质疑，却没有人听得进他的想法。奥特尼特给各个行省总督下令，如果他们的辖区里有适合孵蛋的地方，便应优待两位巨人，给他们食物，满足他们在山中的一切所需。

特兰托①附近的山上有一片大沼泽，沼泽深处有一处洞穴位于巨石之下。韦莱和妻子住在那里，总督每天都会派人给他们送一些食物。萝泽不知疲倦地费心照料这两枚蛋，不久后两只小林德龙（又叫林德虫）②破壳而出。它们外形漂亮，动作优美，服从巨人和他妻子的每一个命令。总督有时会去观赏这些生物，觉得它们活泼可爱，讨人喜欢。但是林德龙有一个缺点，那就是它们的食量与日俱增，而且吃得越多

---

① 特兰托（Trento），德语中写作 Trient，意大利最靠北的葡萄酒产区，城市旁亦有山区。
② 林德虫（lind-worm），又译"林德沃姆"，一种神话生物。它和飞龙十分近似，也出现在其他日耳曼神话与史诗作品中。

便生长得越快。几日之后，林德龙站立起身时，比监护它们的巨人都要高大，性情也变得凶恶暴躁。当总督发现林德龙一天吃下两头公牛都不满足时，便犹豫着要不要接着供应食物。半饥半饿的林德龙怒火惊人，连韦莱和萝泽都开始害怕，不得不逃到另一处洞穴躲避。监护它们的巨人一离开，两只林德龙便爬出了洞穴，在整片地区游荡，它们将路上遇到的一切活物全都吞噬，包括人类和牛畜。人们抛弃了家园，逃到山上的堡垒里。但这么做也是徒劳，林德龙一路追赶，吃下所有落入它们爪牙的人。

总督派出大批骑士和步兵与林德龙战斗，但几乎没有人能活着回来讲述他们惨败的故事。每能饱餐一顿，林德龙便会更加健壮，所有人见了都心生绝望，整片王国似乎都要就此被林德龙摧毁。

奥特尼特大战林德龙

这天，皇帝[①]奥特尼特找到妻子，说自己必须得去打一场硬仗，请她为自己穿戴盔甲。

"去和谁战斗？"担心的利布加特止不住颤抖，几乎连话都说不清楚。

"好吧，利布加特，"他说道，"想必你一定知道，是你父亲送来的蛤蟆蛋生出了荼毒我王国的恶龙。我是子民的卫士，当我去叙利亚赢得你时，正是他们帮助了我，所以我现在要为了他们而对抗这些怪兽。

---

① 奥特尼特此处被作者写为"Emperor"，应是取自他戴上"罗马的帝国皇冠"后，继承了"罗马人的皇帝"头衔。

奥特尼特策马击杀林德龙

我不敢肯定自己能赢,也许我会杀了它们,也有可能它们会杀了我。"

皇后流泪,向奥特尼特倾诉自己心中的恐惧,但她的丈夫安慰了她。奥特尼特提醒皇后,他还有削铁如泥的罗森宝剑,此剑足以穿透龙鳞。

"一旦我没法平安回来,"他继续说,"会有人替我复仇。如果有人能把你给我的戒指带回来,那便是他替我报了仇,你也可以嫁给他。"

奥特尼特吻别了皇后，便转身离开。利布加特双眼含泪，目送丈夫，直到再也望不见他的背影。皇后不禁思考，已有多少英勇的战士在奥特尼特出征前就命丧怪物之口，再也无法回家与他们的亲友团聚。

　　最终，奥特尼特来到了一座岩石下，他猜能在这里发现林德龙。但奥特尼特没能见到恶龙，他下马吹响号角，松开狗绳，放出他带来的忠犬猎杀怪物。突然，岩石上开了一扇门，巨人韦莱走了出来，他冲奥特尼特大叫挑衅，恶毒地咒骂皇帝。可伦巴第之王一剑就把韦莱的战棍劈成两段，巨人向后一跃，立马就抽出一把六码长的大剑。他把剑举过头顶，不断挥舞。奥特尼特的头盔重重地被接了一刀，国王被震得晕倒在地。

　　"老头子，打得好！"萝泽把她的头探出门外喊道，"现在让我过去抓住他，拧断他的脖子，然后把他扔进龙窝喂龙。"

　　就在这时，消失在树林里的猎犬开始凶狠地狂吠，萝泽吓得急忙跑开，想看看发生了什么情况。此刻奥特尼特站了起来，顺势一挥宝

传说中形似海蛇的林德龙

剑，砍断了巨人韦莱的一条腿。受伤的巨人痛苦地号叫，靠在岩石上想要掩护自己，但奥特尼特又迅速砍掉了巨人的另一条腿。听到打斗声，女巨人回来战斗，她拔起一棵树当作武器，全力向英雄砸去。但萝泽被激情蒙蔽了理智，她算错了距离，把树重重砸在了自己的丈夫头上，竟然劈开了他的脑袋。奥特尼特随后杀死了女巨人，并在战斗结束后休息了一会儿。他吃了一些随身携带的食物，补充了一些水分，还让自己的坐骑随意在山野的草地上吃了些甘甜的矮草。休息已毕，奥特尼特精神振作，再次开始他的屠龙之旅。

奥特尼特骑马穿过一片树林，遇到了一群烧炭工，奥特尼特停下问他们要去哪里才能找到林德龙。烧炭工想劝国王折返，但没能成功，随后他们告诉奥特尼特怪兽已经向西出发，其中有一只林德龙已经生下一窝年轻的幼崽，它们就藏在狭窄的洞穴里，而另外一只已经去了山脉深处，甚至已经到了另一片大陆。

奥特尼特没有理会刚刚收到的警告，一路朝西边驰行。到了傍晚，小憩片刻后的奥特尼特发现食物将要耗尽，他想尽快找一处人家拿些补给。于是他再次出发，策马前行了整整一夜。第二天，他来到一片草地，看见矮小的阿尔贝里希正坐在树下。矮人看上去无比悲伤，奥特尼特牵马来到他身边时，矮人说道："我亲爱的儿子，你去和林德龙战斗就是送死。回到加登城吧，因为我的力量没法胜过那群怪兽。这一次，我没法帮你。"

"我不需要帮助，"英雄回答道，"我不是有罗森剑吗？这些地狱猛兽正成群结队地祸害我可怜的子民，而我定会用罗森剑将它们一一击败。"

"愿你成功！"矮人说道，他跳上马鞍亲吻自己的儿子，"衷心希望你得胜归来！为此你必须多加小心，而且千万记住，不要在路上睡着了。这是我能给你的最后一个建议。现在把你从母后那得到的戒指还给我。如果你平安无恙地回到加登城，我还会再给你。"

奥特尼特刚归还戒指，他就感到嘴唇被父亲亲吻了一下，随后矮人消失不见了。英雄怀着坚定的意志，越过小山、跨过河流、踏遍荒凉的峡谷。最后，他意外地来到了那棵熟悉的椴树前，正是在那棵树下，他和阿尔贝里希第一次相遇。鸟儿一如既往地在唱歌，一切看起来都和谐而平静。奥特尼特和他的马都累坏了，他跳下马背，让马吃草，自己则躺在柔软的草地上，让忠犬放哨。

奥特尼特思考着自己的计划，虽然他也十分想回到自己的加登城，与温柔的利布加特团聚，但他还是放下了自己的愿望，暗自思考道："一个国家就像是一个人的身体，百姓就像是人的躯干，而国王则相当于人的大脑。所以国王若要对得起自己高贵的身份，就必须尽力保护自己的百姓免受一切伤害。我完全可以相信我的力量和宝剑，还有我为之奋战的信念。"似乎椴树上的鸟儿也领会了奥特尼特的想法，为国王唱起一支欢快而振奋的赞歌。国王静静地看着它们，但很快疲劳就占了上风——他闭上眼，睡着了。

突然，鸟儿停下了歌声，树枝也不再轻柔地来回摆动，花朵低着头，就好似一股毒气正从它们身上掠过。可怕的林德龙爬过树丛，张开血盆大口，露出一排长而尖利的牙齿，无论是大树还是灌木都被它庞大的身躯压垮。奥特尼特的忠犬不停嚎叫，拉拽他的主人，希望叫醒他。可奥特尼特似乎沉浸在迷人的美梦中，始终没有醒来。忠犬向龙扑去，可它半路就被龙的尾巴击飞，没法靠近恶龙。就在这时，这头可怕的怪兽看见了奥特尼特，它扑向猎物，把奥特尼特拖到灌木丛里，然后一次又一次地砸在地上，摔断了奥特尼特所有的骨头。尽管骨头都碎了，但国王的铠甲还完好如初。林德龙用它有力的大嘴叼起尸体，带回洞中的巢穴，那里的幼崽叫个不停，贪婪地望着它们最喜欢的食物，透过锁子甲的钢环，它们努力吞下所有能入口的肉。

　　奥特尼特的忠犬尾随恶龙回巢，希望能救自己的主人，可它守在洞穴外观察了一晚，发现自己无能为力，第二天一早便赶回加登城。

恶龙发现奥特尼特睡着了

悲伤的利布加特

与此同时,利布加特和老王后都非常焦虑。她们时而充满希望,时而又担惊受怕。第四天,她们坐在一起,听到有什么东西在敲门。利布加特开门,看见了国王的忠犬,这是她丈夫最后一次旅行的同伴。狗见到她时并没有表现出往常一样的喜悦,而是慢慢地爬进来,躺在老王后的脚边,小声地呻吟哀鸣。

"他死了——我的儿子被怪物杀了。"不幸的母亲哭喊道。她在说完这几句遗言后,便倒在椅子上去世了。

年轻的王后利布加特发出尖叫,侍女听到她的声音来到房间,很快就将噩耗传出宫外,不久之后整个王国都知道了这则噩耗。伦巴第已无国王,国家的秩序也无人主持。大贵族争战不休,王国也四分五裂,派系林立。最后,大家都不愿意看到国家陷入群龙无首的混乱状态,议会的显贵重臣一致同意,拯救王国的唯一办法就是让利布加特选择一位文武双全、有明君器量的人做丈夫。贵族一起觐见王后,他们每个人都暗自希望自己能被选中。众人问利布加特对未来的国王有何要求,王后严肃而认真地回答,她说自己对奥特尼特忠贞不贰,只有能除掉林德龙为奥特尼特复仇的人才能继承王位。贵族们面面相觑,羞愧不已,急忙从王后面前离开,但很快他们便按捺不住自己贪婪的野心,要为争权夺利发动内战。利布加特被剥夺了全部特权,甚至国库都被贵族侵占,所以她不得不和少数忠诚的侍女相伴,靠纺纱自力更生。

托斯卡纳的侯爵[①]听说王后竟沦落到如此境地,非常同情。他愿

---

① 侯爵(Margrave),在德国贵族阶层中高于伯爵一级的贵族,相当于英国贵族制度中的"Marquess",有时也可以代指德国边境行省的总督。*

意在他的封国为王后提供庇护，但王后说她曾与奥特尼特在加登城幸福生活过，也愿意继续在此为自己的丈夫凭吊伤怀。侯爵被王后的忠贞所打动，他为王后送来食物和酒，好让她不必再为生活所苦，王后因此得以维持生计。伦巴第人希望强迫王后再嫁来摆脱不幸的生活，可王后不从。利布加特平静而耐心地忍受着自己的不幸，意志坚定的她继承了丈夫的遗志，发誓一定要找到英雄，杀死林德龙，为奥特尼特复仇。

利布加特的生活愁云密布，犹如一片晦暗的夜空，凄惨无光，但很快就会有人实现她为夫报仇的夙愿，他将如一颗逐渐升起的明星，驱走王后心中的黑暗。

II

亚美伦人

THE AMELUNGS

> 亚美伦（Amelung），也被称作阿马立（Amali），他们本是东罗马帝国治下的东哥德族部落，领命征服意大利第一个蛮族王国后成为该地的实际统治者，随后建立了阿马立王朝。

第一章
胡格狄特里希与沃尔夫狄特里希

胡格狄特里希与美丽的希尔德博格

奥特尼特的祖先统治伦巴第时,安齐乌斯大帝正生活在君士坦丁堡,统治着希腊、保加利亚等地。临终之际,他将儿子胡格狄特里希托付给自己的忠臣——梅兰公爵贝希特来照顾。贝希特是安齐乌斯亲手带大的养子,长大成人后的他立下了无数功勋,享有盛誉。

贝希特觉得,他的首要职责就是为他抚养的少主挑选一名妻子,只有地位相等、姿色绝伦且聪颖智慧的公主才能配得上这样一位卓越出色的皇子。见多识广的贝希特早已游走各地,在他知道的所有公主中,只有一人配得上他的少主,但若想要求婚成功就得克服诸多困难。贝希特将他的顾虑如实告诉了皇子,他非常希望能撮合皇子与希尔德博格喜结连理,但也担心此事希望渺茫,因为那位公主乃是帖撒罗尼迦[①]国王

[①] 帖撒罗尼迦(Thessalonica),是东罗马帝国马其顿省一个重要的城市,曾为帝国第二大都市,第四次十字军东征时期,西欧封建主于1204年在此建立过王国,1224年为伊庇鲁斯公国所灭,现在此地名为塞萨洛尼基(Thessaloniki)。

瓦尔冈德的掌上明珠。瓦尔冈德对女儿太过呵护，甚至害怕女儿出嫁后就会离开自己，于是把她关进一座高塔，仅有一位老卫兵作陪。除此之外，能和她说话的人也只有国王、王后和公主的女仆。

胡格狄特里希饶有兴致地听着这桩奇事，

美丽的希尔德博格

他暗下决心：如有能力，定要一窥公主真容。于是胡格狄特里希开始努力学习女红，模仿女性的行为举止，甚至还给自己穿上女人的衣服。随后，他宣布要亲自前往帖撒罗尼迦去结识希尔德博格。

胡格狄特里希乔装成一位千金小姐，带着许多女仆如期而至帖撒罗尼迦。国王和王后听说有贵客来访，便允许对方来王宫觐见。"千金小姐"应邀而来，"她"告诉国王陛下，自己乃"希尔德根德"——皇帝胡格狄特里希的妹妹，现在她被自己的兄弟定罪放逐。希尔德根德恳请国王保护她，为她在王宫提供一个住处。与此同时，她还为王后献上一件价值昂贵的刺绣，以表她的诚意。王后不仅答应了希尔德根德的要求，随后还恳求她向宫女们传授刺绣技艺。一切进展顺利，随后贝希特和他的士兵就回到了君士坦丁堡，因为胡格狄特里希已经不再需要他们的保护了。

美人希尔德博格听说了宫中的奇事，她请求父亲允许她去看看那些刺绣，会一会这位擅长刺绣的客人。一饱眼福后，希尔德博格便想学习这门手艺。瓦尔冈德同意了,他认为这个陌生人非常适合陪伴他的女儿,希尔德博格也很享受和"她"相处的时光。几周后,希尔德博格才发现自己老师的真身,随后两人逐渐情投意合,最终彼此相爱。但他们一直担心这桩秘密的恋爱会被发现,直到有一天,他们再也难掩心中的焦虑。

"我们未来会怎样?"希尔德博格哭喊道,"我的父王绝对不会原谅我,他会下令把我们都杀死。"

"那样至少我们也会死在一起,"胡格狄特里希答道,"但我还有一计。这里的卫兵以及你的仆人都站在我们这边,而我预计贝希特很快会以王兄原谅我为借口,把我带回君士坦丁堡。那时我会派出使者来向你求婚,到时候就算你的父亲知道了我们的秘密,也无能为力了。"

如胡格狄特里希所预料的那样,贝希特把他接走了。但是东罗马帝国边境战事再起,胡格狄特里希身为皇帝理应上阵带兵,求婚仪式于是不得不因此推迟。当胡格狄特里希在沙场上出生入死之时,希尔德博格也面临险境,她已经生下了一个儿子,如果让父王知道此事,必然凶多吉少。所幸男孩安静地在塔中降生,除了三位看守公主的忠诚卫兵外,没有人知道情况。直到此事发生数月之后,希尔德博格的母后才派人说要来看望自己的女儿。王后几乎紧随使者而来,高塔的守门人假装很难打开门锁,而在他打开塔门时,另一位卫兵已经偷偷把孩子带到护城河旁一处藏身所。此时已日薄西山,王后因此与女儿一起过夜。第二天早晨王后离开后,公主的忠仆急忙去孩子的藏身处,却没能找到孩子。经过漫长而焦急的搜寻,仆人回到公主身边,谎称男孩已经带给一位奶妈,对方答应会好好抚养男孩长大。

不久之后,贝希特来到帖撒罗尼迦,他代表自己的主君胡格狄特里希感谢王室接待了他的妹妹。同时也在此向希尔德博格公主求婚,通过他妹妹的描述，胡格狄特里希陛下已经爱上了希尔德博格公主。国王没有立即回复求婚一事，他将此事推迟，并邀请贝希特参加第二天为欢迎他而举办的大游猎。

这是一个明媚的早晨，猎人出发前往森林。他们兴高采烈地骑马，尽兴玩乐了一天。最终国王与贝希特碰巧路过公主居住的高塔，希尔德博格正在那艰难度日，等待她未能前来的丈夫。国王一行人骑马时，他们发现一匹狼刚留下的足迹，一直通向一处泉水。大家跟着足迹走，被带到了附近灌木丛旁的一处狼穴，而他们在狼穴中看到了一幕神奇的景象：在巢穴中央，躺着一位相貌漂亮的孩子，他周围则是一群狼崽，这些狼崽年龄都太小，所以还睁不开眼。而男孩正和小狼崽玩耍，他拽着狼崽们的耳朵，与幼狼咿呀耳语。但显然狼崽们并不喜欢男孩的举动，母狼也被激怒，她突然制止了男孩的双手，要把他撵出狼穴，

胡格狄特里希在丛林中看到被狼群喂养的男孩

而公狼突然现身,男孩似乎就要葬身狼腹。国王与贝希特见此便熟练地扔出长矛,当场杀死了这两只狼。然后国王轻轻地把男孩抱在怀里,仿佛这就是他自己的孩子。

"这真是奇怪,"国王说,"我竟然这么喜欢这个男孩。他一定很饿,真是可怜的小男子汉。我女儿住的塔就离这儿很近,我们在那一定能找到一些鲜牛奶喂他。我女儿看到这个小家伙也会十分高兴,因为她很喜欢小孩子,但很少有机会见到他们。"国王一行人走得很慢,由贝希特抱着孩子。与此同时,国王兴致勃勃而又十分谨慎地查看着狼的足迹。

"看这儿,"国王说,"这不奇怪吗?狼的足迹直接从狼穴来到了护城河,我怀疑那狼是不是在这附近偷走了孩子。"美人希尔德博格听到父亲讲述的故事非常震惊,她把孩子抱在怀里,看到孩子胳膊上的红十字胎记便立马认出这是自己的儿子。她竭力掩饰自己的感情,尽力故作平静地表示愿意收养这个孩子,并恳请国王尽快给她派一名奶妈。

国王回家后,将自己的奇遇告诉了王后,王后也十分好奇,想见这个孩子。她派出一名奶妈,陪她前往女儿居住的高塔。到了那里,王后发现女儿正忙着照顾孩子。王后看到孩子,把他抱在怀里说:"我多希望知道这孩子母亲是谁!想必她一定很难过。"

希尔德博格回道:"是啊,但看看他的衣服是多么精美!这表明他可是贵族的后裔。"

"哦,天哪,"王后叹了口气,"我要是有这么一个孙子,该是多么幸福!"

希尔德博格听了再也没法保守心中的秘密,她扑到母后的怀里,含泪告诉母后自己已经偷偷嫁给了胡格狄特里希,而那个男孩正是他们生下的孩子。王后吓了一跳,虽然她很生气,但事已至此,也无法挽回了。一想到这孩子的父亲是一位伟大的皇帝，也算是一种安慰。她告诉女儿自己什么都不会说出去，但也会思考之后应该怎么做才最好。

瓦尔冈德觉得男孩身上有一种奇异的魔力吸引了自己，他几乎每天都来高塔来见男孩和他的女儿。见此情况，王后告诉瓦尔冈德，她多么希望有一个女婿和这样的孙子。王后提醒国王，要是没有年富力强的年轻人接班，那他们垂垂老矣时就会沦为四周蛮族的猎物。王后还补充道，胡格狄特里希在她眼中就是做女婿的不二人选。简而言之，王后为女儿的婚事做足了铺垫。因此当贝希特正式替皇帝求婚时，国王犹豫片刻便应允了，只需希尔德博格同意就能举办婚事。随后，王后将公主秘密的恋情和盘托出。

"太棒了！"国王听到消息后，虽然非常震惊但并没有生气。

胡格狄特里希随后很快赶来与公主希尔德博格完婚，婚礼结束后，胡格狄特里希带着他美丽的娇妻和小儿子回到王国。他们将孩子取名为"沃尔夫狄特里希"，以纪念他第一次在狼窝的奇妙冒险①。

萨贝内是随皇后希尔德博格一同前往君士坦丁堡的谋臣，他是帖撒罗尼迦王国的名流贵族之一，他的智略也受到希尔德博格父亲的信赖，国王希望他能成为女儿的参谋，帮她处理各种难题。萨贝内可靠能干，很快就成为皇后离不开的幕僚，同时也赢得了贝希特公爵的信任。公爵劝说皇帝在自己出征离朝时，让萨贝内代为摄政。

萨贝内因贝希特的善心而获得高位，可这位心肠虚伪的大臣却因此更加大胆自负，无法无天。有一天，他甚至对皇后出言不逊。高贵

---

① 沃尔夫狄特里希的名字"Wolfdieterich"中前缀带有表示狼含义的"wolf"，是用于纪念他在狼窝被发现的经历。

的希尔德博格严厉斥责了他,萨贝内跪倒在地,请求得到她的原谅,并恳求皇后不要把他的无礼失言告诉皇帝。皇后答应了,但她命令萨贝内就此从她眼前消失。

胡格狄特里希得胜而归时,萨贝内第一个来见皇帝。他向皇帝汇报了自己管理国家的工作情况,最后似乎有意无意提到很多人不满皇帝的法定继承人沃尔夫狄特里希。这些人传言他并不是圣上的亲生儿子,而可能是精灵的儿子,甚至更恶劣的说法是巫师①的儿子并被女巫调包欺骗了皇室。胡格狄特里希只将这些故事视作戏言,他不仅没有怀疑自己的儿子,反而罢免了萨贝内。忠诚的贝希特接任皇子的老师,于是沃尔夫和公爵的十六个儿子一起学习,完成了晋升骑士所需的全部练习。

时光流逝,皇后又为丈夫再添了两位皇子,分别名叫伯根和瓦克斯穆斯,他们也都被送到贝希特那培养。老公爵对他所有的学生都疼爱有加,而表现优异的沃尔夫则是他最欣赏的爱徒。嫡皇子武艺高强,勇敢无畏,老公爵坚信他定能成为一名行侠仗义的骑士和光明磊落的勇士。

忙碌的皇帝很少有时间去梅兰的利连波特城堡,希尔德博格也不常来访,所以沃尔夫已经习惯把贝希特当作自己的父亲,把公爵夫人当作自己的母亲。他的兄弟伯根和瓦克斯穆斯早早就回到了君士坦丁堡,狡猾的萨贝内在那儿竭尽所能地骗取两位皇子们的友谊与信任。皇后看到这一幕感到心寒,她害怕奸臣勾结皇子会生出恶果,便将萨贝内多年前辱骂她的事情告诉了皇帝。胡格狄特里希大发雷霆,萨贝

---

① Alraun,德语中的曼德拉草,传说中的曼德拉草是根部长成人形的妖草,中世纪时,许多人认为曼德拉草是女巫巫术的重要原料,故过去该词也常指代巫师或者魔法师。

内差点没能保住性命,他只得逃离东罗马帝国到匈人的领地避难。

胡格狄特里希为国事和大小战事所困,因此他日渐衰老。当他感觉自己大限将至时,便极为小心地安排好了所有的身后事,他将君士坦丁堡和帝国大部分领土都遗赠给了长子沃尔夫,而两位幼子则分得了南方的王国,同时皇后和贝希特将负责确保遗嘱得以遵照执行。

皇帝刚安息入土,帝国各地的贵族便在议会聚会,他们要求重新召回萨贝内,否则他们担心萨贝内会将他的威胁付诸行动,带领野蛮的匈人攻打他们。皇后觉得自身实力还不够强大,经不起这群贵族的抗议,于是她派出部下召回了这个叛徒。

沃尔夫狄特里希与十一忠臣

阴险狡猾的萨贝内刚回到帝国,便又开始策划阴谋,他在人群中散播有关沃尔夫身世的荒谬谣言。他称皇后在孤塔中生活时,秘密嫁给了一个精灵,也正是精灵的咒语才让沃尔夫没有被狼群撕成碎片。这种不可思议的奇闻更容易让民众相信,于是纷纷要求沃尔夫留在梅兰。萨贝内甚至成功让沃尔夫的弟弟伯根和瓦克斯穆斯相信了这则谣言,他也因此得到了渴求的权力。萨贝内相信自己大权在握,更加肆无忌惮,他命令皇后离开宫殿去梅兰找她的儿子,并只允许皇后带一名女仆、一匹马和随身衣物。可怜的皇后,她的其他财产都被萨贝内扣留,无论这些财宝是来自她父王还是来自她丈夫。两位年轻的国王并没有替自己的母后说话,因为萨贝内向他们保证,如果沃尔夫和梅兰大公带兵进攻,皇后的财宝可以充作军资,拿来武装军队。

希尔德博格来到了利连波特城堡的外堡——胡格尔瞭望台,她因旅途奔波而疲惫不堪，希望能进城休息。起初，贝希特公爵拒绝皇后入城，因为她没有听从公爵谏言而让萨贝内得以回国，祸乱朝政。但他看到希尔德博格如此憔悴后，最终还是动了恻隐之心，把她领进了城堡，以王室的规格招待她。公爵夫人接待皇后时身边站着十七名年轻人，他们都称呼公爵夫人为母亲。在这些年轻人当中，长得最高大英俊的少年便是沃尔夫，可皇后没有立刻认出自己的儿子。但在他们彼此见面之后，沃尔夫立即扑到母亲的怀中，他安慰母后并承诺自己会帮她恢复皇后的地位与荣耀。

贝希特公爵一开始建议讲和，因为他觉得沃尔夫的兄弟成为国王后实力雄厚，难以击败。但最终，养子的一腔热血感动了贝希特，老公爵不仅同意沃尔夫出战，还允许他调遣自己的十六个儿子和一万六千名士兵。将所有人召集起来后，公爵和沃尔夫决定先出发前往君士坦丁堡，看看能否通过和平交涉来达成目的。

两人抵达君士坦丁堡后的第二天，便在议会同萨贝内和两位国王会面。贝希特被隆重接待，但似乎没有人愿意抬眼去看与他同行的沃尔夫。而在嫡皇子起身，要求依法分得皇帝的遗产时，伯根反唇相讥他是精灵调包生下的杂种①，并非皇帝所生，无权分得任何遗产。萨贝内更是补了一句，他觉得沃尔夫应该去找生他的巫师求助，这样能在地狱分得一座王国。沃尔夫气得正要拔剑，所幸公爵立刻上前劝止，沃尔夫看到老公爵诚恳的眼神也瞬间冷静，没有将心中的愤怒公然宣泄。两位国王与萨贝内竭尽所能说服公爵与他们为伍，可公爵拒绝了。议会散会后，老公爵不辞而别，他压抑心中的不悦，立刻和沃尔夫策

---

① Changeling在英语中可指传奇故事中被仙女掉包生下的孩子，有时也可表示含有贬义的低能儿。

马赶回了利连波特要塞。

休整几日后,他们又再次前往君士坦丁堡,但这次他们率领大军,要与对方兵戎相见。到达梅兰边境后,他们发现皇室军队已经做了迎击的准备。夜幕降临时,他们在一片森林环绕的宽阔山谷里扎营。第二天早晨,军队养足了精神,双方都确信自己胜券在握。此刻,战歌响起,像滚滚雷声回荡在群山之间。紧接着,两军交战,沃尔夫一马当先,冲到阵前,转身向贝希特说道:"你看到萨贝内和我的两个兄弟在那座小山上了吗?我倒要去看看谁才是更有出息的男子汉,是他们还是我这个'巫师之子'。"

说完这些话,沃尔夫用军靴上的马刺踢了踢马肚,催促战马带着他冲过敌阵。老贝希特本想拦住嫡皇子,但见此情形也只能带领儿子和一小队士兵跟在身后。在靠近小山后,他们发现自己已经被希腊人团团围住。沃尔夫的部队惨遭屠戮,损失惨重,贝希特也有六名儿子战死身旁,而沃尔夫被石头砸中了头盔,失去知觉后轰然倒地。老公爵和他的儿子们把嫡皇子抱了起来,把他安全地带离了战场。一整晚他们都在逃难,第二天也只休息了几小时就接着赶路。他们回到利连波特城堡时,发现部队都早已撤回驻地。

贝希特说:"我们就在这里等待叛徒出现,并借助城堡的石墙进行反击,让他们损兵折将,战败而归。这里的补给能支持我们四年,足够抵御敌军了。"

很快敌人出现在城堡前,萨贝内要求把沃尔夫交给他们,并威胁说如果不照做,他们就要把城堡和里面的一切都烧得干干净净。而守军没有多费口舌,他们直接在沃尔夫的亲自率领下展开突围。嫡皇子表现英勇,本来有望击败敌军,但最终还是寡不敌众,被迫撤退,守军再次陷入困境。自那天起,沃尔夫失去了少年时期的自信与快乐，变得神色凝重，沉默寡言。他不再相信正义必胜，也不再笃信上帝，而是抱怨自己输给了一股不可战胜的力量，那便是人们常说的"命运"。

西格蒙妮

攻城战持续了三年，但城堡始终没有解围的希望。守城方的食物开始见底，要是敌人利用城中的饥荒作战，那最后必定是守军开门投降。公爵想过一些办法来输送粮食，但并没有成功。一天，沃尔夫亲自来找他，说他打算在夜里溜出城堡，穿过敌人的营地，去向统治西方的伦巴第大帝奥特尼特求助。老公爵极力劝说沃尔夫放弃这个念头，还提醒他城堡的补给还能再撑一年，敌人军中正在暴发瘟疫，或许很快就会撤围。但年轻的沃尔夫没有听劝，午夜时分，他向自己的养父和忠诚的朋友道别。

"愿上帝保护您，我敬爱的殿下，"贝希特把沃尔夫拥在怀里说道，"您要到伦巴第，就必须穿过鲁米利亚[①]，那是一片荒无人烟的荒原，只有野兽和恶灵的不毛之地。此外，您还要小心一位叫劳赫爱斯[②]的女巫，她诡计多端、法力高超，专门在路上等候年轻的战士上钩。如果您能有幸到达奥特尼特皇帝那里，请不要忘记我们，我虽然已经年老，但现在还有十个儿子活着，我们会一直效忠于您！"

大家就此别过，他们按照商议好的计划展开行动。首先守城部队

---

① 鲁米利亚，历史名词，又称鲁梅利亚，位于巴尔干半岛，包括马其顿、阿尔巴尼亚、色雷斯等地，之后成为奥斯曼帝国设立的领地。
② Rauch-Else，同时也有版本写作粗野的爱丽丝（rough Alice），原作者注。

沃尔夫狄特里希为了妻子与德鲁斯安等人战斗

从城堡主门发起突围，吸引敌人的注意力，而沃尔夫从城堡后方的后门逃走。他在快逃出敌人营地时被人认出，于是沃尔夫立即骑上了骏马，拔出剑在敌人中杀出一条血路，他在躲进漆黑的森林后就逃脱了敌人的追捕。沃尔夫花了整整一晚穿过森林，一路上他听到狼群在远处嚎叫，所幸他并没有遭遇险境，并且平安脱身。破晓时分，沃尔夫发现自己来到一片宽阔的高沼湖，各种怪物从湖中爬出，想挡住他的去路。嫡皇子杀掉了其中两头怪物，吓跑其他野兽后，终于化险为夷。沃尔夫把行囊里的面包分与马儿吃，但这点补给聊胜于无，忠诚的坐骑终于筋疲力竭，再也无力继续驮动他的主人，沃尔夫于是下马，牵着缰绳步行。

第四天夜晚，身上的疲劳终于彻底占据上风，沃尔夫不得不停下休息。湖边的草地上笼罩着一层寒冷的薄雾，沃尔夫为暖身子，用身边零散的灌木枝生起了火。他和爱马在附近的小溪饮水解渴，随后他靠在马鞍上躺下，思考着自己悲惨的命运。渐渐入睡的他本要失去意识，但干草丛中响起的怪声突然惊醒了他。一个浑身漆黑、长相可怕的怪物爬了过来，它一点点逼近，随后立在半空，身材高大惊人。怪物如同怒熊发出咆哮，用野兽般的吼声与沃尔夫直接对话。

"你竟敢睡在这里！"怪兽说，"我是劳赫爱斯，这片土地是我的领地，另外，我还有一片更加幅员辽阔的王国。给我起来，然后赶紧滚开，要不然我就把你扔进这寒冷的沼泽地里！"

沃尔夫原本愿意服从对方的要求，可是他已筋疲力竭，走不动路。于是他请求这位长相如同熊一般的女王送他一些吃的，他告诉女王，自己被残忍的弟弟剥夺了遗产，现在他只能在这荒原中挨饿。

"那么你就是沃尔夫狄特里希，"熊女咆哮道，"好啊，原来你就是我命中注定的丈夫，我一定得救活你。"熊女给了沃尔夫一条多汁的树根，他刚吃完一根便恢复了精神，力量更是大增了十倍，他甚至幻想，要是十一位忠臣再次为他助阵，就能一举击破希腊人的大军。随后沃尔夫按照劳赫爱斯的指点，把剩下的树根分给了他的战马。最初马儿小心地闻着树根，不敢下口，但最后没能忍住饥饿大口吃起来。吃完树根不久，骏马也恢复了体力，它用马蹄刨地，急切地嘶鸣，随时都能载着主人继续疾驰。

"快说，你会成为我的真爱吗？"熊女问道，她走到年轻人面前，准备用她那可怕的爪子将对方抓到胸前。

"别过来，"沃尔夫拔剑喊道，"像你这样的恶魔只能在地狱里找到丈夫。"

"可你别忘了，是我给了你食物，也是我帮你脱离险境。"劳赫爱斯反问，"一直以来我都在等你出现，盼望着你将我从邪恶的诅咒中解放出来，快爱上我吧。"沃尔夫感觉对方的声音不再像凶猛的野兽，似乎突然间变成了温柔的人声。

"会的，会的。"沃尔夫说，"只要你不再是一头毛茸茸的凶兽，我就会爱上你。"话音刚落，熊女身上的黑毛便缓缓飘落至脚底，一位美女就此伫立在沃尔夫面前，她戴着一顶王冠，身上披着一件绿色丝绸的披风，腰间则束着镶嵌珠宝的皮带。

"说吧，年轻的英雄，你会爱我吗？"美女复述之前的话语时，嗓音也变得甜美动人。沃尔夫没有多言，他直接拥吻了女子。"你可得知道，"她说，"虽然我在这片荒野之地中的名字叫劳赫爱斯，但我的真名是西格蒙妮，古老王国特洛伊的女王，你的那句'会的'，将我从魔法师的咒术中解放出来，所以现在我们能前往特洛伊古国，而你将在那里成为国王。"

两人开心地踏上了旅程，沃尔夫的战马也尾随身后。最终他们听到了海岸的涛声，一直走到岸边后，发现一艘造型奇特的船正在等候他们。这艘船的船头是一块又大又尖的鱼头，舵台处则立着一条美人鱼，她伸出的臂膀便是舵柄，而船尾处的方向舵则是鱼尾的形状。此外这艘船没有船帆，却装着一双狮鹫的翅膀，这样一来，船无论是逆风还是逆潮航行时，航速都不受影响。雕刻精美的美人鱼舵台是用黎巴嫩山的雪松制成，无须旅者自己动手，它便可自己操舵，行驶到乘客想去的地方。船上还有其他令人称奇的宝物，其中就有一顶漆黑的隐身帽、一枚镶嵌胜利之石的戒指以及一件棕榈丝制成的衬衣。那件短小的棕榈丝衬衣看上去只能给孩子穿，可西格蒙妮给自己的情人穿上衬衣时，衣服却变得越来越大，沃尔夫穿上后刚好合身。

"小心保管这件衣服，"西格蒙妮说道，"这件神衣能帮你化险为夷。穿上它后，敌人无法用钢剑和石块伤到你，恶龙的烈火与尖牙也不足为惧。"

借着狮鹫的羽翼，漂浮海面的奇船像风一样在西海劈波斩浪，很快将旅者送到了古国特洛伊。在那里，百姓高兴地迎接了他们心爱的女王。西格蒙妮介绍高贵的武士沃尔夫将成为她未来的丈夫，大家听后欢声雷动，喝彩声久久不散。两人在王国举办了盛大的婚礼庆典，而沃尔夫也当上国王，开始了幸福的生活。他在美丽的娇妻身旁，忘记了自己的全部不幸与哀伤，而且，唉！甚至还忘记了为他而身处险境的十一忠臣。偶尔独处时，往事又会像噩梦一般浮现在沃尔夫眼前，沃尔夫随后会责备自己疏于职守，但只需西格蒙妮牵起他的手，他又会忘记自己的荣誉与职责，安于现状。

有一次，沃尔夫和妻子以及所有朝臣外出行猎，一只长着金角的漂亮雄鹿从附近的灌木丛跳了出来，这头鹿看上去威风凛凛，但它发现猎人后便转身回到了树林。"上帝啊，我的好子民，"西格蒙妮喊道，"谁能杀掉那头雄鹿，给我带来黄金鹿角，我重重有赏，此外，带来鹿角的人还能从我手中得到一枚戒指。"

许多猎人开始追逐公鹿，沃尔夫一马当先，在公鹿的引领下，他走过许多条曲折的道路，但最终鹿还是消失了。大失所望的沃尔夫只好折返，可他刚回营地，却发现这里已经陷入一片混乱。一位可怕的巨人魔法师——德鲁斯安带着一群全副武装的矮人，趁国王与武士不在时来到营地，带走了女王。没人知道魔法师将女王带往何处，沃尔夫再次失去了亲人，他孑然一身，无依无靠，就像被困荒原时一样悲惨。沃尔夫一心思念西格蒙妮，他决定要走遍世界寻找爱妻，如果不成，他便会为之殉死。

沃尔夫将身上的皇袍换成了一身朝圣者的装束，并把自己的宝剑藏在了一杆空心的拐杖中，一路上他将拄拐前进。就这样一身装扮的沃尔夫漫游各地，到处打听巨人德鲁斯安的城堡位置。最后，他从一个小矮人那里得知，他要找的魔法师在离海很远的高山上，许多矮人都拥他为王。沃尔夫再次启程，继续往前走，直到最后看到城堡。他在泉水边坐下来休息，以满是恳求的眼神盯着城堡，他期望自己的妻子就在那里。十分疲惫的沃尔夫进入梦乡，在梦中他见到了妻子，十分开心。

突然沃尔夫听到一阵粗鲁的吼声，他肋骨挨了一拳后立马就醒了过来。"什么嘛，嗬！原来是个朝圣者，"那声音说道，"你睡得这么久，还不够吗？去我家吃点东西，我妻子想见见你。"沃尔夫一跃而起，他跟随粗暴叫醒他的巨人出发，发现大步在前的对方正要去城堡，他知道自己的朝圣之旅即将抵达终点，满怀感恩与喜悦的心情走进了宽阔的大厅。

西格蒙妮坐在那里，她两眼哭得通红。沃尔夫注意到妻子的眼神，他看出来妻子知道自己的真实身份，但沃尔夫极力控制自己的感情，以便自己的伪装不被识破。"好了，老婆，"德鲁斯安吼道，"这是你想见的牧师，或许他可以给你讲一些宗教故事。当然，他就像一只又呆又蠢的蜥蜴，这样的小人物能有什么用！"巨人转向朝圣者接着说道，"那儿有一袋骨头，你可以靠着炉火坐下，然后吃点东西，看看能不能暖和你贫弱的身体。"

朝圣者照做了，因为兴奋而又焦虑的沃尔夫正饿着肚子。矮人们送来吃的和喝的后，沃尔夫狼吞虎咽，直到酒足饭饱。巨人不断质询他的来历，沃尔夫做了简短的回答，其中有一些答复与事实相差甚远。

天色渐晚，德鲁斯安抓住女王的手，把她从座位上拉了下来，说："瞧，那个巫师的儿子虽然让你摆脱了熊皮的诅咒，可他没法再救你第二次，毕竟那个懦夫害怕自己的脑袋会被我敲碎。而现在，你提出的期限已经到了，所以过来做我的老婆吧。"

德鲁斯安本想把西格蒙妮拖出房间,但朝圣者已经脱下他伪装的外衣,从空心拐杖中抽出自己的宝剑。"给我回来,怪物!"沃尔夫喊道,"她是我的妻子。"他说着便向巨人跳去。巨人遭到突袭,被吓得向后一跳,他叫道:"神父,为什么你会是沃尔夫狄特里希?如果真是如此,那我们应该要讲公平和规则。你要是个勇敢的大男人,就不应该偷袭我,而是穿好铠甲和我来场一对一的决斗,西格蒙妮会成为胜出者的妻子。"

勇敢的沃尔夫同意进行决斗,矮人带来三套铠甲供他选择。第一副是金甲,第二副是银甲,第三副铠甲则是铁制,不仅很沉,而且年代久远,锈迹斑斑。沃尔夫选用了第三副铠甲,并继续使用他的宝剑作战。德鲁斯安同样也穿上了他的锁子甲,拿起了他的战斧。

两人一阵激斗,最后巨人用斧头猛地一挥,劈开了沃尔夫的盾牌。英雄似乎就要败北,但是他躲开了巨人下一轮攻击,随后双手执剑,使出全身力气,将锋利的剑刃深深地刺进巨人的脖子与肩膀。巨人刚倒下,矮人便蜂拥而至,用小匕首和长矛围攻胜利的沃尔夫,要为自己的主人复仇,这些细如针尖的武器可以透过锁子甲铁环的空隙刺入人体,但棕榈丝衬衣却保护了孤军奋战的英雄,让他刀枪不入。最终,沃尔夫逼退了矮人,他与妻子终于能够紧握彼此的手,向对方保证他们的爱情将至死方休。

"让我们离开这座该死的房子吧,"英雄喊道,"谁知道这群矮个子刁民又在捣鼓什么来对付我们。"他们急忙赶到被人遗弃的庭院中,随后发现一处马厩,并找到了两匹安好马鞍的马。两人随即上马,疾驰而去。

经过一路漫长而辛苦的奔波,沃尔夫与妻子抵达了古特洛伊,当地人高兴地迎接女王和她勇敢的丈夫。西格蒙妮治民温和,但也讲求公正严明，这也难怪她会得到人民的爱戴了。回来之后，西格蒙妮甚至比以前还体恤爱民，但她也面色苍白，瘦骨伶仃，更糟糕的是，她的身体每况愈下。一天晚上，她和丈夫独自坐在一起，抬起她可爱的脸庞对沃尔夫说："我离世后，你必须回到你的祖国，和你的子民在一起，因为我死后，这里的国民会把你当作一位异邦人和篡位者，而我的王国也会因为内战而化作一片焦土。"

一想到妻子就要死去，沃尔夫便心如刀绞，但为了不让爱妻难受，他强作笑颜。尽管沃尔夫加倍照料他的妻子，但他无力回天，西格蒙妮身体不支，注定将要西去。虽然沃尔夫武艺高强，足以击败巨人，救出自己的妻子，可他现在依旧无法挽救女王的性命。最终西格蒙妮死在丈夫的怀中，沃尔夫也将妻子的遗体埋入她早先准备的墓中。

掷刀恶人

又一次，沃尔夫来到亡妻的安息之所，伫立墓旁，悲伤哀悼，他突然想到妻子临终时的要求，又想到母亲与十一忠臣，这时他不禁懊悔自己从未执行过向奥特尼特皇帝求援的计划。

"我永远不会忘记你的，我的爱妻，"他喃喃道，"但为了回报你对我伟大的爱，我必须立刻出发，解救拼死效忠我的恩人。"他转身离开，急忙去为下一次冒险做准备。

沃尔夫经过许多地方，有富庶之地，也有贫穷之所。一天晚上，他看见前面有一座城堡，便问一个路过的旅者，打听城堡的主人是谁。

"大人，"那人在自己身上画着十字答道，"如果您是基督徒的话，就赶快骑马离开，因为这座城堡是异教国王贝利根居住的地方，他的女儿马皮利亚也一起住在这里,她是一位精修过魔法的少女。贝利根会把每位他能抓到的基督徒杀死,并把头插在城垛上的钉桩上。瞧,那儿还有一处地方是空的,你可要小心,别把自己的脑袋也送去钉在那里。"

英雄表示他对此无所畏惧,因为他的铠甲优良坚固,要有人想刺穿他的甲胄就必须得有十分锋利的武器。但旅者向他言之凿凿地保证,这位异教国王深谙投掷匕首的技巧,没有人能活着从他那里逃走。

沃尔夫与旅者分别,他本想骑马从城堡一旁离去,但身为堡主的国王出门与他会面,邀请他与自己共同过夜,而胆量过人的沃尔夫是绝不会怯懦地拒绝这份邀请。堡主的女儿是一位年轻漂亮的姑娘,她在大门迎接来客,并把他领进了大厅。众人共同进餐时,沃尔夫被主人盘问,他也交代了自己来自何地,又将去往何处。贝利根从沃尔夫的答复中听出他是一位基督徒,这位异教国王随后带着恶魔般的笑容告诉客人,正好还差一颗人头来装饰他的城垛,而沃尔夫来得正是时候。沃尔夫明白贝利根话中之意,但他还是面无惧色地举起酒杯,祝国王和他女儿身体健康。

到了入睡之际,贝利根把沃尔夫拉到一边,他告诉客人自己从女儿马皮利亚的眼神中看出了她对沃尔夫的爱慕之意,要是他愿意,国王愿意让他娶自己的女儿,并且会把整个城堡和王国都当作嫁妆奉上,但依然有一个前提——那就是沃尔夫必须改变自己的信仰去崇拜穆罕默德,沃尔夫要求给他时间思考这项提议。但是身为异教徒的贝利根笑了,他说:"你只有今天这一晚上来考虑,我想时间已经够多了。"然后国王给沃尔夫送来一盏葡萄酒,里面有他偷偷撒进去的药粉。"喝吧,朋友,"国王说,"喝完你今晚就能一夜好眠了。"

英雄正要应约喝酒,这时马皮利亚又进了大厅,从父王手中夺过酒杯,把酒水全倒在地上,大声叫道:"不能这样,父王。今晚我打算教这个陌生人领悟更美好的事情。"马皮利亚把英雄带进自己的房间,然后说:"我刚刚救了你一命。我的父亲想要让你服下掺着催眠剂的酒,可能晚上就会溜进你的房间,然后把你的脑袋砍下来。已经有许多基督徒都这样葬身于此。现在只要你愿意改信我们的宗教,我就愿意与你成婚,并且献上这座王国。"沃尔夫又想起西格蒙妮,随后他转身向马皮利亚悉心布道,希望能让对方信仰自己的宗教,两人整晚都在探讨这些话题。

　　第二天一早,贝利根便前来邀请他的客人共进早餐,并且提议在早餐后玩一个投掷匕首的小游戏,国王解释这是他们的传统。早饭一吃完,沃尔夫便与国王走进院子,而国王的仆人已经在两人身旁围了一个大圈。英雄按照要求放下他的盔甲和剑,拿到了一面小圆盾和三把尖细的匕首。异教国王也拿着差不多的装备,站在英雄对面。国王第一枚匕首朝沃尔夫的脚扔去,但是英雄跳到一边躲过了这一击。

　　"先知的胡子在上,"异教徒喊道,"谁教了你这般身手,难道你是传说中会使恶魔降临于我的沃尔夫狄特里希?"

　　沃尔夫不愿承认自己的真名,但他已经再次站稳,准备好战斗。国王的第二枚匕首擦过沃尔夫的额头,仅仅擦破了一小块头皮,而第三枚匕首则被盾牌挡住。轮到沃尔夫投掷匕首,他投出的第一枚匕首就刺中国王的脚,把他钉在原地,第二枚与对手擦肩而过。而在投第三枚匕首的同时,这位英雄大喊一句:"我就是沃尔夫狄特里希。"匕首一下刺中了国王的心脏。国王的仆人从四周冲上来围攻沃尔夫,可英雄成功地将他们打退,之后他重新撤回城堡,穿上盔甲,把马儿牵出马厩。就在他要上马时,突然看见城堡四周已是一片泽国,阵阵大风掀起滔天巨浪,沃尔夫似乎没有机会逃离此地。马皮利亚站在水边,她一边用魔杖在半空和地面画着圈，一边念念有词。沃尔夫骑马到公主身边，把她抱在怀中，然后甩上马背。

"女巫，要是我被淹死了，你也逃不了。"沃尔夫说道。他一边说着，一边策马冲进汹涌的浪涛中，发现洪水愈发凶猛，宛如一片汪洋大海。沃尔夫四处张望，明白自己只能放手一搏。他将女巫从马背扔下，风暴便立即停止了，潮水也退去，沃尔夫再一次化险为夷。

但马皮利亚并没有被淹死，她再次出现在英雄沃尔夫面前，美貌依旧，伸展双臂仿佛要拥抱沃尔夫，可英雄拔出剑，威胁她退后。马皮利亚随后变成一只喜鹊，飞到一块高高的岩石顶上，施展了更多新的魔法，困住了沃尔夫，威力一次比一次强大。英雄疲惫不堪，他最后大声喊道："请帮帮我，三位一体的上帝①，否则我会死在这里。"

话音刚落，女巫便消失了，阳光再一次照耀山岭与溪谷，一条通往伦巴第的康庄大道呈现在英雄面前。沃尔夫跋山涉水，历经诸多冒险，终于在穿过一片荒凉的山区后，遇见了一位女巨人，也是他父皇的一位老朋友。女巨人十分友好地接待了沃尔夫，还告诉他许多传闻，其中就有奥特尼特与利布加特的悲惨故事。

沃尔夫听了女巨人的故事后，明白求助奥特尼特已无可能，但他依然决定继续自己的旅程。女巨人说，沃尔夫若还是像这样骑马赶路就太慢了，就算走到海枯石烂也到不了伦巴第。说完，她把沃尔夫和爱马抱到自己宽阔的肩膀上，带他们一天就走过了三百五十英里的路，越过群山，跨过河流，最终来到风景如画的伦巴第。

---

① 三位一体，基督教的根本教义。即上帝只有一体，但在位格上又分成圣父、圣子和圣灵，三者虽有特定位份，却完全同属一个本体，同为一个独一真神，所以沃尔夫狄特里希在这里称呼上帝为"Three in One"。

沃尔夫迪特里希与女巨人

林德龙

沃尔夫来到加登城时已入夜，皎月当空。他下马后站在一棵橄榄树下观察四周，发现有两个女人在海边散步，其中一人身材高挑，气质高贵。当她把面纱掀开时，沃尔夫几乎惊得要发出尖叫，她长得非常像西格蒙妮。难道他的亡妻已经走出墓穴，死而复生，还是某个妖精幻化成他心爱之人的模样来将他引向危险的境地。屏息站立的沃尔夫倾听二人谈话，才知道这位与她亡妻相似的妇人是王后利布加特，她正向侍女倾诉心中哀伤，抱怨自己被迫忍受的种种屈辱。

"那些家臣真是胆小！"她说道，"他们有勇气去吓唬一个弱女子，却没人敢替我效劳，实现我在这世上唯一的愿望——向杀死他们国王的怪物复仇。虽然并不情愿，但我已经承诺，愿意嫁给真正的骑士与英雄，毕竟也只有他们能够帮我完成复仇。"

"只有一人能做到，"女仆说道，"那就是希腊人沃尔夫，他的名声已经传遍了每一片土地。"

"复仇者在此，伟大的王后，"英雄沃尔夫从树荫下走出来说道，"我愿赌上性命去击败恶龙。"

王后与侍女两人出于戒备，向后退去。"是，沃尔夫！"侍女突然叫出声，"他曾将我从一群强盗手中救出过。""谢谢你，高贵的英雄，"利布加特说，"愿上帝一路保佑你！但是，我怕你会像我的丈夫一样，命丧怪兽之口。不，你还是静静离开吧，就让我一个人承受这悲惨的命运。"

当希腊的英雄向王后表明自己心意已决后，利布加特给了他一枚戒指，并说曾有矮人告诉她戒指会给佩戴者带来好运，而她也祝英雄一切顺利，随后便同侍女返回加登城。英雄毫不迟疑地调转马头前往

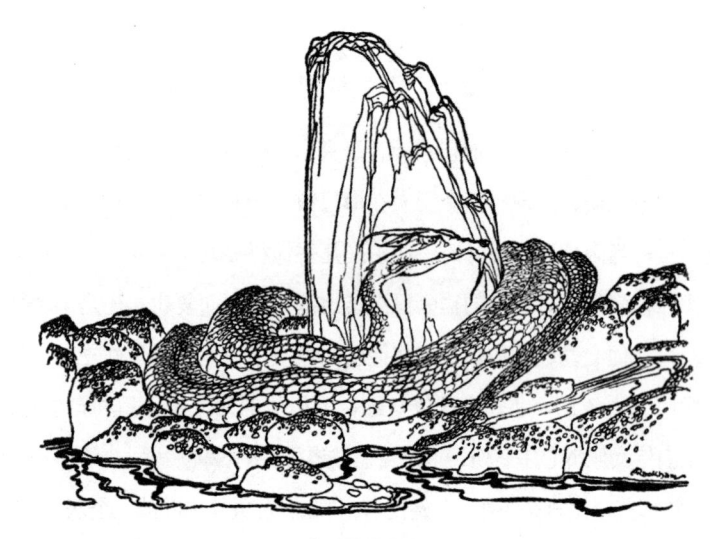

悠闲的林德龙

山脉，尽全力赶往林德龙的洞穴，最终抵达了目的地。他朝漆黑的洞穴瞥去，发现五只龙头正盯着他看，嘴里发出"嘶嘶"声。那些是年幼的"雏龙"，而老龙则已外出去觅食。英雄本想当场杀光怪物，但没有下手，毕竟杀死雏崽会留下痕迹，让老龙警觉，而沃尔夫更希望能先奇袭老龙，随后再杀雏崽时更易如反掌。

于是沃尔夫重新上马，他在慢慢骑行时，看到一位眉清目秀的孩子站在岩石上，向他喊道："谢谢你来为我的儿子奥特尼特报仇，但千万不要睡着，因为你入睡后不仅没法击败怪物，自己也会成为恶龙的猎物。"

"我的好朋友，"英雄大笑，"你这么小可当不了爸爸。我建议你照顾好自己。对于怪物而言，你是比我更美味的猎物。"

沃尔夫用马刺一戳坐骑，笑吟吟地骑走了。他就像奥特尼特那样，首先来到高耸的悬崖，接着来到长满三叶草和鲜花的草地。一棵椴树刚好遮挡了正午太阳的强光。经过长途跋涉的沃尔夫一夜未眠，他躺在树下休息，战马则在草地上吃草。沃尔夫浑身疲惫，此时他呼吸着新鲜的空气，聆听鸟儿的歌声，渐渐放松了警惕，于是不知不觉中，他也悄然入梦。

安静的草地一片祥和，和谐的景象似乎会永远持续下去，但很快，嘶鸣的怪物便打破了这里的宁静，它落地时踩碎了岩石，折断了一大片树木。这头怪兽正是肆虐整片大陆的恶龙林德龙，发现沃尔夫后，它向自己的猎物慢慢逼近。与此同时，阿尔贝里希喊道："醒来，高贵的英雄，不要再睡觉了，林德龙朝你来了！"

小矮人的几次重复警告毫无作用。忠诚的战马跑到主人跟前，用马蹄踢他，依然没能叫醒沃尔夫。直到恶龙发出一声响亮而可怕的嚎叫，震得山崩石裂，英雄才恍恍惚惚地从梦境苏醒。他跳起来攻击怪物，但他的武器实在太过脆弱，不堪所用，最终都像苇草一样折断在龙鳞上，没能伤到怪物一根毫毛。于是沃尔夫把碎剑的剑柄砸到怪物的脸上，手无寸铁的他只能听天由命，将自己的命运交给上帝。林德龙卷起他的长尾巴抓住了英雄，同时又用自己的血盆大口把马叼在嘴里。它把猎物带回巢穴，扔给幼崽当作食物。随后，老林德龙又离开巢穴去寻找更多猎物。小林德龙努力咀嚼沃尔夫，可是英雄身上的棕榈丝衬衣坚如磐石，它们无处下口，只好先把英雄砸晕在地，并把目光转到马儿身上，很快便把马吞吃一空。

半夜，清醒过来的沃尔夫开始仔细观察四周的情况。月光照进洞穴，他看见不远处有样东西闪烁着红光。沃尔夫害怕吵醒龙群，于是小心翼翼地爬了过去，发现了一把镶嵌红宝石的长剑，而红光正是由剑柄上的红宝石发出的，沃尔夫知道这一定是罗森宝剑了。随后，他还发现了烂甲堆里属于奥特尼特的战甲，盔甲完好无损，上面还放着

屠龙英雄

一枚戒指。于是沃尔夫拿起剑，穿上铠甲，戴上戒指，全副武装后天已破晓。这时，老林德龙也回到了巢穴。英雄见此立即对老龙发起攻势，多亏他手中魔力强大的罗森剑，经过一番恶战，终于杀死了老林德龙及其所有幼崽。筋疲力竭的沃尔夫躺在树下，喘得上气不接下气。阿尔贝里希找到了弑龙英雄，他带来食物与美酒帮沃尔夫从疲态中恢复精神。

在英雄凯旋加登城前，他想先到龙巢中带走群龙的脑袋，可当他切下龙头后才发现自己根本带不动这么重的龙首，所以只好带走了群龙的舌头。矮人阿尔贝里希特意为沃尔夫准备了一份皮包，他将龙舌放进去后便启程出发。因为只能步行，一路旅途变得更加漫长艰辛，英雄经常在荒野的群山中迷路，过了很多天才抵达目的地。

抵达加登城时，沃尔夫发现城堡上下摆满宴席，席上一片欢声笑语。他十分好奇，便找到身旁一位虔诚的牧师打听情况。从牧师那儿，沃尔夫得知吉哈特伯爵杀死了林德龙，就要在晚上与王后利布加特大婚。沃尔夫请求神父能借给他一件牧师的衣服，于是隐居的牧师相赠了一件隐修士的教袍。这件衣服曾属于他的教友兄弟马丁，也是被牧师继承衣钵的前任教士。英雄将教袍套在铠甲外面，随后前往城堡。

沃尔夫进入大厅，看到了绰号"鹰鼻"的吉哈特领主，他坐在皇后身边，而利布加特带着她的女仆为宾客们斟满美酒。领主椅子上放着的正是群龙的脑袋，这是他弑龙胜利的象征。皇后看到假扮的隐修士，也为他斟上了一杯酒。沃尔夫一饮而尽，在归还酒杯时，他将皇后启程之时给他的戒指摘下，设法还到她手中。皇后回到吉哈特领主旁的座位就座后，才注意到这枚戒指。皇后剧烈地颤抖着，她极力抑制自己的情感，让隐修士走近告诉她是从哪里得到这枚戒指的。

"王后大人，是您亲自给我的！"沃尔夫说道，他将身上伪装的教袍扔到了一边。所有人的目光都集中到了大厅中央，沃尔夫穿着奥特尼特的华丽铠甲，看起来如同天神。英雄走向王后，向她归还先王的戒指，随后他讲述了找回戒指、屠杀恶龙的经历。众人听了大喊："为国王复仇的勇士万岁！屠龙英雄万岁！伦巴第王国的新王万万岁！"

吉哈特领主没有善罢甘休，他指着龙头称这是他弑龙受赏的证据，可沃尔夫从皮夹中拿出群龙的舌头后，吉哈特领主百口莫辩，只能恳请英雄能够原谅他。他按沃尔夫的要求宣誓效忠后，得到了英雄的赦免。沃尔夫当即被正式宣布成为伦巴第王国的新一任国王，而他也被告知将娶王后为妻。

"诸位大人，"他说，"我不仅是统治伦巴第的新王，也是子民的公仆，理应为他们的福祉而勤恳付出。但至于个人问题，例如妻子的选择上，我得保有自由选择的权利，王后也应当自由决定自己的婚事，嫁给她满意的对象。更何况，她还在为失去第一任丈夫而悼念伤怀。但是，如果她认为我能与她般配，认为我的爱与尊重能安抚她的丧夫之痛，那我愿意向她求婚，许以我终身的爱意。"

利布加特记起丈夫曾对她说过的话，将手放在英雄的手掌上，同意了婚事，不久便嫁给了沃尔夫。沃尔夫不再是那个逃离利连波特城堡、做事冲动的毛头小子了，而是一名决策英明、行事谨慎，同时深谋远虑的男子汉。他觉得自己的首要职责是恢复伦巴第王国的和谐与稳定，只有在那之后，他才能专心于拯救忠臣的计划。经过一年辛劳后，他告诉妻子自己必须前往利连波特。利布加特泪如雨下，她担心沃尔夫会像前夫奥特尼特一样再也回不来了，但同时也支持丈夫现在的决定，随即便帮助他召集六万大军，为沃尔夫远征君士坦丁堡做准备。

十一忠臣

伦巴第军队一路顺风顺水，在君士坦丁堡附近登陆。士兵在树林扎寨，沃尔夫换上农民的衣服后开始收集情报。在城中游荡了几小时的他没有听到任何有用的消息，碰巧遇到了狱卒奥特温，也是他的一位老熟人。狱卒提着一篮黑面包，英雄走到他跟前，想请他看在沃尔夫的份上给他一条面包。狱卒会意，敏锐地看了英雄一眼，一下就认出来了沃尔夫。

"啊，陛下，"他说，"我们这里的情况很糟糕，善良的老皇后在利连波特围城战中死去，要塞开门投降时，老公爵贝希特和他的儿子们都被拴上铁链，投进了黑暗而阴森的地牢。死亡很快结束了老人的痛苦，但十位年轻的贵族仍被严加监管，我能带给他们最好的食物也只是黑面包和水。"

沃尔夫心里很是难过，他觉得老皇后和老公爵的死自己难辞其咎。如今他已无力挽回死去的亲友，但还可以报答十位幸存的忠臣。他安排奥特温给他们送去更好的食物，并告诉他们即将获救的消息，好让他们看到希望，振作精神。老狱卒继续向地牢走去，国王也回营地去找自己的士兵。回到军中的沃尔夫发现手下们已经全副武装，而他们告诉国王，萨贝内不仅已经发现了伦巴第大军，还知道了他们此行的目的。

两军相遇，随即发生了一场漫长而激烈的战斗，双方势均力敌，未见胜负。但最终命运的流向在那天发生了逆转，君士坦丁堡的市民一直苦于萨贝内的暴政，此时他们揭竿而起，冲到监狱放出了贝希特的十个儿子，并在之后听从十位勇士的指挥，进军战场，为沃尔夫助阵。这是一次光荣的史诗大捷，得胜的沃尔夫宣布继承皇位。

回到首都后不久，萨贝内和两位弟弟被带到法官面前候审。萨贝内被判处死刑并立即行刑，而沃尔夫的两位弟弟也一样被百姓和军队要求处死。沃尔夫知道两位弟弟不仅得为母后和贝希特公爵的死负责，也让他在年轻时经历了诸多挫折与困难，但他仍不知如何是好，于是将最终的裁决推迟到第二天进行。那天晚上，新皇帝在大胜之后安然入眠，突然他梦见圣洁而美丽的母亲对他说："放过我的孩子，我会保佑你的。"

贝希特也立刻出现在她身边说："上帝会怜悯他犯错的孩子，不要让你的弟弟流血。"

英雄诧异地注视两人的灵魂，此时利布加特也加入他们，温柔地说："难道你和你的弟弟一样，是用卑劣的手段获得王国、赢取荣耀，并且娶我为妻吗？放了他们吧，就这样以德报怨。"

天已破晓，梦中的人影消失，沃尔夫心中也做好了决定。他召集所有贵族，当着他们的面赦免了伯根和瓦克斯穆斯，恢复了他们的王位与封地，两人由此成为臣服沃尔夫的封君。起初大家都不同意沃尔夫的赦免决定，可听皇帝解释了原因后，便无人反对了。

在君士坦丁堡把一切安排妥当后，沃尔夫便带着他的军队回到了伦巴第，大喜过望的利布加特欢迎了他。在伦巴第休息了一阵后，沃尔夫便带着他的封君及其随从前往罗马城加冕为皇帝，而在加冕仪式后的宴席上，皇帝将忠臣贝希特的十位儿子分别封为十个王国的君主。战死的长子赫尔布兰德受封加登城及其领地，他的血脉由其子希尔德布兰德[①]

[①] 名字在古高地德语中写作 Hiltibrant，"希尔德"Hilde 代表"战斗"，"布兰德"Brand 代表"剑"的含义，很有可能起源自伦巴第语。关于其人物历史原型，目前仍无确认。

传承，是沃尔芬人①的祖先，我们之后还将讲述希尔德布兰德的功绩。哈切受封莱茵兰②，定布赖萨赫③为国都，他的儿子埃克哈特是"哈伦格兄弟"英布雷克和弗里特尔的监护人；在流传后世的歌曲和故事中，他被誉为忠臣埃克哈特。第三个儿子伯希瑟在梅兰继承了他父亲的爵位，其他的儿子也一样得到厚赏，但他们并不如前三位兄弟有名，所以在此不必赘述他们的姓名与获封的赏赐。

沃尔夫狄特里希与利布加特生有一子，他们以其祖父的名字为其取名为胡格狄特里希。他长大后成了一名强大的英雄，同时也是一支勇敢民族的先父。

---

① 沃尔芬人（Wulfings），民族名，字面意思为"狼的家族"，除了亚美伦人传说外，还曾出现在《贝奥武甫》原著中，指的是东基特人（Eastern Geats）。
② 莱茵兰（Rhineland），德国莱茵河西部地区。
③ 布赖萨赫（Breisach），位于弗赖堡以西25公里处，与法国隔莱茵河相望，是一座历史悠久的城市。

第二章
萨姆森王（萨姆辛格王）①

过去有一位强大的伯爵②叫罗奇耶③，他生于治世，受封萨伦地区。他的领地不仅在整个大王国中最为广阔，同时领地内还有许多富裕的城镇。伯爵治理封地公正严明，伯国因此和平富足，百姓安居乐业。此时维京人经常四处劫掠民财，登陆沿海各地袭扰。为此，伯爵维持着一支庞大的军队，保护伯国海岸免受维京人的侵扰。

在伯爵的部下当中有一位名叫萨姆森的武士，因为他的毛发与胡须都漆黑如炭，所以被人叫作"黑武士"。战场上萨姆森每回都身先士卒，他臂力惊人，据说单枪匹马就能击溃整支军队。萨姆森样貌可怕，他睫毛下的黑眼闪闪发光，脖子粗壮如牛，四肢也强健有力。战斗中的萨姆森无人能挡，就算没有武器，但击败敌人也如同打倒枯木。战

---

① 萨姆森王出现在狄德雷克传说（Thidrekssaga）中，其名字"Samson"并非来自《圣经》中的参孙，而是凯尔特名字"Samo-gnatus"，意思是"在夏天出生"。
② 贵族伯爵，yarl，亦写作earl，原作者注。
③ 罗奇耶（Rodgeier），赫尔曼·施奈德（Hermann Schneider）认为其人物名字原型应当为安提俄克公国统治者萨勒诺的罗杰（Roger von Salerno）。

场之外，萨姆森温柔善良，与人冲突时，他虽一言不发，但仍会践行自己的意志，不会顾忌任何人。而我们也很容易想象得到，很少有人敢冒险与他作对。

一天，刚刚成为国王的伯爵得胜而归，他举办盛宴，欢庆胜利。战士围在国王身边一同庆贺，萨姆森也位列其中。突然，他起身向国王递了一杯酒，非常有礼貌地说："陛下，我已为您打赢许多胜仗，现在我向您敬一杯酒，希望您给我一个赏赐。"

"继续说吧，勇敢的英雄，"国王回答，"告诉我你想要什么赏赐，到目前为止，你还没为自己要过什么奖励。所以这一次不管你要什么，我都不会回绝你的。"

"好的，大人，"萨姆森说，"我已经衣食无忧，不想再要更多城堡或封地了。但现在我在家孤身一人，母亲也老了，脾气也变差了。您的女儿希尔德斯维德是一位可爱的小美人，我很想让她做我的妻子。所以只需陛下您同意这门婚事，我便心满意足了。"萨姆森的这番大胆说辞令罗奇耶极为震惊，他手中的杯子几乎掉了下来。

"你确实是一位名声在外的武士，"他说，"但我的女儿有皇室血统，只有另一位国王才能将她娶进家门。你是我的臣下，也是她的臣子。所以拿着这一盘蜜饯，送到宫里给我的女儿吃。然后回到这里再喝一碗好酒，忘记你那奇怪的想法吧！"

萨姆森默默地拿起蜜饯，他来到宫里，公主正忙着和侍女一起刺绣。萨姆森将盘子放在她面前，说："吃吧，亲爱的，告诉你一个好消息。你要跟我回家，做我的好妻子。现在就穿好衣服，叫一位侍女跟你一起去。"看到公主迟疑，他补充道："如果你不肯过来，那我就不得不杀了伯爵，将宫殿付之一炬！"

说话时的萨姆森看上去凶狠而冷酷，希尔德斯维德因此被吓得瑟

萨姆森带走了美人希尔德斯维德

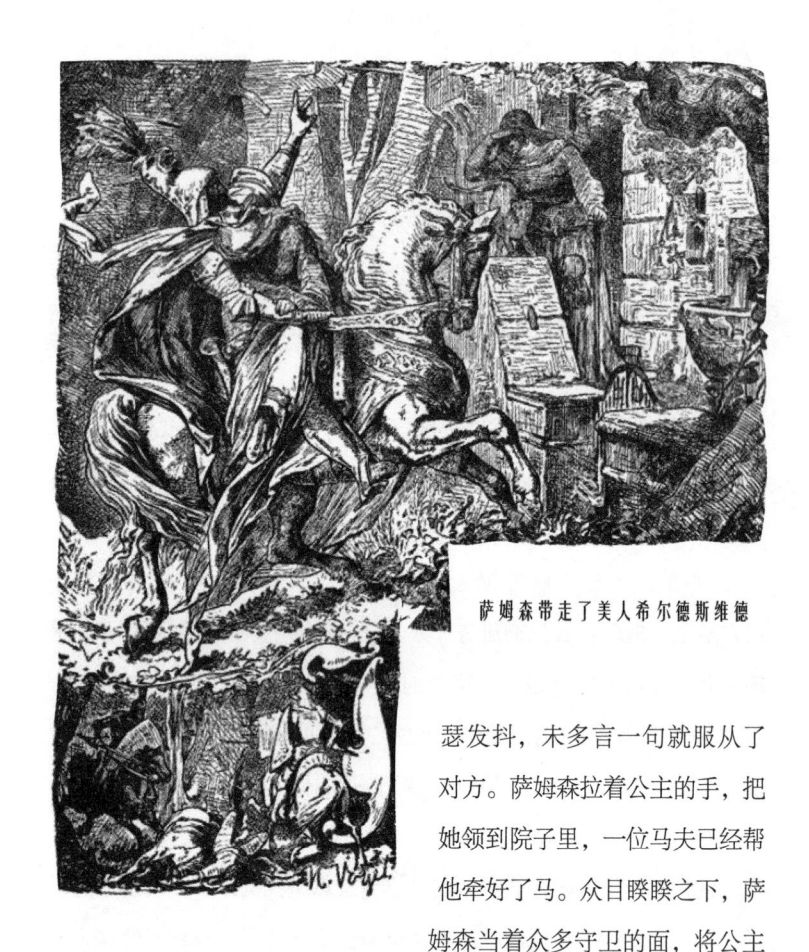

瑟发抖，未多言一句就服从了对方。萨姆森拉着公主的手，把她领到院子里，一位马夫已经帮他牵好了马。众目睽睽之下，萨姆森当着众多守卫的面，将公主放在马鞍上，然后和她一起骑进树林，向家赶去。回到住所时，萨姆森发现房门被锁上了，于是用力敲了敲门。虽然敲门声像雷声一样响亮，可屋内依然没有回应。萨姆森不厌其烦地一遍又一遍敲门。最后，从屋子里面传来一阵嘶哑声，说当房子的主人不在家时，不应该开门。

"母亲，"萨姆森喊道，"把门闩拉开，是我，您的儿子。我已经为您带来了一位公主，她会做您的儿媳，在您年老时照顾您。"门缓缓打开了，但似乎这扇破败的房门并不常开，发出了吱吱呀呀的声响。

一个身材瘦削、衣衫褴褛的老妇人走到了门槛上。

"什么？"她喊道，"你竟然带了这么多客人过来？这有一位穿着华丽的公主、一名女仆，还有一个懒散的马夫。儿子，你怎么能这么做？你知道我们已经够穷了。"她用狡猾的目光抬头望着她高大的儿子。

"但是，母亲，"武士说道，"我给您的金子去哪了？给您送来的仆人又去了哪里？我之前送你的漂亮衣服，您又拿它们做了什么？"

"我把黄金藏在了我的大宝箱里，"老妇说道，"毕竟谁知道自己年老时会不会缺钱用，而你给我的仆人会把我们家的钱全都花光，所以都被我赶走了。至于那些衣服，我已经把它们堆在一起，等合适的时候再穿。"

"唉，好吧，母亲，"萨姆森说，"如果您能开心，那我也不再多问，现在打开门，让我们进去，我们这一路走了太久，太疲惫了，想好好吃一顿晚饭。"

他们进屋坐下，老妇人在他们面前放了一块黑麦面包和一罐水。要不是马夫拿出离开王宫前就为自己准备好的一块鹿肉和一些酒，萨姆森就会连一道像样的饭菜都吃不上。吃饱后，萨姆森恳请她的公主允许他出去看看，能否捕获一只牡鹿存进家里的橱柜。马夫在地窖里十分幸运地发现了一桶麦芽酒，而萨姆森的老母亲则回到了她自己的房间，留下公主和她的女仆单独在一起。

宽阔的大厅漆黑而诡异，尽摇曳着怪异阴影，随着夜幕降临，大厅显得更加神秘，就像幽灵闹鬼一样，附近的松树林里还能听见猫头鹰在叫。希尔德斯维德再也无法忍受了，她派女仆请老妇人回到大厅来，可老妇人没有来，女仆也没有回来。这个可怜的女孩非常害怕，她决定去找老妇人。

她穿过一间又一间空荡、沉闷且满是灰尘的房间，直到最后走进一个拱形大房间。看见老妇人蹲在一个装满金子和宝石的大箱子边,喃喃自语。希尔德斯维德走近老妇人,听见她窃喜地对着财宝自言自语,老妇人甚至还说,只要能勒死公主,她就能轻松地拿到公主的首饰,为自己再添一份至宝。希尔德斯维德听了惊恐万分叫出声来,老妇人环顾四周发现了公主。随后她大喊一句:"你这个小偷,强盗,坏蛋!"接着就扑向了不幸的公主,试图要掐死她,但就在这时,萨姆森进来拦住了她。"母亲,"他说,"你不能留在这里。我要把你和你的财宝转移到我的另一栋房子里,你能在林子那边平静地生活。"

与此同时,罗奇耶国王发现自己的女儿被人拐走了,他派出一队又一队士兵去找女儿,但都失败了,于是他准备亲自出马。国王带着他的手下朝着萨姆森的农庄骑去,他们在大树林边上发现了一间小屋。众人进屋后,国王向屋里的老妇人打听萨姆森住在哪里。老妇人矢口否认自己曾听说过这样的人,但当国王给她一把金子时,她立刻指出了通往萨姆森庄园的路,并且还陪他们走了一会儿,以防国王一行人走错。

国王和他的十五个同袍还没走多远就遇到了萨姆森,萨姆森的盔甲和他的须发一样,乌黑异常,而他的坐骑也同样是一匹黑马,唯有他的盾牌印着一头金底狮纹。经过一番短暂而激烈的战斗,萨姆森最终胜出。战斗结束后,萨姆森去了他的母亲家,一进大厅便看到她忙着数国王赠给她的黄金。

"母亲,"萨姆森说,"为了那点黄金你就出卖了自己的儿子,你理应为此而死。但谁叫你是我的母亲,我没法惩罚你的背叛行为。"老妇人继续像以前一样,平静地清点着她的财宝。

"母亲,"萨姆森又一次开口,"你为了金子出卖了你的儿子,本应当死在我的匕首下。但你是我的母亲,我不能杀了你。现在听我说,拿着你的金子离开这个地方，以免我再想伤害你。"

老妇人把她的财宝装进一个大麻袋里，答道："要不是你把那个小傻瓜带进屋里，这些财宝原本都归你。我会离开这里，把钱财都带给国王。"

"我已经杀了国王和他的部下。"萨姆森话语虽然平静，但他的脸色十分严厉。他的母亲看了也变了脸色，喃喃道："好吧！那我会去找一个能给我提供住处的、也能帮我保住财宝的继承人。"

萨姆森三次都想拿起佩剑和匕首挥向老妇人，但他最终压住愤怒，骑马穿过黑暗松林回到了家。到家时，他发现希尔德斯维德和女仆正努力干着活。

"妻子，"他走到公主跟前说，"我母亲因为贪恋钱财而背叛了我——我很想让我的剑和匕首沾上她的血——但我不会也不能杀死她。如果你也对我不忠，那时我定会刀兵相加。"盛怒之下的萨姆森看起来十分可怕，但公主为他摘下头盔，亲吻了他，又领他入座。萨姆森立刻变得温柔起来，他告诉公主自己愿意为她赢取荣誉，帮助她得到众人认可，继承其父的王国，加冕为女王。

罗奇耶唯一逃出来的手下说出了国王遇害的故事，于是罗奇耶的死讯在萨伦无人不知。严重的事态令大家聚起来想要选出一位新国王，而所有人都投票支持布伦斯坦，他是已故国王的兄弟，也是一位足智多谋、热衷正义之人。若不是萨姆森在王国作乱，掠夺牲畜与补给，王国本可以平静如常。布伦斯坦召集了自己国家和其他各国最强的武士，叫他们把手放在国王的手心里发誓，要将萨姆森杀死或者生俘，如果不成，他们也会为此而死。随后在国王布伦斯坦的带领下，他们启程骑马翻过山脉与平原，穿过黑暗的森林，但都没有发现萨姆森。

一天夜晚，他们来到一座坚固的要塞，非常疲惫的武士在此休息过夜。晚饭后，他们准备上床睡觉，小心插上门闩锁好大门后，所有士兵都睡着了，甚至连守卫也睡在哨岗上。萨姆森正是在那晚来到要塞，当他发现自己无法打破大门后就纵火烧门，待大门被烈火烧焦后，他便一举将门推倒，跳进要塞内。卫兵惊醒，连忙吹响号角，而要塞墙内许多房屋都是茅草铺顶，一下全都着了火。国王和麾下的武士自然以为有一支大军向他们逼近，因此都吓得魂飞魄散。萨姆森巨大的黑影在烈火中时隐时现，士兵们见了更加害怕，全都四散而逃。

国王带着六位忠诚的仆从逃进了树林，他们骑行了很长一段路后，发现了一座漂亮的农庄。布伦斯坦进到屋内，发现房子的女主人竟是自己的侄女希尔德斯维德。国王问她萨姆森在哪，她只说萨姆森已经外出，国王又请自己的侄女离开丈夫，和他一起走。希尔德斯维德拒绝了，她还建议王叔尽快远离这里，以免他落入敌人之手。

布伦斯坦承认侄女的建议是正确的，可等他正要走时，萨姆森已经回到庄园了，看到国王一行人，黑武士立刻追赶。国王虽然地位显耀，可他没有力量与勇气，敌不过双手充满怪力的萨姆森，布伦斯坦和他手下五位战士全都殒命。而第六位战士身负重伤，勉强保住一命。萨姆森一路追杀逃兵，直到追出树林时，看到三十名骑兵向他冲来，而他们的金色旗帜上绣着一枚狮子纹章。

"嗬，"英雄喊道，"原来你们是亚美伦人。欢迎，迪特玛尔叔叔，我很高兴见到您和您的族人。"

大家来到萨姆森的农庄休息放松时，迪特玛尔解释了他为何前来。他听说自己的侄子被宣布定罪，便前来看看能不能帮上什么忙。萨姆森非常高兴，他见自己不再孤军作战，便宣布要和敌人正面对抗。所以第二天一早，萨姆森就和伙伴们一起出发，一路上没有人敢冒险违抗他们，很快萨姆森便将大片地区纳入自己治下，其实力与名誉已与公爵相当。在那之后,他向萨伦进军并派出使者要求市民们选他为国王,否则将会残忍地报复他们,会将他们的城镇和财产全都烧毁。

市民们一通商量之后,最终得出结论,他们只能服从对方的要求。而萨姆森实质上已经成为他们的朋友,许多城镇在他的治理下比其他任何时候都更加繁荣。于是,他们派人去恳求萨姆森来成为他们的国王。英雄发现一切都如他所愿时,便派人去接他的妻子,他们肩并肩地骑马进入萨伦并在那里受到热烈的欢迎。

新国王用强力的手腕统治国家,他对所有人一视同仁,无论地位高低。此外,萨姆森还报答了所有在过去救济他的恩人,有力维持了王国边界的和平。萨姆森勤恳准时地履行自己的职责,同时也因操劳国事而日渐衰老,当他感觉自己难以独自处理国事后,遂任命他的长子成为他的助手和继承人。萨姆森虽然已经变老,但他讨厌任何人说他因年迈而不能再治理好国家。当他的次子问父王,自己能在王室遗产中分到哪些东西时,萨姆森没有回答他,而是召集全军,在他们面前发表了一次演说。

萨姆森告诉士兵,在他年轻时,所有人都吃苦耐劳、想要成就一番伟业,但现在人们安于现状、不思进取。虽然长期的和平令国家得以休养生息、物产丰盈,但国民也会好逸恶劳、贪图享乐。他担心这股恶习会蔓延,使国家沦为贪婪邻邦的猎物,所以他要求所有武士带上全部的侍从,在三个月内集合后向他复命。最后,他要求士兵们必须鼓足勇气,直言不久将率领他们同一支强敌作战。

就在萨姆森宣布军队备战的同一天,他还给傲慢的伯尔尼[①](维罗

---

① 伯尔尼(Bern),德语中的意大利城市维罗纳,日耳曼传奇中的东哥特国都,与如今瑞士的伯尔尼并非同一城市。*

纳）伯爵埃尔松写了一封信，此人与萨姆森年纪相近，也同样渴望建立一番英雄伟业。在信中，萨姆森要求埃尔松向他进贡，从今往后都得像家臣一样侍奉自己，并把其女奥蒂莉亚许配给他的次子。埃尔松读到信时火冒三丈，立即准备开战。他先下令将萨姆森的使者绞死五人，留一个活口割掉舌头后送回萨姆森那儿。

三个月刚过，萨姆森便率军前往伯尔尼。两军相遇，随即爆发一场大战。双方互相屠戮，场面令人惊骇。最后，萨姆森凭借惊人之力杀死了伯爵，取得了胜利。伯尔尼人看到他们的国王已死，认为选择萨姆森做新国王才是明智之举，至此两国的争端才结束了。

战事结束后，得胜的萨姆森派出使者找来埃尔松的女儿奥蒂莉亚，随后他告诉奥蒂莉亚，自己的次子将继承她父亲的王位成为伯尔尼之王，而她将嫁给新王成为王后。姑娘哭了起来，说她不能在她父亲死后这么快就结婚。但脾气暴躁的萨姆森大发怒火，女孩见状恐惧万分，不得不同意嫁给王子。看到女孩顺从了自己，萨姆森也平息了怒气，他立刻恢复了友善的态度，吻了吻公主，并且承诺会保护她。

婚事安排妥当后，萨姆森在长子的陪伴下启程回到自己的王国，可他还没走多远，就因伤口还没愈合而痛苦万分，不得不在路上的一座小镇停歇，最终也死在了那里。他临终前，任命幼子成为莱茵兰的国王，并赠弗里蒂拉堡为幼子的住所。

第三章
狄特沃特

曾有一位罗马（罗马堡）的皇帝名叫狄特沃特，他战绩显著，名声广为流传。有一日，狄特沃特想娶妻结婚，他派出一位使者去见韦斯特梅尔的国王拉德默，代自己向国王的女儿求婚。拉德默回复说，如此伟大的皇帝愿意与他的家族结为连理，这令他倍感荣幸，并希望狄特沃特能亲自来韦斯特梅尔见公主，毕竟两位年轻人只有亲自见面后才能知道彼此是否真的情投意合。狄特沃特同意了，他率领麾下一百名最勇敢的武士，顶着暴风雨来到韦斯特梅尔王国。

拉德默很有礼貌地接待了客人，他告诉皇帝自己是多么高兴能成为他的岳父，但婚姻大事仍需公主本人来决定，而他不会强求女儿做出违心之举。在为皇帝举办的宴席上，狄特沃特穿着朴素，同自己的部下一样。但负责为父王客人们倒酒的公主米妮很快一眼就认出谁是狄特沃特，于是先把他的高脚杯倒满了酒。

当天晚上，父王问她对这个陌生人有什么看法，她回答说："他似乎是一名伟大的王侯，但我不知道他的性格处事，只有和他相处愉快时，我才愿意嫁给他。毕竟我远嫁到国外后，就会远离自己的亲人，如果没有选到一位好夫君，只会孤苦伶仃，伤心难过。"

父王吻了她，并告诉公主不要勉强自己，一定要自己愿意再接受婚事，可国王内心还是希望自己的女儿说"愿意"。

第二天安排的活动是一场大游猎，因为王国的野鹿泛滥成灾，为了保护附近田地，大家将一起狩猎雄鹿。碰巧米妮公主就是一位娴熟的女猎手，所以她恳请父王能带上她一起行猎。拉德默也知道女儿热衷打猎，而且她的箭术百发百中，不逊于男人，所以便同意了。狄特沃特并不喜欢看到公主打猎，他认为这不是少女应该做的事情，还向自己的朋友吐露，他宁可在本国领主的女儿中找一个妻子，也不愿意娶米妮公主这样顽皮的疯丫头。但无论如何，狄特沃特和其他在场的男人都会努力践行自己的义务，保护公主不会因为轻率行事而遭遇危险。

众人沿着一道狭窄的峡谷前进时，米妮射伤了一只漂亮的雄鹿，她放出猎犬后又抽出一支箭，急忙跟在猎犬后面追赶。突然，所有猎犬同时嚎叫，从灌木丛中跑了出来。"是魔虫，"众人大喊，"是林德龙！快回来，米妮殿下，快回来！"与此同时，大家都迅速转身，穿过山谷，逃到附近的山顶上避难。

可怕的声音传来，嘶鸣的林德龙吐着舌头，踩碎脚底的岩石从灌木丛中爬了出来，它张开大嘴准备抓住猎物。即便是最勇敢的男人看到这一幕也会吓得发抖。米妮公主朝怪兽射了三支箭，一支接一支，径直飞向怪物。但这些箭镞没能贯穿林德龙的角质鳞片。公主也转身逃跑，但她的脚被一根树枝缠住而倒在了地上。恶龙准备扑向公主，米妮命悬一线。狄特沃特和部下就在附近。皇帝的部下向林德龙冲去，而狄特沃特本人则站在女孩身前抵御恶龙。

众人与恶龙交战的惨状令人触目惊心。林德龙的鳞片坚不可摧，

狄特沃特保护公主

　　长矛、宝剑、箭矢都无法将其穿透,而一位又一位勇士都被林德龙的爪牙抓住,又被它形如船锚的骇人尖牙撕碎。狄特沃特急忙去帮助他的朋友们,他用长矛刺向林德龙的脖子,但矛头却被鳞片弹开。恶龙用利爪撕开了狄特沃特的盔甲,张开大嘴正要吞下猎物。英雄见此抓住矛柄猛地刺进了林德龙的巨嘴,他在用力一圈圈转动长矛后,最终矛头刺穿恶龙并从它身后破皮而出。怪物受伤后,从鼻孔中冒出一股带着毒气的火焰,熏得英雄昏倒在地,垂死的怪物也压倒了他。

　　狄特沃特在剧烈的摇晃中苏醒过来,他睁开眼睛时看到公主正在努力把他从恶龙的身体下拖出来,有几个樵夫也走过来帮公主救出英雄。最终,狄特沃特得以起身,身体已经极为虚弱,无力站稳。樵夫们见此便用树枝编成轿子，把狄特沃特扶到轿子上，抬回了宫殿。英雄胸前的伤口被小心地包扎起来，可依然溃烂严重，伤口边缘已经发黑，仿佛被烧焦了一般。御医们称，龙的剧毒吐息浸染了伤口，他们担心狄特沃特性命难保。国王、宫廷，乃至整个国家，都在担心屠龙英雄的安危。

这天早晨，发烧的狄特沃特在忍受了一夜剧痛后，正要昏昏欲睡。他感觉到一只手在忙着处理他的伤口。说起来奇怪，那只手比御医的手更柔软、更温柔。狄特沃特睁开双眼，认出了公主。他看着公主小心翼翼地取下绷带，从瓶子里倒出药水，滴在了伤口处，狄特沃特感觉疼痛立刻消失了，他刚想感谢公主，却被公主示意不要出声。她把绷带包扎好，要求医侍保持安静，然后便像她来时一样轻轻地走了。受伤的英雄感到疼痛消失了，仿佛是一位天使为他送来了生命之水，于是他安静地睡着了。晚上，疼痛再次向狄特沃特袭来，但第二天早上，米妮又回来为他的伤口倒上止痛药。第三天早上，公主又一次前来，这次狄特沃特感觉自己有力多了，他忍不住要抓住公主的手献吻。公主轻轻收回手，她离开时再一次示意英雄要保持安静。

见到英雄伤势恢复迅速，医生也为此大喜。得知发生的事情后，医生说公主在母后临终时，从她床前得到了神奇的药油，并被嘱咐只能在万分危急的情况下为她所爱之人使用。"为她所爱之人使用？"英雄复述道，他感到异常高兴。

狄特沃特恢复健康后，在花园里见到了孤身一人的米妮，他向对方诉说了自己的爱意。两人在一起相谈甚久，善良的国王拉默听说他们情投意合后也送上了自己的祝福。不久之后，王国为新婚夫妇举办了婚宴，宴会中央的桌子上摆着许多巨大的装饰，其中最大的便是镶银的龙牙，这颗漂亮的牙齿至少有五十磅重。

礼成之后，新婚夫妇便前往罗马，他们一路顺风顺水，很快就到了狄特沃特的领地。按照传说，狄特沃特与妻子一起非常幸福地生活了四百年，并育有四十四个孩子，但其中只有一个名叫西格尔的儿子活了下来。直至故事结束，我们也不知道米妮夫人婚后是否会顺从丈夫，从此爱上在家做针线活，还是依旧喜欢在户外游猎和男人们比武。

III

伯尔尼的迪特里希

DIETRICH OF BERN

第一章
迪特里希与希尔德布兰德

传说迪特玛尔是胡格狄特里希的次子，统治伯尔尼的他手段强硬，唯我独尊，拒绝向其长兄厄门里希[①]或其他国王称臣。迪特玛尔同时也是位强大的战士，在战场上，他骁勇善战，面目狰狞，没有几位对手敢直视他的脸。但在家里，他对所有人都很温和，尤其是对妻子奥迪莉娅[②]。奥迪莉娅是伯尔尼伯爵埃尔松的女儿，而根据另一个传奇故事的说法，她是丹麦国王的女儿。长子迪特里希则是迪特玛尔的骄傲，他相貌英俊、五官端正，还留着一头垂肩的金色鬈发。

虽然迪特里希的身材看上去又高又瘦，可浑身肌肉强壮结实，十二岁时便可力敌千钧、勇冠三军，匹敌王国最善战的武士。从很小的时候起，所有见过迪特里希的人都觉得他定能成为雄狮一般的勇敢

---

① 厄门里希，原型为历史上的哥特君主厄尔曼纳里克（Ermanaric），其国土在波罗的海与黑海之间，最东可到达乌拉尔山，公元375年遭遇匈人和阿兰人联军的袭击后，因兵败羞愤自杀，此后有许多以他为原型的史诗传奇流传。
② 奥迪莉娅，埃尔松的女儿嫁给了萨姆森的儿子，而迪特玛尔是萨姆森的叔叔。

中世纪史诗中的迪特里希即东哥特王国的狄奥多里克大帝

英雄,甚至有人说,他生气时吐出的气体就像燃烧的烈火,他们由此相信迪特里希无疑是恶魔的后裔。

　　迪特里希五岁时,一位著名的英雄来到了他父亲的宫廷,这人便是希尔德布兰德,同时也是赫尔布兰德之子,忠诚的贝希特大公之孙。正如我们之前所说,赫尔布兰德的封地囊括了这片地区与加登城,而他按照传统严格教育自己的儿子,所以希尔德布兰德经过不断历练,最终成为一名完美的战士和智者。迪特玛尔国王对自己的客人非常满意,并且指定希尔德布兰德为其子迪特里希的老师和监护人。两人的师生情谊便从此开始,迪特里希一生都与希尔德布兰德亦师亦友,直至他们阴阳两隔。

宝剑纳格灵

一天,迪特玛尔的领土遭到强敌入侵,有一男一女两个巨人在边境杀人放火、劫掠百姓,巨人实力强大、无人可挡。国王率领军队去讨伐,却找不到巨人的踪影。迪特玛尔看到边境领土因为巨人作恶而哀鸿遍野,可自己又没办法找到巨人的下落,不由得扼腕叹息。年轻的迪特里希和他的老师见此次出征受挫,也和国王一样沮丧。但他们不甘失败,决心继续搜寻巨人,哪怕会花上几年时间也誓要找到两个祸首的藏身处。

师徒二人一直游荡在群山与谷地之间,但依旧没有收获。某天,他们带着猎鹰和猎犬外出打猎,来到一片中间是绿草地的大森林,两人觉得在此打猎定会大有收获,便放出猎犬,策马骑行,一人前往草地左边,另一人前往右边。师徒俩都将武器握在手中,随时准备狩猎。迪特里希缓缓前行的同时,依旧机警地观察四周,而一个矮人正好进入他的视线。迪特里希从马上弯下腰抓住这只侏儒,将他放在自己身前。小战俘大声叫喊,希尔德布兰德听到了矮人的呼救,立刻策马穿过草地察看情况,很快他就看到了迪特里希和被抓住的矮人。

"嗨!"希尔德布兰德叫道,"你可要把这个卑鄙的小矮人抓紧了。他就是小偷之王艾贝加斯特,他知道所有地上地下的道路,肯定是那两只巨人的同伙。"矮人叫得更响了,他宣称自己根本不是巨人的朋友,巨人格里姆和他妹妹赫尔德也曾让他吃了很多苦头,他也是被迫为他们锻造宝剑纳格灵和坚硬头盔希尔德格林的。巨人还强迫他带路,因此他们是从只有艾贝加斯特知道的秘密通道袭击别人的。艾贝加斯特发誓,如果师徒二人要与邪恶的巨人战斗,便愿意提供帮助。

侏儒得以获释,他长吸一口气说道:"要是我想逃跑,你们根本就抓不到我了。但我会忠诚地为你们效劳,毕竟你们要是成功,我也可以逃出巨人的掌控。我以小偷之王艾贝加斯特的名号发誓,一定会将宝剑偷来。明天天亮再到这个地方,我会给你们宝剑纳格灵,没有这把剑你们是击败不了巨人的。随后我会为你们指明巨人在露草上留下的足迹,你们便可以顺着足迹跟踪他,找到他躲藏的空心山。如果你们能在那儿杀掉巨人和他邪恶的妹妹,就能找到丰厚的战利品犒劳自己。"

小矮人话音刚落便消失了。第二天一早,天还没亮,迪特里希王子和希尔德布兰德便一起来到绿草地边谈天说地。他们一致认为这些山里的小妖精说话不能相信,习惯偷偷摸摸的艾贝加斯特很可能和他的同类一样虚伪。一阵哐当作响的金属怪声打断了二人的谈话,与此同时,他们发现天空已布满了玫瑰色的黎明曙光。两人站起来环顾四周,发现艾贝加斯特正拖着一把大剑向他们走来。接过剑的迪特里希高兴地喊了一声,他立即把剑拔出,朝半空挥舞。

艾贝加斯特也喊道:"现在你的力量足以抵上十二个男人,能与怪物势均力敌了。仔细观察,你们就会发现怪物在露草上留下清晰的鞋印。因为这巨人太吝啬,认为用皮革做鞋太贵,所以我不得不给他做了铁鞋。跟着脚印走,你们就能来到巨人洞穴的入口。那之后,我就不能再与你们继续同行了。"

艾贝加斯特消失了,英雄们则听从他的建议,开始顺着巨人的足迹出发。最终,他们来到了一处巨大的悬崖,但并没有看到像门一样足够大的洞口。石头上到处可见一些小裂隙,但只有矮人和蜥蜴能从那么小的地方爬进去,而穿着铠甲的人肯定进不去,更不消说一个体型庞大的巨人了。希尔德布兰德认为,洞口或许是用岩石像门一样装在悬崖上的。于是他握住悬崖上能抓住的岩块,努力摇晃它们,他的努力取得了成效,一块大石在其手中摇晃了起来,迪特里希也前来帮忙,巨石便轰隆一声地掉进了下面的山谷。阳光穿透黑暗,照亮深处的洞穴,里面正烧着熊熊大火。格里姆躺在用熊皮与狼皮制成的床上,靠在火边睡觉。他被落下的岩石惊醒,便用胳膊肘支起身来,察觉到靠近的战士后便伸手去找自己的剑。格里姆寻剑未果,于是抓起一根燃烧的树棍冲向迪特里希。巨人挥起柴棍的声音就像一阵惊雷,迅速袭来的攻击就像冰雹一样密集。巨人攻击时不仅力量致命,燃木冒出的烟雾与火花一样危险,但年轻的英雄凭借敏捷的身手得以成功闪躲。希尔德布兰德本想出手帮自己的徒弟,但是迪特里希拒绝了。

事实上,很快希尔德布兰德便自顾不暇。因为此刻女巨人出现了,她把希尔德布兰德抓住,紧紧抱在怀里。这是一个致命的拥抱,希尔德布兰德被压得无法呼吸,他努力挣扎,希望挣脱女巨人强健的臂膀,但无济于事。最终女巨人把希尔德布兰德背朝地狠狠一摔,又像钳子一样压住对方的双手和胳膊,英雄的指甲里渗出鲜血。随后女巨人想找条绳子把希尔德布兰德吊起来,希尔德布兰德大声呼救,迪特里希见战友遇险,便在绝望中奋力一跃,跳过巨人的武器,同时双手执剑将巨人的脑袋从头顶到锁骨切成两半。随后他又转身对付女巨人,经过一番短暂而激烈的交锋,最终杀死了对手。

希尔德布兰德跟跟跄跄地站了起来,他说从今往后要把曾经的学生当作自己的老师,因为那个女巨人比他曾经遇到过的所有对手都要难对付。希尔德布兰德与迪特里希在侧洞找到了隐藏的宝藏,将它们当作战利品带回了伯尔尼。看见英勇的儿子得胜而归,迪特玛尔国王很是高兴。很快,迪特里希声名鹊起,名扬各国。但不久后深受臣民敬爱的迪特玛尔便去世了。迪特里希登基后,将他年轻的弟弟迪特尔交由希尔德布兰德教导,他希望自己的朋友能将这个男孩教成一名英雄和振兴王国的栋梁之材。

不久,希尔德布兰德与品行高尚的淑女乌欧特(乌特)结为伉俪,并在妻子的帮助下全力培养迪特尔。夫妻两人一同教育男孩要诚实善良、勇敢无畏,不仅要做一个崇拜英雄的人,更要做一个践行善举的正义之士。

西格诺特

强壮的巨人西格诺特是格里姆和赫尔德的侄子,他居住在西部山脉中,自格里姆和赫尔德死于迪特里希剑下不久,他便下山来到森林拜访亲人。当他在洞穴里发现两位亲人的尸体时,发出狂怒的咆哮,立誓要为死去的二人复仇。西格诺特叫来矮人调查情况,当他听完英雄和他亲人战斗的经过后,觉得此事难以置信。他认为迪特里希和希尔德布兰德是因为惦记财宝,而在格里姆和赫尔德入睡时进行谋杀的。

多年过后的一天晚上,英雄们齐聚宫殿大厅,喝酒聊天。"老师,"迪特里希国王说,"之前赫尔德在洞穴里抱你的样子可真激情,我从没有见过哪个妻子会像那样拥抱自己的丈夫,我想乌欧特夫人要是知道女巨人搂你的样子一定会生气。"

"那个女巨人可真是头怪物,"希尔德布兰德回答时打了一阵寒战,"多亏你帮我从她怀抱里逃出来。"

"是的,"国王笑着说,"这可展现了我的大度。那时我算是对你以德报怨了,你得知道,我仍记得自己小时候挨过你多少打、被你抽过多少鞭子。所以你现在是不是该承认我度量很大?"

"我倒是很乐意承认,"希尔德布兰德微笑着回答,然后严肃地补了一句,"不过,不要太为过去的成就而骄傲,毕竟巨人西格诺特一直在山上监视着我们,也许他会下山找我们为他的叔叔格里姆报仇。据我所知,他力大无穷,无人可挡,甚至可以像镰刀割玉米一样屠杀一支军队。"

"嘿!还有这回事?"国王喊道,"所以说还有巨人正躺在山里等待时机,要替格里姆报仇?为什么以前没有人告诉我这事呢?我明天就要去找他,将他赶出我的王国。"

"什么?"一位客人叫道。

"陛下,您要去攻击一个巨人?"又一位客人问道。

"是那个杀人如麻的西格诺特!"又有第三位客人补了一句。

"听我说,迪特里希,"希尔德布兰德严肃地说,"没有人能够击败那个巨人,而你要为了逞能去和他搏斗的话,那绝不是英雄,而是鲁莽的傻子。"

"请听我说,亲爱的老师,"迪特里希回复道,"你还记得你以前是怎么教导我的吗?英雄就是要去挑战这些看似不可能完成的任务,因为他相信自己的实力,坚信自己为正义而战。只要他问心无愧,无论是戴上胜利的桂冠,还是面临死亡的结局,都会是一位英雄。我去挑战巨人并非逞能,而是要把我的王国和子民从那个怪物的手中解放出来。"

"陛下,"希尔德布兰德喊道,"您不再是我的学生,而是我的战友,我将陪同您共赴这场大战。"

国王停顿一小会儿后,答道:"我的老师曾常说:'真正的勇士会与对手一对一地决斗,而懦夫才会以二对一的方式战斗。'所以我必须一个人去。"

"如果您八天之内没有回来,"老师答道,"我会进山去解救您,如果您已殒命，我会替您复仇或者为您战死。"

"为什么要这么麻烦呢？"沃夫哈特喊道，"总之，那个腿长的老巨人肯定会被打倒，要是国王和希尔德布兰德叔叔都失败的话，我也会追随你们的脚步出战。我敢拿自己的脑袋打赌，那个笨得像熊一样的巨人一定会被我用绳子捆好挂到城垛上。他将被一直吊在那里，最终和他的亲戚们下场一样。"

迪特里希随后开始了他的旅程，在出发后的第三天晚上，巨人藏身的山脉映入他的眼帘。迪特里希见强敌就在不远处，一下战意高昂，浑身充满了力量，就算是与世上所有的巨人对战也不觉害怕。他躺在

迪特里希追逐麋鹿

草地上小憩，想到得胜后又能名扬各国，迪特里希喜上眉梢。突然，一头高大的麋鹿跳过迪特里希眼前，他起身上马，一路追赶，最后抽出剑刺向鹿脖，击倒了猎物。迪特里希随后生起火，烤了一点麋鹿肉当作晚餐，他先嚼了几块鹿肉，又从马鞍鞍头上取下兽皮制的酒壶，喝下几口葡萄酒，和着鹿肉一起咽进肚里。

就在迪特里希大快朵颐时，一阵痛苦的尖叫声打断了他的兴致。他抬头一看，发现一个一丝不挂、浑身长满刚毛的巨人。而一位小矮人则被绑在了巨人的铁棒上，他向战士大呼求助，声称巨人要把他生吞活剥。迪特里希立即走向巨人，他向对方提出了一桩公平的交易，愿意用自己的麋鹿肉来换下小矮人。迪特里希说他建议巨人应该吃麋鹿而非矮人，因为每口麋鹿肉吃下去都感觉更肥嫩多汁。

"滚开，你这条狗，"巨人吼道，"赶紧滚开，不要碍我的事，要不然我要用你自己生起的火烤熟你，然后把你连着铠甲一起吃下去。"听了这番话，英雄发怒了，他将宝剑纳格灵抽出剑鞘，而小矮人就像一片雪花被巨人从自己的战棍上抖落。战斗随即开始，两人经过一番激斗都很疲惫，不得不休战片刻。迪特里希国王再次向巨人提议讲和，毕竟他出来是要和巨人之王西格诺特搏斗，而非他的部下。巨人则回以一阵轻蔑的大笑，随后咆哮道："像你这样的小不点儿觉得自己能够击败西格诺特吗？他会像我对待小矮人那样，把你绑在木桩上，让你在痛苦中死去。"巨人说话的声音响彻云霄，令树群的根系都在颤抖。

于是双方再次开始搏斗，已经自己解开缚绳的小矮人跑到迪特里希身后躲藏，并且还为英雄出谋划策。"用你的剑柄朝他耳朵上方的部位砸，剑刃是没法伤到他们的。"迪特里希听从矮人的建议，将剑柄深深砸进巨人的头骨，一下就击倒了对手。之后迪特里希又用宝剑两次重击巨人，终于结束了这怪物的性命。

"我们尽快离开这里吧,"小矮人叫道,"在群山之王西格诺特找上我们之前就逃走吧,如果让他发现我们在这里,那就必败无疑了。"迪特里希战胜巨人后得意无比,他自豪地向矮人说明了自己这次出征的目标。

"高贵的英雄,"小矮人说,"你找西格诺特战斗注定有去无回。倘若奇迹发生,你能得胜而归的话,我们悲惨的矮人就能从巨人严苛的暴政下获得解放。只要你能活下来,我们矮人便会对你感恩戴德,效忠至死。阿尔贝里希是我的父亲,他让两个儿子一起继承王位,共同统治数千矮人子民。我是他的长子沃尔顿,和我共同继承王位的是他的次子埃格里奇。虽然我们矮人有能让自己身影变模糊的暗影帽①,也会使用各种法术,可还是敌不过西格诺特。我们惨遭他的奴役,许多矮人死于艰苦的劳作,更多矮人直接被他吞吃。"

"好吧,"迪特里希说,"那为表感激之情,你就为我指出找到西格诺特的路吧。"矮人给英雄指出,那座山顶覆盖积雪的大山就是西格诺特生活的地方,他将暗影帽戴在头顶后便消失不见了。

迪特里希当即出发,大约在中午时抵达了冰雪覆盖的山顶。这里的松树都挂着长长的灰色苔藓,一直从松树茎覆盖到树根。突然,一团遮云蔽日的浓雾在山中升起,又很快像帘幕一样散开,迪特里希看到一位身穿雪白服饰的美女从中走了出来,她头戴宝石王冠,脖子上挂着闪若星光的项链。美女竖起手指警告说:"骑马回去吧,伯尔尼的英雄,否则你会败北,消灭你的强敌正埋伏于此。"

女人迈着无声的脚步,转瞬消失在冰川之间,独留迪特里希在惊

---

① 暗影帽(Cap of Darkness),传说中这是一件又长又宽的连帽外套,披在身上能遮蔽自己的身体。

讶中不知所措，他在想自己看到的是女神芙蕾雅还是精灵女王维吉娜。一声叫喊令迪特里希如梦初醒，他看到一位巨大的战士正赶来向他对战。

"你终于来送死了，"巨人叫道，"我有机会向谋害格里姆和赫尔德的凶手复仇了！"

两人没有多费唇舌便开始交战。迪特里希本欲抓住巨人的破绽，一招制敌，可他的宝剑纳格灵却卡在一根悬在头顶的树枝上，任凭他怎么用力都没法把剑拔回来。最终钢剑被他折断，而巨人一棒则把他打得躺倒在地，知觉全无。迪特里希的头盔并没有被劈开，但巨人的棍击力道太大，挨打的英雄因此昏迷不醒。随即迪特里希便被巨人压在身下，无法还击的他全身惨遭巨人的蹂躏，随后还被巨人拖进了阴暗的巢穴中。

希尔德布兰德在极度的焦躁中熬过了八天，为了找到出征未归的国王，他与妻子告别，踏上寻徒之旅。在雪顶山脉附近的树林里，希尔德布兰德发现了国王的战马，又在更远处找到了折断的宝剑。至此，希尔德布兰德坚信好友已经战死，他不再幻想能够解救自己的挚友，而是渴望为迪特里希复仇。小矮人沃尔顿追在英雄身后发出警告，但希尔德布兰德没有理会，继续骑马赶路。

巨人看到又来一人，便立刻发起突袭。两人之间爆发了漫长而激烈的战斗，西格诺特不屑于使用防具和希尔德布兰德周旋，他直接扯断灌木甚至大树，全部朝英雄扔去。最终希尔德布兰德想诈死保命，可西格诺特不依不饶，将他一棍敲晕。"给我过来吧，你这个留着长胡子的老家伙，"西格诺特叫道，"我终于替格里姆和赫尔德都报了仇。"

巨人一边说着，一边把倒下的英雄手脚捆绑住，然后捏着英雄的头甩到了肩上。巨人背起战俘返回洞穴，一路上还放声高歌。

巨人的住所又大又高，屋顶由好几根石柱支撑，中央的红宝石散发着宜人的光芒，照亮了洞穴的前部分，而洞穴的里面则阴郁黑暗。西格诺特一进洞便使出蛮力将背上的英雄摔在地上，希尔德布兰德感觉自己身上的每根骨头都被摔断了。随后西格诺特想从侧洞取出铁链捆住俘虏，他在走之前警告希尔德布兰德，自己很快就会回来。

当弱者陷入困境时，他会因为一时失败而立即放弃自己。但英雄不会这样，无论处境有多么绝望，他们也不会坐以待毙，而是积极自救，努力尝试所有的办法。希尔德布兰德也是如此，他四处观察，发现自己的宝剑被巨人当作理所应得的战利品放在了远处的角落。他想，只要自己还能割断捆住手腕的绳子，就依然会有机会奋起战斗，从而赢得胜利。希尔德布兰德被绑在一根四角尖锐的方形石柱上，于是他将手腕上的绳子贴着石柱的棱角摩擦，用石柱棱角锯断了捆绳。希尔德布兰德一松开双手就解开了脚上的绳索，拿起自己的宝剑，躲在柱子背后。因为盾牌丢在了树林里，希尔德布兰德打算用柱子保护自己。

西格诺特带着铁链回来了，却惊讶地发现自己的战俘竟然已经逃走了。巨人突然看到躲在柱子后面的希尔德布兰德，战斗再次一触即发。大地在巨人脚下颤抖，岩石间回荡着双方交战的巨响。希尔德布兰德且战且退，一步步将巨人引向洞穴深处，此刻两人正在一片漆黑中乱战。在这时，英雄听到洞穴深处有人叫他的名字，希尔德布兰德听出来是国王迪特里希的声音，得知好友幸存的他力量倍增，几分钟之后，巨人便倒在了他的脚下。

战斗胜利，希尔德布兰德砍下巨人的脑袋，就在他苦战后想休息一会儿时，又听到迪特里希喊道："我亲爱的老师希尔德布兰德，快帮我离开这座蛇洞，虽然我已经杀死了许多条蛇，也吃掉了许多，但这里还有一些活着的蝰蛇。"

希尔德布兰德发现国王被关在一座很深的小洞里,便想找根绳子或者找把梯子帮迪特里希脱身。这时希尔德布兰德遇到了矮人沃尔顿,小矮人给了英雄一个绳梯,国王才得以重见天日。

迪特里希长吸一口新鲜纯净的空气,然后说:"希尔德布兰德,您不是我的战友,而是我的老师。"

随后两位英雄跟随小矮人来到他的地下王国,沃尔顿让他们吃饱喝足,还送去了昂贵的财宝。折断的宝剑纳格灵不仅被矮人修补强化,还镀上了黄金、镶嵌了钻石,所以比之前还要美观、还要坚固,是迪特里希最珍贵的战利品。英雄随即返回伯尔尼,他们在故土受到国民热烈的欢迎。

女王维吉娜

有一次,迪特里希和希尔德布兰德在蒂罗尔的荒山中打猎时,他承认自己永远也没法忘记冰清玉洁的维吉娜女王,当巨人西格诺特朝他逼近时,她现身警告了迪特里希。

"那你会发现,把维吉娜女王骗出她的冰川雪山就像让一颗星星爱上你一样难。"希尔德布兰德说道。

当英雄在一起交谈时,一位全身穿着铠甲的小矮人突然站到了他们身前。"高贵的武士,"他说,"你们一定知道我叫比邦,我不仅是未尝败绩的常胜将军,保护维吉娜女王的卫士,还是统治这片山脉中所有矮人和巨人的总督。在我的帮助下,维吉娜女王将窃贼艾贝加斯特赶出了领地。但这个坏蛋现在和魔术师奥特吉斯勾结,他有了魔法师的巨人和林德龙助力后,已经入侵了女王的王国。魔法师用黑魔法迫使女王屈辱地向他进献贡品,要求女王每逢满月之时都要送给他一位美丽的少女,魔法师随后会将少女囚禁、养肥,最后当成晚餐吃掉,所以我女王的宫殿杰拉斯朋特里整天哀嚎不断。我的女王听说你们已经击败了可怕的西格诺特,因此也恳请你们来救救她。请赶快到杰拉斯朋特营救我们伟大的女王陛下吧。"

两位英雄同意了,并让矮人为他们指路。在矮人的引路下,最终他们看到一座宫殿耸立高处,在傍晚的夕阳下闪闪发光。希尔德布兰德打破了众人的沉默,他大声感慨道:"真的,要不是我已经娶了乌欧特夫人,我就会想在维吉娜女王身上碰碰运气,但是按照目前的情况,我会尽我所能帮助你赢得她的芳心。好吧,比邦!——诶,这个家伙到底去哪里了?"

迪特里希笑了笑说:"女王卫士虽然无人能敌,但还是害怕奥特吉斯啊。那现在,就让我们自己去宫里吧。"

"只有巫师才会晚上来访,诚实的勇士绝不会鬼鬼祟祟。"希尔德布兰德说道,"所以让我们先躺在松软的苔藓上,睡到第二天早上再出发。"

第二天一早,天气阴沉,雾气弥漫,山路无法骑马通行,英雄只好忍着迎面扑来的暴风雪,徒步登上陡峭的山地。他们走着走着,顿感疲惫,当他们止步于一潭泉水边解渴时,突然听到一个女人呼救的尖叫声。一个姑娘冲到他们跟前,请求英雄们帮她对付魔术师,按照女王和奥特吉斯的和约,她本要被送到魔术师那儿,而现在可怕的奥特吉斯正带着猎狗追捕她。与此同时,迪特里希和希尔德布兰德也听到了猎人的吼叫,于是英雄和带着部下的奥特吉斯展开了一场战斗。虽然奥特吉斯和他的部下身形巨大,但很快都纷纷倒在英雄的剑下,他们当中只有一人逃过此劫。但此人也是这群恶霸中最危险的一人,那就是奥特吉斯的儿子雅尼巴斯,他和自己的父亲一样,也是一位大魔法师。

迪特里希与希尔德布兰德决定先躲进眼前奥特吉斯的城堡,他们敲了敲门,便有几个拿着武器的巨人冲了过来,但最终都被英雄击败了。在战斗中,一名身穿黑色盔甲的骑士一直跟在其他人后面。他嘴里咕咕哝哝地说着某种奇怪的语言,随即便有新的巨人破土而出,代替被杀的巨人继续作战,不过英雄还是取得了胜利。黑骑士继续低声念着咒语,几只可怕的林德龙也从地里爬了出来,迪特里希和希尔德布兰德同这群怪物战斗了一晚上。当太阳升起的第一缕阳光照亮了山谷里的城堡时,黑骑士终于消失了。与此同时,英雄看到一只巨大的林德龙正要爬走,嘴里叼着一个全身挂彩的战士。林德龙本想偷偷溜走,但英雄立即攻击了它。恶龙将嘴里的猎物吐到地上,发出嘶鸣声,扑向离他最近的迪特里希。恶龙一挥利爪便撕裂了英雄的盾牌,抓破了他身上的链甲。林德龙还用尾巴抓住希尔德布兰德,一下把他扔到了远处。但是迪特里希用自己的剑刺穿了林德龙的嘴,将恶龙死死钉在了附近的一棵树上。林德龙发出雷霆般的哀嚎,几分钟后便咽了气。

逃过奥特吉斯毒手的少女从远处注视着战斗,见厮杀暂告段落,她便走到迪特里希身前为他包扎伤口,并敷上了疗伤的药膏。同时,希尔德布兰德找到了恶龙丢下的男人,他一眼就认出来这人是鲁特温,他是托斯卡纳的赫尔弗里奇之子,也是希尔德布兰德母亲的兄弟。

鲁特温加入了两位英雄的队伍,承诺帮他们惩办魔法师雅尼巴斯。随后赫尔弗里奇也赶来助阵,他们四人随即一起朝魔法师的城堡进发。城堡大门洞开,内庭中尽是全副武装的士兵,其中便有穿着黑甲、身骑黑马的雅尼巴斯,他又低声默念法咒,便有狮群冲出扑向英雄们,但英雄们将这些巨兽和随后跟来的士兵全部击杀,只有雅尼巴斯一人独自逃走了。

迪特里希领着三位伙伴走进了城堡,他们在堡内发现女王献上的三名少女,她们被魔法师拘禁起来喂养。英雄们释放了她们,随后将魔法师的城堡付之一炬,这样,即使雅尼巴斯再回来作乱,也无法将这里当作栖身之所了。

四位英雄下一站将前往赫尔弗里奇的城堡亚伦,他们会先在城中休整,随后继续向女王的宫殿进发。迪特里希身上的伤疼痛难忍,所以他必须要在艰难跋涉的征途上短暂休息一阵。城堡女主人的悉心照顾很快就让迪特里希退了烧,他身上各处伤口也愈合了。最终英雄定好了出发的日子,赫尔弗里奇决定亲自陪同大家,为英雄带路前往杰拉斯朋特。正当他们做最后安排的时候,一个小矮人疾驰到城堡门口,他从马上跳下来,身上的斗篷已经支离破碎,布满灰尘,走进大厅时脸色也无比苍白。

"救命,高贵的英雄,帮帮我们吧!"矮人哭喊道,"雅尼巴斯正在与维吉娜女王交战,那个可恶的魔法师命令女王把所有的少女都交给他,甚至还索要女王王冠上的红宝石。如果真让雅尼巴斯拿到宝石,就再也没有人能阻挡他了,因为他将借此控制所有的山脉,并能指挥山中栖居的所有巨人、矮人和林德龙。一切要都听雅尼巴斯的差使,这会为群山带来无穷祸患。"

迪特里希当即表示,如果其他人不准备立刻动身的话,他自己可以单独前去帮助女王。"什么,一个人!"小矮人叫道,"如果你一个人去,那必死无疑。甚至连我这样捍卫女王陛下的精英卫士,面对敌人时也不得不掉头逃跑,你去之后又能怎样呢?"自夸的矮人逗得在场每个人都哄堂大笑,但时间紧迫,所有英雄急忙拿起武器向王宫出发。

英雄们和他们的伙伴在山腰上长途跋涉,跨过雪地与冰川,甚至在意想不到的地方还遇到了巨大的裂谷,但他们每每看到离高处的杰拉斯朋特宫更近一点时,便身心振奋。终于,大家在靠近宫殿的地方,英雄们听到了尖叫与战吼,以及其他厮杀声。几分钟后,靠得更近的他们看到了可怕的景象:一些王宫的守卫已经战死或者没了胳膊,其他战士则依旧顽抗到底。敌人的大军由巨型猎犬、各种各样的怪物和成群结队的野蛮战士组成,许多敌人冲过破碎的大门,在女王的王座旁张牙舞爪、嘶吼咆哮。

高贵的女王坐在王座上岿然不动,她周围的侍女则被吓得瑟瑟发抖。女王头上的王冠上镶嵌了一颗闪着光芒的红宝石,身上披着一层银色的纱幕。她唯一的防护似乎是一道敌人无法穿行的魔法圈,很难说这股魔力到底来自她惊人的美貌,还是她脸上散发的慈爱之光。目前还没有敌人敢接近女王,甚至连英雄们刚见到女王时也怔住了一会儿,但回过神来的他们又继续向前进发。

前往王宫的山路上雪雾漫天,大块的坚冰纷纷坠落,更别提还有一阵飓风差点将他们全都吹翻。群山在阵阵雷

迪特里希目睹维吉娜女王

声中颤抖,冰山裂开,宛如一道无底的深渊将英雄们同宫殿隔开。但与此同时,迪特里希看到黑骑士雅尼巴斯正用一本铁书念着咒语,他一跃而起,跳到了魔法师面前,劈开铁书,杀了雅尼巴斯。群山间又响起一阵惊雷,成堆的积雪崩塌,久冻的冰原也终于融化,随后是一片死寂。魔法师施加的法术终于解除了,冰山的裂口重新愈合,通往宫殿的路也再次畅行无阻。魔法师的部下急于为自己的主人报仇,纷纷向英雄们发起攻击,但全被击败。那些还活着的怪物很快便不得不各自逃命,躲进了人迹罕至的荒山雪岭。

迪特里希随后带领他的部下向女王走去,他本想在女王面前行跪礼,但女王却先从王座上起身向迪特里希伸手,以一个吻欢迎伯尔尼的英雄。迪特里希惊得一句话都说不出来,他随女王来到王座,坐在女王身边。

女王说:"伟大的英雄,你要知道我已经看出你的爱意,也见证了你的战功。我将不再统治这片精灵之国,而是和你在凡间永生相爱,至死方休。"

宫殿被一双看不见的手清理干净后,当夜,所有破碎的大门和石柱也都修补完毕。不久之后,这里举行了这位凡人英雄和精灵女王的盛大婚礼。新婚夫妇完婚后一同前往伯尔尼,迪特里希的家庭因为有了维吉娜而充满快乐,因此英雄很长时间都没再离家冒险。与此同时,山脉之间哀声一片,每位生活在群山中的精灵都心生悲戚。他们感慨女王竟会为一位凡人而抛弃了她的国家和子民,所有自然中的生灵都为女王的离去而哀叹,日落时的阳光也不再像过去那样斑斓耀眼,再也没有人能看得见女王那座美丽的宫殿了。

第二章
迪特里希的同袍们

海　默[①]

伯尔尼的迪特里希功绩斐然，许多吟游诗人乐于以他为题材创作诗歌，他的名声得以传遍各国，为万民所晓。因此经常有许多勇士前来拜访迪特里希，他们要么同国王一起消遣娱乐，要么为国王当差效力，希望能博得英雄王的青睐。即便是在遥远的北方，迪特里希依然鼎鼎有名，他的名号不只流传在贵族的城堡间，还在许多路边客栈甚至偏远庄园为人所知。

当我们说起这些的时候，一位名叫斯图达斯的著名马贩正生活在一片大森林中。他对唱歌拉琴的游吟诗人并无兴趣，可是他的儿子海默却不一样，经常称自己能够像伯尔尼的迪特里希那样挥矛舞剑。斯图达斯厌倦了儿子满是自夸的空谈。有一天，当他年轻的儿子如往常

---

① 日耳曼史诗人物，同时还出现在《贝奥武甫》《阿尔法特之死》等其他史诗作品中。据说海默的人物原型是哥特英雄维迪戈亚（Vidigoia），他在大约公元330年君士坦丁大帝跨越多瑙河的战役中名声大噪。

一样吹嘘自己就算没法胜过迪特里希，也能和他一样优秀时，斯图达斯大发脾气地说道："好，真要是这样的话，那你就爬上那座空心的大山，然后杀掉四处作乱的恶龙！"

小伙子用探询的眼神望着父亲，斯图达斯点了点头，海默傲慢地看了他一眼后，扭头便走了出去。

"他不会这么做的，"老人喃喃自语，"但我想我已经让他冷静下来了。"

憨厚老实的斯图达斯一厢情愿地以为儿子能够因此安分守己。但事与愿违，他勇敢的儿子找好武器，骑上父亲最好的一匹马，朝山中奔去。一只林德龙张开大嘴扑向海默，但小伙子用手中的长矛刺中了林德龙的咽喉，并且使出浑身巨力直接穿透怪物，让矛尖从其脑后刺了出来。怪物用它的尾巴凶猛地拍打了地面很长时间，但最终还是一命呜呼。于是海默砍下兽头，骑马回家，他把林德龙的脑袋带回农庄，随后将自己的战利品扔到了父亲脚下。

"圣基里安①在上！"斯图达斯叫道，"孩子，你真杀了这头龙吗？那——"

勇敢的年轻人回答："那我现在应该出发去杀了伯尔尼的英雄。今天我骑着战马勇敢地与龙搏斗，而明天我将骑着它去伯尔尼挑战迪特里希，并且还会毫发无伤地回来。"老人听到儿子说这话，只觉得天旋地转，但他还是同意了儿子的请求，海默随后骑马踏入未知的世界。

在伯尔尼的皇宫里，维吉娜王后忙着为武士们斟满酒杯，她的丈夫迪特里希正和大家举行宴会。迪特里希和武士们都觉得和平时光确

---

① 圣基里安（St. Kilian），基督教圣人，曾是一位爱尔兰传教士，后在德国维尔茨堡殉教。封圣后，他是基督教中风湿病患者们的主保圣人之一。

铁匠威兰德为他的儿子威蒂希送上武器

实宝贵，但为了不让剑鞘里的宝剑生锈，他们也应该出去冒险闯荡。就在众人谈话之际，一位全身披甲的陌生人打开大门，走进宫殿，这人身材高大，肩膀宽阔，面容稚嫩。希尔德布兰德欢迎了陌生人，他邀请来客脱下身上的锁子甲，穿上更舒适的紫色丝衣与国王一同享用宴席。

"我到这来就是为了战斗，"陌生人说道，"我叫海默，是马贩斯图达斯之子，前来向著名的迪特里希发起挑战，我要请他到外面与我光明正大地决斗，比一比谁才是更厉害的战士。"

海默说话的声音洪亮，宴席上的每一个人都听到了。迪特里希立即接受了挑战，并邀请所有宾客都出来观看这场决斗。随后迪特里希穿上盔甲，骑上他的战马"猎鹰"，不一会儿就做好了战斗准备。

两人先骑在马上决斗了一阵，结果他们的矛柄都在近身混战时折断了。于是他们跳下马背，站在地上继续缠斗。身姿英勇的海默武艺惊人，可过了一会儿，他的剑被迪特里希击碎了，于是手无寸铁的他只能无助地站在国王面前。一脸怒气的迪特里希将剑举过头顶，准备要给对手最后的致命一击，但他心中其实并无此意。他对这位年轻勇士所展现出的勇气有着慈悲之心，所以把剑放到一边，向海默伸手，以示言和。国王的大度彻底征服了年轻人，他握住国王伸出的手，承认自己输掉了这场决斗，并发誓从今往后要成为这名光荣国王的忠仆与追随者。迪特里希很高兴自己的部下中能再添一位勇士，于是送了他几座城堡，还将几片肥沃的土地封为他的采邑。

威蒂希

威蒂希是威兰德之子，他的父亲是黑尔戈兰岛上的铁匠，他的母亲叫博斯维尔德（拜德希尔达）。从小时候起，威蒂希的父亲便教他射箭，而他给过儿子的最大夸奖便是："你就像你叔叔伊格尔一样，是一位神射手。"

年幼的威蒂希非常想了解他叔叔的故事，于是威兰德开始缓缓道来："当时你的外公尼杜德，也就是尼尔斯家族中名叫德罗斯特的那人，在很久之前把我俘虏了。你叔叔伊格尔来到你外公的城堡，成为他麾下卫队中的一名弓箭手。所有人都钦佩伊格尔的弓术，连高飞天穹的老鹰都被他射中脑袋。我还见过他射中一只山猫的左脚还是右脚，那只山猫被钉在枝蔓盘绕的树上，动弹不得。他还有过其他壮举，多到我都讲不完。但德罗斯特还想看伊格尔更精彩的表演，于是他要求伊格尔在百步之外，将伊格尔儿子头上的一颗苹果射掉。德罗斯特还告

伊格尔射掉儿子头上的苹果

诉伊格尔,如果他拒不从命,或者没有射中,他就会眼睁睁看着自己的儿子被砍成碎片。伊格尔从箭筒里抽出三支箭,把其中一支放在弓弦上,那男孩一动不动地站着,非常自信地看着他的父亲。

"我的孩子,你也能做到那样吗?哈哈!"威兰德笑着说。

"不,父亲,"威蒂希勇敢地回答道,"我会拿起您那把可靠的宝剑米蒙格,砍下那个恶毒老人的头,如果尼尔斯家族的人想为他报仇,那我就把他们全都赶出这个国家。"

"说得都非常好,小英雄,"父亲笑着说,"但要记住这一点:真正的英雄只会说他已经做过的事情,而不是他在各种情况下本可以做的事。然而,伊格尔要是真像你所说的那样杀死恶人,情况本会更好。但他射掉苹果之后,转身告诉德罗斯特,不管是因为什么意外,但只要他儿子被德罗斯特杀掉的话,他就会用另外两支箭,先射向德罗斯特，随后再用箭自杀。德罗斯特当时没有注意到伊格尔的言论，但之后很快就发觉了他的敌意，并将其流放，既没有道一声谢，也没有付一分钱，没人知道伊格尔最后怎么样了。"

铁匠一直乐于为儿子讲述英雄故事，威蒂希就在这样的耳濡目染之下，越来越渴求外出冒险，同时也更不情愿留在铁匠铺工作。有一天，孩子说出心愿，希望父亲能给他一套盔甲，并赐予他宝剑米蒙格，这样他便会远行到伯尔尼和迪特里希决斗，像自己的祖先一样赢得一个王国。在拒绝儿子很多次之后，铁匠最终同意了。他为儿子准备好一切冒险所需要的装备，并向他解释每种武器的特别之处。最后威兰德告诉儿子，他的曾祖父威尔基努斯国王过去曾是一位伟大的武士，并娶了一位美人鱼做自己的妻子。国王临终时，美人鱼念及她与国王的爱情，向国王承诺，任何一位他们的后代来向她求助时，她都愿意伸出援手。"去海岸边，我的儿子，"铁匠继续说，"如果你身处险境，就请我们的女祖先保护你。"随后威兰德又给了儿子很多明智的建议，同时还讲述了很多他亲眼所见或者听闻的古老故事，最终才与儿子告别。

威蒂希骑马平安无事地走了好几天路，终于来到一条宽阔的大河边。威蒂希下马将铠甲脱下放上马背，随后牵着缰绳开始涉水过河。威蒂希走到河中央时，三名全副武装的骑士正好经过，他们看到孤身一人的威蒂希衣衫不整，便开始嘲笑他，还问他要去哪里。威蒂希告诉三人，等他穿好铠甲，便要和他们好好理论一番。三名骑士同意了，但当威蒂希穿好全身链甲，跨上宝马时，他们又想到既然大家同处陌生之地，不如与这样的强手交朋友。所以三名骑士向威蒂希提议休战，威蒂希也同意了，他们互相握手言和之后，便一起继续旅行。

他们沿着上游走了很长一段路，最后来到一座城堡。一群面相粗野的蛮族人从城堡大门汹涌而出，前来迎战四位骑士。

"他们数量太多，我们没法获胜，"最年长的陌生骑士说，"但我想我们能用宝剑杀出一条血路，突围穿过那座桥。"

"我先给他们一枚硬币当作过路费吧。"威蒂希说道，他一戳马刺，骑马向桥赶去。

来到桥头，蛮族人告诉威蒂希，他和骑士要想过桥唯一的办法就是交出他们的马匹、铠甲、衣服，还有自己的右手和右脚。威蒂希表示他无法为了过桥这一件小事付出这么大的代价，并甩给野蛮人一枚钱币，于是蛮族大军拔出剑与威蒂希刀兵相向。

三名武士一直待在附近的高地，他们观察、评论脚下的局势。看到他们的新朋友似乎被包围了，有两人策马救人，还有一人按兵不动，轻蔑地继续观战。但援兵还没到场，威蒂希已经杀了七个敌人，其他蛮族人看见援兵便望风而逃了。

英雄随即继续骑到了城堡里边，发现了大量食物和战利品。在城堡享受晚餐的四人终于打开了话匣子，每个人都报上了自己的名号，讲述自己立下的战功。威蒂希更多是在讲他父亲的故事，而不是他自己的，而随后他也了解到自己的新伙伴里，最年长的便是希尔德布兰德，第二位是强壮的海默，第三位则是霍恩伯格伯爵，他也是迪特里希的战友。

"这对我来说真是一件幸事，"年轻的武士喊道，"因为我正在赶往伯尔尼，想和荣耀的国王单挑试试身手，而且我觉得自己很有胜算，毕竟父亲给我的宝剑米蒙格可以切断钢铁、劈开石头。来看看这刀柄，做工是不是很精美？"

三位战友一听这话，变得更加沉默了，他们借口十分疲惫，提议大家一起休息，威蒂希也同样去睡觉了。

年轻的英雄很快和海默、霍恩伯格一样呼呼大睡，但希尔德布兰德躺在床上却仍没睡着。他有一种不祥的预感,因为希尔德布兰德知道威蒂希的那把剑可以切开国王的头盔,他还在考虑该怎么办。于是他悄悄地从床上爬起来,拿起米蒙格和自己的剑比较,他发现两把剑的剑刃十分相似,唯有剑柄不一样。于是,希尔德布兰德带着满意的窃笑,小心翼翼地从两把剑的剑柄上取下剑刃,再把剑刃调换,剑柄装上。随后他回到床上,很快便睡着了。

第二天早上,他们又出发了。在几天路程中,他们经历了数次冒险,而威蒂希每次都向希尔德布兰德和战友证明了自己是能成为英雄的那块料。听说自己的老师和其他人都到了,迪特里希国王急忙前往宫廷去欢迎他们。可看到年轻的威蒂希将银护手脱下递给自己时,迪特里希感到非常惊讶。过了一会儿,迪特里希一把抓过护手,扔在了年轻人的脸上,怒气冲冲地叫道:"你认为国王的职责之一,就是和所有流浪的冒险者们单挑决斗?快来人,抓住这个无赖,然后把他吊死在最高的绞刑架上。"

威蒂希答道:"您确实有权力这么去做,大人,但是容我提醒您考虑一下,如果真要吊死我的话,是否会有损您的名声?"

而希尔德布兰德也说:"陛下,这是威蒂希,那位著名铁匠威兰德的儿子。他不是一个卑鄙之人或是潜伏的叛徒,而是一位武艺高强的勇士,他完全能成为您的战友。"

"好吧,老师,"国王回答说,"我会满足威蒂希的愿望,同他决斗。但他要被我击败了,我就会把他交给绞刑吏处置。我不想再多说了,现在来竞技场准备吧。"

全城的人都聚在一起见证国王与陌生人之间的决斗。战斗持续了很长时间,但最终威蒂希的剑断了,站在国王面前的他无力防卫。

"虚伪的父亲,你骗了我,"威蒂希喊道,"你给了我一把假冒的剑，而不是米蒙格。"

"投降吧，流浪汉，"迪特里希叫道，"然后被我送上绞刑架吧。"

如果不是希尔德布兰德跳到他们两人中间，年轻武士便要迎来人生的最后时刻。

"陛下，"希尔德布兰德说，"饶恕这个手无寸铁的男人，让他成为我们战友中的一员吧！我们队伍中找不到比他更有英雄气概的人了。"

"不，他应该被送去绞刑架。退后，老师，我要让他再次当着我的面投降。"

希尔德布兰德的心里很不是滋味，他想到自己调换了威蒂希的剑刃，对这年轻人非常不公平。"勇士，你的宝剑米蒙格在这。"希尔德布兰德说道，他将自己身旁的剑交给了威蒂希，"那么迪特里希，现在使出你的全力吧！"

战斗再次打响，宝剑米蒙格展露了它的锋芒。国王的盾牌和盔甲被剑砍掉了几小块碎片，且威蒂希击中要害的一剑直接劈开了国王的头盔。"投降吧，国王！"得胜的年轻人叫道。可迪特里希不顾身上的重伤，仍坚持战斗。

随后希尔德布兰德再次跳上前拦住二人。

"威蒂希，"希尔德布兰德喊道，"住手，虽然你现在决斗得手，但靠的并不是你自己的实力，而是威兰德锻造的宝剑。成为我们的伙伴吧，这样我们将一起统治世界，而你也将成为所有英雄中除国王外最勇猛的战士。"

"大师，"威蒂希答道，"您在我危难时帮助了我，所以我现在会服从您的要求。"然后他转身面向国王说，"光荣的伯尔尼英雄，从今往后，我将终生为您效忠。"

国王紧紧地握住他的手，并将一大片土地分封给他统治。

威尔德伯、伊尔桑和其他战友

过去曾有一位强大的国王名叫曼提格,他将一位美人鱼立为自己的皇后,并与之养育了许多子女。埃克是曼提格的长子,他爱上了住在莱茵兰的科隆女王瑟博格。听说瑟博格非常希望见到迪特里希后,埃克向女王承诺,愿意拼上性命,将迪特里希带到她面前。女王说,如果埃克能得胜而归,就愿意做他的妻子。于是埃克出发去找迪特里希单挑,他虽有成为英雄的天分,但最后还是死于迪特里希之手。迪特里希国王非常难过,虽然他和埃克仅相识了几个小时,但已然非常欣赏这位勇士的才干。

杀死埃克后,迪特里希回到伯尔尼。海默出门迎接国王归来,再次见到迪特里希的他露出了真诚的笑容。国王被战友的热情所打动,他决定将纳格灵宝剑作为礼物送给海默,以示他们之间的友谊。海默非常高兴地接过剑,在这把可靠的利剑上吻了两三次,同时说道:"为了陛下的荣耀,我将永远佩戴这把宝剑,只要我还活着,就不会让它离开我。"

"你配不上那把宝剑,"威蒂希叫道,他带着其他武士走了出来,

迪特里希的士兵

继续说,"你还记得野蛮人袭击我的时候,只有你没有拔剑出鞘,而希尔德布兰德和霍恩伯格都帮了我吗?"

"因为我看不惯当时你自鸣得意的样子,现在少对我口出恶言,否则我会割下你的舌头。"

两人都把手按在剑上准备动手,但国王一步走到两人中间,希望他们不要在城堡内争斗。在得知事情全部原委后,迪特里希告诉海默可以一个人离开这里了,因为对身处危险的同伴见死不救并不是一位英雄应有的行为。但他补充说,如果海默能做出英勇的事迹证明自己是个真英雄的话,或许他可以再次回到迪特里希的队伍中。

"行,陛下,虽然您从我这里收回了几座城堡,可我还能用纳格灵宝剑赢得更多的财富。"

说完这话,勇士跳上自己的战马,与大家不辞而别。海默骑着马继续前进,一直来到了维萨拉(威瑟)。在那里,他将一帮匪徒纠集到身边,与他们一同犯下了诸多恶行。海默不仅劫掠手无寸铁的百姓,还向那些勇敢的武士勒索买路钱。通过拦路抢劫,海默积累了大笔财富,但即便如此,他也依然毫不厌倦地继续敛财。

迪特里希不得不和朋友谈起他和英雄埃克之间的恶战,而他在这场决斗中为自己赢得了一套精美的铠甲以及宝剑埃克-萨克斯,迪特里希将这些战利品都带回了家。

有一天,武士们在一起讨论国王和埃克决斗这件事时,一位修士走进大厅,恭敬地站在房间门口。他个子高,肩膀宽,头上的兜帽被特意拉低,正好遮挡了他的面容。武士们的仆人开始捉弄修士,最后不耐烦的修士将其中一人的耳朵抓住,拎到半空,疼得仆人大喊大叫。

国王问为什么会有人喧闹时,修士走上前请求迪特里希能为他这个半饿半饱的会士①施舍一小块面包。迪特里希亲自走上前来,命人将吃的和喝的摆在这位教友兄弟面前。但是当修士掀开他的兜帽时,迪特里希非常惊讶地看到修士露出一副圆溜溜的脸颊,没有半点挨饿的痕迹。而在发现修士能吞下这么多食物,喝下这么多酒后,迪特里希更是大吃一惊。

"这个神父竟然有狼一般的胃口。"旁观者小声议论道。

"我已经苦修了五年,终日祈祷,禁食禁水。"修士说道,"现在我得到了神圣的许可,可以走进人世,命令其他有罪的人去做苦修来悔改,现在,"修士一边吃着饭,一边说,"你们都是整日宴饮糜醉的可怜罪人,我要求你们去苦修并悔改,这样就能把你们的罪抹去。"然后他用响亮的声音吟唱道:"哦,至圣之母!"②

大师希尔德布兰德也加入围观的人群中,他一下惊叹道:"怎么,这不是我亲爱的兄弟,修道士伊尔桑嘛。"

"我罪,我罪③",修士喊道,"不要碰我,我不洁的兄弟。悔罪,并且去苦修赎罪吧,这样你就不会像其他人一样直接下地狱了。"

"但是,"大师说,"我们聚集在此,是通过仁爱或者武力来教化所有的怪兽、矮人和巨人皈依上帝,所以,可敬的兄弟,我现在请你脱下教袍,再次成为我们队伍中的一员战士吧。"

"你说要教化别人皈依?好啊,我有上帝的特许来教化异教徒,因此会加入你们这项虔诚的工作。"说完这些话,教士脱下自己的教袍,

---

① 会士,由一般教徒组成的许多兄弟会会员,他们须作苦修和善行,通常以会员所穿会服命名。
② O Sanctissima,是一句罗马天主教的拉丁语唱词,字面意为"哦,最神圣的人",也是寻求圣母玛利亚保护的祈祷词。
③ Culpa mea,拉丁语祷词,来自天主教弥撒开始时的悔罪经,字面意为承认自己有罪。

穿着全套盔甲站在他们面前。

"看这儿，"伊尔桑喊道，抚摸着他的阔剑，"这就是我的教士手杖，而这里，"他指了指自己身上的链甲，"就是我的祷告书，圣基里安保佑我，也保佑我们所有人，为我等祈祷吧。"①

许多武士早已认识伊尔桑很多年了，于是修士坐在他们中间，又是喝酒又是唱歌，有时唱的是赞美诗，有时唱的是歌曲，他还讲述了自己在修道院生活时的乐事。

夜幕很快降临，人们点起了蜡烛和火把。突然，所有人都被吓到了，因他们发现有个怪物在门口来回踱步。它看上去像是一只熊，可脑袋却像是一头猪，手脚又和人相同。怪物站在门口，就仿佛脚底扎了根，让人感觉它似乎在考虑该首先扑向谁。

"一个恶灵，"伊尔桑叫道，"这是一个逃出炼狱之火的幽灵。我将亲自解决它，奉主名斥责你②……"伊尔桑的嘴巴停住了，因为怪物将脸转向了他。

"我会把它再次拖回到地狱里，"勇敢的沃夫哈特大叫一声，跳过桌子，抓住怪物身上的皮毛。可不管他怎么用力拉拽，怪物都纹丝不动，而怪物随后悄悄踢了武士一脚，让沃夫哈特一头栽倒在大厅中央。

霍恩伯格、威蒂希和其他武士一同上前，想一起用力把怪物推出去，但都失败了。

"让一让，勇敢的战友，"愤怒的国王叫道，"我倒想看看这个怪物能不能扛得住我的宝剑埃克－萨克斯。"

"陛下，"大师希尔德布兰德打断了迪特里希的话，他拉住了国王的

---

① Ora pro nobis，拉丁语祷词，字面意为："为我们祈祷吧！"
② Conjuro te，基督教驱鬼时的祷词。

胳膊，同时说，"瞧，您有没有看到怪物的手腕上戴着一道金手镯，上面还有闪着光的宝石？这个怪物其实是个人，也许还是个勇敢的战士。"

"好吧，"国王说道，随后他转头看向奇怪的来客说，"如果你真是个英雄，就脱下自己的伪装，加入我们，成为我们忠实的伙伴吧。"

一听国王这话，这位怪客便扔掉了身上的猪头和熊皮，露出全身铠甲，走到国王和他的部下们面前。

"我现在知道你是谁了。"希尔德布兰德说，"你是那个勇敢的英雄威尔德伯，绰号是'力士'。而这只金手镯是一位天鹅少女①送你的礼物，能让你的力量倍增。但是为什么你要这样伪装？每位勇士都是我们国王欢迎的贵客。"

威尔德伯坐在大师身边，喝完一杯起泡的葡萄酒后，说："有一次，在和强盗大战一场后，我躺在湖边睡着了。突然，我被水中溅起的水花惊醒了，转眼朝传出声响的方向望去，看到了一位美丽的少女在洗澡。我发现她的天鹅羽衣还晾在岸边，于是就轻手轻脚地爬过去，把她的羽衣带走藏了起来。少女四处寻找自己的衣服，当她发现衣服找不到时便开始大声哭泣。这时，我走到少女跟前，请她和我一起回家，做我的妻子。但少女哭得更厉害了，她说我如果不给她那身天鹅羽衣，她就必定会死去。我听后对她心中有愧，便把羽衣还给了她，而她也给了我这副手镯，使我的力量大增。但她告诉我，为了保住这副手镯，我必须穿得像一只长有野猪头的熊并四处游荡，直到世界上最著名的国王选我成为他战友中的一员。少女还警告我，如果我没有听她的话照做，手镯的功效就会消失，而我也会很快死于战斗中。

---

① 天鹅少女，出现在世界各地神话中的一种奇异生物，在日耳曼传奇故事中，天鹅少女常常是身着"天鹅羽衣"的女武神，可以随时变化成飞禽，并且常常被英雄发现并与英雄结合成婚。

说完了这些话，她就飞走了。这就是我乔装来找您的原因，勇敢的英雄，"威尔德伯继续对迪特里希说道，"既然您愿意让我成为您战友中的一员，那我便会终生效忠于您，这样手镯就永远能保持它的魔力。"

"安宁与你们同在！"修士结巴地说完，便跟跄着爬上床睡觉了。其他武士也很快和他一样入眠，王宫里再次陷入一片安静。

修士伊尔桑驱逐"恶鬼"威尔德伯

迪特莱布[①]

有一天，国王迪特里希准备上马，出发去拜访他的皇亲厄门里希皇帝，而在此时，有一位勇士骑马来到他的宫廷里。国王立马认出此人正是海默，但他看到战友回到伯尔尼并没有十分高兴。可当海默告诉国王他已经在很多场战斗中战胜了巨人和强盗时，迪特里希再次同意他成为自己的战友，并希望海默随他和同袍们一起前往罗马堡。

---

① 本故事来自狄奥多里克史诗集群中的日耳曼史诗《贝特罗夫与迪特莱布》（Biterolf und Dietleib）。

弗里蒂拉堡是国王一行中途休息的站点，在那儿有一位自称伊尔曼里克的人希望能为迪特里希效劳，他介绍自己是丹麦自由民索蒂的儿子。迪特里希国王同意了伊尔曼里克的请求，并将他招进自己的仆人中。

　　迪特里希来到罗马堡时，受到了皇帝的隆重接待。厄门里希为他们安排了食宿，但却忘记了一项任务，那就是给迪特里希的仆人提供伙食。伊尔曼里克在第一天晚上拿出自己的食物给仆人分吃，等到第二天，他自己的口粮已经耗光，便抵押了海默的盔甲和战马，换了十枚金币。到了第三天，他又把威蒂希的物品拿去典当换了二十枚金币。第四天，他再将国王的武器和战马拿去典当换了三十枚金币。而到了第五天，国王下令大家一起回国时，伊尔曼里克要求国王拿钱换回他抵押出去的物品。迪特里希听到自己的仆人有这么奢侈的想法后，又惊又气。他把伊尔曼里克带到厄门里希面前说明情况，皇帝立即说愿意支付所有的钱款，并问伊尔曼里克要付多少钱。而一听伊尔曼里克报出的花销，皇帝和他所有的廷臣都被逗笑了，瓦斯根斯坦（孚日①）的领主沃尔特听了更是捧腹大笑，他还嘲讽地问伊尔曼里克是不是一头狼人，会不会精通各种各样的奇怪知识。伊尔曼里克谦逊地回答，他曾从自己的父亲那里学过武术，可以摆放巨石，或是投掷大锤。而且伊尔曼里克愿意用自己的脑袋和瓦斯根斯坦领主打赌，论力气与技巧，他一定能胜过对方。沃尔特接受了挑战，试炼随即开始。

　　伊尔曼里克在众人面前大展身手，英雄们从未见过如此精彩的招式，他们纷纷担心沃尔特的性命不保，随后皇帝将年轻的胜利者叫到

---

① 孚日省（Vosges）位于法国东北部，东临莱茵河谷地区及德国，西靠摩泽尔（Moselle）和墨兹（Meuse）的洛林（Lorraine）高原。

他跟前。

"听我说,年轻人,"皇帝说,"不管你开多高的价,我都要花钱保住我廷臣的脑袋。花钱买命是条老规矩。"

"不要担心,陛下,"伊尔曼里克答道,"我不会危害这位勇敢英雄的性命。但如果您肯对我大发慈悲,就请借给我一笔足够多的钱,我想还掉因供给侍从们吃喝而欠的债,赎回典当的武器、衣服和马。"

"司库大臣,"皇帝转身对着他的一位大臣说道,"给我称60马克重的赤金①,让这位朋友可以赎回他抵押的财物,然后再称60马克赤金装满他的钱包。"

"感谢您,陛下,"年轻人回答说,"但我不需要您赠送的礼金,因为我的主人是富有的伯尔尼之王,我缺什么他都会满足我的。但要是您让我们在这儿多待一天,我会用这60马克黄金为仆人改善伙食,当然也会让我的主君和各位大人美餐一顿。倘若您也想参加宴会,就算我又不得不典当所有战马与战甲也会满足您。"

武士们都被这个有趣的年轻人逗笑了,但海默却皱起眉头,说如果伊尔曼里克再把马当掉,就会要了他的命。

仆人为大家准备了一场皇室级别的豪华宴会,宴会上所有人都很开心,只有海默暗自担心他的财产。年轻的伊尔曼里克坐在海默身旁,他低声问武士是否知道额头上的伤疤是谁留下的。海默回答伤疤是贝特罗夫伯爵的儿子迪特莱布留下的。他还说,自己要能再见到他,即刻就能认出,且会报这道伤疤的一箭之仇,让对方付出血的代价。

伊尔曼里克回答道:"我想,勇士,你已经忘得差不多了。如果你

---

① 赤金(red gold)是一种黄金和铜的合金,12K赤金中黄金与铜的比例各占50%。在西方古代由于黄金加工工艺不成熟导致黄金纯度瑕疵较多,所以在许多古希腊罗马文献和中世纪文献中,黄金会被描述为"红色"的。

看看我的脸，会知道我就是迪特莱布。当时我和我的父亲正骑马穿过树林，而你带着劫匪袭击了我们。我和父亲杀死了强盗英格拉姆和他的同伙，但你靠着自己宝马的神速，带着这道伤逃走了。如果你不相信我，那我可以找一个证人当裁判，和你到外面的旷地上决斗，用我的剑证明我说过的话。但如果你相信我，这件事或许仍可以是我们两人之间的秘密。"

宴会快结束时，迪特里希告诉年轻人，他应该不再做仆人，而是成为他同袍中的一员。而伊尔曼里克向迪特里希道了谢，并向国王坦白自己其实是迪特莱布，贝特罗夫伯爵的儿子，那个光荣事迹广为人知的人。

除了海默，国王所有的部下都很高兴地欢迎这位年轻的英雄加入他们的行列。迪特莱布和国王一起回到伯尔尼，并在许多场冒险中证明自己是一位可靠的战友。但是迪特莱布有一颗躁动不安的心，渴望更多地探索这个世界。所以一段时间后，他又选择为匈人之王埃策尔效力，而在埃策尔的宫廷里，他发现自己的父亲竟然已经安顿在那儿了。父子俩一起南征北战，立下汗马功劳。匈人王埃策尔希望将父子俩留下来继续为己效劳，于是他将施泰尔马克（施蒂里亚）[①]的土地分给父子作为封地。贝特罗夫将自己分到的封地全让给了儿子，因此迪特莱布也被叫作"施蒂里亚人"，但在故事中他经常以本名出场，也就是"丹麦人迪特莱布"。

---

① 施蒂里亚（Styria），德文名为施泰尔马克（Steiermark），欧洲历史地区名。位于奥地利中东部，邻斯洛文尼亚北部。

第三章
劳林与伊尔桑的冒险

劳林王与小玫瑰园

有一天,迪特莱布突然拜访了希尔德布兰德大师的府邸加登城。此时的迪特莱布看上去异常伤心,在大师朝他打招呼时也没有回以微笑。希尔德布兰德问他为何如此哀伤,迪特莱布回答说他有一个聪慧可爱的妹妹叫昆希尔德,帮他在施蒂里亚保管房子。一天,迪特莱布正在一旁看她和其他姑娘在绿色的草地上跳舞。突然,他妹妹就从人群中消失了,没人知道她现在处境如何。

"后来,"迪特莱布继续说,"我从一位魔术师那里得知,是矮人王劳林把她藏在一顶漆黑的隐身帽下,带到了他的空心山里。那座山在蒂罗尔,矮人在那儿还有一座奇妙的玫瑰园。厉害的大师,我到这里来是想听听您的意见,我该怎么把我妹妹从那小妖怪手里解救出来啊?""这是一件棘手的事情,"希尔德布兰德说,"或许会让许多人白白丢了宝贵的性命,我会和你一起去伯尔尼见迪特里希和其他同袍,然后我们将在议会厅讨论,待到一致得出最佳的解救方案再行动。毕竟那位矮人十分强大,他不仅有一座幅员辽阔的王国,而且也深谙魔法知识。"

英雄们听完希尔德布兰德和迪特莱布来到伯尔尼的原因后,沃夫哈特首先发言,他说自己将独自去探险,不仅会将少女平平安安地带回家,还要把矮人王绑在他的马鞍上押到伯尔尼。迪特莱布随后问希尔德布兰德是否知道前往玫瑰园的路,希尔德布兰德表示自己知道,但同时说玫瑰园由劳林亲自看护,任何人要是胆敢冒险闯入他的园区、毁坏花园里的玫瑰,都会被矮人王夺去左脚和右手。

"他不能强求别人送上这份贡品,"威蒂希说道,"除非他能像个武士一样,在公正的决斗中胜出。""既然如此,"国王补充道,"我们就不去碰那些可爱的花儿了,毕竟我们的目的只是将朋友的妹妹从矮人手里救出来,而且武士也应该怜惜花草。"所有英雄都发誓不会破坏花园,随后希尔德布兰德同意成为大家的向导,参与此次冒险的人有希尔德布兰德、迪特里希、迪特莱布、威蒂希和沃夫哈特。

他们沿路线向北进发,穿过荒野的山脉,越过险峻的裂谷,走过寒冰与积雪。他们踏上一条危险丛生的道路,但英雄们却不知疲倦,也毫不恐惧,反而因为心怀希望而欢欣雀跃。最终,英雄们抵达了玫瑰花园,这处美丽的地方永远四季如春,是这片寒冷荒原中的鲜花绿洲。这幅美景让英雄们大饱眼福,感觉自己来到了天国的大门前。

沃夫哈特首先回过神来,他朝马一蹬马刺,叫自己的同袍也一起跟上,朝花园疾驰。沃夫哈特鲁莽的计划很快被一扇刻有金色字母的铁门所阻碍,他本想破门而入,可是失败了。战友们也一同来帮忙,最终四位壮汉一起打开了铁门。但是花园由一根金色的丝线所保护,这丝线同远古时环绕阿塞斯神殿的金线一模一样。英雄踩过线后,不顾希尔德布兰德的警告,开始摘玫瑰花、践踏花园。迪特里希并没有和他们一起破坏花园，而是站在一棵椴树下静静等待。

突然，希尔德布兰德喊道："快拔剑！花园的主人来了。"

英雄们全都朝上望去，发现一个明亮的东西正朝他们迅速飞来。很快他们就看清了对方的模样，是一位骑士，而且他的胯下坐骑迅疾如风。那名骑士身材矮小，穿着全套盔甲，他的头盔做工特别精美，上面还装饰着一顶珠宝王冠，中间有一枚红玉，像太阳一样闪耀着光芒。骑士一看到英雄们把花园弄得一片狼藉，就勒住缰绳，生气地叫道："我到底曾经对你们做过什么，让你们这群强盗要来伤害我的玫瑰花？如果你们真和我有什么过节，为什么不像有荣誉感的勇士一样当面挑战我？现在你们必须为了这份罪过而接受惩罚，把你们的右手和左脚砍下来给我。"

"如果您就是劳林王的话，"迪特里希答道，"那我们确实该赔偿您，但我们只会付给您黄金。因为我们还要挥剑，所以不能失去右手。至于我们的左脚，也不能让您砍掉，要不然我们就没法骑马回去了。"

"他就是个只知道叫我们赔偿却不敢打一场的懦夫，"沃夫哈特喊道，"这个矮子和我大拇指一样高，他骑着的马就和小猫一样孱弱。我要把他连人带马撞到那边悬崖上，然后他的骨头就会裂成细小的碎片，让他蚱蜢一样大的部下都没法帮他收齐全尸。"

劳林回击了这一番污蔑之词后，随即便和沃夫哈特开始了战斗。结果，沃夫哈特刚碰到矮人的矛尖，就被撞得人仰马翻。威蒂希并不比他的朋友幸运，因为他刚和矮人交锋就从马鞍上摔了下来。劳林从马上跳了下来，拿出一把大刀，走向了倒地不醒的英雄。迪特里希见此向前一跃，试图营救自己的战友。

"不要冒险拿长矛刺他，而是要和他拉近距离战斗。"希尔德布兰德小声说道，"你必须夺走劳林身上的三件魔器，分别是劳林手指上那枚镶嵌胜利之石的戒指，那条让他力气抵得上十二个人的力量的腰带，以及他口袋里那顶戴上就会隐身的暗影帽。"

经过一场漫长而激烈的搏斗，迪特里希成功拿到了戒指，并且立即交给了他的老师保管。激烈的战斗再次打响，两边不分伯仲。最后，迪特里希请求停战休息一会儿，劳林王同意了。

休战结束后，两位国王重新开始了战斗。迪特里希抓住劳林的腰带，同时劳林也紧紧地抱住了迪特里希的膝盖，使出劲儿把迪特里希摔得仰面朝天，但迪特里希也得以借力把劳林的腰带扯断，扔到了地上。然后，希尔德布兰德冲上前去，赶在小矮人之前就捡起了腰带。大师刚捡到腰带，劳林便消失得无影无踪，但迪特里希仍能感受到有人在打他，可他看不见劳林。无力还击的迪特里希心中充满了狂暴战士般的暴怒，他忘记了身上伤口的疼痛，丢下剑和矛，如老虎扑食般，朝传来隐形剑挥动声音的方向扑去，并且第三次抓住了对手。迪特里希扯下了劳林头上的隐身帽，矮人王现形后站在他面前，向他求饶。

"我会先砍下你的右手和左脚，然后砍下你的头，这样才能和你休战。"愤怒的英雄喊道，矮人拔腿逃跑，英雄则跟在身后，紧追不舍。

"救救我吧，迪特莱布，我亲爱的内兄，"劳林跑向迪特莱布喊道，"你妹妹可是我的王后啊。"

迪特莱布把小矮人扔到自己身后的马背上，带他飞奔逃到了树林里。随后迪特莱布把矮人放下马，告诉他要躲起来，且得一直躲到迪特里希消了气。迪特莱布回到战场发现迪特里希已经骑上了马背，依旧怒气冲冲。

"我必须要砍下矮人的头或者你的头。"迪特里希喊道。

两人在下一刻都亮出了剑，要不是希尔德布兰德全力拦住了国王，同时威蒂希劝住了迪特莱布，或许两位英雄又要大战一场。过了一小会儿，希尔德布兰德和威蒂希成功让两位愤怒的英雄和好，也让矮人重新收获了迪特里希的好感。随后，英雄们看上去和好如初，并且他们也和劳林相处融洽，此时的劳林已经当场被接纳为迪特里希同袍中的一员战友。

这段纷争解决之后，小矮人提议向英雄们展示他在空心山中的奇观，并说迪特莱布应该按照世俗的仪式，亲手将妹妹交给他做妻子。

"这是个老规矩，"施泰尔兰的英雄答道，"少女的朋友找回被人从家中带走的少女时，少女可以自由选择是继续留在丈夫身边，还是回到她的友人当中，你愿意按照这个规矩来吗？"

"当然可以，"小矮人说，"现在我们出发吧。你们看得到那座顶端积雪的大山吗？我的宫殿就在那里，所以快上马吧，这样我就不会因看到被你们破坏的花园而感到痛苦了，这些玫瑰也会在五月再次绽放。"

前往雪山的旅程比英雄们想象的要漫长很多。直到第二天中午，在山顶积雪下方的众人才来到一片和玫瑰园一样美丽的草地。空气中充满馥郁的花香，鸟儿也在树枝上歌唱，还能看到小矮人们急匆匆地来回穿行。英雄们跟着劳林走进了通往他地下王国的漆黑通道，其中内心疑虑最多的英雄是威蒂希，他依然忘不了矮人王向他刺去的长矛。

劳林王国历险记

英雄们到来时，宫殿大厅笼罩在一片柔和的暮色之下。宫殿的墙壁由抛光过的大理石砌成，上面还镶嵌着金银。整个大厅的地板是用一颗大玛瑙石做成的，天花板则用的是蓝宝石，上面悬挂着闪亮的红玉，宛如蓝色夜空中的明星。

突然大厅照进强光，一下亮如白昼。王后走进大厅内，身边围着侍奉她的少女。她的腰带和项链上镶着珠宝，头顶的王冠上有一颗钻石，像太阳一样闪闪发光，无论在哪里都能带来昼日般的光明。但是这位夫人自身的容貌更比她的装饰漂亮，没有人能把目光从她的脸上移开。王后坐在劳林身旁，并且示意迪特莱布坐在她的另一侧。王后与自己的哥哥拥抱，她问了许多关于她故乡和朋友的事情。

这时，晚饭已经准备好了。劳林待客周到，来此做客的英雄们很快都放松下来，甚至连威蒂希也没了疑心。晚饭过后，国王离开大厅，迪特莱布抓住机会问他妹妹是否愿意作为王后留在这片地下乐园。妹妹含着泪回答说，她不能忘记自己的家和朋友，她宁愿做地上世界的农女，也不愿做小矮人王国中的王后。虽然她必须承认劳林非常善良，但他依旧是一个矮人，和其他男人不一样。迪特莱布随后承诺妹妹，自己会把她从这里救出来，哪怕为此丢掉性命。

劳林随后回到大厅，问迪特莱布是否愿意回卧室休息。他将迪特莱布带到卧室后，又和英雄谈了一会儿。最后劳林告诉对方，英雄的战友都会被处死，但他放过了迪特莱布，因为迪特莱布是他的内兄。

"你这叛徒，虚伪的矮人！"迪特莱布喊道，"我和我的同袍同生共死，并且现在我还能处置你！"迪特莱布刚迈步向前，矮人王便逃走了，而卧室的房门也被他关上，并从外反锁了起来。

劳林随后回到大厅，从一个特制的罐子里取酒为英雄们斟满酒杯，又恳求他们喝下这酒水，这样就能保证今晚睡个好觉。英雄们照做后，昏沉的脑袋很快就垂到了胸上，大剂量的安眠药令他们全都陷入沉睡。随后劳林转身面向王后，要她回到自己的房间，因为这些人都必须为损毁他的玫瑰园而受罚被处死。劳林还补充说，她的兄弟迪特莱布已

矮人绑住睡着的英雄们

被安全地锁在另一个远处的房间,逃过了和战友一起死去的命运。昆希尔德号啕大哭,她说如果劳林真要执行如此残忍的命令,自己也会死去。劳林没有给王后明确的答复,只是再次命令她回到房间。

  王后一退,劳林王就吹响了号角,五个巨人和一些小矮人就立马赶到了房间。劳林命令他们用绳子把英雄们捆紧,这样他们醒来也没法动弹。随后英雄们被劳林下令拖到地牢,他们将在那儿待到第二天早晨,是死是活则听候矮人王的决定。劳林见自己的命令都已被执行,便躺上床,思索是为了取悦王后而放了英雄们更好,还是惩处他们破坏玫瑰园的恶行。在他看来,似乎后者才是更明智的做法,随后劳林扬扬得意地想着怎么屠杀那些无助的囚犯，想着想着便安然入睡了。

迪特里希在午夜后不久就醒了，他发现自己手脚被捆，便向伙伴求助。但其他战友也和他一样手脚被束缚，无能为力。迪特里希心中的怒火被彻底激起，他盛怒之下吐出烈火，烧断了捆绑他一只手的绳子。一只手自由后，迪特里希又很快解开他手腕和腿脚上的绳子，之后他的战友也很快得以摆脱绳索。但下一步该怎么办呢？英雄们无法打开地牢的狱门，身上也没有武器或者护甲，依然是待宰的羊羔。正当大家绝望地对视时，他们听到有个女人低声问他们是否还活着，英雄们被这声音吓了一跳。

"我们感谢您的问候，高贵的王后，"希尔德布兰德答道，"我们还活得很好，但身上完全没有武器。"

于是昆希尔德打开地牢的大门，而和她一起出现在门槛上的人便是哥哥迪特莱布。随后昆希尔德把手指放在自己嘴唇上，告诉大家保持安静，然后领着众人来到了堆放英雄铠甲的地方。所有英雄刚准备完毕，王后就给了他们每个人一枚戒指，这样即便矮人们戴上了暗影帽，英雄们依旧能看得见隐身的他们。

"好诶！"沃夫哈特喊道，"现在我们穿上了盔甲，手里拿着武器，可以随心所欲大闹一场了。"

劳林王被沃夫哈特的喧嚣声惊醒，他知道俘虏已经逃了出来，于是立刻召集了矮人大军来援助他。战斗随即打响并持续了很长时间，两边都未占上风。勇敢的劳林王很高兴能与敌人大战一场，颇有英雄气概的他不喜欢偷奸耍滑，更喜欢和人光明正大地交战。最终，矮人的地下军队付出惨重代价，他们被英雄击溃，劳林王本人也被俘虏了。

迪特里希在美人昆希尔德的要求下，饶了劳林王一命，但是他剥夺了劳林王的王位，将这座山交给另一位身居高位的矮人辛特兰来统治，并且要矮人们年年上贡。一切处置都合乎心意后，英雄们带着劳林回到了伯尔尼。

见到英雄们凯旋，伯尔尼的民众一片狂喜，英雄的英勇战功引来一片赞誉，而不幸的劳林则成为所有人嘲笑的对象。只有一个人对他表示同情，那就是昆希尔德。有一天，劳林独自一人忧伤地游荡时，昆希尔德遇见了他，她和蔼地同他说话，试图安慰劳林。昆希尔德告诉矮人，如果他能证明自己是一位忠诚之士，很快就会收获国王的友谊。

"唉，"矮人苦笑道，"他们以为自己只是踢开一条会舔他们手的狗，但实际上他们是踩到了一条会反咬他们的毒蛇！你或许明白我想要做什么了。我已经派人去告诉我的叔叔沃尔伯兰事情发生的经过，而从高加索到西奈①所有的矮人和巨人可都归他统治，他将率领他的军队为我复仇。战无不胜的沃尔伯兰到那天一定会胜利，他会杀死强壮的迪特里希和他的同袍，再把整座王国的领土都夷为平地。这事了结后，我要带你回我的王国，重新在我的玫瑰园播种，让那里的花朵在五月绽放，开成比过去任何时候都美丽的模样。"

"劳林，"昆希尔德回道，"你用诡计和魔法把我带离了家，但我并没有对你的爱视而不见，而且我也很荣幸得到你这么伟大的爱。我不能住在你的地下王国里，但如果你能想到用爱和忠诚，而不是复仇的心来对待别人，那我就会爱你，在玫瑰园里做你的王后。"昆希尔德随后离去，独留劳林坐在地上沉思良久。

几天后，迪特里希来到矮人王身边，拉着他的手，说劳林被俘虏

---

① 西奈（Sinai），山名。《圣经》译为西乃山，埃及西奈半岛中南部的花岗岩山峰，又称何烈山，即以色列人出埃及、过红海、经玛拉和以琳后所到达的山。

的时间够长了，所以现在他必须选择是和迪特里希的战友站在一起，还是回到他的家园，不管他更喜欢哪种方式，都不用再做俘虏了。

"然后，"国王继续说，"明年春天我将和你一起去你的玫瑰园，看看那座花园美丽的样子。"小矮人默默地跟着国王走进了大厅。在宴会上，他坐在迪特里希的身边，想着他叔叔到来时会对伯尔尼施加的报复。

劳林王的宝座

但是可爱的昆希尔德出现了，她为矮人倒满酒杯，说了几句亲切的话，劳林心中的爱便立刻战胜了仇恨。他哭了起来，将酒杯里的酒喝得一滴不剩，然后说道："从今以后，我就是您生死相随的忠诚战友。"

英雄们仍在享受宴会，一位沃尔伯兰国王派来的使者进到大厅，他以自己主君的名义向迪特里希宣战，并告知迪特里希，若想和平则不仅要让劳林能立刻重获自己的王国，伯尔尼的英雄还得将全国的钱财和武器上缴沃尔伯兰，同时每位参与毁坏玫瑰园的武士都必须砍下右手和左脚献给他。

迪特里希傲慢地回复说，他并不打算交出自己的钱财和武器，也不会砍下自己的手和脚，而他的臣民同样不会进贡任何东西给矮人。

"告诉沃尔伯兰，"劳林补充说，"我很感谢也很欢迎他前来援助我，但我现在已经是自由身，也已和伯尔尼之王友爱相亲。"

双方都在准备战事，但劳林在他们出击前骑马来到了叔叔的军营

劳林王的宴会

里，尝试促成沃尔伯兰和迪特里希之间的和平。但沃尔伯兰叔叔却告诉劳林，他觉得侄子就像是个丧了气的农奴，并拒绝听劳林的任何说辞。战斗就此开始，双方激烈拼杀了好几个小时。最后，在下午晚些时候，迪特里希和沃尔伯兰相遇，他们互相发出挑战，要进行一对一的决斗。经过一场恶斗，两位国王都遍体鳞伤，在旁人看来，他们俩必定是要同归于尽了。突然，手无寸铁的劳林冲上来挡在两人的宝剑间，并伸出双臂搂住沃尔伯兰国王，恳求他讲和。几乎在同一时刻，希尔德布兰德也同样劝阻了愤怒的迪特里希，费尽口舌后，两位促和使者终于成功缔造了和平。

于是战斗改成了宴席，诸王在宴会上结成了友好联盟。伯尔尼的英雄发表了长篇演说赞扬劳林，表彰他冒着生命危险促成了和平，也因此，迪特里希恢复了劳林的王位，并归还了他的玫瑰园。迪特里希讲话完毕后，维吉娜王后领着美丽的昆希尔德走上前来，把少女的手放在劳林的手上。维吉娜说她知道，劳林肯定会将昆希尔德的芳心视作对他忠诚最大的回报，因为昆希尔德曾答应过，如果她哥哥不反对，她就会做劳林的妻子。会场上没有任何反对的声音，于是大家便当场庆祝两人的婚礼。

第二年五月，玫瑰花再次盛开之时，矮人在玫瑰园修建的宫殿完成了最后的装饰。许多牧人和高山猎人都看到过这座王宫，但对于那些仅是出于好奇而去寻找宫殿的人来说，这座王宫永远是看不见的。

直到今天，劳林和昆希尔德还不时出现在蒂罗尔的山谷里，据说还有人曾远远地瞥见这座玫瑰园。

大玫瑰园和修士伊尔桑

迪特里希如今正处于自己的人生巅峰，他不仅是一位完美的英雄，也是一个有英勇气概的男人。迪特里希收获了许多新的同袍，并又再添了许多勇敢的功绩。

有一次，国王与许多战友在一起举办宴会时，他骄傲地环顾宴桌，说相信世界上没有哪个君王像他这样拥有这么多英雄为他效力，也没有哪个帝王能和他一样凭借自己精挑细选的勇士，获得了如此丰硕的战果，同时也没有其他人能比得上他亲自选出的同袍。英雄们听后大声赞许,只有一人沉默了。国王转身朝向赫尔布兰德,问他有没有在游历各国时见到过更勇敢的战士。

"我看到过,"赫尔布兰德喊道,"确实有一群可怕的战士在这世上绝无敌手。勃艮第王国有一座名叫沃姆斯的繁荣小镇,坐落于莱茵河畔。而那座小镇里有一座大玫瑰园,长五英里、宽两英里半。王后亲自和她的侍女一起照料这座花园,另外还有十二名武士看守花园,以防有人未经王后允许进入花园。任何想闯入花园的人都必须和武士战斗,而直到目前,不论是巨人还是其他武士,还没有人能挡得住这些花园守卫。"

"那就让我们去摘下这些被英雄之血浇灌过的玫瑰花吧,"迪特里希叫道,"我想我和诸位同袍们会比那些守卫更胜一筹。"

"如果你真想去那儿碰碰运气,"赫尔布兰德说,"那你一定得知道,战胜守卫的人将得到美人献上的一个吻和一个玫瑰花环。"

"啊,那算了,"老大师说道,"要只是为了一朵玫瑰和一个女人的吻,一根头发和胡子的代价我也不愿付出。毕竟要是有人想摘玫瑰或是亲吻女人的话,光在伯尔尼就能办到了,没必要去莱茵找那些守卫的麻烦。"

忠臣埃克哈特和其他少数几位战友赞同希尔德布兰德的发言,因为他们知道勃艮第的武士们有多强大。但迪特里希大声宣布,他不会为了玫瑰和吻而战,而是为了荣耀和名声,要是他的同袍们不肯同往,他可以一个人去。可武士们怎会让国王独自出征,于是在场所有的英雄都同意随国王出发。那些赌上性命冒险的人包括:迪特里希、希尔德布兰德大师、强壮的威蒂希、绰号"冷酷之人"的亨纳、沃夫哈特、年轻的英雄希格斯泰博和爱美隆(或是写作"奥梅隆")、忠臣埃克哈特和罗伊斯人亲王赫特尼特。但他们总共只有九个人,去花园要挑战十二名守卫，还需再找些战友同行。希尔德布兰德想到了人选，他说："贝希拉恩的好人吕迪格一定不会拒绝成为第十位冒险者，第十一位冒险者的人选必须得是施蒂里亚的迪特莱布，而第十二人则是我虔诚的好兄弟——修士伊尔桑。"

于是英雄们迅速出发，去劝说他们选中的三人加入冒险队中。他们先去了位于多瑙河边的贝希拉恩，吕迪格热情地接待了他们，并立刻同意和他们一起去，但他说自己是受埃策尔册封的侯爵，所以得先向匈人王埃策尔请求休假。英雄随后前往施蒂里亚拜访迪特莱布，却发现迪特莱布并不在家，但见到了他的父亲贝特罗夫。老父亲在那儿恳求英雄们放弃前往莱茵河的想法，他说，只有傻瓜才会为了玫瑰花和吻而去和世界上最勇敢的武士们进行一场生死决斗。但不久之后他们遇到迪特莱布，发现年轻的英雄已经准备好和他们一起冒险。这事解决后，他们又来到了慕尼黑泽尔（Münchenzell），那是希尔德布兰

伊尔桑告别了他的神圣兄弟会

德兄弟所在的修道院。伊尔桑一听到他们冒险的目的，就径直走到修道院院长那里，请求院长允许他陪同伯尔尼的英雄们去玫瑰园。修道院院长告诉伊尔桑，这种冒险并不是修士会追求的事情，但伊尔桑勃然大怒，他大声向院长宣称，一名修士做这些英勇的事迹在他眼里也和其他人一样合适。院长被伊尔桑的气势吓得退缩，便允许修士离开了。于是伊尔桑将他的铠甲穿在自己的修士服下，和朋友们一起出发了。伊尔桑高兴得心怦怦直跳，因为他又能和迪特里希一起冒险，然而他的教友兄弟们站在一旁摇着脑袋，议论着他们担心伊尔桑此行结局不好，因为基督圣人们是不会为了追求世俗之物而四处冒险的。

英雄们首先来到了伯尔尼，等待所有冒险者集合。吕迪格侯爵是最后一位赶到的英雄，他因为拜访埃策尔而耽搁了时间。吕迪格作为冒险团的大使，先大家一步来到沃姆斯镇去见那里的主人吉比奇国王，并通知国王他们打算强闯玫瑰园进行决斗的计划。吕迪格侯爵在莱茵兰很有名，所以吉比奇国王把他当作老朋友来接待，而听说了迪特里希的计划后，国王很高兴，决定为英雄们主持这场决斗大赛。

英雄们在约定好的日子进入了花园，彼此相对而站的他们准备好了战斗。十二人对十二人，而战斗依旧是按照一对一的方式进行。那真是一幅触目惊心的景象，因为许多英雄都倒在了玫瑰花丛之中，他们的心脏还流出鲜血浇灌着花朵。当心高气傲的沃夫哈特杀死他的对手时，他轻蔑地拒绝了一位美丽姑娘的亲吻，并心满意足地戴上了一束花环。伊尔桑修士穿着他的灰色教袍，走到了决斗者的队伍中。虽然伊尔桑看上去和普通牧师一样弱不禁风，可他破败的修士袍下实则是坚固的铠甲。此外他身手异常敏捷，能在玫瑰花丛中左右闪躲，且出剑迅速，连对手也逐渐难以招架这疯狂的招式。勃艮第武士被伊尔桑击倒后便立即投降，幸亏他及时认输，否则伊尔桑将在他身上留下更致命的剑伤。身为胜者的伊尔桑将玫瑰花环戴在了他头顶剃度过的地方,而勃艮第姑娘本要按照礼节亲吻修士,可是伊尔桑那浓密的胡子刺到了她玫瑰色的嘴唇,疼得她发出一阵尖叫。伊尔桑见此,带着滑稽的口吻恨恨地说道:"莱茵兰的姑娘看着虽美,却太过柔弱,不能令我心悦。"

许多其他英雄也获得了胜利的奖励,但另外还有些人受了重伤。直至太阳落山,战斗方定胜负,和平终于到来。迪特里希在比武大会上斩获颇丰,随后他与各位同袍心满意足地回到了伯尔尼。

第四章
忠诚的盟友迪特里希

驰援埃策尔

自吕迪格第一次带领迪特里希一行人面见埃策尔后，迪特里希便与这位匈人之王结下了友谊。还未到达勃艮第，英雄便已向匈人王派出了大使，他向埃策尔承诺，无论对方发生什么困难都愿意伸出援手。而不久之后，埃策尔就让迪特里希再次想起了这份承诺。

吕迪格侯爵温文尔雅的名声各地皆知，所以某一天他又像以往一样来到伯尔尼做客时，再次受到了大家的礼遇与欢迎。而一般这时，英雄们会聚在一起，讨论他们过去的冒险经历，并讲述他们高尚勇敢的事迹。吕迪格讲述了他在西班牙的冒险，以及他离开那里投奔埃策尔麾下的经历，还说自从他们相识以来，埃策尔就一直是他真正的朋友。接着他又说起埃策尔同他讲过的故事，尽管他当时已是一位强大的君主，可埃策尔并不回避谈论他年轻时的挫折与流浪生活。

"对，说真的，"希尔德布兰德大师打断了吕迪格的话，"我也知道这位匈人国王年轻时的故事，而且知道的可不比他本人少。曾经还是威尔基努斯统治维京人时——"

"嘿！那是我的曾祖父！"威蒂希喊道，"你打算说他什么呢？"

"我只知道，"大师继续说，"他是一位强大的领袖，许多国王都服从他，其中就有赫特尼特国王。威尔基努斯死后，赫特尼特作乱，背叛了威尔基努斯的儿子和继承人诺迪安，并迫使少主向他称臣。被击败的诺迪安王受封西兰岛①，而他也宣称对这样的安排已经心满意足，尽管他可以号令四个巨人儿子：阿斯佩利安、埃德加、阿温特罗德以及挥舞战棍的可怕巨人韦道夫来反抗赫特尼特。四个儿子中的韦道夫一直都被铁链锁住，因为他发怒的时候会闹得天崩地裂。赫特尼特国王死后，他把王国一分为三，交给三个儿子统治。奥桑特里克斯（奥塞里奇）②获得了统治维京人的大权，瓦尔德马尔管辖罗伊斯人，而伊利亚斯成了统治希腊人的伯爵。赫特尼特的长子奥桑特里克斯欲追求匈人国王米利亚斯的漂亮女儿欧达，他在诺迪安四个巨人儿子的帮助下，凭借谋略与武力赢取了欧达的欢心。而成功联姻之后，欧达的父亲也和丈夫成了盟友。但是他们无法征服勇敢的弗里斯兰人，这群人经常袭扰匈人的土地，他们四处纵火，肆意破坏，甚至还掠夺走所有落入他们手中的财物。米利亚斯年老体弱，而维京人生活的地方离匈人太远，每次他们的援兵都来得太迟。这群大胆的入侵者的领袖，就是现在为人所知的国王埃策尔，有时他也会被叫作国王阿提拉。他是弗里斯兰酋长奥西德的儿子，在他父亲死后，他不得不将弗里斯兰王

---

① 西兰岛（Zealand）是丹麦最大的也是人口最密集的岛屿，位于哥本哈根西南约45公里，总面积达7031平方公里，包括哥本哈根，洛斯基勒，北西兰岛，德拉厄，斯凯尔克克四个城镇。
② 由于奥桑特里克斯统治区域位于今天的瑞典以及哥特兰岛一带，在一些资料中会被直接记为"瑞典王"。

位交给兄长奥特尼特继承,自己则只带着盔甲和一把锋利的宝剑开始在广阔的世界里闯荡。但弗里斯兰人是一支勇敢而好战的民族,他们中的许多人加入了这位年轻英雄的队伍,陪他一起成为北欧海盗,从海上登陆,劫掠周边的匈人国土。米利亚斯死后,匈人领土里的贵族选举他们以前的敌人,也就是勇敢的埃策尔做他们的国王,因此曾经入侵匈人王国的强盗首领最后竟成了匈人之王。"

"是这样,"吕迪格回答道,"你讲的这些故事都没错,但还有一些故事我来补充。埃策尔希望娶赫尔卡(赫尔切或黑尔切)为妻,而赫尔卡也就是维京人酋长奥桑特里克斯的漂亮女儿。我作为使臣见了赫尔卡的父王,并且得到了款待。但当我把此行的使命告诉国王时,奥桑特里克斯火冒三丈,说他永远不会同意这门婚事,因为埃策尔并不是匈人的合法首领。他还补充说,匈人的王位应该属于他的妻子,因为她是米利亚斯的女儿。当我威胁他这样会引来战争时,奥桑特里克斯表示并不在乎,还要我离开这里回国复命。埃策尔带着他的手下入侵了奥桑特里克斯的王国,经过一番大战后,双方终于达成了和平协议,但并没有一方能占到太大便宜。"

"一年后,我带着一些勇士回去了,并在法尔斯特岛[①]上的森林里为自己修建了一所坚固的城堡。之后,我故意弄脏了自己的脸,甚至蓄上长胡子来伪装自己,然后再次去见了奥桑特里克斯。我告诉他自己是已故国王米利亚斯的忠臣,现在遭到匈人王埃策尔的欺辱,被剥夺了所有的领地,因此想来投奔他避难。我用自己编的这个故事得到了奥桑特里克斯的信任,他任命我做他的大使,我也因此有机会给他

---

① 法尔斯特岛(Falster),丹麦的岛屿。在西兰岛南,默恩岛西南和洛兰岛之东的波罗的海中。南北长约45公里,宽5—23公里,面积513平方公里。

的女儿赫尔卡捎个口信。我告诉了少女埃策尔对她的倾慕之意，以及匈人王是多么希望与她分享自己的权力和荣耀。起初赫尔卡很生气，但最后还是同意嫁给埃策尔。"

"在那个月光照耀的夜晚，我牵了几匹马来到关着赫尔卡和她妹妹的要塞大门，然后打破栅栏，带走了公主。我们被人追逐，但还是成功来到了树林里的城堡，我的手下也都在那儿等着我。我刚给埃策尔送完信，奥桑特里克斯就带着成群结队的士兵找上了我们。他派兵攻打我们的要塞，但我和部下成功顶住了敌人的攻势，直到埃策尔带着大批援军赶到，迫使维京人撤了军。自那以后，两国便不断互派军队去对方领土烧杀抢掠。现在诺迪安的四个巨人儿子加入了奥桑特里克斯的阵营中，他们是我们人民害怕的强敌。所以说，伟大的迪特里希，埃策尔认为如果你现在能来帮助他，那他便一定会得胜。"

"太棒了！如果我能有亲爱的战友威尔德伯助阵，"威蒂希叫道，"那我想光我们俩去就足够对付所有巨人了。"

迪特里希答应吕迪格会出手相助，并且下令为作战做足一切准备。伯尔尼的英雄赶到战场时来得正是时候，因为匈人与维京人的大军正排开阵型，在战场上互相对峙。战斗很快开始了。

迪特里希和他的军队身处中军，而亚美伦人的战旗由赫尔布兰德举起，骄傲地飘扬在他们的头顶上。同时威蒂希率先冲入敌阵厮杀，他所遇的第一位对手就是残忍的巨人韦道夫。韦道夫用铁棍砸弯了威蒂希的龙形铁盔，虽然威兰德精工锻造的铁盔并没有被砸碎，可英雄也就此坠马，倒地不醒。随后双方冲来的士兵从威蒂希身上踩过，并展开大混战，而唯独海默拉住了缰绳。他以为威蒂希已死，便从马背上弯下腰，从威蒂希手中捡起宝剑米蒙格。激烈的战斗结束后，维京人从战场上撤离，匈人穷追不舍，四处劫掠。奥桑特里克斯的侄子赶到战场时已经太晚了，他没法挽回叔叔的败局，但他发现了还没醒过来的威蒂希，就把他俘获回去。

匈人们在取得胜利后，决定在苏萨特设宴狂欢，他们为这场大胜欢欣鼓舞。但迪特里希却黯然神伤，因为失去了60名士兵，最糟糕的是，他诚挚的战友威蒂希也在此战中失踪。大家在战场上寻人未果后，都很担心威蒂希之后的遭遇。伯尔尼之王因援助埃策尔有功，得到了丰厚的奖赏，他准备凯旋时，威尔德伯来到他身边，请求国王允许他暂时离开，因为他不愿、也不能丢下威蒂希独自回家。迪特里希欣然应允，因他也止不住地想威蒂希也许还活着，并且他的这位朋友也许能够找到他。

第二天，威尔德伯出去打猎，杀死了一头体型异常巨大的熊。他剥下熊皮，然后套在自己身上去找了一位名叫伊宋的游吟诗人。威尔德伯假设威蒂希已成了奥桑特里克斯手中的俘虏，并据此同伊宋商量了一个计划来解救好友。伊宋帮威尔德伯将熊皮套到他的盔甲上，并小心系紧，随后威尔德伯扮演成一只会跳舞的熊，而伊宋则将他领到了维京人首领的要塞。

那时有各种各样的流浪乐手和小丑四处表演，所有城堡和乡间别墅的贵族都很欢迎他们，因此伊宋和他带来的舞熊得到了优待。

舞熊听到琴声便翩翩起舞，它动作灵活而又步态可爱，奥桑特里克斯看了不禁大笑，连被兄弟阿温特罗德用铁链牵着的阴冷巨人韦道夫也被逗乐，被逗乐的他发出了自己人生中第一道笑声，使得整个大厅都随着他的笑声颤抖。维京国王突然想找些刺激，他打算放出他的十二头大猎犬去咬熊，看看这头熊到底有多强壮。

伊宋恳请国王放弃这种残忍的玩法，他声称这头驯服的熊对他而言比整座王国宝库的黄金都要珍贵，可奥桑特里克斯并没有被这番徒劳的说辞所打动。大猎犬们被放了出来，野蛮的游戏就此开始，但令所有人震惊的是，猎犬要么被熊吓到，要么就为熊所杀。

奥桑特里克斯生气地跳了起来，挥起他的剑砍向熊的肩膀，但熊皮下的钢甲保住了英雄的性命。不一会儿，熊便从国王那夺回了剑，一下劈开了奥桑特里克斯的脑袋，而第二剑又将冷酷的韦道夫杀死，第三下则要了阿温特罗德的命。维京人想为他们的国王报仇，而伊宋依旧坚定地与朋友并肩作战，他们将维京朝臣打得丢盔卸甲、抱头鼠窜。

敌人全都逃走后，威尔德伯扔掉熊皮，戴上了巨人的头盔，开始寻找威蒂希的下落。英雄们搜遍了整片宫殿，找到了威蒂希的良驹斯凯明和他的铠甲，但是他本人和宝剑米蒙格依然未被发现。

最后，他们在一所潮湿阴暗的地牢里找到了威蒂希，借着火把的光亮，他们看到威蒂希被人用铁链拴在墙上，不仅面色苍白，身形也瘦弱许多，几乎让人认不出来。他在被朋友扶出地牢后，终于呼吸到了新鲜的空气，且在吃到食物、喝下葡萄酒后，一下恢复了气色。威蒂希穿上了他的铠甲，又悲伤地拿起了另一把剑，嘴里还念叨着，这世上没有一把剑可以与米蒙格媲美。

"现在我们还是赶紧启程吧，"伊宋说道，"我怕维京人还会回到这里。"于是，威尔德伯和伊宋从皇家马厩中给自己牵出了坐骑，三位英雄就此疾驰而去。

埃策尔听到英雄的故事时喊道："你们确实都是勇士。而且你们帮了我大忙，仅凭自己就结束了这场战争。伯尔尼之王是一位比我更富有的王者，因为他的同袍们都愿意冒死去拯救自己的战友。"

埃策尔将三位英雄留下来招待数天，英雄们休养好身体后便带着匈人王赠送的厚礼赶路回家。迪特里希再次见到他的勇士时，欣喜若狂,他对三人多方嘉奖,但却发现可靠的战士威蒂希沉默不语,毫无喝酒吃饭的胃口。迪特里希问他为何神伤,威蒂希回答说,他为失去他父亲送他的至宝米蒙格而难过,即便不得不走遍各国,他也得去找那把剑。

"我想,你不必走这么长的路,"国王回答说,"因为我不禁觉得海默佩戴的那把剑就像是威兰德打造的宝剑,他们就像同一个人身上的两滴血,完全是一模一样。"

迪特里希和威蒂希的谈话被两位身着华丽铠甲的武士打断。武士们乃是迪特里希的叔叔厄门里希皇帝派来的使者,他们告诉伯尔尼的英雄,皇帝的大封臣里姆施泰因伯爵已经起兵造反,因此厄门里希恳请侄子帮忙,而迪特里希欣然允诺。

平叛里姆施泰因

出战之前,威蒂希说他必须得拿回宝剑才能和里姆施泰因交战,但海默不肯交出米蒙格,他声称这是自己在战场上应得的战利品。不过国王迪特里希要求海默在平叛期间把剑暂时借给他的同袍,这暂时舒缓了矛盾。

武士们出发了,而叛变的伯爵不愧是一位比预期更难缠的对手,几周过去,甚至几月过去,他的城堡似乎依旧坚不可摧。

在一个月光照耀的夜晚,威蒂希独自一人外出,他见到了六位武士,而通过他们盾牌上的徽记,威蒂希知道他们来自敌人的阵营。七位武士间爆发了战斗,威蒂希杀了六位武士中的大将,用宝剑米蒙格将对方从颈部到腰部一切两半。其余五人落荒而逃,以防自己也落得一样惨死的下场。检视死者的身份时,威蒂希惊讶地发现他斩杀的敌人就是伯爵本人,因此他非常高兴地回到营地里。第二天一早,威蒂希就和迪特里希以及其他同袍们分享了自己偶遇敌人的故事,并告诉他们这场战争即将就此结束。

"他真是一个大勇士啊,"海默讥讽地说道,"竟然杀了一个身体虚弱的老头子,这样的对手就和弱女子一样,根本无法自卫。既然叛乱已经结束,我现在也要收回宝剑米蒙格了。"

"那我就先在你头上试试这把剑的威力吧,你这个叛徒,"威蒂希气愤地说道,"你不仅将自己的战友独自留在陌生的土地上等死,还夺取了同袍用以自卫的武器,足以称得上是一个叛徒了。现在你要为自己卑鄙的行为付出代价。"

闻言,海默拔出了他的纳格灵宝剑,战斗一触即发。但迪特里希冲到愤怒的两人中间,命令他们服从自己的命令,不可内斗,而要和睦相处。

厄门里希听到威蒂希斩杀敌酋的事迹和战争结束的消息后很是高兴。厄门里希给迪特里希和他的手下送去丰厚的礼物,并请英雄王迪特里希允许威蒂希暂时离开他,好让他把漂亮的女儿布福里亚娜嫁给威蒂希,并将富饶的封地德拉亨费尔斯[①](北欧传说中称为"特雷坎菲尔")交给他治理。迪特里希为他战友的好运感到高兴,但离别时他提醒威蒂希曾对他许下过效忠誓言,于是英雄立刻再次对国王重申了自己的忠诚。

不久之后,威蒂希娶布福里亚娜为妻,而皇帝将德拉亨费尔斯的

---

① 德拉亨费尔斯,位于德国西部的七峰山(Siebengebirge),在波恩以南的莱茵河边,又可意译为"龙岩山"。

大片封地分封给他，其封国领土一直延伸到弗里蒂拉堡①，远远超过了东部山脉之外。威蒂希就此成为一名强大的领主，正如他对自己父亲所说过的那样。海默也在他父亲斯图达斯死后来到厄门里希的官廷宣誓效忠。他从皇帝手里获封其他土地，同时还拿到了许多赤金，而这正是他最喜欢的奖励。

---

① 原作者推测Fritilaburg或许指的是今天奥地利的Friedburg（弗里德堡）。

第五章
厄门里希与伯尔尼的英雄反目

哈伦格兄弟[①]

厄门里希的帝国幅员辽阔、兵强马壮,他的领土横跨东西,许多国王都要效忠他。他的顾问大臣们也都足智多谋、思维缜密,能为皇帝屡谏良言。而这群大臣中为首的便是帝国元帅西比奇,他为帝国鞠躬尽瘁、兢兢业业,也得到皇室首领里贝施泰因的一直帮衬。皇帝听从这些近臣的建议,一直忠于和侄子迪特里希的盟约,但他心底里其实非常嫉妒伯尔尼之王。很快,他在罗马堡推行的政策将会发生巨大的改变。

西比奇有一位年轻貌美的妻子,而厄门里希曾假意遣派西比奇长途远行,并趁其外出之时纠缠元帅钟爱的妻子。元帅回来后,从自己哭泣的妻子那儿得知了皇帝的作为,他怒火中烧。起初,西比奇本想

[①] 哈伦格兄弟(The Harlungs),厄门里希的两位侄子,在有的史诗版本中,被记叙为"Harlungen"(哈伦根人),并被哥特君主厄尔曼纳里克下令绞死。

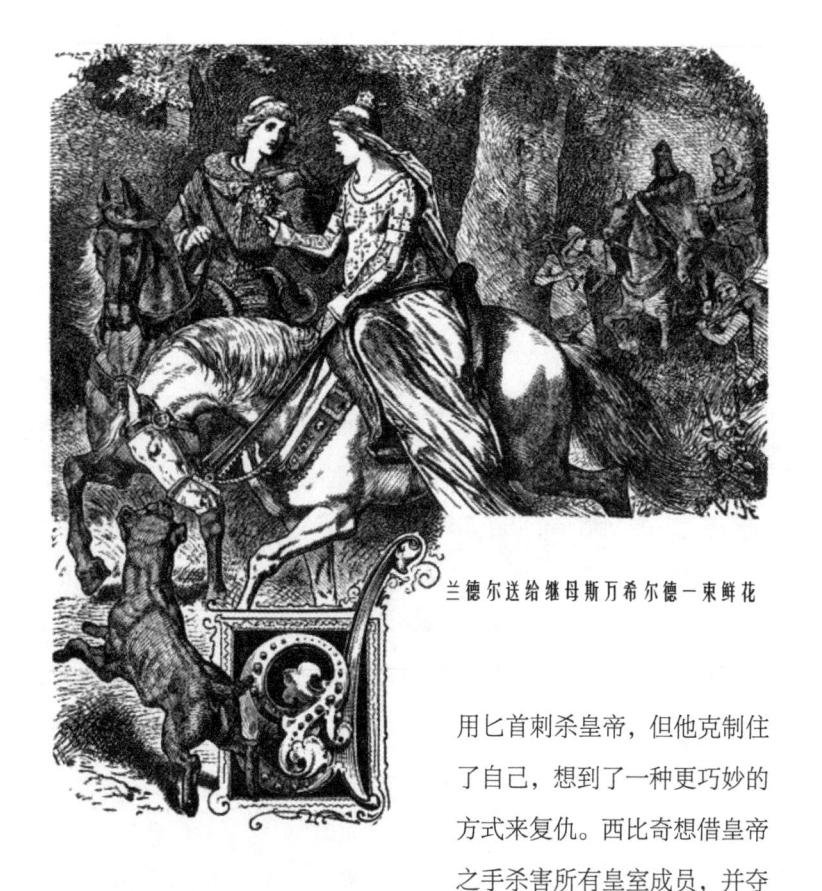

兰德尔送给继母斯万希尔德一束鲜花

用匕首刺杀皇帝，但他克制住了自己，想到了一种更巧妙的方式来复仇。西比奇想借皇帝之手杀害所有皇室成员，并夺去皇帝所有的盟友，最后再将其暗杀。这份计划堪称是恶魔的杰作，而聪明绝顶的西比奇打算以他高明的手腕将此付诸实践。

西比奇的第一步就是花钱收买里贝施泰因，他为此送去了一大笔钱，见钱眼开的里贝施泰因很快便与元帅结为同伙。第一步完成后，里贝施泰因答应了写几封信给皇帝，并伪造成托斯卡纳公爵、安科纳伯爵、米兰亲王和其他贵族写的信件，警告皇帝他的儿子弗里德里克正意图谋反。

这项阴谋轻松地成功了，因为里贝施泰因有帝国贵族使用的所有纹章和封章的副本，同时厄门里希天性多疑，于是很容易就落入为他铺设的陷阱。厄门里希向西比奇咨询自己最好该怎么做，虚伪的顾问大臣建议皇帝派弗里德里克王子给伦道特伯爵送信，表面上是让王子要求伯爵缴纳未按时上交的贡赋，但实际上信里暗藏了必须处死王子的命令。皇帝按照西比奇的建议照做了，而元帅故意让皇帝处死王子的事情广为人知。帝国各地的百姓听闻皇帝的暴行后都惊恐万分，同时对皇帝也十分憎恨。

皇帝的次子雷金博尔德以另一种不同的方式死去，父皇假意派他出使英格兰，却让他登上了一艘朽烂的破船。

皇帝还剩最后一个儿子，那就是皇帝最年轻的三皇子兰德尔。他精神饱满，年轻英俊，同时他性格单纯天真，毫无城府，然而这对王子毫无益处。一天，在宫廷上下都外出游猎时，兰德尔怀着纯洁的心，给了他年轻的继母斯万希尔德一束鲜花。然而厄门里希已被虚伪的西比奇毒害了心智，他怀疑两人通奸，于是下令将斯万希尔德踩死在马蹄下，并将兰德尔吊死。皇帝的命令全部得以执行，现在，失去孩子的他成了这世上孤独的老人。

"嗯，里贝施泰因，"元帅对他的同伙说，"我们现在进展不错。皇帝剩下的继承人只剩下哈伦格兄弟，也就是英布雷克和弗里特尔，他们住在莱茵河边的布赖萨赫，与监护人埃克哈特一起生活。随后就是伯尔尼的迪特里希。哈伦格兄弟和伯尔尼的英雄都是皇帝兄弟的孩子。你不是在罗马堡长大的，所以让我来告诉你这个故事。"

"厄门里希的祖父膝下有两位子嗣，也就是继承伦巴第王国的迪特里希之父迪特玛尔和绰号'哈伦格人'的迪特尔，后者在他生父在世期间就获得了布赖斯高地区的统治权并囤积了大量赤金。现在听我说，如果我们能除掉哈伦格兄弟和伯尔尼的英雄的话，没错，你可睁大眼睛看清了，竖起耳朵听好了，那我们就能瓜分厄门里希的遗产了！"

这项提议令里贝施泰因眉开眼笑，他就像晴天里欢跃水面的鱼儿一样欢呼雀跃。里贝施泰因以前从未想过谋权篡位这种事，但现在他很快领悟了同谋的计划，并竭尽所能提供帮助。

哈伦格兄弟首先受到了怀疑。声称是来自英布雷克、弗里特尔，甚至是他们监护人埃克哈特的信件，一一呈送给了厄门里希阅览，这些信件是寄给帝国贵族的，而且都以最严厉的措辞列出了厄门里希的罪行。其中一封信有一段这么写道："既然我们的君主以最恶毒的方式残杀了自己的孩子们，那他也必须偿命，被吊死在最高的绞刑架上。"皇帝读到这些话时非常生气，所以他决定召集一支军队，向他叛变的侄子们进军。

军队在并不知道要与谁作战的情况下被召集起来，他们向着莱茵行军，直到抵达了特拉伦堡，那是哈伦格兄弟的封城，也是两兄弟居住的地方。两名骑兵在河边放哨，他们看到大军压境后，担心大事不妙，便走下马，和自己的马一起过了河，随后两人便发出了警报，所有人都开始准备防御。英布雷克和弗里特尔虽然了解作战的策略，但他们还是太年轻，而他们的监护人埃克哈特却因为处理领地事务仍滞留在布赖萨赫。哈伦格兄弟看到叔叔厄门里希的旗帜时本以为可以化险为夷，却很快发现这支队伍更像是与他们作战而非来友好访问的。威蒂希和海默都身处帝国军中，他们刚得知厄门里希的计划时便骑马前往布赖萨赫，警告忠臣埃克哈特，哈伦格兄弟已经遭到陷害。当两位英雄一同上路时，他们又再次成了好伙伴。

特拉伦堡最终被大火烧毁，帝国军队借此突袭，成功破城。厄门里希看都没看自己的侄子们一眼，便下令竖起绞刑架，立即把哈伦格兄弟吊死。在那段时间里，皇帝说过的每一句话都是法律，所有人都应毫无怨言地遵守。厄门里希现在占领了哈伦格兄弟的领地,他派人去找被杀王子从父亲那里继承来的财宝,最终他们在一处洞穴里发现了被埋藏的财宝,皇帝于是将丰厚的财宝拿出一部分赏给军队,剩下的则据为己有。

与此同时海默也从布赖萨赫回来,他本想回到朝廷斥责他主君犯下的恶行,并且放弃自己获得的封地。可当他分得了一大笔皇帝掠夺的战利品后,便忘记了自己的操守。按照皇帝的命令,海默本应将掠夺的财宝送到罗马堡,但他看到这堆赤金和宝石后,便起了贪心,小心翼翼地将其中相当多的一部分私藏在了父亲斯图达斯的农庄里。也正是此时,各地百姓怨声载道,都在咒骂皇帝暴戾不仁。埃克哈特将有关哈伦格兄弟下场的消息带到了伯尔尼,而迪特里希一听此事便火冒三丈。他说一定要让厄门里希为此付出代价,并还要惩处邪恶的奸臣西比奇和里贝施泰因。激情似火的年轻英雄阿尔帕尔和他的兄弟希格斯泰博希望立即和埃克哈特动身前去报仇。但他们的父亲阿梅洛特和希尔德布兰德说服他们先等待时机。

"我们只是等待时机,以后还有机会完成复仇。"阿尔帕尔把手放在剑上,对他的兄弟说道。

大约就在这个时候,西比奇和里贝施泰因会面,商讨下一步该怎么做。

"另一块成功路上的拦路石被除掉了,"西比奇说,"还剩下迪特里希这块大石头,我现在得多想些狠招来除掉他。"

两位谋划阴谋的奸臣都觉得他们应该小心行事,不可操之过急。因为首先,皇帝的灵魂已因他犯下的罪恶而变得阴暗,每当他独自一人的时候,就会被冤杀之人的虚无鬼魂所困扰。其次,在向伯尔尼的英雄宣战之前,他们觉得先将迪特里希同袍中的成员尽可能多地策反到自己一边，这样才更有胜算。但是事与愿违，作恶多端的厄门里希良心遭受着煎熬，他坐立不安，行动越来越失控，奸臣们不得不提早开始了行动。

计划实施的第一步就是向伯尔尼的迪特里希征收贡赋。于是，米兰的莱因霍德被派到亚美伦人的土地上去征税。几周之后，使者空手而归。他说，贵族断然拒绝他要求支付的贡税，因为他们已经给伯尔尼的迪特里希缴过税了。同时，迪特里希还要使者告诉杀害哈伦格兄弟的皇帝，他得亲自来这儿收税，而迪特里希会用矛尖和刀刃偿还他这最后一笔贡赋。

皇帝派海默到伯尔尼告诉迪特里希，如果他不交税，他就会亲自来把他吊死在最高的绞刑架上。

海默在伯尔尼得到了优待，迪特里希本以为战友前来是想和自己叙旧，可海默传来皇帝的口信，英雄迪特里希便问战友是否还记得他许下的效忠誓言。海默回答说他已经履行了这份誓言的义务，而现在他是皇帝的封臣，皇帝给了他土地和黄金，因此他得为皇帝效忠。说罢，海默就此离开。

海默走后不久，威蒂希就出现了。他骑马飞奔到了城堡大门。

"拿起武器，战友，快拿起武器！"威蒂希喊道，"现在情况紧急，一秒都不能耽搁，厄门里希带着无数士兵组成的大军来了。狡诈的西比奇想突袭你，谁落在他的手里都难逃一死。"

迪特里希提醒威蒂希曾许下的忠诚誓言，但威蒂希也像海默一样为自己开脱，随后便骑马离开了。

守护世界树（Yggdrasil）的诺恩三女神（The Norns）

　　这时诺恩三女神①将她们最阴暗的命运之网撒到了伯尔尼英雄的头顶，一次又一次对他施加不幸。从威蒂希那儿离身后，迪特里希赶忙去看望生病的维吉娜王后，他整晚都将爱人抱在怀中，但王后第二

---

① 诺恩三女神（The Norns），是北欧神话中的命运女神。这三姐妹不仅掌握了人类的命运，甚至也能预告诸神、巨人以及侏儒的命运。她们的主要任务是织造命运之网以及从乌尔德之泉中汲水浇灌世界之树。

天一早还是去世了，一向行事果决的迪特里希因为丧妻之痛而无心思考战事。可是希尔德布兰德大师并没有闲着，他到处召集亚美伦王国内的封臣及其仆从，在王后去世的前一天晚上，许多与迪特里希结盟的王侯都加入了他们，其中就包括来自普拉（位于伊斯的利亚半岛）的贝希特，他是迪特里希王的忠诚战友。施蒂里亚的迪特莱布也带上了他的全部人马赶来助阵。

早晨，老大师呼唤国王，告诉他现在是时候为他的王国与子民而战了。伯尔尼的英雄竭力控制他的悲伤，他在亡妻苍白的嘴唇上落下最后一吻，然后就奔赴大战的战场了。

皇帝已经征服了斯波莱托①公爵，并一直向北挺进到米兰。厄门里希因为战事顺利而放松了警惕，他在扎营后，和部下一样，都睡着了。与此同时，迪特里希已经到达了离厄门里希营地不远的地方。当其他人休息时，希尔德布兰德骑着马观察敌人守备如何，发现他们毫无防范后，建议迪特里希立即进攻。

帝国军队突然被战斗的喊杀声惊醒："为了伯尔尼而战！为了红狮军旗而战！"听到喊杀声的他们匆忙迎战。这是一场激烈焦灼的大战，迪特里希和他的部下们在人数上远远少于敌人，可他们战意高昂，为了求胜，上下将士勠力同心，死战不退。更何况迪特里希自己也亲临战场，奋勇拼杀，部下们看到国王冲锋在前，他们中有谁会不恪尽职守呢？

沃夫哈特喊道："如果我们迟早都要死在这里，那不如让我们每个人都丢掉盾牌，双手执剑与敌死拼。"沃夫哈特说完便丢掉了盾牌，希

---

① 斯波莱托（Spoleto），如今意大利翁布里亚大区佩鲁贾省的一座城市，位于亚平宁山脉脚下。

格斯泰博和埃克哈特也相继效仿。

海默和威蒂希一如既往地英勇战斗,但他们避开了曾经的主君,而帝国大军因为布兰德希尔德的侧翼包抄而溃散,两位英雄见此也跟着溃败的大军一起逃走了。

厄门里希非常不悦地回到了罗马堡,他很想绞死让他陷入窘境的西比奇和里贝施泰因,但还是克制住了,因为他要是没有这两位近臣,自己也不知道能做些什么。

迪特里希将在米兰获得的财宝交给一些战友负责送回伯尔尼,而普拉的贝希特着手提供驮马来运输。运输队一路强行军,可当他们来到加登湖时,看到湖中心闪烁星光,听到瀑布落下溅起水声,阿梅洛特便认定这是他们族人沃尔芬人生活的土地,在这里,他无须再害怕强盗,可以适当进行必要的休息。部队经过辛劳奔波后,已经筋疲力竭,他们听到阿梅洛特的提议后欢呼雀跃,很快就吃完包裹里的食物,随后躺在柔软的草皮上睡着了。希尔德布兰德和他的十位部下试图保持清醒,但他们太累了,而潺潺的流水声就像摇篮曲一样催人入睡,很快他们就和其他人一样沉入梦乡了。

大约在天亮时分武士被吵醒,却发现许多张面目凶恶的脸瞪着他们,双手也已经被捆绑,轻蔑的嘲笑声亦不绝于耳。有四位武士本要持剑反抗,但他们都被砍倒了,其他人则都被五花大绑,和财宝一起被带走了。

迪特里希的战友们被带走后不久,便发现自己落入了死敌——奸臣西比奇之手。他得知武士们押运财宝的路线,并从海路将他的军队带到加登,在湖边等候伏击,然后偷袭睡着的英雄们。就此,勇敢的英雄们全都败给了他的诡计。

只有一位英雄躲过了这次不幸,那就是施蒂里亚的英雄迪特莱布。

西比奇的部队来到营地时，他正睡在一片离其他人不远的灌木丛里。听到喧闹声后，迪特莱布立马跳了起来，杀死了敌人几个重装士兵后便骑上马，逃亡至伯尔尼，并将英雄被抓的悲报带了回去。到了伯尔尼的迪特莱布发现所有人都非常焦虑，厄门里希再次入侵了王国，占领了米兰、拉本（拉文纳）和曼图亚，更糟糕的是，许多迪特里希的部下都弃主投敌。

只有少数武士依旧保持忠诚，决心在必要之时与主君迪特里希一同战死。厄门里希收到了迪特里希传来的消息，说伯尔尼的英雄愿意用战俘来交换他勇敢的战友。但厄门里希却回复迪特里希说，伯尔尼之王可以任意处置自己的战俘，而皇帝俘获的战士都要以绞刑处死。这是迪特里希最不愿听到的噩耗了。

接着，希尔德布兰德的妻子乌欧特夫人站了出来，勇敢的她在其他贵族夫人的陪伴下来到敌人的营地，面见皇帝厄门里希。为了交换西比奇刚俘获的武士，她主动提出可以献上她和伯尔尼其他夫人、少女的首饰。可厄门里希却厉声说，乌欧特想给他献上的东西都已是皇帝的囊中之物，如果国王希望释放他的同袍，那他得和自己的战友们像乞丐一样牵着自己的马，步行离开国家。

希尔德布兰德的妻子不忍听完这番羞辱之辞，她本双膝跪倒在皇帝面前，但现在她站起来，骄傲地告诉厄门里希，伯尔尼英雄和他们的妻子知道该怎么高洁地死去，但不会耻辱地离开他们的国家。夫人们极度悲痛地离开了营地。

迪特里希听到这个坏消息时，他和自己内心做了一场漫长的斗争。过去他也能以少胜多，但基本都是侥幸的险胜，而且他怎么能让他亲爱的老师、高贵的贝希特、勇敢的沃夫哈特、阿梅洛特、西格班德、赫尔姆施罗和林多特在羞辱中死去呢？迪特里希在心中经历了煎熬的自我斗争，最后不得不低头让步，同意了厄门里希的条件。

刚从狱中释放后，迪特里希的同袍再次拿回了战马和武器，但他们必须和迪特里希离开王国，在外流浪。而一起陪同主君经历这场悲伤之旅的忠诚义士共有四十三人。迪特里希离开时，伯尔尼人无不流泪，就连王国外的百姓也关心迪特里希和他同袍们的命运。

国王不顾一切地走上了崎岖的荒野山路，因此勇士们跨过帝国边境后也没有骑马。他们一直漫步在多瑙河畔，最终来到吕迪格统治的贝希拉恩，而侯爵像对待兄弟一样欢迎了远道而来的英雄们。

一天，当英雄们待在贝希拉恩时，迪特里希想到自己被毁的家园，又看到这片欢声笑语的土地，一时百感交集。他深深叹了口气，说自己喜欢这片欢乐祥和的土地，想永远留在这里，忘记自己的痛苦。

沃夫哈特愤怒地斥责了主君忘记故土的想法，他还说道："如果是这样的话，我将回去战斗，直到流干自己最后一滴血。"

"没那么快，年轻的英雄，"侯爵回答，"匈人王埃策尔还欠迪特里希一份人情，因为伯尔尼之王曾经率兵援助过他。我会陪你们一起去苏萨特的匈人王宫廷，相信他一定会帮你们夺回亚美伦人的土地。"

第六章
匈人王埃策尔、瓦斯根斯坦的沃尔特和希尔德根德

埃策尔成为匈人之王时，已是所有匈人首领中的翘楚，但他欲壑难填，希望成为欧陆霸主，于是他召集了一支庞大的军队，来到法兰克人的领土上，要求对方向自己进贡，否则就要毁灭法兰克王国。惊慌失措的法兰克国王无力抵御匈人，所以他送去了一大笔钱，同时为表忠心，他送给匈人王一个男孩作为人质。他自己的孩子还太小，仍待在摇篮里，因此他便将一个来自特罗尼耶（特隆日），名叫哈根的男孩送去。

匈人接着来到了勃艮第，他们不仅在那里征收贡赋，而且将四岁的国王之女希尔德根德收为人质。此外，匈人还在阿基坦①国王阿尔法尔身上尝到了甜头，阿尔法尔上贡给匈人大笔赤金的同时，还把年幼的儿子沃尔特送去做了人质。

哈根和沃尔特很早就展现出善战的本领，两人从匈人那里学会了

---

① 阿基坦，法国西南部一个历史地区，位于比利牛斯山和加隆河之间，在1137年阿基坦的埃莉诺与国王路易斯七世结婚之后阿基坦公国加入法国，但当她再嫁英国亨利二世后，阿基坦的归属权便受到争议。

沃尔特与希尔德根德被匈人劫为人质

骑马、掷矛，以及如何按照日耳曼人的方式进行战斗，很少有人能与他们匹敌。希尔德根德则长得非常可爱，是匈人女王最爱的孩子。时间流逝，这些年幼的孩子都长大了。赫尔卡王后建议丈夫让哈根和沃尔特娶出身高贵的匈人少女为妻，这样就能确保这些孩子对匈人王和匈人帝国的忠诚。但两位年轻人并不喜欢匈人帝国的美女，她们厚如鲸脂的嘴唇没法勾起两位王子任何想亲吻的欲望。沃尔特更喜欢有着细长朱唇，美丽鬈发和蓝色双眸的希尔德根德。同样希尔德根德眼也更喜欢沃尔特而非女王要她下嫁的弓腿匈人。

与此同时，法兰克人和勃艮第人已经摆脱匈人的束缚，埃策尔不敢在此情况下强迫人质接受他安排的婚姻。据说有一天哈根偶然找到机会，逃回了自己的族人身边，但根据另一种说法，他是被匈人无比荣耀地送回故国的。不过，埃策尔竭尽全力把沃尔特留在自己身边，因为他知道沃尔特身上的勇气与价值。

有一次，匈人王带着他的战士击败了入侵部落后凯旋王都。他举办了一场盛大的宴席庆贺，并请希尔德根德为他唱了一首歌。少女遵照匈人王的命令，唱了一首关于她故国和母亲的歌曲，并在歌中唱到相信自己会等到命中注定的英雄，再次回到祖国和亲人身边。埃策尔并没有像她所预料的那样理解歌词的含义，他忙于和宾客们举杯对饮，没有闲暇去注意歌词。但赫尔卡王后却听出了歌中的寓意，她决定监视沃尔特和希尔德根德，唯恐他们一起逃跑。沃尔特也明白了这首歌的意思，很快就找到一个机会，和希尔德根德一起谋划两人逃跑的计划。

"今天晚上不要睡觉，"某一晚沃尔特小声说，"你偷偷溜进藏宝库里，从第七个箱子里尽可能多地取出金银，这些财物都是我们父亲曾经交付给匈人的贡金。你把这些钱财放进两个匣子里，然后带到大厅去。到时候我带着两匹上好马鞍的战马等着你。我们得在醉醺醺的匈人发现我们之前逃得远远的。"

两人将逃跑计划中的每个细节都落到了实处，他们首先逃到贝希拉恩，随后去到莱茵，最终到达瓦斯根高（孚日）山脉，并在山脉中的最高峰瓦斯根斯坦上发现了一处洞穴。洞穴的入口很窄，只需一人把守便可抵挡住千军万马。沃尔特想休息一会儿，因为他在漫长而艰苦的逃亡旅途中，几乎没有睡过觉。于是他请少女帮他放哨，以防有人会突袭他们。沃尔特没睡多久，希尔德根德就看到了远处盔甲反射的光芒。于是她唤醒英雄，告诉他匈人已经找上他们了。

"他们不是匈人而是勃艮第人。"沃尔特回答说，同时他站起身来，发现这批人马是巩特尔国王派来的使者团，使者要求沃尔特把手中的匈人王贡品交出来。沃尔特提出愿意交出一块镶满金子的盾牌，可使臣回绝了，战斗也就此开始。由于地形狭隘，进犯的勃艮第人一次只能有一人接近沃尔特，因此英雄凭借他从匈人那儿学来的本领，用投枪杀死了一个接一个的敌人，而当标枪没投中时还可以用剑杀敌。哈

沃尔特和希尔德根德在林中停歇

根和巩特尔的军队随后也一起到来，但在战斗中哈根却站在一边，没有上阵。轻敌的他发现友军迅速战死后，才不由自主地伸手寻找佩剑，但他最后没有冲动地拔剑，而是回到国王身边，建议他尝试设下埋伏。

第三天，沃尔特和希尔德根德继续前行，当他们穿越开阔的乡间时，两名全身披甲的战士从一片灌木丛后冲出来袭击他们，这两位战士正是哈根和巩特尔国王。沃尔特见自己无法回避战斗，便从马上跳了下来，哈根和国王也一样下马。沃尔特凭他惊人的敏捷，不时左躲右闪，避开两名偷袭者挥出的剑击。最终，沃尔特一剑刺穿巩特尔国王的一道护胫甲，且剑锋刺进了国王的腿骨。沃尔特站在倒下的国王旁边，本要使出最后一击终结国王的生命，此时哈根却出剑废掉了沃尔特执剑的胳膊。沃尔特丢下剑，但同时也用左手拔出匕首插进哈根的眼睛中。希尔德根德见三人都无力再战，便提出议和，并帮所有人包扎好了伤口。随后她和沃尔特继续进发，一路再未受其他人的阻拦。到达阿基坦后，两人结束冒险，就此安居，还在那里结了婚。这位年轻的英雄后来总是与勃艮第人以及厄门里希一起行事，所以我们之前才会看到迪特莱布在罗马堡挑战沃尔特。

第七章
埃策尔与迪特里希大战罗伊斯人

我们再回到迪特里希和埃策尔的故事上,当伯尔尼的英雄请求埃策尔帮他击败暴君,解放亚美伦人的土地时,却发现匈人王也深陷危局,自顾不暇。

瓦尔德马尔是罗伊斯人之王,而埃策尔曾经杀死的岳父奥桑特里克斯和瓦尔德马尔是兄弟。此刻瓦尔德马尔正入侵匈人领土,在边界作乱,威胁要占领整个国家。所以埃策尔需要迪特里希的帮助,而后者毫不犹豫地答应了。

这场战争持续了很长时间,直到许多人战死沙场,美丽的土地满目疮痍,入侵者终于不堪再战,被迫撤退。迪特里希自己也受了重伤,过了一段时间后,他的身体才恢复自如。战争期间,埃策尔曾在瓦尔德马尔面前逃跑,诚实的侯爵吕迪格为此感到悲哀和羞愧,因为这证明了瓦尔德马尔才是更善战的男人。事实上,所有匈人都认为罗伊斯人之所以会被击败,主要还是因为迪特里希指挥有方、英勇善战。

埃策尔在击退对手后不依不饶,他深入敌人境内继续追击,迫使他们向自己进贡。

伯尔尼的迪特里希

迪特里希在匈人中声名斐然，但匈人们看不到帮他收复领土后自己会得到什么好处，为此迪特里希非常难过，最后赫尔卡女王想出了一个令迪特里希开心的主意。她提议把她美丽的侄女赫拉特嫁给迪特里希，这样他们就可以一起统治公主在特兰西瓦尼亚①的丰美宝地。

迪特里希和赫拉特都没有反对这门婚事，于是很快便举办了婚礼。但埃策尔却误以为，伯尔尼的英雄此后都将满足于做匈人帝国的封臣。埃策尔和赫拉特都不是小气之人，为了回报迪特里希几次援手，同时也履行援助封臣的义务，匈人王没有再拒绝迪特里希，最终同意出兵讨伐厄门里希。

---

① 特兰西瓦尼亚，旧地区名，指罗马尼亚中西部地区。

第八章
激战拉文（拉文纳之战）

迪特里希前往伯尔尼

"回到伯尔尼！迪特里希要回到伯尔尼了！我们要去伦巴第打仗了！"匈人王的命令传遍了整个匈人王国。

是的，迪特里希真的要回来了，他在许多勇敢的新老战友陪伴下，率领一支大军进发。埃策尔的两个儿子虽然还是青年人，但他们也坚持要一同奔赴战场。行军的队伍穿过伦巴第雄伟的山脉和美丽的平原，最终兵分各路，四处攻城。阿梅洛特（爱美隆）和希尔德布兰德首先领着沃夫哈特突袭了加登城，最终收复了堡垒。但妻子乌欧特和儿子哈德布兰德当时并不在城堡，大师又必须立刻回到军中，所以他没能与妻儿团聚拥抱。得知前线战况后，他带着剩下的军队来到迪特里希没能攻下的城市帕道韦（帕多瓦）。随后全军将帕道韦甩在身后，继续朝伯尔尼进发，而迪特里希听说厄门里希驻扎在那里的士兵已经被市民驱逐出城了。

最后，英雄回到了他心爱的家园伯尔尼，受到大家的热烈欢迎。

但他没能休息很久,因为抵达伯尔尼后没几天,阿尔弗带着拉本(拉文纳)大公弗里德里希的口信来见迪特里希,说厄门里希皇帝正在攻打他的城镇,因此请求英雄能够发兵救他。伯尔尼人的军队迅速行军,出人意料地迅速来到了帝国军队的附近。

因为所有敌军都躲藏在灌木林中,迪特里希派出刺探也没法侦查出敌人的位置。迪特里希问他的战友们谁愿意去占领敌人的前哨站,乌欧特夫人的年轻养子阿尔法特立即宣布愿意赴命。虽然其他人也想打头阵,但阿尔法特是第一个宣布领命的人,迪特里希便把任务交给了他。

阿尔法特之死[①]

年轻的英雄骑马朝着危险的哨站而去。突然,矛和箭像雨点一样落在他周围,而打在他头盔和盾牌上的飞矢都纷纷坠下。这些武器丝毫没伤到阿尔法特,因为他身上穿着矮人打造的精工护甲。敌人的首领骑马来到阿尔法特跟前,要求英雄投降,还说阿尔法特可以将剑献给他,但不必感到羞愧,因为他是大名鼎鼎的沃尔芬公爵。他会在阿尔法特被赎回之后,将武器还给他。

"什么?"英雄叫道,"你就是沃尔芬公爵,我们沃尔芬族人中唯一的叛徒?今天我将亲手惩办你这贼人。"

两人之间的战斗很快结束,阿尔法特杀死了他的对手。大公的随

---

① 又名阿尔法特·托德(Alpharts Tod),他是"伯尔尼的迪特里希"史诗集群中的出场角色,其传说"阿尔法特之死"的创作年代推测为公元1245至1300年,被翻译记录在手抄本时约为1470或1480年。

从见此急忙为主人报仇,但年轻的英雄将他们一半人都给杀死,其余的则任其逃跑了。

"一个来自地狱最深处的恶灵来为迪特里希而战了。"士兵们喊道,"它仅凭一己之力就杀死了我们五十多人,我们自己也差点就没命了。"

"你们不知道伯尔尼的英雄是恶魔之子吗?"有人回答,"爸爸来帮自己的孩子是一件再自然不过的事情吧?没有凡人可以战胜这样的强敌。"

"我倒要出去看看它是不是长着一副血肉之躯,"强壮的威蒂希叫道,"即便它背后就是整片地狱我也不在乎,我必须得和它过一招。"

威蒂希迅速给自己穿戴好武具,他抓起一把长剑,却没注意到那不是宝剑米蒙格。而海默不久前才被威蒂希救了一命,他也主动提出和威蒂希一同出发,如果战友被杀他将为其复仇。

阿尔法特从远处就认出了这两人。"你们两个背弃信义的战友,"他喊道,"过来受死吧!"

阿尔法特和威蒂希之间的战斗立刻开始了,而威蒂希很快就发现他并没有带上宝剑米蒙格,并被阿尔法特两次击倒在地。威蒂希在痛苦之中呼唤战友来帮他,可海默犹豫了,因为对于武士而言,这种两人对战一人、以多欺寡的行为是不光彩的。然而在阿尔法特要求威蒂希投降,否则就当场杀死他时,海默朝前一跃,用盾牌掩护自己的战友,威蒂希因此得以再次站了起来。随后,两名武士一起夹攻年轻的英雄。

阿尔法特步伐矫健,手臂也强壮有力。他击倒了海默,但威蒂希又上前来帮助战友,于是战斗继续进行。三名伤痕累累的武士都鲜血淋漓,但最终还是海默一剑击杀了阿尔法特。

"你们真是不讲信义的战友,"垂死的阿尔法特叹息,"你们可耻的行为将会成为终身的诅咒伴随你们直到躺入坟墓。"

胜者们默默离开了战场,他们没有声张击败阿尔法特的事迹,两人的盔甲上满是血迹,身体也遍布重伤。士兵们神秘兮兮地小声议论道:"他们一直在与来自地狱的恶灵战斗,虽然杀死了对手,但也看到了一些可怕的景象。"

阿尔法特的死讯传到伯尔尼的营地里,大家都感到非常悲伤。迪特里希准备在第二天向皇帝开战,同时他提前安排好了后事,以免自己在战场上遭遇不测。

英雄激战

希尔德布兰德大师放着哨。他不满足于仅仅在远处监视敌人的行动,便亲自去看看敌人战线内发生了什么。一层浓雾笼罩大地,大家什么也看不到。突然,老大师和他的伙伴埃克哈特听到了一匹马的蹄声,两人拔剑等候。与此同时,月光冲破了雾气,两人借着光认出了骑士乃是米兰的里诺德,他虽然效力于厄门里希,但同时也是希尔德布兰德他们的朋友。里诺德与两位武士互相热情地致以问候,同时里诺德说如果他能给迪特里希建议,会忠告伯尔尼的英雄回到已受封的匈人的土地上安家,因为皇帝太强大了,他的统治不可能被推翻。

与好友告别后,希尔德布兰德仔细地环顾四周,发现了一条能穿过树林的小路,他可以在不被察觉的情况下借此包抄帝国军队的侧翼。回到营地后,希尔德布兰德和迪特里希约定,他会从这条路带领三支分军,在黎明时分攻击敌人。同时迪特里希国王一听到希尔德布兰德在敌后吹响的号角,就从正面对敌人发起攻势。

太阳一升起，战斗就打响了。双方士卒都英勇奋战，每位英雄立下的战功都多到难以言尽。而在此战陨落的英雄中就有埃策尔的两个儿子，他们以实际行动证明自己配得上匈人王子的名号。

而迪特里希和威蒂希也终于在那一天相遇了，事情是这样的：当时天已很快泛起暮光，威蒂希在他的同伴米兰的里诺德带领下回到前哨，但迪特里希正好在里诺德挑选的小路下埋伏。国王看到两人骑行便重新骑上马，飞驰穿过山谷，向高处赶去，另外两人也回头望见了迪特里希。迪特里希发现威蒂希就在前方时，脸庞已被全身的怒气所扭曲，嘴里还喷着烈火。威蒂希见此吓得魂飞魄散，转身便赶马逃跑，里诺德则跟在他身后。

"给我停下来，懦夫，站住！"国王大喊，"你们两人对付一人！真的够本事吗？"

"停下来，我的战友！"里诺德说，"我无法忍受这样的耻辱。"威蒂希转身，但他一看到自己老主君那副可怕的脸庞与冒火的吐息就再次逃跑了，留下里诺德独自承受迪特里希的攻击。

"给我站住，叛徒！"迪特里希大叫，"你曾用宝剑米蒙格在伯尔尼击败过我，这把剑还在你手里，你现在就不敢站出来和我打一场吗？"

但威蒂希没有理会迪特里希，他说话激励自己的战马，并灵活自如地运用马刺，让他的坐骑加快了步伐。国王也同样如此，且他的宝马"猎鹰"甚至比威蒂希英勇的战马还要快。此时已能听到海浪拍击海岸的声音，疲惫的武士已经到达海滨，再也逃不到更远的地方了。就在此时，威蒂希看到一位女子从海浪中伸出她的脑袋和两只洁白的胳膊。

"瓦希尔德，我家族的女祖，请您救救我，帮我躲开这只从地狱跑出的恶灵。"他大喊一声，迈出了惊险的一跃。

瓦希尔德把威蒂希抱在怀里，把他带到海底的水晶大厅。迪特里希毫不犹豫地跟了上去，海水漫过他和他的战马，但"猎鹰"又再次站了起来，穿过咆哮的海浪游到了岸的另一边。国王环顾四周，但威蒂希已经消失得无影无踪，除了泛着泡沫的海浪外，他什么也看不见。国王悲伤地发现，复仇和死亡都不是他寻求的结果。

匈人们宣布他们在以应有的哀荣下葬王子后便会回国，迪特里希听到他们的话，知道匈人决心已定，而他也想起了那些已经倒下的死者。另一方面，希尔德布兰德大师尽其所能地劝说盟友，他列举匈人们前一天取得的战果，诱使他们去乘胜追击。但匈人已经受够了拉文纳的苦战，大师依旧没能说动他们。

迪特里希伤心地回去见埃策尔，虽然他已经从匈人王身边来了又去、去了又来，但埃策尔依旧非常友好地接待了他。迪特里希沉浸在悲伤之中，但美丽的妻子赫拉特来到他跟前，说了一些安慰和鼓励的话，让他从沉闷的悲哀中振作过来。在王后的陪伴下，迪特里希又出发前往美丽的伦巴第。

第九章
回到故土

前往加登

迪特里希王和他的王后与老大师向埃策尔告别,当时埃策尔正为死去的儿子而感到非常难过,无暇关心他们的来去。

旅行者们终于来到一座树木繁茂的小山,山顶上有一座城堡,一位名叫埃尔松的强盗骑士是这座城堡的堡主,他一直与亚美伦人和沃尔芬人为敌。老大师充作向导为国王引路,他嘱咐迪特里希要做好准备。话音刚落,埃尔松带着一群骑士立刻出现了,他勒住缰绳,傲慢地要求旅者们交上买路钱。强盗骑士不仅要迪特里希一行的战马和铠甲,还要希尔德布兰德的长胡子,并得让美丽的王后来作陪。

"我需要自己的战马和铠甲才能在亚美伦人的土地上战斗,"希尔德布兰德说,"同时我们也不能抛弃这个女人,她还得给我们做饭。"

"不行,如此说来,你们就是亚美伦人,"埃尔松叫道,"你们每个人都必须把你们的右手和左脚砍下来给我当赎金。你们要是拒绝的话,就得把你们的头也砍下来,我要替被萨姆森杀死的父亲报仇!"

英雄没有再浪费口舌屈就强盗,他们用宝剑和长矛而非贡品好好"招待"了一番强盗,埃尔松的手下们在这番"好意"下,要么被杀,要么逃跑,贼首埃尔松最后也被打倒在地,五花大绑。

就在希尔德布兰德准备把埃尔松绑在一匹马上时,埃尔松说:"我看你们应该是厄门里希的部下,那我就告诉你们一条最新的消息。斯万希尔德夫人被皇帝下令用马踩死后,她的兄弟找到了皇帝报仇,把皇帝的双手和双脚全都砍下来了。"

"哈!"伯尔尼的英雄叫道,"你竟然带来这么好的消息吗?那我就放走你当作报酬了。"

旅行者们随即继续他们的旅程,又经历了几次冒险后,终于安全到达了加登。最初他们被周围人怀疑,但是乌欧特夫人一见到希尔德布兰德就认出自己的丈夫。她把儿子哈德布兰德也带来给她勇敢的丈夫认识,因为希尔德布兰德的儿子自幼就没见过父亲。

来到伯尔尼

伯尔尼的英雄受到百姓的盛大欢迎,很快迪特里希就召集了一支军队,其中最著名的武士有勇敢的罗德威格和他的儿子康拉德、忠诚的埃克哈特和他的战友哈切。海默也没有落下,他已经在修道院里为自己的罪过做了忏悔。现在,听到迪特里希回来的消息,急忙到旧主面前重新宣誓效忠,又因为厄门里希已经死去,所以他不必像过去那样尽忠皇帝。

迪特里希和西比奇的军队相遇了,随后发生了一场恶战。迪特里希英勇战斗,横扫了他眼前的所有敌人。而埃克哈特和哈切则不知疲倦地寻找狡诈的西比奇，虽然西比奇已经将他篡夺的皇袍、权杖通通抛弃，但最后，埃克哈特和哈切仍在一群逃兵中认出了这大奸臣。埃克哈特抓住西比奇的颈背，把他放在自己的战马前背上，随后骑马飞驰回营地。

"记好了，这是为哈伦格王子们报仇。"埃克哈特喊道，命人马上立起绞刑架。西比奇恳请埃克哈特饶他一命，他什么也不要，只要留住一条性命。他甚至愿意献上大笔赤金，只为让他的死期能推迟哪怕很短的时间，但是——"记好了，这是为哈伦格王子们报仇。"埃克哈特不为所动，依旧如此答复奸臣。

就此胜局已定，伯尔尼的英雄率领他的军队向罗马堡进军，他与亚美伦人土地上的各路王侯们会面。迪特里希被众人推为首领，并在到达罗马堡后加冕为皇帝。

历史上的狄奥多里克大帝在意大利的拉文纳建立了首都

东哥特王国的国王狄奥多里克

迪特里希宫殿

迪特里希的离去

　　迪特里希的家内事由贤妻赫拉特勤恳操持，而国事则有老大师和其他老朋友辅佐。迪特里希登基为帝后，虽已名声显耀，但他仍不能忘记那些为他奋战而牺牲的忠实战友，这些战友为他付出了所有，但他却再也无法向他们表露爱与关怀了。

　　迪特里希治国有方，他的帝国疆域空前辽阔，而且国内也恢复了和平。唯独有一次，一个巨人在帝国境内作祟。海默找到了巨人，但只落得被巨人所杀的下场。迪特里希最后亲自前往，击败了怪兽，这便是老英雄的最后一战。

　　迪特里希高贵的妻子赫拉特不久就生病去世了。从那时起，皇帝的性情似乎就发生了变化。他郁郁寡欢，做了许多后悔莫及的错事。但打猎是迪特里希为数不多一直喜欢的活动，当他听到振奋的号角声时，脸上的阴霾就会散去，双唇展露微笑，看上去又像他的朋友们过去所认识的那样。

　　有一次，迪特里希在河里洗澡时，一只头上长着金角的大雄鹿慢慢地沿着河岸小跑，走进了附近的树林，那头鹿看上去非常漂亮。迪特里希从水中跳了出来，穿上衣服，叫人牵来战马和猎犬，而仆人还没来得及执行完他的吩咐，一匹漆黑的马就向他嘶鸣奔来。迪特里希拿起他的剑和飞镖，急忙骑上这匹高贵的坐骑，跟在牡鹿后面疾驰。他的仆人骑上了皇帝马厩里最快的马也赶不上迪特里希，而英雄不仅骑得比别人更快，甚至还在不断加速，最终消失不见。他的子民为了等候皇帝归来，等了好几个星期、好几个月甚至好几年，但都未见皇帝的踪影。

　　这个强大的帝国失去了皇帝的统治，最终爆发了血腥的战争。迪

狄奥多里克的圆墓

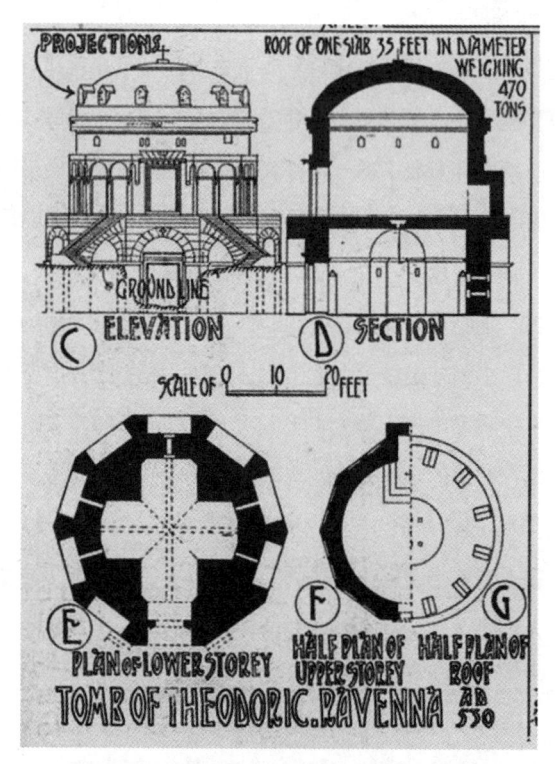

1905年出版的狄奥多里克陵墓横截面和平面图

特里希的臣民渴望他回来，希望他能再次以强硬的手腕统一纷争不断的帝国，但他还是没有回来。

因迪特里希的祖先天神沃坦已经把迪特里希抓了起来，让他成为自己狂猎①大军中的一位猎人。许多位在黑夜赶路的旅行者，都看到过他骑着漆黑的战马从身边冲过。劳西茨②和德国其他地方的人民称迪特里希为"迪特赫伯内特"（Dietherbernet），甚至直到今天还能在狂猎的队伍中看到他。

---

① 狂猎（Wild hunt 或 Furious Host）是流传欧洲民间各地的神话，通常内容关于一群幽灵般或超自然的猎人在野外追逐猎物。在日耳曼神话中，沃坦作为主神以及死亡之神，会带领他的手下四处追猎。而迪特里希的原型狄奥多里克大帝也是传说中领导狂猎的人物之一。

② 劳西茨，德国东部一地区，位于西里西亚西北部，易北河以东。*

第二部分
尼伯龙根及其同源传奇

PART SECOND
THE NIBELUNG AND KINDRED LEGENDS

I

尼伯龙根英雄

THE NIBELUNG HERO

第一章
齐格飞的少年时光

从前在尼德兰有一位贵族王子名叫齐格飞（齐格弗里德、西格沃特或西格鲁尔）。他的父亲齐格蒙德是荣耀的沃尔松格人后裔，族人的血统可以追溯到战神沃坦。齐格飞的母亲齐格琳德同样出身高贵。齐格飞从小身强力壮、生龙活虎，夫妻两人都为此而感到高兴，他们希望齐格飞长大成人时，可以像英雄一样建功立业，赢得荣耀与名誉。

幼年齐格飞

男孩很快就意识到自己有着惊人的力量，他表现得傲慢而倔强，不会容忍任何矛盾，玩伴们让他不高兴时，他就会把伙伴们打得鼻青脸肿，甚至比他大很多的玩伴也难逃一劫。随着齐格飞年龄的增长，其他男孩越来越讨厌他，齐格飞的父母也愈发替儿子的未来感到焦虑。

最终齐格蒙德思来想去，觉得只有一种办法可以让叛逆的年轻人听从管教，那就是让齐格飞成为铁匠米麦尔的学徒。铁匠生活在附近的森林里，是一个强壮而聪明的人，同时他可以教会男孩如何锻造武器。这样，等齐格飞长大成人，晋升武士后，也更能熟知自己使用的武器。王后同意了，于是国王开始了必要的准备。

铁匠听完了事情原委后，宣称自己已经准备好接下这项任务，因为他坚信辛苦的工作可以抚平年轻人躁动的脾气。事情一度进展顺利。一年又一年过去，王子近乎长到了成年人的体魄，但他很讨厌铁匠铺里的工作。每当同伴试图指正他锻造时的错误时，齐格飞就会痛殴他们，把他们摔倒在地。甚至有一次，他把同伴中最优秀的铁匠威兰德的头发拽住，一直拖到了自己老师的脚下。

"这根本不行，"米麦尔说，"你过来为你自己铸造一把好剑吧。"

齐格飞早有此意。他要求拿到最好的钢铁和一把最沉的铁锤，而且铁锤要沉到常人必须用两臂挥动才行。米麦尔从锻炉里取出一条最好的铁块，并将散发红光的铁块放到了铁砧上。齐格飞只手挥动大锤，轻松得如同拨弄玩物一般。大锤敲到钢铁上时，如同一阵雷击，整座房子连地基都在摇晃，钢铁碎成了屑块，铁砧也陷入地下一英尺深。

"这样是行不通的，"老师和之前一样说道，"我的孩子，如果你想为自己打造一件合适的武器，我们必须再尝试另一种办法。去松木林里找烧炭工，用你那强壮的双肩尽可能为我多扛点烧炭工的木柴。同时我会准备好最好的钢材，为你锻一把任何武士都从未得到过的绝世宝剑。"

少年齐格飞检验宝剑

齐格飞听到这话很是高兴,他找到铁匠铺里最大的斧头走进森林。这是一个美丽的春日,鸟儿在歌唱,草地上开满了紫罗兰和勿忘草。齐格飞摘下一束花,把它们插在皮帽里,朦朦胧胧中他觉得这些花能为自己带来好运。他越走越远,一直走到一片漆黑的松树林中央。这里一只鸟都看不到,而阴暗的森林中传来了汩汩的蛙鸣、嘶嘶的吐信声和巨龙的咆哮,不如齐格飞那样胆大的人很轻易就会被这场景吓倒。齐格飞很快就找到了这些噪声产生的原因,他面前有一片荒凉的沼泽,巨大的蟾蜍、蛇和林德龙都在其中游荡。

"我这辈子从来没见过这么多可怕的生物,"齐格飞说,"但很快我就会让他们再也叫不出声。"说着,他捡起枯树扔进沼泽,直到完全盖住了沼泽。然后,齐格飞急忙赶往烧炭工的房子里,向工人借火来烧死池沼里的怪物。

"可怜的男孩啊,"烧炭工说道,"我替你感到非常遗憾,但你要原路返回的话,巨龙会走出巢穴一口吞下你。铁匠米麦尔是一个伪君子,他在你之前就到过这里,还告诉我他已经唤醒了林德龙来对付你,因为你太难管教。"

"不用害怕,好心人,"齐格飞答道,"我会先杀了林德龙,然后再杀死铁匠。但现在先借我一把火,这样我就能烧掉那座瘟毒的兽穴。"

齐格飞猎杀雄鹿

年轻人很快回到沼泽地,他在覆盖池沼的干柴上点起火,任由火燃成烈焰。吹来的阵风也助力火势,将火焰吹成一阵熊熊烈火。很快,池沼里的怪物们全被烧死了。之后,年轻人绕过阴森的沼泽,发现沼泽中流出一条小溪,里面全是怪物们被烧化的油脂。齐格飞用手指在溪里蘸了蘸,发现自己的手指上面已经覆盖着一层角质鳞皮。"哈,"齐格飞心想,"有了这层皮,我就能在战场上刀枪不入。"他脱下衣服,全身沐浴在这液态的油脂中,因此他全身从头到脚都覆盖着角质皮肤,但他沐浴时双肩中间有一处部位被叶子粘住,那是他唯一没有保护的弱点。但他当时并没觉察,直到后来,齐格飞才发现这一点。他又穿上了皮衣,肩上搭着棍棒,继续往回走。突然,巨龙从藏身之处向他

齐格飞屠杀恶龙

《遥远北方的故事》(*Tales from the Far North*, 1909)

第二部分　尼伯龙根及其同源传奇

冲来，但齐格飞三棍便漂亮地击杀了怪物。其后，他回到铁匠铺向自己的铁匠老师和同伴们复仇。众人看到齐格飞时，吓得魂飞魄散，立刻逃到了丛林里，只有老师还等候着年轻人的到来。起初米麦尔尝试说几句奉承话来平息年轻人的怒火，但发现多说无益后，他也拿起了自己的剑。齐格飞随后给了老师狠狠一击，就此完成了自己的复仇。

杀死铁匠后，年轻人走向了铁匠铺，他非常耐心而仔细地为自己铸造了一把剑，剑锋经过林德龙之血的淬炼而变得更加坚硬。

齐格飞举起宝剑

齐格飞之后出发去了他父亲的官殿。国王严厉地责备儿子杀死铁匠老师的罪行，米麦尔是一个好臣民，更是对整个王国都有帮助的人才。轮到王后训斥时，她泪眼婆娑，责备儿子用无辜之人的鲜血玷污了自己的双手。父亲的指责令齐格飞清醒，母亲的眼泪使他心软，齐格飞没有试图为自己开脱。相反，他跪倒在王后的脚边，用双手捂住了脸，说看到母后的眼泪让他心如刀绞，他发誓将来自己会像一名温柔的骑士一样宽容行善。父母的心因此感到了些许宽慰。

从那时起齐格飞的性格就改变了，他听从智者的建议，行事更为明智谨慎。每当他感到自己会陷入过去的冲动时，他就会想到母亲的眼泪和父亲的责备，从而战胜控制他的邪念。王国子民们对齐格飞的期望非常高，他们确信从王子身上看到这个国家已经有了一位新英雄。而且，齐格飞是那么的英俊和优雅，女人们钦慕他的容貌，男人们也同样崇拜他的勇武。

年轻的齐格飞航海去冰岛

齐格飞的父母为自己的儿子感到十分骄傲，因而他们渴望有朝一日齐格飞的名字与声誉能响彻每片土地。

国王觉得是时候向齐格飞和他的战友，以及国内外的年轻贵族授予象征成为武士的宝剑与铠甲了。这种授位仪式是当时一项非常重要的典礼，和后来的骑士册封仪式一样，在年轻人的生活中占据着重要的地位。庄严的授位仪式需要参与者掌握使用武器的各种招数，并且通过武艺的测验。齐格飞通过了所有项目的测试，民众高呼："我们的国王，年轻的齐格飞万岁，愿他和他可敬的父王永远统领我们！"

但齐格飞向民众示意安静，然后说："我还不配获得如此崇高的荣誉，我必须先为自己赢得一个王国才行。我会恳求我高贵的父王允许我游走世界，去寻找属于我自己的财富。"

武士们齐聚皇家大厅享受宴席时，齐格飞没有落座在饭桌上端的父王身旁，而是谦虚地坐在那些默默无闻的年轻武士们中间。一些参加聚会的武士开始谈论遥远的冰岛，那儿由美丽而好战的女王布伦希尔德统治，她向所有追求自己的人发起决斗的挑战，有许多人为此已死在她的手下。他们还讨论精通魔法的尼伯龙根人，以及栖龙岩，那里盘踞着一只长着恶魔面孔的飞龙。其他人又再次谈到了莱茵河旁沃姆斯镇里的美丽公主，她不仅有三位兄弟守护，还有她强壮的叔叔哈根保护。

"啊，我也想去见识这世间奇观，经历神奇的冒险，体会人生的乐趣！"齐格飞喊道，他走近自己的父亲，请求他允许自己出去看看这个世界。

国王理解儿子的愿望，因为他自己年轻时也经历过冒险。他承诺只要齐格飞母亲同意，就会放王子出去探险。对于王后而言，与儿子分别是一件悲痛的事情，但她终于还是允许齐格飞离去。于是在一个晴朗的早晨，齐格飞身穿一套闪亮的盔甲，骑上一匹快马，带上自己铸造的宝剑出发了。他就像每一个到未知世界去寻求财宝的年轻人一样兴致高昂，内心充满了希望。

他向北朝冰岛进发，一到海边，就发现了一艘准备启航的船。但船长害怕会有暴风雨，在齐格飞的恳求下才最终启程。经过一段快速而颠簸的航程，齐格飞上了岸，向宫殿走去。

布伦希尔德女王在大厅里接待了他，那里聚集了许多武士，每个人都决心用自己高超的武艺向这位女王求爱。

齐格飞与布伦希尔德

第二部分 尼伯龙根及其同源传奇

第二天武士聚集在竞技场，布伦希尔德不久就与他们见面。她穿着全套铠甲，看上去就像领着古老的女武神①参与史诗之战的骄傲美丽的女神芙蕾雅。

齐格飞惊讶地望着布伦希尔德，虽然女王的侍女和女王装备一样的武具，但布伦希尔德比她任何一个侍女都要高出许多，仪容也更是高贵。齐格飞几乎也想加入那些追求者的行列，赢取女王的芳心。他在比试中举起一块大石头，然后将其扔到了距离远远超过其他参赛者的位置。随后，齐格飞转身朝向女王，满怀崇敬地向她告别，回到他的船上，自言自语地说："我永远也不会爱她，她太像个男人了，我喜欢的少女应当是娇羞矜持、温柔善良之人。那样的少女会彻底赢下一位勇士的爱慕，令他毫不犹豫地挥洒心中热血，为之效劳。"

经过快速的航行，齐格飞又回到陆地上继续自己的旅程，之后他走过富庶的精耕平原，又穿过野兽与强盗栖居的沙漠，一路经历诸多苦战，杀死了各种巨人和怪物。游吟诗人在乡间村舍与城堡传唱他的伟绩，齐格飞的名声由此广为人知。

齐格飞来到尼伯龙根王族统治的领土上时，王国的两位国王希尔鹏和尼伯龙根想请王子帮忙分割他们父王尼伯林留下的财宝，因为他们之间无法就均分财宝的方案达成共识。而作为回报，国王们赠给了齐格飞一把名为巴尔蒙格的上好宝剑，这把剑出自矮人之手，并用龙血回火而成。英雄极其公平地分配了财宝，但兄弟俩并不满意，他们坚信齐格飞已把最有价值的财物私吞了，于是命令十二个巨人去抓他，打算把他关在藏着财宝的空心山里。英雄立刻拔出巴尔蒙格，斩杀了

---

① 女武神，又称瓦尔基里女武神，是来自地上国王的女儿，或奥丁自己的女儿，又或是发誓侍神而被诸神选中上天的处女战士。她们在战场上赐予战死者美妙的一吻，并引领他们前往英灵殿。*

一个又一个巨人。随后两位魔法师国王吟诵法咒，他们召唤出一团浓雾，接着生起一阵风暴，大山都在持续不断的雷声下颤抖。但这都没能挡住英雄，最后的巨人倒下后，两名兄弟国王也为齐格飞所杀，雾气随后散去，灿烂的阳光照耀在得胜的武士身上。

尼伯龙根百姓看到刚刚发生的各种奇观景象后，欢迎齐格飞成为他们的国王。但即便如此，齐格飞面临的麻烦事还未结束，一个向他复仇的人出现了，那就是矮人阿尔贝里希。遭遇勇士的矮人装备了附着魔法的精良武器，他将暗影帽戴在头盔上时就会隐身，摘下时又会现形。经过漫长的战斗，齐格飞打倒了阿尔贝里希，矮人缴械投降。

现在，矮人的生死掌握在齐格飞手中，但齐格飞并不能下手杀死一个手无寸铁的敌人。阿尔贝里希被齐格飞这番大度所感动，他发誓要忠于齐格飞，并保证永不背弃这项誓言。在这之后，没有人再质疑英雄对尼伯龙根王国的统治权。全体国民都将齐格飞尊为国王，空心山里的全部宝藏归他所有，而阿尔贝里希的暗影帽也成为齐格飞战胜矮人得到的胜利品。

齐格飞将整座王国管理得井井有条，他任命贤能之人成为各省总督，同时还挑选出十二名高贵的武士成为他信赖的同袍。齐格飞经常从空心山中的财宝中取出金银戒指和项链赏赐部下，所以他的麾下勇士都像国王一样装扮华丽。

后来，齐格飞和他的人马踏上回归故国的旅程，他们没再冒险而是直接来到了尼德兰。长期以来，国王和王后只能听到有关儿子捕风捉影的流言，当他们看到儿子时，不禁欣喜万分。齐格飞在家休息多日，消除了身体的疲惫，他还经常像小时候那样坐在母亲脚边告诉母后自己心中的追求，一说就是好几个小时。王后非常高兴儿子会信任自己，但当她每次看到儿子全身穿好铠甲的英姿时，她也会感到激动与自豪。

虽然齐格飞再次回到故乡后过上了安逸而快乐的生活，但他不甘寂寞，希望能再次投身激烈的战场，在生死较量中维持他强健的体魄。齐格飞告诉父王，他希望前往莱茵兰的沃姆斯试试自己的运气，挑战强大的勃艮第武士。

国王听到这话，脸上愁云密布。"我的儿子，"他说，"不要去勃艮第，因为那里住着世界上最勇敢的战士。截至目前，还没有一个英雄能经受住他们的考验。那里不仅有阴险狡诈的武士哈根、来自梅茨的力士奥尔特文，还有国王巩特尔①和他的兄弟盖尔诺特。这四人一起联手保护美丽的少女克琳希德②，已经有许多勇敢的人追求过她，但都丢掉了性命。"

"哈哈！真是精彩的故事！"勇敢的齐格飞喊道，"这些勇士都将屈服于我，向我献上他们的王国，要是我喜欢克琳希德，那他们也得送上这位美丽的少女。我有十二位尼伯龙根勇士助阵，决不会惧怕任何战斗。"

国王的规劝与王后的恳请都一样徒劳，他们不得不同意儿子开始这场冒险。

---

① 历史上巩特尔原名为冈达尔（Gundahar），曾在5世纪早期带领族人穿越莱茵河，进入罗马高卢省。他虽一度成为罗马盟友，后在436年攻击罗马人的行省后，最终被罗马人与匈人雇佣军联手击败，也因此而死。
② 勃艮第公主，尼德兰与尼伯龙根人王后，齐格飞妻子，巩特尔和盖尔诺特的妹妹，吉塞尔赫的姐姐，在齐格飞死后嫁给匈人王埃策尔，杀死仇人哈根后死于希尔德布兰德剑下。在其他传说中，克琳希德被记作"古德伦"（Gudrun），此处应与黑格林传说的古德伦（Kudrun）区别，其原型据信来自弗蕾德贡德（Fredegund）和奥斯特拉西亚的布伦希尔达（Brunhilda of Austrasia）。

第二章
齐格飞在勃艮第的冒险

迷人的少女克琳希德是勃艮第国王唐克拉特和王后乌特的女儿。唐克拉特王早已过世，但他的儿子——巩特尔、盖尔诺特和绰号"神童"的小吉塞尔赫都很爱惜他们的姐妹，把她当成是王冠上最璀璨的明珠。三位国王被无所畏惧的勇士拥戴着，他们当中的第一位便是来自特罗尼耶的冷酷武士哈根。尽管此人面貌丑陋，且只有一只眼睛，可他的大名却在日耳曼和拉丁国家里都广为人知，受人敬畏。除此之外，他还是国王的叔叔，这也是他享受辈誉的另一个原因。哈根的战友亦不是泛泛之辈：内庭总督唐克沃特、来自梅兹的奥尔特文、盖莱侯爵、艾克沃特侯爵、御厨长罗默特、忠实守信的阿尔察人乐师沃尔克、掌酒官辛多尔特、管家胡诺特，还有无数其他勇士，此处不多赘述，他们都效忠于国王，誓死捍卫王国的领土与权益。

克琳希德小时候性格孤僻。她喜欢独自在庭院的树荫下漫步，并厌恶一切与战争相关的景象与声音。她的兄弟曾带她外出狩猎，但当她见到一只獐鹿死在她的坐骑脚边时，便悲伤得不能自已，再也不愿出门打猎了。

齐格飞与克琳希德

　　一天早晨，王后看见她的女儿十分悲伤地坐在房间里，便问她发生了什么。

　　克琳希德答道："我梦见自己养了一只猎鹰，它是那么漂亮、那么高贵，我很是喜欢它。但有一次我让它飞上悬崖时，突然冲出来两只鹰，当着我的面杀死了它。"

　　"我的孩子，"王后严肃地说，"猎鹰象征着某一位高尚的勇士，你要全心全意去爱他。而那两只鹰则指的是两个虚伪的小人，他们会用各种阴谋诡计把你的勇士引向死亡。愿主赐予你智慧，让他们的奸计落空，我的孩子！"

　　"母后！"克琳希德呜咽着，"不要跟我说男人的事，我害怕跟他们在一起。要是世界上没有男人，就不会再有什么战争，也不需要有人流血了。"

"谁知道呢？"王后笑着答道，"比起男人和他们的刀剑，女人常常只需三言两语就能让人流更多的血，留下更深的伤口。无论如何，你终有一天会爱上你的英雄，成为他的妻子和崇拜者。"

"决不！"姑娘惊恐地叫道，"妈妈，这比我的梦更让我害怕。"

乌特王后于是带着克琳希德去庭园里散心。没过多久，她们便听见了院子里传来马蹄和号角的声音。王后赶忙去确认情况，不久就走了回来，告诉女儿来了一群穿着闪耀盔甲、骑着漂亮马儿的陌生勇士。她让女儿和她一起去接待那些客人，但克琳希德拒绝了，王后只得独自返回宫殿。与此同时，巩特尔和他的兄弟也听说了这些陌生人的到来，他们不知道这些人是谁，便叫来了哈根。哈根一眼就认出了齐格飞，于是建议他的侄子用最高规格来款待这位英雄和他的人马，并与他缔结同盟。

巩特尔决定听从哈根的忠告，但齐格飞说他要看看勃艮第的勇士是否如传闻中一样骁勇善战。他拿出尼伯龙根的领土和财宝作为赌注，并声称如果勃艮第觊觎他的王国，他的人马可以对抗两倍甚至三倍的敌人。勇敢的奥尔特文和其他勃艮第英雄说，他们虽然一般不会随意同陌生的武士交手，但若能得到上好的铠甲与战马，也并非不可一战。

国王盖尔诺特走上前说："齐格飞阁下，我们绝不觊觎你的财富或是鲜血。只要你愿意，我们希望你成为我们尊贵的客人，和我们结为盟友。"国王说完向尼伯龙根的英雄伸手，而齐格飞也握住了他的手，回答道："诸神为证，我愿意成为你们的忠友与同盟。你们若到访我的领土，我必把你们作为战友来欢迎。"

尼伯龙根的勇士跟着他们的主人走进宴会厅，与等在那里的人们一起举杯庆祝联盟的建立。诚然，齐格飞很享受在这片遍布玫瑰地与葡萄园的王国里打猎比武，但很快他就有了新的渴望：他想见到美丽的克琳希德。齐格飞在勃艮第总是听人说克琳希德天真可爱、温柔矜持，而他喜欢的女孩正是这种类型，所以他日思夜想、茶饭不思。

克琳希德也听说了齐格飞的事。但她只见过英雄一次，当时齐格飞正在宫殿楼下的空地上比武，克琳希德出于好奇从高处的窗户往外偷看了一眼。在她看来，齐格飞就像许多祖辈传说里的白昼之神巴德尔①一样英俊、英勇。就在这时，齐格飞抬起头来，而她立刻后退一步，唯恐被他看见，虽然实际上齐格飞并没有瞧见她。不知不觉中，克琳希德开始希望齐格飞能留在沃姆斯，但她不知道为什么自己会变得这样痴心，而她以前从来不在乎谁来谁走。

丹麦人和撒克逊人的大使来到了沃姆斯。国王吕特伽斯特和吕特格尔声称，如果勃艮第不像古时候那样向他们进贡，他们便向勃艮第宣战。

勃艮第王拒绝进贡，并召集了自己的军队，齐格飞遵守约定，带着自己的士兵加入了巩特尔王的队伍。敌方的士兵有足足四万人，勃艮第方的人数却远少于此。两方阵营皆有许多勇士，而齐格飞从中脱颖而出：他重创了吕特伽斯特王，将之生擒，并交给部下们看管，然后再次冲上前线。战斗持续了几个小时。英勇的哈根一直在最前线奋战，沃尔克、辛多尔特和胡诺特如影随形地守在他身边。齐格飞与他们并肩作战，视线则死死盯着撒克逊王。终于，他杀到吕特格尔面前，高高举起自己的剑，对方惊呼道："唉，尼德兰的齐格飞，魔鬼把我交到了你手里。我愿意投降做你的俘虏。"

战斗结束了，胜利者满载着战利品和荣耀，踏上了返回莱茵河的

---

① 巴德尔（Baldur），是北欧神话中的光明之神，也是春天与喜悦之神，被视为光的拟人化。他有一头金发且皮肤暂白，与黑暗之神霍德尔（Hoder）是孪生兄弟。

旅途。在沃姆斯,他们受到了热烈的欢迎,齐格飞的名字传遍了大街小巷。巩特尔王准备了一场庆功宴,宴会在几个星期后举行,这样,受伤的战士身体恢复后也能来参加。吕特格尔和吕特伽斯特愿意为恢复自由支付一大笔赎金。

在勃艮第人争论应该索要多少钱时,齐格飞发话了:"国王的脑袋没法靠花钱买来,也不能用金银宝石赎换,他们只有践行善举才能保住自己的性命。如果两位国王立誓会在战时帮助勃艮第,就放他们回去吧。"

齐格飞与克琳希德一同散步

庆功的日子终究还是结束了,客人一个个离开,尼伯龙根的英雄也要走了。但巩特尔听从了奥尔特文的建议,恳求齐格飞再多待一会儿,因为王宫中的女人们,尤其是他的妹妹克琳希德,希望向他表达感激之情。齐格飞面露喜色,他回答说,如果真是这样,他会留下。

国王走到女眷们面前,请她们向他强大的盟友表达感激时,内心深处却有点害怕妹妹会拒绝。但实际上,克琳希德虽然涨红了脸,终究还是遵照了兄长的意愿。

按照安排,克琳希德伴在乌特夫人身边走进大厅。当她走进大门时,她的目光与齐格飞相遇了。克琳希德像往常一样,彬彬有礼地对他说了几句话,齐格飞的心便被一种前所未有的感觉搅得怦怦直跳。

人群中只有乌特王后注意到他们之间的眼神,王后乐意撮合两人,因为她真心爱着克琳希德,也非常欣赏齐格飞。于是她用美酒引开其他勇士的注意力,安排齐格飞在宴会上坐到她女儿旁边,而后又让他陪她们一起在花园散步。

第三章
栖龙岩[1]

晚宴结束，齐格飞与克琳希德分别，可他回到住处后依旧感觉欣喜若狂，飘飘欲仙。第二天一大早，他骑马到树林里去打猎，但是齐格飞满脑都是克琳希德，所以他心不在焉地错过了游猎，最后空手而归。下午齐格飞回到沃姆斯时，发现城镇和宫殿里都乱作一团，各个地方的武士和居民都挤在一起又叫又喊。乌特王后也泪如雨下，扭绞着双手。齐格飞仅能听到周围人议论时的只言片语，但没人回答他的问题。最后他走进大厅，找到了哈根，问他为什么会发生这股骚乱，是不是发生了什么可怕的事情。

"是的，"哈根回答说，"情况简直不能更遭了。但就像古时候人们说的那样：'诺恩三女神定下的命运一定都是最好的。'事情会有转机的。听我说，齐格飞，今早我们在比武场里练武，突然听到空中传来一阵急促的响声，连太阳也黯然无光，就仿佛是巨狼斯科尔[2]正吞下太

---

[1] 栖龙岩（Drachenstein），字面意思为"龙石"。
[2] 斯科尔（Skiöll），北欧神话中追逐太阳的狼，它的兄弟哈提（Hati）追逐月亮，当两匹狼同时吃下太阳和月亮后就意味着"诸神之黄昏"到来，一般认为两匹狼的父亲就是芬里斯巨狼。

阳一般。后来我们看清了怪物的模样，它其实是一头飞行的巨龙。但这头龙身形巨大，翅膀遮云蔽日，就是在海拉[①]的王国里也找不到同样大的魔物。巨龙掠过我们的头顶时，我们向它投掷了长矛，但投出的长矛都像芦苇一样从它的角质皮肤上弹了下来。接着，我们听到一声惊叫，发现怪物来到花园，抓走了座位上的的克琳希德，又带着她迅速飞到空中，然后我们就再也没看见他们了。"

"而你们没有一个人上去追赶！"尼伯龙根的英雄大吼道，"真是一群懦夫！"

"你疯了吗？"哈根不为所动地反问道，"难道你是一只鸟，可以穿过风、飞过云？"

"我会找出那头怪物，"齐格飞平静地说道，"哪怕我必须走遍整个世界，穿过海拉的冥界，也要找到被龙掠走的少女，否则我将自我了结。"

齐格飞急忙骑上马赶路，他走过不知通往何处的无名小路，在一位船夫的帮助下渡过了莱茵河，然后在光秃秃的山上游荡，但没有发现龙栖息的踪迹。最后，他来到了一片阴暗且无路的松树林，林中的树枝低垂，他不得不下马，牵着马的缰绳步行。夜幕降临，筋疲力尽的齐格飞倒在树下，任由他的马随意吃草。

午夜时分，齐格飞听到马蹄声，他抬起头来，看见一道微弱的红光正向他靠近。骑马的人是一位小矮人，他头上戴着一顶金色的王冠，冠顶是用闪亮的红宝石做成的。英雄请小矮人为他指出走出森林的路，小矮人回答他很高兴能与英雄相遇，因为没有人比他更了解森林。矮人还说他就是矮人王欧格尔，他和兄弟以及数千同族一起艰苦地居住

[①] 海拉（Hel, Helle, Hella）是北欧神话中的死亡女神，冥界赫尔海姆的女王。

在山脉里。

"至于你，"矮人继续说，"我知道你就是尼德兰的齐格飞，当我戴着可以隐身的暗影帽环游世界时经常看到你。没有我的帮助，你不仅绝无可能离开野树林，还定会发现自己葬身在栖龙岩，因为可怕的巨人库佩兰和一条巨龙就住在那里。"

一听这话，齐格飞就高兴地大喊，他答应小矮人，如果能把他带到栖龙岩，就会给矮人丰厚的奖赏，甚至将秘藏的尼伯龙根藏宝全部赏给矮人。但这位欧格尔拒绝这样做，因他担心英雄的性命安危。可当齐格飞威胁杀死他，同时抓住矮人的腰，把他摇到王冠掉下后，矮人不得不答应顺从英雄。欧格尔重新戴上王冠，骑马在前，领着英雄穿过黑暗的森林。天亮时分，他们到达了目的地。

"去敲那扇门，"小国王说道，"库佩兰就住在那里。如果你足够英武善战，可以杀死巨人的话，我和我的臣民就向你效忠，因为现在我们完全受制于那头怪物。"说完，他戴上暗影帽，消失不见了。

齐格飞敲了敲门，他一开始敲得很轻，后来声音越敲越大，同时他向库佩兰大喊，要巨人把栖龙岩的钥匙交给他。突然门开了，巨人非常生气地冲了出来，用雷鸣般的声音问齐格飞为什么要来惊扰他的好梦。巨人一边说着，一边用手里的长棍朝战士打去，这杆长棍比任何树都要高，而巨人的每一击都像城堡的钟声一样轰鸣。齐格飞跳到一边，避开了棍击，随后开始了与对手的搏斗。巨人使劲地挥舞着他的长棍，他精湛的棍法把周围的树木和岩石都尽数打落，可他始终没法触及身手敏捷的对手。最后，巨人双手握着武器，用骇人的力量把棍子朝地上挥去，这股怪力直接把地表劈开了三英寻[①]深的裂口。当巨

[①] 英寻，量词。英制计算水深的单位。1英寻等于1.828公尺。

人弯下腰拔出棍子时，英雄跳到他身前，在敌人身上留下了三道深深的伤口。巨人痛苦地号叫着，他逃回了自己的住所，猛地关上了身后的房门。

齐格飞敲击铁门，可大门纹丝未动。他用手里的宝剑在门上破开了一些洞口和裂隙。齐格飞往房间里偷窥，看到巨人正给自己包扎伤口，然后还披上了一套铠甲，那身铠甲闪闪发亮。又过了一分钟，库佩兰就再次出门鏖战。最终，经过一场漫长的激斗，齐格飞击败了对手。巨人恳请英雄能饶他一命，他发誓愿意成为英雄真诚的战友与帮手，帮助他与龙搏斗，并称没有他的帮助，英雄是没法战胜恶龙的。就此齐格飞向库佩兰友善地施以援手，他包扎好巨人的伤口，并承诺自己也有意成为库佩兰的忠实战友。但在齐格飞先进入洞穴时，虚伪的巨人便朝齐格飞的头盔狠狠一击，把英雄打得昏倒在地。隐身的欧格尔一直在关注事态的发展，英雄倒下的同时他也走过来，把自己的暗影帽扔到了英雄身上。怪物以为齐格飞用了魔法消失后，正打算去洞穴外搜寻对手。而这时苏醒的齐格飞跳起身来，扯下自己的暗影帽，一剑便砍倒了巨人。英雄再次原谅了叛徒，但他强迫巨人必须继续帮他对付恶龙。

之后，狡诈的库佩兰又想在栖龙岩的入口谋害英雄，但没能得逞。齐格飞并没有选择惩办叛徒，毕竟他还需要借助巨人的力量来救出克琳希德。随后，巨人拿出钥匙打开门，领着英雄穿过许多通道，来到一处笼罩着柔和暮光的拱形房间。齐格飞环顾四周，看到了他寻找的少女，克琳希德虽然看起来苍白而疲弱，但依旧美丽动人。齐格飞呼唤少女的名字，又急忙走向她，甚至大着胆子把对方抱在怀里。齐格飞感觉到克琳希德回了他一个吻，明白少女也喜欢自己时，齐格飞觉得自己浑身充满了力量，他可以为了自己甜美的爱人和所有地狱的恶兽搏斗。克琳希德却伤心地哭了起来，恳求齐格飞在龙回来之前逃走，但齐格飞不愿逃跑，他亟欲与怪兽正面一战，并希望将恶龙切成碎片后，光明正大地救下公主。

此时巨人告诉齐格飞和克琳希德二人，栖龙岩里藏着一把可以穿透龙鳞的剑。于是，武士在库佩兰和克琳希德的陪同下，出发去取剑。在险峭的断崖下方，齐格飞看到了插在岩床上的剑柄。就在他弯腰拔剑的同时，巨人抓住了他，拼命想把齐格飞扔出去。又一场恶战开始了，巨人在战斗中弄掉了自己伤口上的绷带，血流不止，气力不支的他最终反而被齐格飞扔进了悬崖深处。英雄得胜后听到一阵欢呼的大笑，他回头一看正是欧格尔。

齐格飞与矮人王欧格尔

齐格飞与巨龙缠斗
《屠龙者齐格飞的英雄生活和功绩》
(*The Heroic Life and Exploits of Siegfried the Dragon-Slayer*,1848)

矮人王衷心地感谢齐格飞成功将矮人们从这个残忍的监工手中解救出来，在他的命令下，一群矮人出现了，他们拿着食物和酒，帮助这位勇敢的战士在奋战之后休养精神。矮人的犒赏来得正是时候，齐格飞已经两天没尝过一口食物了。加上克琳希德又为齐格飞摆盘递酒，这更让英雄感觉这是自己吃过最美味的一餐。

突然，空中传来一阵急促的声响和一道愤怒的龙鸣，如此可怕的声音让所有矮人都躲进了他们能找到的石缝里。英雄与少女也从一时的安逸中惊醒。克琳希德请求自己的爱人躲起来，可是齐格飞从未害怕过，他拒绝逃跑。怪物的口中吐着烈焰，像一团降下风暴的乌云逼近二人。恶龙越来越近，它全身漆黑，看上去神秘莫测而又骇人无比，落地时大山都为之颤抖，连躲在石缝里的矮人们也害怕自己会被压死。克琳希德在齐格飞的要求下回到穹顶的房间里。这时，巨龙扑到英雄身上，它用爪子撕下齐格飞的盾牌，试图用巨牙咬住他。但英雄对此早有防备，他先迅速闪躲到一边，直到从恶龙大嘴冒出的烈焰冷却之后，他才再次攻击。随后他朝左右两边来回翻滚，小心地避开了龙爪。

突然，齐格飞感觉恶龙用尾巴缠住了自己，但他奋力一跃，挣脱了龙尾，奇迹般地跳了出来。因为恶龙胸前的部位并没有被鳞甲覆盖，所以齐格飞选择从正面和怪物周旋。此时，龙又一次用它卷曲的尾巴抓住了齐格飞，这一次怪物紧紧缠住了英雄，让齐格飞无机可逃。在痛苦之中，齐格飞双手握住他的宝剑巴尔蒙格，狠狠朝龙尾砍去，这一击令山石都为之震颤。齐格飞成功砍下龙尾后，在一片轰鸣声中滚到了悬崖边上。随后他像之前一样用力挥出宝剑，怪物也就此被一分为二。巨龙确实已死，可龙嘴仍然咬着英雄，于是齐格飞用尽全身最后一股力气，将龙的碎尸抛到了悬崖之下。彻底清除恶龙后，筋疲力竭的齐格飞躺倒在地，他在长时间的缠斗中被龙喷出的毒气折磨得近

矮人王祝贺齐格飞屠杀巨龙

乎窒息。英雄醒来时，发现自己躺在克琳希德的怀抱之中，同时矮人们忙着燃烧草药、喷洒药水，消除恶龙在此地留下的恶臭。

矮人们领着英雄和少女进入他们的地下王国，在那里他们为二人准备了一场盛宴。休息时，欧格尔告诉齐格飞他们，这头龙以前是一位英姿潇洒、面容俊俏的男子，但他负心地抛弃了一位女巫，并中了女巫的诅咒，除非有一位贞洁的姑娘在六年内嫁给他，否则他将永远作为一条龙活下去。

矮人允许齐格飞挑选他们的财宝带走，齐格飞从他们手里拿走了一些，放到了马背上的克琳希德身旁。两人在欧格尔陪伴下启程回到沃姆斯。众人快要走出野林时，矮人王伤心地看着齐格飞说："勇敢的武士，我必须得告诉你，你未来将度过短暂而光荣的一生。你会被自己的亲人嫉妒，可你的名望必永世相传，只要人类还存在于世，各国的诗人都会歌颂你的名字。"

随后，欧格尔向英雄告别，回到了他在森林里的家。齐格飞与克琳希德来到莱茵河岸边时，英雄拿出矮人们赠送给他的财宝，将其沉入了河水深处。

"黄金对我而言有何用处呢？"齐格飞说，"我的一生将短暂但却光荣！伟大的莱茵河，把这财宝藏在你的怀里，愿它让你的波涛染上金色，在阳光下更加闪亮！只要黄金落到人的手里，哪怕是孩子也会变得像魔鬼一样。它让刺客手里的匕首也更加锋利，去刺向那些毫无防备之人的心脏——也许就是我的心脏。但我还生活在阳光下。我不仅要为我的荣耀而高兴，还要为我与世界上最甜美的少女之间的爱情而高兴。"

随后，齐格飞回到了克琳希德身边，叫船夫带他们渡过莱茵河。他们一路赶到沃姆斯后，受到了人们热烈的欢迎。

齐格飞发现自己和巩特尔独处时，立刻抓住机会，向国王表示想向他的妹妹求婚，国王答道："我会全心全意把妹妹托付给你，但前提是你得帮我迎娶一位出身高贵而且最为英勇的女人做妻子。我指的就是布伦希尔德，那位冰岛上的傲慢女王，许多人为了向她求婚都丢掉了性命。"

"我很了解她，"齐格飞回答，"我看过女王战斗时的英姿。她确实英勇善战，但我并不担心无法制服她。你得提前为出发做足准备，这样我们可以在夏末前回来。"

乌特王后和她的女儿担心这次冒险的结果，但齐格飞告诉她们要鼓起勇气，他承诺会对巩特尔生死相随，即便是冰岛的傲慢女王也不会比栖龙岩的恶龙更难对付。巩特尔王提议带上一千名士兵一同前往，但齐格飞劝住了他。最终他们启程时，冒险者只有巩特尔、阴冷的哈根、唐克沃特和齐格飞自己。

第四章
巩特尔追求布伦希尔德

经过顺利的航程，冒险者抵达了伊森斯坦茵，随后骑马来到了王宫。侍者急忙迎接来访的四人，取走了他们的铠甲与战马。哈根最开始并不情愿，但齐格飞告诉他这是伊森斯坦茵的法规和习俗后，哈根还是妥协了。

武士走进大厅，而布伦希尔德穿着她的皇袍等候来客们。她彬彬有礼地问候客人们，并说自己很高兴能与尼伯龙根的英雄再次相会，因为有人和她说过齐格飞的英勇事迹与赫赫战功，她对此十分敬佩，接着问齐格飞是否也是来竞技场挑战她的。齐格飞随后告诉女王，他只是作为主君巩特尔陛下的战友前来的，而巩特尔国王想来此试试运气，他也完全配得上胜利的厚赏。

"这对我来说是一件新鲜事，"女王说，"我一直以为你独立行事，从不效忠别人。"

随后女王转身朝向巩特尔国王，她告诉对方自己也听说过他的丰功伟绩，并问他带来的武士都是哪些人。巩特尔非常感谢女王友好的接待，并告诉了她同伴们的名字和官职。布伦希尔德笑了起来，问他是否打算在三位战友的帮助下战斗。

"不,我将独自战斗,"巩特尔回答,"我将独自一人争夺胜利的大奖。"

"很好,"女王说道,"竞技场已经可以入场了,你们做好全力战斗的准备吧。"

武士们被领到城堡的庭院,那里有一块开阔且封闭的场地用于战斗,女王的侍从们全副武装,围站在竞技场四周,其中一人高声喊道:"如果有高贵的武士敢冒险来和女王进行三场比试,并且能取胜,那女王和她的王国就归胜者所有;但要是被女王击败,输家的性命和财富都要归于女王。"

四位马夫一同将一块巨石拖入竞技场中,这块巨石像磨石一样又大又沉,而决斗者们要通过"安放"[1]这块巨石来比拼力量。另外又有三人将女王习惯投掷的大刀拿到了场上。

"要是有女人能摆弄这么可怕的武器,"哈根说,"那她一定是恶魔的妻子,没有男人能胜过她!"

"要是我们还能使用自己的武器,"唐克沃特喊道,"那国王和我们就都不用丢掉性命了。"

"请大胆放心地战斗,巩特尔陛下,"齐格飞说,"我会从船上带来我的暗影帽,这样我帮助你时就不会被任何人发现。"

齐格飞匆匆离开,此时周围站着宫女的女王走进庭院,她全身着甲,吸引了所有人的目光。

"高贵的女王陛下,您这样做合乎武德吗?"哈根说,"您和部下都全副武装,而我们还手无寸铁?"

---

[1] 此处或许应为"投掷",原作者注。

"把武士们的武具都拿给他们。"布伦希尔德命令道。然后她转向哈根,继续说:"但即便如此,你们也会在此死去。如果我击败了巩特尔王,那你们就得像过去所有竞技场的输家一样,被那边的刽子手砍下脑袋。"

英雄们朝她指的方向望去,看到一名身穿红衣的男人站在竞技场的护栏外,他手里拿着一把锋利的斧头。

首先比拼力量的对决开始了。

布伦希尔德走到石头前,双手将巨石举起,扔到了六英寻外。随后她像一只鸟儿般轻盈地向前一跃,落地时脚尖刚好触及石头。这一壮举得到了热烈的掌声和喝彩,随后赛场又陷入一片死寂。巩特尔迈步向前,他在隐身的齐格飞的助力下举起巨石,用一只手试了试石头的重量,接着便扔到了比女王远一英寻的位置。齐格飞不仅用他强健的手帮国王扔得更远,还在随后的跳远中助推国王一把,让他跳到了比石头更远的位置。

在第一场比拼力量的较量中,巩特尔无可争议地成了胜者。

两眼凶光的布伦希尔德随后起身,她抓住锋利的钢制矛尖,举起了一根重矛。

"现在当心你自己吧,傲慢的国王。"女王喊道,她用力投出长矛,冲破了国王的盾牌。若不是齐格飞把长矛射来的方向从盾中央转向了盾牌边缘,巩特尔或许就此倒下。随后齐格飞将长矛从破盾上扯下来,并将矛钝的一端朝向女王,引导巩特尔的双手将矛朝女王投去。布伦希尔德立刻被长矛射中,她倒地时身上的锁子甲被震得哐当作响。

决斗就此结束,巩特尔王赢得了胜利。布伦希尔德起身,她平静地站在人们面前,接受了自己的命运。但倘若有人能读懂女王的心思,就会发现她心中充满了羞愧、愤怒,还有对复仇的疯狂渴望。冰岛的

齐格飞战胜布伦希尔德

贵族们皆被传唤，要在三天之内来到伊森斯坦茵向巩特尔宣誓效忠。布伦希尔德恳求勃艮第武士们在这段时间里继续留下来做客，当她问尼伯龙根英雄在哪，以及他何时离开时，勃艮第人回答他一直忙着整备船只和管理水手。布伦希尔德称齐格飞是不忠的臣子，因为他在主君参加如此危险的比赛时，没有陪在身旁。

一场盛大的宴会在大厅里举办，许多贵族夫人都出席，但女王依然留在自己的房间里。巩特尔的心情非常复杂，他很羞愧自己没能单枪匹马地赢得胜利，但他也为自己达成目标而感到高兴。哈根喝下了许多杯酒，但一脸严肃的他依然用阴冷的表情环视周围大笑的武士。

当莱茵英雄们被带到他们共住的房间时,哈根建议大家确保自己的武器在手,因为他担心女王正策划一场阴谋来对付他们。勇敢的齐格飞则回答说他将立即出发前往尼伯龙根人的土地,带上一支精干忠诚的军队回到冰岛。他趁天黑没人注意时悄悄来到船上,起航前往自己的王国。抵达尼伯龙根王国后,他径直走到看守财宝的阿尔贝里希面前,要他召集一千名装备精良的战士和他一起前往冰岛。齐格飞的命令迅速被执行,随后他和这群士兵出发前去和伙伴们会和。第三天早晨,齐格飞在宫殿前登陆,这令勃艮第人都大喜过望。另一方面女王却十分担心,她不知道这么一大支军队到这儿来是做什么。但巩特尔王安慰她说,齐格飞带来自己的一帮尼伯龙根人是向身为勃艮第国王的他致敬。

在接下来几天里,治理冰岛的事宜都被安排得妥妥当当,而布伦希尔德也终于同她的子民和被任命为总督的兄弟告别。在场的所有人几乎都哭了,女王自己也并不开心,因为她知道自己再也不能见到故乡了。但巩特尔不想让她浪费时间,他急着回到沃姆斯庆祝自己的婚事。

他们回到勃艮第后,得到了民众热烈的欢迎。乌特王后像对自己女儿一样迎接布伦希尔德,克琳希德也亲吻了冰岛女王,承诺愿意做她的好姐妹。于是两位少女并排而站,一位庄严美丽,如同星光之夜神秘莫测;另一位甜美温柔,好似五月晨曦楚楚动人。众人看着她们,说不清谁更漂亮,但齐格飞心中早有定论。来到城堡之前,他一直陪伴在克琳希德身边。

那天晚上,巩特尔问齐格飞和克琳希德的想法是否还和之前一样,发现两人的感情未有改变后,他宣布准备在第二天同时举办两场婚礼。

那晚布伦希尔德坐在巩特尔身旁,她脸色苍白得如同大理石一般,而克琳希德微笑着坐在母亲与爱人之间，低声细语。

"勃艮第之王，"布伦希尔德终于忍不住说道，"我不明白你为什么把你的妹妹嫁给一个封臣。她应该嫁给一位国王做妻子。"

"别这么说，"巩特尔回答说，"齐格飞身为国王，与我平起平坐，他不仅统治尼伯龙根人，而且他还能在他父亲齐格蒙德死后继承整片尼德兰的土地。"

"这真是蹊跷，"女王说，"齐格飞自己告诉我他是你的臣下。"

"下次我会找机会向你把一切都解释清楚，"巩特尔回答，"现在我们就别议论此事了。"

两桩婚礼第二天同时举行，仪式结束后，老王后向儿媳展示了自己全部的财产并把王权都转交给了布伦希尔德。

"唉，乌特母后，"年轻的儿媳说道，"勃艮第人财力富足而且实力雄厚，但却缺乏智慧，行动无力，要不然他们就能成功阻止巩特尔王来冰岛迎娶我了。"布伦希尔德没等乌特王后回话，就转身离开了房间。

宴会结束后，暮色降临，所有的宾客们都到床上入睡了。巩特尔和王后也前往他们的卧房，当巩特尔王想尾随王后入房时，布伦希尔德挡住了路，说："这不是给你住的地方，你可以在宫里另找一处更合适的房间。我要是允许你进来和我同寝，那我就会失去自己强大的力量。"

最初巩特尔恳请王后允许他进房，之后他开始威胁，最终用蛮力强迫。两人扭打起来，但布伦希尔德很快制服了国王，把他手脚捆住，丢到门外躺着。那一夜，巩特尔并没有怎么睡着。

第二天早晨，在惊动整个王室家族之前，傲慢的王后替丈夫松了绑，她希望巩特尔老实安静，今后尊重她的想法。巩特尔伤心了一整天，只要看到妻子就会胆战心惊，之后他经常离开宴会，独自在花园里散步。齐格飞在那儿遇见了国王，问他遇到了什么麻烦，听完这桩奇事后，齐格飞喊道："放宽心，亲爱的战友。我们之前已经击败过这个傲慢的女人，我想我们还会再次战胜她的。今晚你把王后带到她房间时，我会藏身在自己的暗影帽下，跟你进房。你吹灭蜡烛，再让我顶替你的位置，这样我就能和布伦希尔德较劲了。"

"唉，我的好战友，"巩特尔说，"可我担心你的性命难保。我们真是办了件坏事，竟把她从冰岛带到了阳光明媚的莱茵河畔。就像哈根说的那样，这女人肯定是恶魔的盟友，她从那群魔鬼手里获得了可怕的力量。"

"好吧，"齐格飞说道，"如果她的灵魂中真的寄宿着一只恶魔，那确实是很难击败的强敌，但我还是会有办法战胜她的，今晚我将戴上暗影帽和你一起去房间。"

国王们又回到了宴会上，齐格飞看上去一如既往的高兴，而巩特尔则心神不宁，愁眉苦脸。午夜时分，巩特尔带着布伦希尔德到她的房间，吹灭了蜡烛，齐格飞立刻顶替了他的位置，与王后摔跤。布伦希尔德把齐格飞推到墙和一个碗橱之间，试图用自己的腰带把他绑起来。她用力捏着齐格飞的双手，直到血水从他的指甲下涌出。从没有人见过会有少女和一个男人进行一场这么激烈的摔跤赛。齐格飞使出他全部的英雄之力，把王后逼退到房间的另一处角落里。布伦希尔德在这股蛮力之下呻吟颤抖，她恳请"巩特尔"不要杀了她，她会做一名听话的妻子。齐格飞一听这话便悄悄溜走，留下巩特尔和王后独处。

婚礼的庆祝又持续了八天，随后宾客们向主人告别，带着许多贵重的礼物回家了。齐格飞和他的妻子也准备启程离开。英雄拒绝带任何嫁妆回家，他觉得拥有尼伯龙根宝藏后，生活已足够富足了。

两人来到尼德兰时正是明媚灿烂的一天，国王齐格蒙德和王后齐格琳德非常高兴地迎接了儿子与儿媳，一批民众也被召集觐见。老国王和老王后在王座上发表了简单的演说后，便将各自的王冠戴在齐格飞与克琳希德头上，人们大声喊道："我们年轻的国王和王后万岁！愿他们在位时能像先王们一样长久幸福！"

人们的愿望似乎要实现了，多年过去，王室一切都很顺利。抱得孙子的王后齐格琳德非常高兴。孩子取名为巩特尔，以此来纪念他远在莱茵的王叔。巩特尔王几乎同时膝下添得一子，他将婴儿唤作齐格飞。此后不久，老王后就病死了，虽然尼德兰王室的幸福生活就此打乱，但王国内外的局势依旧和谐安宁。

第五章
勃艮第人的背叛与齐格飞之死

大约八年后,来自勃艮第的使者赶来邀请齐格飞与克琳希德参加一场盛大的宴会。夫妻二人接受了邀请,齐格蒙德也决定陪他们一同前往沃姆斯。

有一天,布伦希尔德对丈夫说:"巩特尔王,为什么你的妹夫齐格飞从来不像其他属臣那样来我们的官廷?我很想看看他和你的妹妹克琳希德。请你下令让他们到官廷来吧。"

"我以前告诉过你,"巩特尔有点恼火地回答说,"我的妹夫是和我一样强大的国王,他统治着尼伯龙根和尼德兰人。"

"真是蹊跷!"王后回答,"你不能否认,他在冰岛时自称是你的下属。"

"哦!他这么说只是为了帮我求婚。"巩特尔说道,他感觉心里很不舒服。

"你这么说只是为了让你妹妹显得身份更高罢了,"她答道,"但无论怎样,我都很想在我们的王官里见到他们俩。"

"好吧,"巩特尔和善地回答道,"我将派使者邀请他们来参加仲夏时的盛宴①，他们不会拒绝赴宴的。"

巩特尔离身，像他说的那样向齐格飞派出使者。布伦希尔德独自一人留在原地，陷入了沉思。

"他就这么走了，"布伦希尔德喃喃道，"我曾是最英勇的少女，觉得自己可以像古时候的女武神一样勇敢地踏入战场，可击败我的男人为什么却只像一株纤弱的苇草，一阵风都能将他吹得东倒西歪！齐格飞真是比他强太多了！他是一个能将世界踩在脚下的英雄，但却只是一名封臣！无可否认，没人敢抬眼直视冰岛女王。要是齐格飞也这么做，我一定要羞辱他，而且每时每刻都要就此鄙视他。"

齐格飞和他的伙伴们在指定的时间来到了沃姆斯。宴席、比武和乐师们的吟诗，这些娱乐的活动一直没有断过。老齐格蒙德也重新焕发了精神，高兴地与乌特夫人叙旧，因他在孩提之时就认识了乌特。两位年轻的皇后也总是待在一起，她们会一起来到教堂，参加宴席或是在观廊里俯瞰角斗场的表演。唯有打猎时，克琳希德没有陪伴自己的嫂嫂尽兴。

一天，两人坐在观廊里观看武士们展现武艺时，克琳希德很高兴地说："我的丈夫齐格飞功勋卓著，从世间所有武士中脱颖而出，他难道不像苍茫星夜中的月亮一样闪耀吗？他简直是一位英雄之王。"

"他确实配得上你的称赞，"布伦希尔德答道，"可他还是要逊于我的丈夫。"

"说实话，"克琳希德答道，"我哥哥是个勇敢的战士，但他在武艺上比不上我丈夫。"

---

① 仲夏盛宴源于北欧的仲夏节，是北欧国家的传统节日。每年6月24日后举行。北欧改信天主教后，附会为纪念基督教施洗者约翰的生日。

"为什么,"布伦希尔德说,"难道巩特尔不是在伊森斯坦茵赢得了我,而齐格飞还留在船里吗?"

"难道你想污蔑战胜恶龙的尼伯龙根英雄是一名懦夫吗?"年轻的少妇气愤地叫道。

"他不能跟勃艮第之王处在同样高的地位上,"布伦希尔德回答说,"因为他并不是一位独立的国王,而是效忠我丈夫的属臣。"

"你撒谎,傲慢的女人!"克琳希德叫道,她因为生气而涨红了脸,"你这谎撒得真是太傲慢无礼了。我哥哥永远不会让我嫁给一个并非自由身的男人,齐格飞没有从属任何人,而尼伯龙根和尼德兰的疆域也从不是隶属其他人的封地。尼伯龙根王国是由齐格飞亲手征服的,而尼德兰王国则是他从先王那里继承的。身为他皇后的我,可以和你一样昂首挺胸。"

"那你试试看,唠叨的女人!我将永远在你前面走进教堂。"布伦希尔德说完这些话就离开了观廊。克琳希德既伤心又愤怒,这也是她第一次感觉心中的悲痛无法释怀。她回到自己的房间,穿戴上尼伯龙根财宝里最昂贵的衣服和首饰,领着她的宫女和侍者走向大教堂,布伦希尔德则已经先带着自己的一班随从来到了教堂。克琳希德本想默默地从那个傲慢的女人身边走过,但后者却叫道:"你的丈夫是我丈夫的臣下,所以在这儿等着,让你的王后先走。"

"你最好还是安分守己,"克琳希德说,"你不过是一个走在国王之妻前头的小妾罢了。"

"你疯了吗?"布伦希尔德问道,"你是什么意思?"

"我走出教堂后就会告诉你我的意思。"克琳希德答道,她从布伦希尔德面前经过,走进了教堂。

骄傲的王后静静地站在门口哭泣,又羞又气的她饱受煎熬,几乎等不及礼拜仪式结束。最终，教堂大门打开，克琳希德出现了。

"现在，"布伦希尔德叫道，"给我停下，好好解释你那番污蔑之词是什么意思，你这个贱奴的妻子。"

"我是贱奴之妻？"克琳希德复述着，仿佛她没有听到对方话里其他的词，"你认出我手上蛇形的金戒指了吗？"

"这是我的，"布伦希尔德说，"现在我终于知道谁是小偷了。"

"好吧，"克琳希德继续说道，"也许你还记得我腰间系的丝绸腰带，上面还镶着金搭扣和宝石。我丈夫在那晚同时从你那儿拿到了戒指和腰带，当时在房间击败你的并不是巩特尔，而是他。"

克琳希德神气扬扬地走了，宛如一位取得大捷的英雄昂首自豪。傲慢的皇后仍站在克琳希德离去的地方，羞耻地低下了头。她派人叫来自己的丈夫，当巩特尔一来，她便告诉国王自己遭受的侮辱，巩特尔答应会质询齐格飞是否知道刚刚发生的事情。他在皇家大厅前迎接妹婿，他麾下许多最勇敢的武士也都在场。巩特尔告诉齐格飞刚刚发生的意外，而尼伯龙根的英雄立刻宣布他从未言出不逊，同时也没羞辱王后，这一点千真万确。他还说，不应该把女人生气时的说辞看得太重，随后他提出会庄严宣誓来澄清自己的清白。但巩特尔打断了他的话，国王说他和齐格飞是肝胆相照的好朋友，他相信齐格飞的证词不会有假。

"那么，听着，你们这些勃艮第的男子汉们，"英雄说，"你们都看到我明显是无辜的，我并不想侮辱你们的王后。而且我确实一直认为她是一个谦虚的女人，一个好妻子。那现在，我亲爱的好战友巩特尔，请批评你的妻子，就像我也会斥责我妻子今天的行为一样，这样她们的闲言碎语就再也不会把我们搅得心神不安。"

齐格飞随后转身离开了大厅，但许多勃艮第人觉得他们的王后受了极大的委屈。

第二天，布伦希尔德准备离开勃艮第前往冰岛，国王和他的兄弟们恳求她留下来，但她一言不发，一动不动地坐着，宛如一尊石像。

"我们不能让你走，"国王叫道，"我们将不计代价地为我妹妹轻率的言论赔罪，你要得到什么才能满意？"

王后起身，环顾着围成一圈的武士们，以嘶哑而低沉的嗓音说道："血！"

勃艮第人吃了一惊，他们面面相觑，谁也不敢说话。布伦希尔德继续以相同的语调说："整条莱茵河的水都没法洗刷我名誉的污点，唯有那个人心脏里流淌的鲜血才能令我清白。"

武士们更加不安，但是哈根说："难道勇敢的勃艮第人因为年老就变得虚弱不堪了吗？难不成他们退化成了小孩子了吗？我来说明这件事，我们的女王需要齐格飞心脏里流淌的鲜血。哈！这些话似乎吓坏你们了！"

勃艮第人相互小声地讨论齐格飞的实力，说和他对战自己肯定会战败而亡，而且他在这件事上并没有罪责可言。

阴冷的哈根转身向布伦希尔德说："夫人，虽然当初巩特尔不顾我反对的谏言到冰岛迎娶了您，可现在既然您是我们的王后，那我们就应该保护您的名誉。我将满足您的愿望。"

"但是，"年轻的吉塞尔赫喊道，"以恶报善并不是勃艮第的作风，齐格飞一直与我们真诚相待，至少我是不会背叛他的。"

哈根试图说服乐师沃尔克协助他进行暗杀，因为要面对齐格飞这样善战的好男儿，他没法正大光明地去攻击。沃尔克拒绝了，但奥尔特文愿意替代沃尔克上阵，他说齐格飞将偷来的戒指和腰带给了他妻子，单就这件事而言，齐格飞就已经羞辱了勃艮第的王后，因此必须要报复他。

巩特尔激动地插了一句说："这样的谋杀会给整个勃艮第带来耻辱，我身为国王有义务阻止这场暗杀。"

"莱茵之主，"布伦希尔德叫道，"我给你三天的时间来考虑这件事。时限到后，要么我回冰岛，要么我要成功报仇。"王后说完便回到了自己的房间。

"没有武器能伤得了他，"盖莱侯爵说道，"因为他曾经沐浴过龙血，他全身上下只有一处弱点，那是他沐浴龙血时被一片椴树叶覆盖的地方。"

"如果他猜到我们密谋的事情，"辛多尔特补充说，"他会和麾下上千尼伯龙根人攻占我们的王国。"

"我会巧妙地用计谋达成此事。"阴冷的哈根说道。

巩特尔没法下定决心是帮王后复仇，还是用其他办法挽留王后。他时而想去暗杀齐格飞，时而又想去作罢此事。诸位武士离去时，一件事都没定下来。三天后，巩特尔王看到女王依然坚决，他叹了口气，同意让他的叔叔尝试暗杀计划。

差不多同一时刻，吕特伽斯特和吕特格尔的使者前来向勃艮第宣战，齐格飞立刻承诺要帮助巩特尔保卫国家。武士们的妻子都忙着为她们的丈夫准备作战时将穿上身的短上衣。某天，克琳希德也为此而忙碌时，哈根走进了她的房间。他叫克琳希德放宽心，因为英雄齐格飞已经沐浴过龙血，身体刀枪不入。

"我的挚友，"克琳希德伤心地回答，"我的齐格飞太过勇敢，他经常冲入敌人中间，在这种情况下，他唯一的弱点会很容易被人伤到。"

哈根请求克琳希德在齐格飞弱点对应位置的短衣上绣上一块小十字架作为标记，这样齐格飞就能一直用自己的盾牌保护那里。克琳希德答应哈根这样去做，并立即在衣服上用银线绣了一枚小十字架。克

齐格飞吃下龙的心脏,被龙血沐浴的盔甲令他全身刀枪不入
《屠龙者齐格飞的英雄生活和功绩》
(*The Heroic Life and Exploits of Siegfried the Dragon-Slayer*, 1848)

琳希德的担忧是多余的，因为第二天又有一位使者来了，说两位国王改变了他们开战的想法，决心继续忠于他们和勃艮第过去的盟约。此后不久，为了庆祝王国的和平得以延续，巩特尔准备举办一场盛大的游猎。而要举行游猎的那天早上，克琳希德央求她的丈夫留在家里，因为她前一天夜晚做了一场非常可怕的梦，这让她担心丈夫的生命会有危险。齐格飞朝克琳希德笑了笑，随后亲了妻子一口，说因为一场噩梦就不去打猎是愚蠢的行为。

"而且，放宽心，亲爱的妻子。能有什么东西伤害我呢？我将和忠诚的战友和伙伴们待上一整天。我也会带上宝剑巴尔蒙格和锋利的长矛，看谁能挡得住我。"他又亲了妻子一口，就急忙离去了。克琳希德跑到窗前，目送丈夫直到他从自己的视线消失。

武士们度过了一个愉快的早晨，随后他们将食物摊在草坪上，坐下来享用午饭。虽然吃得很多，但酒却不够喝了。哈根解释说他把酒送到了另一个地方，他没想到大家会在这里吃饭。但他还告诉大家不远处的椴树下有一潭清泉，并主动邀请齐格飞和他比试谁先跑到那儿。齐格飞笑着接受了挑战，还说他将带着剑和猎具负重跑步，而哈根空手便可，这样比赛可能会更加公平。两名武士跑过草地，奔向椴树。而在他们跑步时，田野里的花朵想拦下勇敢的齐格飞，树干也招摇着示意齐格飞回去，椴树里的鸟儿悲伤地唱着，它们好像在说："回头吧，高贵的英雄，叛徒在你身后。"但齐格飞并不懂花儿、树木与鸟儿的语言，他信任朋友就像信任自己一样。

"我们终于到了，"齐格飞对着气喘吁吁的哈根喊道，"这里就是清泉。看，这泉水多么闪耀！让我们在椴树的树荫下休息，等巩特尔王过来，必须让他第一个喝下泉水。"他放下了自己的宝剑和所有武器，倒在了开满花朵的草地上。

"你表情看上去真阴沉啊,"齐格飞继续对哈根说道,"明明今天阳光这么明媚,我们早上也一起玩得这么开心。啊,其他人也到这儿了。过来,巩特尔,我们在等你。你必须喝上第一口泉水。"

巩特尔弯下腰,喝着新鲜清澈的泉水,然后齐格飞跟在他身后笑着说:"我打算好好喝一口这泉水。但别担心,高贵的朋友们,我将留给你们许多水。虽然这潭泉水会有一部分流入地下,一部分随阳光而蒸腾,但却永远不会枯竭。我们人类也是如此。"

"讲得很对,"哈根说,"一个人的生死对整个人类能有多大影响呢?"

尼伯龙根的英雄弯下腰,饥渴地喝着泉水。而哈根则趁他喝水时,拿起英雄的长矛,刺向他短衣上绣有银十字架的地方。哈根使足了力气,矛尖穿透齐格飞的背,从他的胸部刺了出来。受创的英雄跳起身来,但找不到他放下的宝剑,因为哈根的同伙中有人已将剑带走了。齐格飞抓住他的盾牌,把凶手打倒在地。但他只能到此为止了。齐格飞无助地倒在花丛之中,他的鲜血将花朵染成了红色。而银白色的涓流也被浸红,天空亦在日落的余晖下一片猩红。似乎大自然也不满刚发生的恶行,气得脸都涨红了。

英雄又一次无力地抬起他那俊美的头颅,望着周围的勃艮第人说:"你们这群凶残的恶狗,我什么时候伤害过你们?我要早知道你们的背叛,就让你们全死在我脚下。一定是来自地狱的恶魔引诱你们做这样肮脏的丑事。你们没有一人敢光明正大地和我当面战斗,所以决定让哈根做这么懦弱的事情。你们这群胆小叛徒的恶名将永远为人所知。而现在,巩特尔王,虽然你是一个意志薄弱的男人,而且注定要为此事蒙羞,但请你听我这个垂死之人最后说几句。保护我的妻子,她可是你的亲妹妹,保护她不要被哈根伤害。"

这是英雄王最后的遗言。

武士们静静地围站在他的身边，他们的心中充满了悲伤和忏悔。巩特尔最后说："我们会对外称齐格飞是被强盗杀害的，这样爱戴齐格飞的尼伯龙根人不会知道真相，克琳希德也不会责怪我们了。"

"不，"哈根说，"用不着那样。我不会隐瞒自己的诡计，也不会否认是我亲手杀死了齐格飞。杀死齐格飞可以为王后洗刷耻辱，也能为国王您挽回荣誉。更何况齐格飞勇冠三军，古今勇士皆不能敌，本身就是我们的心腹大患。而他死后，便没有人能再威胁到勃艮第王国。我这样做本就是为了国家社稷，何必去关心尼伯龙根与尼德兰人的怨言抑或是他妻子的眼泪呢？我们现在先用树干做一个棺材，然后把齐格飞的遗骨带到沃姆斯去。哈！这是他的宝剑巴尔蒙格。今天是它最后一次为旧主效劳，也是第一次为他新主所用之日。"

棺材做好后，武士们启程去往沃姆斯，他们小心翼翼、鬼鬼祟祟，完全不像早上游猎时那样步伐稳健，所以直到深夜才到达。英雄虽然已死，可勃艮第的武士和侍者仍对他敬畏有加，他们没一个人敢将英雄的遗体带上楼梯。哈根骂他们是一群胆小的软蛋，他把尸体举在肩上，搬上楼梯，放在了克琳希德卧室门口。

第二天，王后早早起床，准备去圣所祈祷。她叫来一位侍从准备出发，侍从却告诉自己的女主人，说他看见一个死人躺在过道里，只是光线半明半暗，他认不出来是谁。克琳希德大声叫道："那是齐格飞！哈根在布伦希尔德的命令下谋杀了他！"

仆人们把灯火带来照亮，他们发现王后说的就是实话。克琳希德扑到她丈夫的身上，眼泪像流水一样汩汩流下，洗掉了他脸上的血迹。齐格飞躺在她面前，脸色苍白，浑身冰冷，一动不动。她再也不会听到他的声音——再也听不到了。"再也不"这个词在克琳希德的耳边回荡，

齐格飞临终之际，克琳希德守护左右

似乎要令她发疯。她愿意和丈夫死在一起，一同葬在墓中。或者，正如她的祖先所相信的那样，在死后能回到女神芙蕾雅的大厅里和他团聚。

老齐格蒙德听到这个消息，一句话也没说，但他的心都快碎了。他吻了儿子的伤口，仿佛希望这样能使爱子复活。突然齐格蒙德站了起来，沃尔松格的古老灵魂在他心中苏醒。①

---

① 齐格蒙德（Sigmund）在另一部史诗作品《沃尔松格萨迦》出场，是奥丁后裔沃尔松格的长子西格蒙德（Siegmund），故作者在此的说法可能是对相关作品的关联。

"这是谋杀！我们要复仇！"他喊道，"上帝啊，尼伯龙根人们，去上战场，为你们的英雄报仇。"

齐格蒙德急忙走进宫廷，尼伯龙根人听了他的话，全都穿好铠甲，围在他身边。老人从他们那里得到了一把剑和一件盔甲，但他颤抖的手太过虚弱，拿不动这些武具，随后齐格蒙德昏倒在地。另一边，勃艮第人早已拿好武器，在边境严阵以待，而冷酷的哈根正带来新的部队支援守军。尼伯龙根人见此咬紧牙关，撤军收兵。

在这之后的第三天，饰有黄金宝石的棺材被带到圣所，交给牧师祝福。民众挤进教堂，希望再看一眼那位为勃艮第付出良多却已死去的英雄。克琳希德站在未盖盖子的棺材旁，她虽没有流泪，却愁眉紧蹙，绞拧着双手，所有人都看出她的悲伤。一个戴面纱的女人从人群中走过，只有克琳希德认出了她的身份。

"滚，谋杀英雄的女人，"克琳希德喊道，"别靠近他，不然死去的人会做证控告你的罪行。"

那不知名的女人迅速消失在人群中。

勃艮第的武士们按照传统的要求，来看望战士的遗体。当哈根走上来时，死者的伤口裂开，他的鲜血像一条暖流喷涌而出，和谋杀发生的时候一样。

"别站在那里，刺客。"克琳希德说，"你不明白死者是在控诉你的罪行吗？"勇敢的武士依然留在原地。

"我毫不否认自己亲手做过的事情，我这么做只是为了向我的主君和王后尽忠。"

克琳希德要是手里有一把剑，力气也比得上男人的话，哈根绝不可能活着走出圣所的大门。

为了纪念在第四天下葬的英雄，穷人们收到了许多以英雄的名义送来的礼物。装饰华丽的英雄墓穴上，有一块高高隆起的坟墩，王后来到放置棺木的安息之处。克琳希德下令再次打开棺材盖，她在丈夫苍白的脸上亲吻流泪，不肯离去，她的侍女们最终不得不把她抬走了。冷酷的哈根站在外面，像往常一样无动于衷。一贯相信宿命论的他说道："所有发生之事皆为必然，诺恩三女神的意志必须得到贯彻。"巩特尔、盖尔诺特与其他勃艮第武士们虽然一言不发，可也暗自为英雄哀伤，为自己的行为而懊悔。克琳希德则完全沉浸在在丧夫之痛中，无暇关心勃艮第人。

齐格蒙德和一众尼伯龙根人准备回家，他们准备带上克琳希德，保护她免受勃艮第叛徒的伤害。但她不愿离开丈夫的坟墓，只是请求老国王和艾克沃特侯爵能照顾她的小儿子，把他养大，长成像父亲一样的英雄。因为她说孩子已是一个孤儿，没有父亲，或许也会没有母亲。克琳希德在老人耳边低声，说她现在唯一的愿望只有复仇。除了把齐格飞当成亲子来悼念的乌特夫人和三兄弟中最年轻的勃艮第国王吉塞尔赫，齐格蒙德没有同其他任何人告别，随后他启程前往尼德兰。

随着时间的流逝，克琳希德似乎开始安于现状，也和他的哥哥重归于好。但她仍然害怕冷酷的武士哈根，同时也会回避死敌布伦希尔德。一天，克琳希德告诉哥哥，她希望把尼伯龙根财宝带到沃姆斯来，因为这是她的私人财产。巩特尔觉得克琳希德这样做是出于对自己的信任，于是他十分高兴地应允了。阿尔贝里希毫不犹豫地把财宝交给了使者，最终尼伯龙根宝藏被运到了沃姆斯。王后向人民慷慨地赠送礼物，每当她发现有生活拮据的勇士时，便愿意征召他，并向他提供一切必要的财物，此外每日还另付报酬。因此，克琳希德逐渐成了一支小军队的女主人，这支军队人数越来越多，实力越来越强。

哈根就此警告国王，说克琳希德夫人正密谋复仇。哈根说他并不

"齐格飞之死"
《尼伯龙根之夜》(*Der Nibelungen Noth*, 1843)

第二部分　尼伯龙根及其同源传奇

哈根命令仆人将宝藏沉入莱茵河

在乎自己的生命，但勃艮第的宝地不能落入她的手中。要阻止这一恶果发生，哈根想到的唯一办法就是让国王亲自掌管尼伯龙根宝藏。兄弟俩却不同意。盖尔诺特说他们已经伤害妹妹够多了，不能再让她受辱。但哈根一直相信防患于未然的道理，有一次他趁国王不在时，召集部下突袭了掌管尼伯龙根财宝的看守，并将剩下的财宝运走，沉入了莱茵河。国王们回来时听说了他的罪行，但这已于事无补，而同样，克琳希德愤恨的埋怨也无济于事，因为木已成舟，覆水难收，哈根的恶行已经无法挽回了。

巩特尔和盖尔诺特说道："如果你不是我们的叔叔，你就得以死谢罪了。"

之后不久，哈根给他的侄子看了他在莱茵河藏宝的地方，并让他们发誓，只要他们中有一个还活着，就不会泄露藏宝的位置。克琳希德依旧黯然神伤，她总是和母亲坐在一起，绣着挂毯。挂毯上的刺绣画描绘的是巴德尔之死，展现了他被弟弟霍德尔[①]残忍杀害，其妻南娜[②]又伤心而死，最终和丈夫的遗骸置于同一块棺木中的场景。所有人都能从画中的巴德尔形象上看到英雄齐格飞的相貌，而南娜则像克琳希德自己，霍德尔又有着哈根的容貌，还穿着和他一样的衣服，拿着用来暗杀齐格飞的长矛。克琳希德经常用手指握住针，若有所思地坐着看着这幅画。每当这时，乌特夫人问她："你在想什么，我的孩子？"她会回答说："我在想着哈根，那个卑劣的凶手。"

---

① 霍德尔（Höðr），是北欧神话中的黑暗之神，和巴德尔是孪生兄弟，他们通常被认为是光明与黑暗的象征拟人化。诡计之神洛基对巴德尔不满，将能杀害巴德尔的槲寄生交给双眼失明的霍德尔，并劝他投击巴德尔，无意中导致巴德尔的死亡。
② 南娜（Nanna），北欧神话中的女神，快乐的化身。她是光明之神巴德尔的妻子，巴德尔死后遗体被带到海边，放在自己的大船上，在场的南娜崩溃并死于悲伤，她和巴德尔的遗体被一起放在船上，然后雷神托尔用锤子把船上的柴堆点燃。*

II

尼伯龙根悲歌

THE NIBELUNGS' WOE

第一章
匈人王埃策尔求婚

一群受欢迎的客人来到了沃姆斯。绰号"好人"的贝希拉恩侯爵吕迪格率领一些武士来访勃艮第王宫,巩特尔、盖尔诺特和哈根都是他的老相识。当年轻的吉塞尔赫还是小孩子时,吕迪格还曾把他抱在自己的膝盖上。如今侯爵来到了悼念英雄的灵屋看望克琳希德,他温文尔雅,品德高尚。克琳希德和吕迪格在一起时也常能感到宽慰,温柔的她会面带微笑倾听侯爵说话,自从英雄齐格飞去世后,克琳希德脸上就不曾出现过这样的表情。但如果布伦希尔德或哈根进屋,克琳希德就会抽身立刻离开。

时间一天天过去,最终巩特尔对他的客人说,他觉得侯爵来并不只是为了和老熟人叙旧享乐,而是另有心事,吕迪格随后回答说:"好吧,巩特尔王。那我就来说明自己此行的目的。您知道我的主君是匈人王埃策尔,他的贤内助赫尔卡王后几年前去世了,王后的儿子也在战斗中被威蒂希所杀。匈人之王一直孤独地住在埃策尔堡空荡的大厅里,但现在他已经决定再婚了。他就这个问题咨询了我,我建议他试试向高贵的克琳希德殿下,也就是您的妹妹、英雄齐格飞的遗孀求婚。

如果您同意婚事,那我便可以宣布她将成为匈人们的王后了。"

"她已不再受我约束了,"对方回答,"现在她是尼伯龙根人与尼德兰人的王后,且我担心她不愿再嫁了。"

"我会告诉她这则好消息,"吉塞尔赫说,"乌特母后会建议她照我们的意愿去做。"

年轻的武士立即起身,来到了女人们住的房间,他发现姐姐像往常一样忙着刺绣。吉塞尔赫告诉她,现在别再为她的亡夫如此哀伤了,他还提醒克琳希德,她还年轻,或许还能有一次幸福的婚姻。然后吉塞尔赫告诉她吕迪格其实是埃策尔的廷臣,他夸赞埃策尔实力超群、名声显赫,而他的宫殿更是富丽堂皇、远近闻名。最后,他向姐姐谈到埃策尔求婚一事。但克琳希德严肃而坚定地回答说,她不会离开埋葬自己唯一的爱人的坟墓。

随后,母后乌特发话了:"如果你能成为埃策尔的王后,我的孩子,你将是最有权势的女人。"

"最有权势的女人,"女儿若有所思地重复道,"看,吉塞尔赫,"她指着自己的刺绣继续说,"你知道这刺绣里的英雄代表的是谁吗?"

吉塞尔赫摇了摇脑袋,克琳希德继续说:"是复仇者瓦利①,我们的祖先说他替巴德尔报仇,把黑暗之神霍德尔送往了他自己死后的长夜之中。"

"这都是老妇人说的故事,现在人们都已经遗忘了。"吉塞尔赫答道,"让我们谈谈埃策尔吧,好人吕迪格以他的名义来向你求婚。"

"没错——但如果这个故事能在现实实现呢?"克琳希德说,"也

---

① 瓦利(Wali),是北欧神话中的自然之神。他是奥丁强行和琳达所生的孩子,其出生是为了报光明神巴德尔被杀之仇。他出生第一天就长大成人,尚未清洗也没梳头,就拿了弓箭杀死了霍德尔。

许,可以请侯爵到我这里来,好让我听听他替匈人王求婚时说的那些话。"

吉塞尔赫离开了房间,乌特夫人也出去了,他们按照克琳希德的要求,留下她独身一人。

"齐格飞,"年轻的王后说,"为了你,我才离开你的安息之地,因为在这片长眠之所,无论我是清醒还是睡着,你都常常进入我的脑海,指着那些千疮百孔、血流不止的伤口,只有等到我将阴冷的霍德尔送到黑暗的死神海拉那里时,这些创伤才会愈合。"

吕迪格现身了,他礼貌地以主君的名义向王后求婚。克琳希德同意去野蛮的匈人之地做埃策尔的妻子,但前提是吕迪格必须以主神艾尔明[①]的名义起誓,会在克琳希德需要军队时为其出兵而战,侯爵听后欣然接受。

勃艮第人听到吕迪格说的好消息后都很高兴——尤其是勃艮第的王室三兄弟,他们想,自己的姐妹现在又能获得幸福了。但哈根走向他们说:"你们在想什么,想招来雷电劈在我们的脑门上吗?不要把你们的姐妹交给匈人王,我们和齐格飞的遗孀之间的关系如同水火相争,要么一方被水熄灭,要么一方被火烤干。让克琳希德成为匈人王后,就是等于亲手给刽子手递剑,让她砍下我们的脑袋,这真是太幼稚了。"

但三兄弟拒绝听他的警告。前往埃策尔堡的准备工作正在迅速进行。大使被派往尼伯龙根与尼德兰人那儿,告诉他们王后考虑再婚的消息,随后使臣带着许多武士和仆人回来了。最后一切准备妥当后,

---

① 艾尔明(Irmin),日耳曼神祇,由人名 Irminsûl 和部落名 Irminone 演化而来,过去被认为是撒克逊人的民族神或半神,现在也有学者认为该词是由其他某一位神(如奥丁)的名称演化而来。

王室三兄弟陪他们的姐妹一直走到多瑙河，在那里和她告别，而吕迪格侯爵则代替他们成了访团的领队。在匈人的国界线上，埃策尔带着大批随从等待着王后的到来。当匈人王看到克琳希德夫人白皙而美丽的面容时，不禁面露喜色。埃策尔告诉克琳希德，她将有权支配他的财富和土地，简而言之，他希望她成为自己的王后。克琳希德回答说，她会成为一个忠实而顺从的妻子，但她的爱已同齐格飞一起被埋葬了。匈人王没有注意到克琳希德最后说的那句话，他坚信自己是通过善举与关爱赢得了克琳希德的青睐。两人就这样一起去了埃策尔堡，婚礼按匈人的传统举办，持续了两周。

克琳希德很少参与欢庆的活动，她一边做着自己在婚礼上的必做之事，一边想着为齐格飞复仇。当时所有在场的武士中，有一人以他超凡的力量而闻名，那就是来自伯尔尼的勇士迪特里希。他的全部思绪远在亚美伦人的美丽土地上，而他的叔叔厄门里希用诡计和武力夺取了他的王国。迪特里希渴望回到自己的子民身边，为他们赢得胜利，但是埃策尔不愿为他提供实现夙愿所必需的帮助。在其他人说笑时，迪特里希经常会独自坐在大厅里，他表情凝重，愁眉不展。克琳希德王后发现迪特里希独处时就会去找他，告诉他哈根的罪行。迪特里希知道王后想让他去向哈根复仇，但他一言不发，因为勃艮第人曾是他的忠诚战友，他既不能也不愿与他们刀兵相向。

日复一日，年复一年，克琳希德为匈人王生下一子，他长得像自己的妈妈，被取名为奥特莱比。王子降生后，匈人王室也终于后继有人，埃策尔和全国臣民都为此而高兴。因为爱妻为自己添得一子，埃策尔比以往任何时候都更爱克琳希德，无论她想要什么都愿意满足，但克琳希德对此毫不在意。她依旧庄重而安静，体贴地履行她作为王后的职责，却很少说话。尽管她悉心照料着自己的小儿子，但这孩子没能给她带来快乐，她甚至都没有对他微笑过。她前夫的死为她留下了无法愈合的伤口。复仇的精魂从深渊中升起，一直在她耳边低语："血债血偿，谋杀者应被谋杀。"而克琳希德的双耳清楚地倾听着它的呼喊。

第二章
勃艮第人到访匈人之地

赴约之旅

一天，当匈人王和小奥特莱比玩耍时，对孩子的母亲说，他多么希望有一天这个孩子能成为像齐格飞那样的大英雄。克琳希德听到这个名字时几乎尖叫起来，但她强迫自己平静下来，请求丈夫邀请她的兄弟和他们的朋友来游览匈人之地。因为这是克琳希德第一次和自己提要求，所以埃策尔王听到后欣喜若狂。他派出乐师斯威梅林和沃贝林带着二十四位高贵的武士去邀请勃艮第诸王参加仲夏庆宴。克琳希德还特意给她母后捎去口信，恳求她也来。勃艮第三位国王不顾哈根的劝告，接受了埃策尔的邀请。

准备出发的哈根与其说是去赴宴，倒不如说是准备上战场。乌特夫人本来也想赴宴，但她年事已高且身体虚弱，经不起舟车劳顿，所以没有参加。布伦希尔德也留在了家里，一方面她不想看到自己死敌走运的样子，另一方面，她早就无心去过各种节日，只想在齐格飞的墓地旁度过自己的时光。

"尼伯龙根人要去拜访匈人了！"路边平民看到拜访埃策尔的贵客渡过莱茵河时四处传言道，因为巩特尔将尼伯龙根财宝运到勃艮第的消息流传得很广，所以自那以后人们就以这片未知的国度之名来称呼三位国王和他们的随从，把他们叫作"尼伯龙根人"。

旅者们骑马行进了十二天，穿过黑森林和许多片荒地，到达了多瑙河。在巴伐利亚的边界上，大家既没有找到小旅馆，也没找到船夫。就当其余的人准备在晚上扎营的时候，哈根来到荒地深处，走向了一处流向小湖的泉水旁，他在那里看到一些女人在清澈的泉水里洗澡，并立马就认出来她们是天鹅少女。少女们看到哈根就游开了，但哈根拿到了她们的天鹅羽衣，这使她们不得不和武士对话。

"把我们的衣服还给我们，"其中一位少女说，"我会告诉你未来将是如何。"

哈根答应照她的要求去做，前提是天鹅少女要告诉他这场旅途将会是何种结局。少女随后向他预言未来会一帆风顺，英雄也归还了所有的天鹅羽衣。哈根刚送出羽衣，另一位天鹅少女就告诉他，自己的姐妹说了谎话，因为最终这趟旅途的结局根本不会像她预言的那么美满，实际上哈根的众多同伴中只有牧师可以再次见到莱茵河，至于其他武士，如果他们不马上回家，则都会死于刀剑之下。哈根回答说他准备保护自己和他的国王，随后他问如何过河。天鹅少女为他指出可以找到船夫的位置后就飞走了。

哈根听从少女的建议，把他的同伴带到了渡口。船夫是他们的一个老对头，因此双方展开了一场肉搏战，船夫随后被杀，哈根代替他帮大家摆渡过河。当他们来到河中心时，哈根把陪同他们的牧师扔到河里，好让天鹅少女的预言至少有一部分落空。但他的计划没有得逞，牧师依靠宽大的教袍得以浮在汹涌的水面上，最终被河水冲回了岸边。

哈根将牧师拐下了船

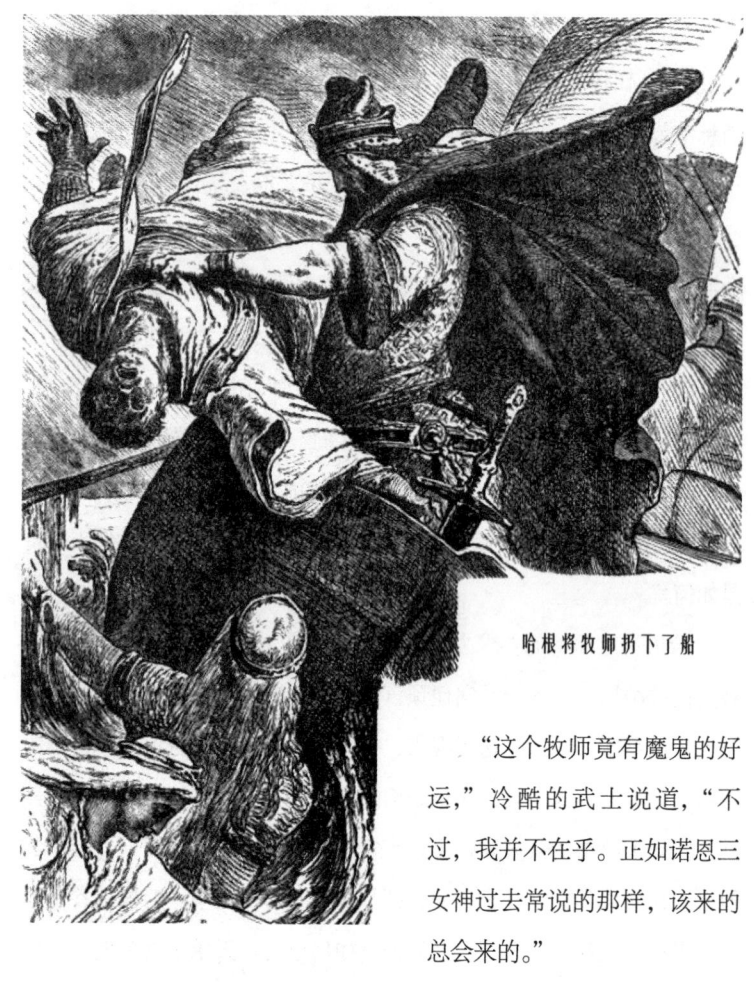

"这个牧师竟有魔鬼的好运,"冷酷的武士说道,"不过,我并不在乎。正如诺恩三女神过去常说的那样,该来的总会来的。"

此后,旅者们加快了赶路的速度。最终,在路上几次遇险后,他们抵达了吕迪格侯爵的城堡,在那里他们得到了老朋友及其妻子的热情接待。参观贝希拉恩期间,吉塞尔赫爱上了吕迪格家族中唯一的女儿,也就是美丽的少女迪特琳德。吉塞尔赫通过他的哥哥向少女求婚。因此,按照过去的习惯,少男少女被召集到城堡大厅,在全体客人面前,回答他们是否愿意成为夫妻。吉塞尔赫毫不犹豫,他铿锵有力地说了一句"是的"。但是美丽的迪特琳德脸红了,她低下头,直到第二次要求回答时才低声说了一句"是"。随后吉塞尔赫将她抱在怀里,献给她一个订婚之吻,就此两人正式订婚。

勃艮第人,也就是人们常说的尼伯龙根人,在贝希拉恩待了很多天,动身离开时,主人向他们赠送了各种昂贵的礼物。哈根拒绝了所有用来装饰的赠礼,转而从墙上悬挂的武器中,挑选了一面坚固的盾牌。

"这面盾牌是我们唯一的儿子努东使过用的,后来他被不忠的威蒂希杀死了,"侯爵夫人说道,"拿着这面盾牌吧,高贵的英雄,愿它能好好保护你。"

旅客继续他们的旅程,到达匈人的土地后,他们在那遇到了迪特里希和其他众多武士。勃艮第人在他们和吕迪格的陪伴下,终于来到了埃策尔堡。克琳希德王后来到城堡王庭与众人会面,她向诸位国王问好,亲吻了年轻的吉塞尔赫,但几乎没有看一眼陪伴王兄的武士。哈根非常生气,他说:"当客人受邀到来时,至少应该听到主人说一句'欢迎',而匈人的土地上似乎没有这种值得称赞的礼俗。"

"特罗尼耶的哈根大人,"克琳希德说,"你有为我做过什么事情,值得我这样去问候你呢?我想,也许,你为我带来了一些你偷到的尼伯龙根宝藏?"

"它已经沉到莱茵河水深处了,"哈根回答,"而且它也会一直留在那里,直到时间尽头。但如果我知道你想要一份礼物,我也有钱给你买一份。"

"我可以不要礼物,"王后说,"我很富有,但我只是以为你也许会想归还我的财产呢。"

"我觉得我身上的盾牌、头盔、利剑和盔甲已经够重了,"哈根回答说,"但我可以答应试着把恶灵带给你,'他'可有许多丰富的财宝。"

"我不需要你的礼物,"王后叫道,"我也不想要。你的双手已谋杀过国王、偷窃过财宝,伤害过我无数回了,我会好好回敬你对我所犯下的一切罪行。"

克琳希德愤怒地转身离去,她将自己的卫兵叫来围着她,向他们承诺无论谁能为齐格飞之死报仇,都可获得重赏。

克琳希德哀悼完齐格飞之后,分发了尼伯龙根宝藏

王后要求她的兄弟脱下盔甲，因为在埃策尔王面前穿着战甲不符礼俗。哈根则立即建议他们不要这样做，并简单明了地警告了他们会有怎样的后果。

克琳希德大声质问，她想知道哈根是听了谁的建议才这么做的。随后勇敢的亚美伦英雄迪特里希走上前来大胆地承认，是他提出了这个建议，因为他很清楚宫殿里正在策划邪恶的阴谋。王后只是愤怒地看了他一眼，然后立刻回到自己的房间里去了。

国王们十分友善地一起交谈，而此时匈人武士却斜视着勃艮第人。哈根很想表明他并不害怕，于是就请他的一个同伴和他一起去内院，等待王后的到来。他熟识的朋友乐师沃尔克也称自己做好了准备。他们一起坐在靠近王后府邸的长凳上。而他们就座时，哈根把他的宝剑巴尔蒙格放在膝盖上，克琳希德走下台阶，问哈根为什么这样恨她，为什么杀死了高贵的齐格飞。

"嗯，"哈根说，"我可从来没有否认自己做过的事情。勃艮第的王后因齐格飞受辱，整个王室的荣誉也为此蒙羞。耻辱必须要用鲜血洗刷，而英雄实力太过强大，没法光明正大地从正面攻击他，只能用计暗杀。任何人都可以责怪我，也可以与我恶战一场，杀死我来为英雄报仇，我无所畏惧。我也没有可以隐身的暗影帽，想找我约战很容易。"

随后克琳希德转身找到自己的侍从，要求侍从们杀死诽谤自己、谋害齐格飞的狡诈凶手。但是两位勇士看起来十分害怕，尽管王后给了侍从们许多金子，可没有谁敢碰它们，侍从们随后还是各自离去，王后也回到自己的住所，感到羞耻的她涨红了脸。

埃策尔王这时传来消息，请勃艮第人到他的宫殿里去拜访他。勃艮第人接受邀请，而匈人王也像见到老朋友一样和赴约的客人打招呼。在欢迎了英雄之后，他说自己很想知道那两位看上去极为勇敢，而且紧紧站在一起的武士是谁。

"他们是乐师沃尔克和我的叔叔，也就是特罗尼耶的哈根。"巩特尔国王回答道。

"什么，竟然是哈根！"埃策尔喊道，"所以我们终于又见面了，老朋友，我可以当面告诉你，你没违背你年轻时的承诺。但是你现在的样子变化太大了，那时你在我手下立下赫赫战功，我为你感到骄傲，所以才将你放回了勃艮第。结果现在你已经失去了一只眼睛，头上也多了些白发，脸上还添了这么多伤疤，看上去真是可怕。我想你挥动阔剑的时候，最勇敢的战士也可能会被吓倒。"

哈根回答道："谁知道多久后我又会再次挥剑呢？"

"但总之不会是在匈人的土地上，"匈人王回道，"你和所有勃艮第人一样，是我的贵宾。"

傍晚悄悄过去，快到午夜时，勃艮第人被带到大厅，匈人在那里为客人铺好了长榻，备好了覆盖着一层金色刺绣的羽绒靠垫。勃艮第人同意哈根的意见，认为他们在夜里也要保持警惕，以免被突然袭击，而且每个人都应该把武器放在自己伸手都能够着的地方。

哈根和沃尔克保持着警觉。他们默默地坐了一会儿，乐师看到有头盔和盾牌在星光下闪着光，于是他向同伴指出了位置，而哈根知道这些士兵是王后的手下，不用说他也知道这群人为何来到这里。乐师想跳出来攻击他们，但被哈根阻止了，因为一些敌人可能会溜进大厅，杀死他们入睡的朋友，因此众人暂时没有动手。黎明时分，勃艮第人列队前往圣所，隆重庆祝他们的仲夏节。埃策尔王带着一班随从出现了，惊讶地问他们为什么要穿盔甲。勃艮第人只说是自己的习惯，他们不愿意告诉匈人王昨晚发生了什么。

礼拜结束后，人们又吃了一顿大餐，接着大家便举办比赛、跳起舞蹈、奏起音乐，纵情娱乐。在各类武艺与技能的比试中，"尼伯龙根人"的表现比匈人更胜一筹。最后，比赛似乎结束了，勇士们希望在劳累之后休息一番。当他们离开比赛现场时，一位匈人亲王穿着闪亮的盔甲出现，他提出要和这些陌生人切磋一番，还说自己一直以来还没有和亲王贵族较量过，希望这一次能大展身手。勇敢的沃尔克紧握长矛，转身接受了挑战。他的枪术非常高超，用矛一刺便让匈人亲王受了非常严重的伤。一阵"杀人了，打倒凶手！"的喊声从四面响起，埃策尔站在剑拔弩张的双方中间，威胁要杀死所有伤害贵宾之人，如果不是他及时干预的话，一场混战便会在下一分钟打响。虽然表面上局势恢复了平静，但是从双方向彼此投出的阴沉目光中，可以看出他们心中燃烧着可怕的怒火。

那天晚上，埃策尔把他的小儿子叫到大厅里去，准备让他见见客人。武士们都很赞赏这位长相英俊、诚实有礼的孩子，并在匈人王面前不停夸赞。但哈根却认为这个男孩不会活到成年，因为他看上去太过娇嫩。哈根的这番话激怒了匈人，他们对勃艮第人的不满大增十倍，尽管如此，他们还是出于待客之道，隐忍不发。过了一会儿，宫廷外一阵大乱，四面响起惊恐的尖叫声，还有武器交击的碰撞声和战士们嘶吼的叫喊声。

第一滴血：布洛德林与唐克沃特厮杀

在武士赴宴之前，王后克琳希德已私下与迪特里希谈过话。她答应伯尔尼的英雄，如果他能为齐格飞之死复仇，便保证埃策尔会帮他收复王国。但迪特里希告诉王后，他不能下手，因为勃艮第武士是他的老朋友和老同袍，此外，他还提醒王后，勃艮第人是完全带着善意和忠诚来到埃策尔堡的。迪特里希的话令王后悲伤而绝望，几分钟后，埃策尔的兄弟布洛德林来到了房间，他把那天下午比武场发生的事情告诉了王后。克琳希德见布洛德林心中怒火如此旺盛，便想也许能成功拉拢他支持自己的复仇大业。因此，她把齐格飞被杀，但尚未报仇一事告诉了对方，并且答应布洛德林如果愿意实现自己的复仇愿望，便将丰厚的金银财宝赏赐给他。但布洛德林回绝了，因为他害怕这样做会让埃策尔生气。于是，聪明的克琳希德还额外承诺愿意给布洛德林分封一片侯国，不仅会送他许多土地与城楼，还会让王后宫廷里的一位少女做他的妻子，恰好那位少女正是布洛德林一直求婚未成的对象。布洛德林听到王后的承诺不禁大喜，于是便答应为王后行事。布洛德林告诉王后，他会在匈人与勃艮第人之间挑起争斗，如果哈根想尝试平息事端，他会将其制服，捆起来送到王后这里。

随后克琳希德回到她的房间，由印度丝绸制作的窗帘遮挡阳光，使得房间里弥漫着一股柔和的光芒。克琳希德坐在房间里思考，母后曾经说过的话涌现在她的记忆中："女人的口舌常常能比男人的刀剑更锐利可怕。"她本想跳起来，召回布洛德林。但此时她却清楚地看到了齐格飞的棺材，死去的亡夫正躺在里面，画面如此清晰，仿佛一切真的发生在她眼前。她看到齐格飞起身，向她伸出双臂，但当克琳希德上前迎接他时，只剩下一片虚无的空气。克琳希德决意将计划坚持到底，她并不关心自己复仇是否会害死她的小儿子和埃策尔王，也不在意这样是否会毁掉匈人王国。只要能取走凶手哈根的性命，她便可以为此死去，而且心甘情愿。

与此同时，布洛德林正在做准备。他的士兵听到他带来的消息后很高兴，于是便开心地跟着他来到了大厅。哈克的兄弟唐克沃特刚好就在大厅，身为内廷总管的他正管教侍从。勃艮第英雄起身向匈人亲王问好，但布洛德林却喊道："准备受死吧。王后要求你用血为大英雄齐格飞的死赎罪。"

"但为什么我要为一场自己一无所知的谋杀赎罪呢？"

"那没办法，"匈人说道，"我部下的白刃必须见红才能收鞘。"

"那我很抱歉之前还说了想和你求和的话，现在我会用冰冷的钢刃回击你的挑衅。"唐克沃特一边说着，一边拔出自己的剑，向匈人武士的脖子猛地一挥，一剑便令布洛德林人头落地。

疯狂的尖叫与复仇的喊杀声响起，所有人都准备参与这场不可避免的战斗。盔甲浸染鲜血的唐克沃特一路奋战来到了大厅，而手无寸铁的仆人则被杀光。

"拿起武器，哈根兄弟！"他喊道，"快把我从负心的匈人手里救出来，布洛德林大人为了给齐格飞报仇，攻击了我和侍从。我杀了他，但是仆人全死了，只有我一人从匈人背信弃义的圈套中逃了出来。"

杀戒大开

宫廷宴厅战端又起，尽管巩特尔王努力平息事态，可在激战中，作为埃策尔王室唯一希望的小王子奥特莱比被杀。最终，哈根、唐克沃特和沃尔克成功锁上了通往大厅的所有房门。

埃策尔和王后在混战中坐立不安，迪特里希和吕迪格虽没卷入战斗，但也神色沉重、黯然悲伤。最后，伯尔尼的英雄喊道："听我说一句，尼伯龙根人，请听听我的话，勃艮第的朋友。请允许我和诸位休战，让我和我的部下以及吕迪格侯爵能安全离开。"

巩特尔王听出来是迪特里希的声音，他说："伯尔尼的英雄，如果我的武士里有任何一人伤害了你或者你的部下，那我会亲自替你去惩办他们。"

"没人伤害过我，"武士迪特里希答道，"我只求你能放我们自由地离开这里。"

"提这么多要求有什么用？"头脑发热的沃夫哈特叫道，"即便有一千道大门像这样被尼伯龙根人关着，我们锋利的宝剑也能像钥匙一样把它们都撬开。"

"嘘！嘘！你这个愚蠢的战友，"迪特里希，"你说的话一点道理都没有。"

巩特尔王随后命令他的部队打开房门，但令勃艮第人极为恼怒的是，迪特里希穿过他们的队伍时，克琳希德靠着他一边胳膊，埃策尔靠着另一边，身后跟着其麾下六百名武士，再其后走来的则是吕迪格和他四百名部下。吉塞尔赫对侯爵说："请替我向您的女儿问好，和她说我即便身死也会想念她的。"

许多匈人想和埃策尔一起逃走，但在他们想拼命冲出门口时，都被沃尔克纷纷砍倒。

迪特里希和吕迪格刚平安离开，可怕的大屠杀便重新开始。勃艮第人的刀剑一刻未停，最终所有匈人都身死倒地或者躺在地板上垂死挣扎。之后尼伯龙根人为恢复苦战的疲惫，停下来休息一会，但哈根很快就叫他们行动起来，把尸体扔出宴厅，以防他们再次反击匈人时会被尸堆阻碍。大家立即听从了哈根的话，把死伤匈人一并扔到了下方的庭院里。

此刻，沃尔克和哈根把守大厅入口，防止敌人意外突袭进房内。

就在埃策尔苦恼地拧紧双手，为许多死于杀戮的真善之人哀悼之

伯尔尼的迪特里希

第二部分　尼伯龙根及其同源传奇

时，克琳希德则宣布愿意拿出一面装满黄金和珠宝的盾牌悬赏，招募勇士去杀她的死敌——特罗尼耶的哈根。所有听到她悬赏的勇士中，只有一人上前说自己愿意尝试实现王后的愿望。那人便是丹麦伯爵伊林，他是哈沃德的部下。

伊林勇往直前，一路拼杀，但他最终被击退，倒在了克琳希德的窗下。哈沃德和杜林根（图林根）的伊恩弗里特决意为勇敢的伊林报仇，他们为此召集了自己的部队前去进攻。战斗在宴厅门边打响，伊恩弗里特在那儿死于乐师的剑下，随后哈沃德也很快为特罗尼耶的英雄所杀。

但即便失去首领，丹麦人和杜林根人依旧毫不在意，他们战意高昂，踊跃杀敌，于是哈根继续喊道："让出位置，让他们从门进来，这样他们绝无办法活着出去。沃尔克会为他们奏上一曲催眠之歌，我们的剑会为之伴奏。"

于是尼伯龙根人散开他们的阵型，让丹麦人和杜林根人走进了浸血的宴厅。双方再一次爆发激战，许多勇敢的勃艮第人永远倒了下去，但他们的敌人也无一能活着逃走。

谈判与大火

宫殿笼罩在一片沉寂之中。

尼伯龙根武士放下他们的护盾和重铠，方便自己从奋战的疲惫中更快地恢复过来，同时哈根与沃尔克一直在门口把守。在这段平静的时期里，勃艮第人尝试议和。他们提醒埃策尔国王，是他良好的诚意才让勃艮第人应他本人之邀来到匈人王的土地上，但他们却遭到了他和麾下匈人的背叛。而埃策尔却要求勃艮第人承认他们是自己的封臣。随后吉塞尔赫转向他姐姐喊话，他问自己到底做过什么事伤害了克琳希德，竟令她如此对自己刀兵相向。甚至那些为丈夫和儿子哭悼的妇女也为吉塞尔赫做证，说他一生都为他人做好事。

吉塞尔赫的诉求感动了克琳希德，她告诉弟弟，只要他们交出谋杀齐格飞的凶手哈根，让她给死敌应有的惩罚，那他、巩特尔和盖尔诺特可以带他们的武士以及士兵自由离开。但所有勃艮第人都异口同声地回绝了这个条件，因为在他们看来为了自己而抛弃伙伴是不光彩的行为。

勃艮第人的勇气激起了王后的愤怒，她召来匈人们再一次发起突袭，把勃艮第人赶出房子。又一场恶战开始了，再无同情之心的克琳希德命令仆人在木质的房屋上层放火，很快整个屋顶都被火势蔓延，最终轰然倒塌。伴随房屋坠倒，许多人在临死前发出一阵痛苦的哀嚎。在那之后，王后回到了自己的住所，她站在窗前俯瞰燃烧的房子，想到自己的兄弟和朋友将葬身火海，不禁有些哀伤，甚至有些懊悔。但懊悔只有一点，因为她感觉自己心中已经充满了对哈根前所未有的仇恨。

与此同时，尼伯龙根人并没有像克琳希德想象的那样葬身火海，他们躲在极为坚实的拱形大厅下，因此房屋木质上层的火灾没有对他们造成很大伤害。尽管如此，剧烈的高温令勃艮第人感觉自己仿若置身烤炉，但他们还是逃过一劫，因为哈根教口渴难忍的勃艮第人喝下死去敌人的鲜血来解渴。

最终匈人来找勃艮第人烧焦的尸体时，却十分吃惊地发现自己面对的竟是六百名毫无畏惧的战士。

杀戮再起——贝希拉恩领主之死

听说尼伯龙根人不仅还活着,而且还拿起武器准备再战一场,王后惊得瞠目结舌。正当克琳希德为此思考对策时,一位匈人贵族告诉她应该向贝希拉恩侯爵或是伯尔尼的迪特里希求助,前者是受匈人王恩惠最多的封臣,后者则是埃策尔一直招待的流亡君主。克琳希德认为这项建议不错,立即派出使者传唤吕迪格。

尊贵的侯爵立刻遵照王后的召唤。埃策尔向吕迪格道明了实情,并且提醒侯爵想想从自己这里累受的全部荣誉,而现在正是他该向主君一表感激的时候。他必须惩罚尼伯龙根人,因为他们不仅深深地伤害了匈人王室,还令匈人的领土满目疮痍。

"我的陛下,"善良的老英雄悲伤地说道,"您说的都千真万确,而无论是多么危险的任务,我也愿意为您赴汤蹈火。但在我受您指令,将勃艮第人领到埃策尔堡前,我曾和他们在贝希拉恩相处,立誓会彼此真诚相待,请您不要让我打破这项誓言。而且年轻的吉塞尔赫选择了我的女儿做他的妻子,和他共享勃艮第的王位。我不能与信任自己的朋友为敌,我实在不愿做出这番不义之举。"

匈人王又提醒侯爵他对自己效忠的誓言时,吕迪格继续说道:"请您收回我的城堡和城镇,取回赏赐我的财物,再缴走我为自己赢得的财产吧。我将和妻子儿女身无分文地走入荒原,荣誉和信誉就是我最好的财富。"

"不,高贵的侯爵,你可不能这么做,"王后回答,"如果你不服从,就想想你来勃艮第为埃策尔向我求婚的时候。当时我害怕独自来到野蛮的匈人之国,在这儿我既没朋友也没帮手,而你对我郑重地发誓,除了你的主君之外,你愿意帮我与所有敌人战斗。你向我所许下的忠诚誓言比你对尼伯龙根人许诺的更早，你若违背和我的誓约，便也会失去荣誉。"

吕迪格默默地站在王后面前思索，他最终说："请您砍下我的头吧，即便白刃及体，我也绝不颤抖。但与勃艮第人为敌有违我的良心，请您开恩，不要强迫我与他们作战。"

谈话又持续了很久，吕迪格心情愈发沉重，他知道自己无法背弃誓言，最终不得不同意服从匈人王与王后的命令。

尼伯龙根人站在窗口，向外寻求帮助。看到高贵的侯爵带着他的人马走来时，吉塞尔赫高兴地大喊还有一线希望，他欢呼着尼伯龙根人还能再次见到贝希拉恩和莱茵河。吕迪格走近房门，他说明了自己来此是奉匈人王的指令，与他们交战。巩特尔提醒侯爵他们曾立下友谊的誓言，可吕迪格伤心地回答说，他也曾向埃策尔妻子许下过誓言，因此如今被迫为她而战。就此，高贵的朋友互相郑重道别，他们不得不为了各自的意志刀兵相向。尼伯龙根人和他们对手的鲜血再次溅洒大厅，战士们狂呼酣战，也有许多人就此殒命，其中包括吕迪格和盖尔诺特。贝希拉恩人被击败了，他们被杀得一人不剩，勃艮第人虽然险胜，但也损失了两百位战士。

宽阔的大厅里英雄缄默不语，但他们听到了庭院外的声音。王后火冒三丈，她大声责骂吕迪格侯爵与尼伯龙根人私自议和，是耍花招的虚伪叛徒。如此不公的怀疑激起了沃尔克的愤怒，他站在窗外，告诉王后不要为此自寻烦恼，更不要不公地指责吕迪格这样忠诚善良的好人，因为贝希拉恩的英雄已经为她战死。他随后下令把侯爵的尸体放在窗前，以便国王、王后以及所有的匈人都能看到。埃策尔惊恐地大叫一声，咒骂犯下如此暴行的人。他叫人为自己送上宝剑，要亲率一队武士前去复仇，可他看到那一对可怕的武士（哈根和沃尔克）仍守在门槛时,便先把剑收进了剑鞘。

克琳希德抱起双臂,伫立一旁观察着事态的发展。她虽依旧美丽,但现在却更似一位美丽而邪恶的堕落天使。她为失去老朋友吕迪格流了几滴眼泪,但或许也只是因为她担心吕迪格死后,自己便再无盟友。同样,她可能也考虑过是否还能用其他办法达到复仇的目的,可尽管如此,她和其他人都没有料到事情接下来的发展。

迪特里希和他的亚美伦人部下

迪特里希的一员部下听说了吕迪格战死的事情,急忙去找他的主人,把这个奇怪的故事告诉了他。迪特里希拒绝相信这则传言,于是他派赫尔弗里希到宫殿去查明真相。听到吕迪格的死讯是真的后,迪特里希派他的老师父希尔德布兰德去问尼伯龙根人为什么要犯下这般不义之举。

希尔德布兰德本想不带武具就去做这项差事,但沃夫哈特却对此大呼愚蠢,他认为这样做犹如羊入虎口,自寻死路。大师听了也觉得自己应该多加小心,于是穿上了盔甲。当他在去的路上时,发现迪特里希的部下都在沃夫哈特的指引下全副武装地跟着他。希尔德布兰德希望他那脾气暴躁的侄子回去,但后者直截了当地拒绝了,说他不能让他的叔叔单独去,而其他的战士也一个都不愿离开他。当这支五百名勇士组成的小队来到勃艮第人防守的屋前时,希尔德布兰德大师放下盾牌,问善良的吕迪格侯爵是不是真死了。哈根回答说,他们也希望这不是真的,但没有办法,侯爵已经在一场不可避免的战斗中被杀了。亚美伦人为他们的朋友大声哀悼,沃夫哈特本想当场为吕迪格报仇，但大师拦住了他，并威胁沃夫哈特要是卷入这场争斗，迪特里希一定会怒不可遏。然后，他转身向尼伯龙根人喊话，以伯尔尼英雄的名义，要求勃艮第人运出侯爵的遗体，他们会给吕迪格办一场体面的葬礼。巩特尔王回复说亚美伦人的要求合情合理、值得尊重，他们会满足的。而沃夫哈特叫勃艮第人快点行动，把遗体运出来。对此，沃尔克说他们经过几场大战已经体力不支，亚美伦人可以自己进屋来取。

双方一句接一句喊话，直到沃夫哈特彻底大怒，向前冲杀。而亚美伦人跟在他身后，一起高呼他们古老的战吼。希尔德布兰德大师也受到这场冲锋的激励，战斗开始时，他已经杀到了最前线。疲惫的勃艮第人和勇敢的亚美伦人——他们曾在拉文纳大战和其他战场上并肩作战——现在他们则进行着一场殊死搏斗。亚美伦人中不仅有强壮的伯尔尼公爵希格斯泰博，还有勇敢的赫尔弗里希，无畏的英雄沃尔夫温、沃尔夫布兰德、赫尔姆诺特、里恰特等武士，他们都怒火中烧，要为吕迪格之死报仇。战局极为混乱，那些彼此想见面交手的仇家却找不到对方，沃尔克和沃夫哈特因此分开。希格斯泰博杀死了许多勃艮第人，而乐师沃尔克却找到机会给了伯尔尼公爵致命一击，但没一小会儿，他就遇见了希尔德布兰德，自己也死在了大师的手里。唐克沃特为赫尔弗里希所杀，沃夫哈特立下了许多英勇的战功，最后吉塞尔赫向他攻击。经过一番大战，年轻的勃艮第王吉塞尔赫刺穿了沃夫哈特的胸膛，但即使如此，沃夫哈特也忍受着极大的痛苦，双手握剑杀死了对手。

年迈的希尔德布兰德看到他的侄子倒下，赶忙来到沃夫哈特身边。他把侄子抱在怀里，试图把他带出这座末日般的大厅，但沃夫哈特的身躯过于沉重。受伤的英雄再次睁开眼睛，用微弱的声音说——"叔叔，告诉朋友们不要为我哭泣，因为我是和一个勇敢的国王同归于尽的，死得无比光荣。我感觉自己激荡的热血已变得沉稳而平静，将像疲惫的孩子那样就此安眠。"

身为迪特里希帐下最狂热的武士,沃夫哈特说完遗言便就此死去。除了希尔德布兰德,迪特里希的其余全部战友都像沃夫哈特一样,躺在了血淋淋的地板上。所有勃艮第人也和他们倒在一起,只有哈根和巩特尔王尚存。

"现在和我打一场吧,希尔德布兰德大师,"有人用粗鲁的声音喊道,"你必须补偿我,因为你杀死了我的同袍沃尔克。"

说这话的人正是哈根。大师勇敢地与他战斗,招架住对手一次又一次攻击,但特罗尼耶的英雄武艺高强,战意盎然,他手中的巴尔蒙格更是锋利。最终哈根令人胆寒的一招剑击砍穿了希尔德布兰德的链甲,鲜血直接从他侧身流了出来。

尼伯龙根人的覆灭

年迈的武士感觉自己受了伤,而看着对手那张遍布伤疤的阴冷面庞,活了这么久的他生平第一次被恐惧所压倒。希尔德布兰德用盾牌遮住后背,像个懦夫一样逃走了。

年老的武士穿着裂开的铠甲,铠甲上还带着自己和他人的血迹,来到了主君面前。迪特里希问他是不是和尼伯龙根人战斗过,为什么浑身鲜血淋漓。然后希尔德布兰德讲述了勃艮第人是如何杀死善良的吕迪格,还拒绝为他的遗体下葬之事。

这些消息令迪特里希非常难过,他没再多问,请自己的老师命令他的伙伴立刻武装起来。

"我还能指挥谁呢?"大师问道。

"所有的伯尔尼武士都在这里，亚美伦人只剩下主君您和我了。哈根和巩特尔王也是尼伯龙根人中最后的幸存者了。"

最初迪特里希并没明白希尔德布兰德的话，当他理解了之后，便不禁为自己死去的朋友和同袍们大声悼哭。

"我的勇士怎么会倒在这群疲惫的战士剑下？现在谁能来帮我夺回亚美伦人的领土呢？"

于是他悲痛地放声大哭，但很快他控制住了自己的情绪，准备为他倒下的朋友报仇。在老师的陪同下，全副武装的他来到了尼伯龙根人的屋子，而哈根和巩特尔王无所畏惧，镇定地等待着他们最终的命运。

哈根与希尔德布兰德相见时互相辱骂，而迪特里希斥责他们婆婆妈妈得像一对老妇，要求和勃艮第人立即开打。哈根毫不犹豫地向前一跃，巴尔蒙格一如既往地锋利无比，迪特里希费了很大劲来招架。但是哈根挥舞宝剑的双手已经疲倦，没有以前那么灵活了。迪特里希发现这一点后，突然跳向哈根，把他摔倒在地并迅速绑了起来。然后迪特里希把自己的战俘带到克琳希德面前，建议王后能开恩赦免哈根，还说他是世界上最英勇无畏的战士。迪特里希只注意到王后感谢和夸赞了他勇敢的壮举，却没观察到她两眼里的凶光，也没有明白她为何两颊上会生出红晕。随后，他急忙去和巩特尔王展开最后一场战斗。

克琳希德达成了她的目标，而为此她已让贵族们流尽了血。哈根从她眼神中已经知道了自己的最终命运，但他从未表现出畏惧，因他绝不会让克琳希德享受到那种珍贵的复仇之乐。克琳希德不知道自己能否让哈根坦露他埋藏尼伯龙根宝藏的秘密位置，于是她和蔼地跟他说话，答应只要哈根告诉她藏宝之处，就让他安全回家。英雄似乎被她的温柔感动了，他说自己愿意向克琳希德坦白藏宝之地，但他发过誓，只要勃艮第的三个国王中有人还活着，他就会保守这个秘密。

克琳希德再次向他保证，如果哈根答应为她指出藏宝地，就会信守承诺，随后她命人将哈根带走，严加看守。

"谎言，谎言，全是谎言。"哈根被狱卒带走时，自言自语地说道。

伯尔尼的英雄很快又俘获了巩特尔王，把他关到了另一座分开的牢房。克琳希德正考虑当前该如何是好，谋杀齐格飞的凶手如今都已落入她的手心，包括哈根和纵容他进行谋杀的巩特尔王。

想到巩特尔毕竟还是自己的哥哥时，克琳希德感到有些良心不安，但她很快就平息了心中的这些波澜，平静地走上了她所选择的道路。她下令将巩特尔王的脑袋砍下，放在哈根的脚边，让他相信现在勃艮第的最后一位国王已经死了。

哈根不屑地推开了国王的首级，说道："你不会是我宣誓效忠的人，我也不会奋力使你的王冠免受玷污。我所效力的勃艮第王室已经覆灭，光荣尽失。对我来说，剩下的寿命有什么价值呢？"

克琳希德那晚做了一场开心的美梦。她看到齐格飞站在身前，就像自己和他初见时那样，他充满爱意地向她伸出双臂道谢，然后慢慢消失在灰色的黎明中。

第二天一早，克琳希德穿上她的全套御礼袍坐在埃策尔身边。而特罗尼耶的英雄作为囚犯被捆好带到王后面前。王后再次问哈根，宝藏的藏身处在哪，而他抬起头，和之前一样勇敢地答道："女人，你要是认为我的思想完全受你控制，我已经完全为你所驯服的话，那你就错了。勃艮第三位国王巩特尔、盖尔诺特和吉塞尔赫都死了。现在只有上帝和我知道沉入莱茵河的宝藏位置，而你永远别想从我这儿知道哪里能找到宝藏。"

克琳希德默默走下宝座，拿起放在哈根盔甲旁的宝剑巴尔蒙格。

"你把从我这儿偷来的黄金藏得很好，"她说，"但你窃取的另一件物品如今正在我手中。我最后一次见到高贵的丈夫齐格飞时，他就佩戴着这把剑，直到后来他死于你这个恶人之手。现在，我要试试这把剑能否强到为它的主人报仇。"

她先将剑从鞘中拔出，随后双手将剑猛地一挥，使出力气将哈根的头从身体上砍了下来，落在了希尔德布兰德的脚边。

一阵惊恐的尖叫声响彻大厅后，一切又归为平静。克琳希德将沾满血迹的武器收进剑鞘中，然后说："希望这血迹永远不会从刀刃上洗去。巴尔蒙格必须像现在这样带着血送到沃姆斯，然后放在齐格飞的坟墓里。也许他会知道自己的妻子忠实地爱着他，并惩罚了谋杀他的凶手。我的一生唯有两件事：爱情与复仇。我已经完成了使命。"

"真奇怪，"希尔德布兰德盯着英雄哈根被砍下的头颅时说，"世界上最勇敢的战士竟然被一个女人杀死了！虽然他最近待我不公，但我还是要为他报仇。"

说着，年迈的大师拔剑杀死了王后。埃策尔尖叫了一声，跪倒在妻子身边。而王后脸色苍白，已经无力开口说话，只喘息着——"别让任何人因为这事伤害老大师。"王后说，而这便是她的临终遗言。

第三章
尼伯龙根挽歌

埃策尔堡的葬礼

尽管匈人民众和王室遭受了巨大的不幸,但却未见尽快操办死者的葬礼。埃策尔王沉浸在巨大的悲痛之中,无法处理任何事务,所以迪特里希和希尔德布兰德下达了一切必要的指令,帮忙料理这项令人伤感的工作。

所有死者都以各自应得的哀荣下葬,只有特罗尼耶的英雄哈根被人遗忘。墓堆都填土封顶后,老大师才想到那位勇士无头的遗体还躺在观礼厅里。希尔德布兰德下令必须立即下葬哈根。于是,人们为他准备了一个单独的坟墓,为他的遗体穿戴上了全部武具,唯有宝剑巴尔蒙格按照克琳希德的意愿送到了齐格飞的墓里。许多匈人随送葬队伍而去,他们既没有感到悲伤,也没有哀悼哭泣,因为死者用他强壮的右手在匈人的家园故土上犯下了太多恶事。

第二年春天,其他坟墓上都装饰着可爱的花朵,而哈根的墓上只能看到刺蓟与荆棘,一条带有剧毒的蝰蛇还在那儿安了家。那些走近

克琳希德棺材边的埃策尔

坟墓、仔细观察过毒蛇的人都坚持说,这条蛇和特罗尼耶的英雄一样只有一只眼睛,他们坚信这条蛇寄宿了哈根的灵魂。

使者来到贝希拉恩

迪特里希和希尔德布兰德把消息传到贝希拉恩和沃姆斯,将事情的全部经过都告诉了相关的亲属。他们还选择了高贵的乐师斯威梅林作为大使,因为他们知道斯威梅林是个心地善良的好人,他会尽可能温和地讲述这则悲伤的消息。

侯爵夫人高特琳德和她的女儿迪特琳德坐在一扇敞开的窗户旁,注视着东方升起的乌云。高特琳德莫名其妙地感到焦虑,她忍不住向女儿倾诉自己不祥的预感。

高特琳德说她担心会有坏消息传来,因为在前一天晚上,她梦见赫尔卡王后出现在她面前,周围是勃艮第人和许多其他穿着盔甲的武士。高特琳德接着说:"王后说希望这些勇士都和她一起离去,然后她拉着你父亲和吉塞尔赫的手,带领他们离开了。我想加入队伍,可王后示意我回去。然后他们都消失在一层灰色的薄雾中,而从雾里冒出的小山就像是……"

车马到来时的嘈杂声打断了她,恰好斯威梅林率领哀悼使团到访侯爵府邸。侯爵夫人认出了吕迪格的战马与战甲,她一下明白了梦的寓意。侯爵夫人悲痛万分,但她依旧努力保持镇定,安慰身旁的女儿,而迪特琳德已经被吓得脸色苍白。

乐师走到两位女士面前,侯爵夫人起身迎接,她说乐师不必多言,因为她已经猜到发生了什么。过了一会儿,侯爵母女平复了自己的情绪,准备好倾听乐师的讲述。于是她们问乐师,高贵的吕迪格是如何赴死的。乐师拿起竖琴,他先吟唱了一段赞歌,讲述一群英雄是如何坚守自己的信仰并在生死之战中得胜的。他还说,他们将晋升到天神沃登和芙蕾雅所在的天庭,漫步于陆地与大海之上,在微风和簌簌叶声中和朋友交谈,以此来抚慰她们心中的哀伤。

之后,他才详尽地向女士们述说了埃策尔堡发生的事情。第二天,斯威梅林不得不继续他的旅途,在他离开几周后,侯爵夫人就悲伤而死,留下迪特琳德孤身一人。侯爵的女儿就这样独自生活了很久,直到迪特里希收复了亚美伦人的土地后，他才将失去双亲的少女从贝希拉恩接走，交给他高贵的妻子赫拉特照顾。之后，迪特琳德在王后的宫廷赢得了一位勇士的爱意，后来还嫁给了他。

斯威梅林快马加鞭，尽快朝沃姆斯赶去。

使者来到沃姆斯

与此同时，沃姆斯的情况非常平静。乌特王后会坐下来织布织上一小时，哼唱着许多奇怪的小曲，但很少说话。布伦希尔德王后会坐在母后身边，照着旧的款式缝制描绘巴德尔之死的刺绣。奇怪的是，她绣出的白昼之神外貌并不像过去图案中的那样，而是更像齐格飞。

"看，乌特母后，"她说，"这难道不奇怪吗，不管我怎么努力，刺绣中的人物都像是齐格飞最后一次出猎时的样子。这是一个悲伤的故事，让我想起我小时候在冰岛听到的一个古老传说，传说中有人为获得一把魔剑而进行了谋杀。等哈根回来，我必须让他把齐格飞的宝剑巴尔蒙格交出来，这样我才能把它还给死去的英雄。否则我担心勃艮第会像冰岛一样因为偷了一把剑而大难临头。"

"哈根和其他人永远都不会回到这所房子了，因为我们杀人流血的罪孽，还没有赎清。"母后乌特说道。然后她顿了顿，又开始哼着她那奇怪而又诡异的小曲，那令人害怕的曲调任谁听了都会直打寒战。大约就在这个时候，斯威梅林来了，他向两位王后讲述了勃艮第人前往匈人之地的旅程；他们与埃策尔王会面时，匈人接待他们的场景；随后便是两国武士之间爆发的争端，惨烈的战斗和最后灾难般的恶果。两位王后没有抱怨，没有哭泣，也没有提问打断乐师的讲述。

当他讲完时，乌特夫人说："这是一个悲伤的故事，非常，非常令人伤感，但它必然会是这样，因为须要许多英雄的鲜血才能洗刷这座房子里因谋杀而生的诅咒。"

布伦希尔德也没有哭泣，随后她将自己客人的住宿伙食全都安排妥当，并要求使臣把宝剑巴尔蒙格交给她。看到闪闪发光的剑刃上的血迹，她说："冷酷的哈根从齐格飞墓里偷走了这把剑。我会将这把剑放回齐格飞的身边，既然它现在已经沾上了凶手的血迹，那么剑的主人就能安息了。"

她拿着剑走到墓地里，白天没有回来，晚上也没有回来。大家找到她时，发现她已经死在齐格飞的棺材旁，而棺材上面是布伦希尔德安放的巴尔蒙格。

乌特夫人又继续纺纱数日，她在纺纱时哼着一首毒蛇女王残杀自己孩子的歌谣。

勃艮第贵族和全体百姓都为王室和死去的英雄哀悼。但在王国内部出现纷争之时，他们团结一心，拥立巩特尔和布伦希尔德的小儿子登上王位，并选出了勇士做年幼国王的监护人。

III

黑格林传奇

THE HEGELING LEGEND

第一章
黑　根

爱尔兰有一座高大的城堡，叫作巴里安。有一日，国王西格班德在他高大的城堡中举办仲夏宴会与比武大会。决斗场里的骑士奋勇拼搏，努力在国王面前维护他们国家的荣光。乐师唱着动听的歌谣赞颂前人的武功胜绩，贵族出身的孩子则踊跃参加投矛和弓术比赛。国王的儿子——小王子黑根总能在这种温和对抗的比赛中拔得头筹，这令他的母亲犹特夫人感到高兴。

有一天，男孩们对着一个靶子投矛取乐。所有长矛都扔完后，他们向前跑去，想把所有投出的矛收回来，而黑根王子也和其他男孩一起取矛。他跑得最快，所以首先到达了靶子那里。正当黑根忙着拔出长矛时，一个老人叫孩子们跑回去躲起来，因为危险的怪兽即将来临。他指向空中喊道："狮鹫来了！"

犹特夫人一看，发现了空中有一颗细小的黑点，似乎一点儿也不危险。但那狮鹫像箭一样快速袭来，它飞近后，大家都能看清它庞大的身躯，而它双翼拍打的声音如同汹涌的风暴呼啸。其他的孩子惊恐地逃走了，只有黑根站在原地，用他柔弱的力气向巨鸟投出长矛。矛

狮鹫抓走黑根王子

头擦过狮鹫的羽毛,却没能伤到野兽分毫。与此同时,狮鹫也扑向黑根,用爪子将抓他走了。

于是,曾经欢声笑语、歌舞升平的巴里安堡不再祥和,王室办起丧事,悼念消失的王国继承人。尽管许多英雄都愿意和狮鹫战斗,但那头怪兽飞得太快,没人知道它去了哪里,救回王子毫无希望。几年过去,国王和王后便再也没有王子的消息了。

狮鹫带着黑根飞过大地和海洋来到了巢穴,这座狮鹫巢建在升出水面的岩石之上。野兽将男孩当作食物送给幼崽,随后飞走去寻找新的猎物。小狮鹫扑向男孩,准备将他吞下,但黑根做好了防御的准备,他用尽全力推开它们的喙嘴，扼住它们的喉咙，努力掐死野兽。最后，一只长大到可以飞的狮鹫把黑根抓起来，挂到了一棵树的树枝上，这样它便可以独自享用这块美味的鲜肉。可纤弱的树枝没法承载男孩和狮鹫的重量，树枝弯曲折断后，怪兽和男孩都摔到了树下的荆棘里。黑根看到狮鹫飞走，便不顾棘刺，爬进灌木深处，最终来到了一处漆黑的山洞。此时筋疲力竭的黑根昏睡过去，等他醒来时，看见一个和他同龄的小女孩站在远处，惊奇地盯着他。黑根用胳膊肘支起身想好好看清对方，可女孩却逃走了，这也难怪，毕竟他现在外表是那么吓人，不仅浑身肮脏，还受了伤，流着血，挂在身上的衣服也破败不堪。黑根一瘸一拐地悄悄追赶那个姑娘，发现她和两个同伴躲在一个大山洞里。女孩们看到黑根时，都吓得尖叫起来。因为她们把黑根当成了一个邪恶的小矮人或是人鱼怪，觉得对方一路跟来是要吃掉她们。直到黑根告诉女孩，他是一个被狮鹫掳走的王子，只是奇迹般地从怪兽那里逃了出来后，女孩们才感到了安心，然后从少得可怜的食物中分了一点给了他。

随后女孩也和黑根说了她们的故事，而她们的经历也和黑根差不多。黑根见到的第一个女孩叫希尔德，是一位印度公主，第二个女孩是来自葡萄牙的希尔德博格，第三个来自冰岛。姑娘们小心翼翼地照顾这个年轻的同伴，因此黑根的伤口很快愈合了。他身体恢复健康后，便深入这片未知之地，寻找必需的食物。黑根走到了女孩们没有探索过的地方，并为自己制作了一张弓和几支箭，还在箭头上固定了鱼骨，以此将各种狩猎到的小动物带回了山洞。孩子们没法生火，他们不得不生吃食物，但身体由此变得更加强壮健硕。十二岁的黑根，其体格就已经能比得上一个成年男人了。

这时狮鹫的幼崽已经长大，它们也在外四处觅食，于是黑根不能再像以前那样大胆地自由走动了。然而，有一天晚上，他冒险走到海岸边，悄悄爬到一块悬垂的岩石下，把自己隐藏起来。他望着外面泛着白沫的波浪和汹涌的大海，看到往日的碧波已像夜空一样漆黑，唯有乌云中时而迸发出的闪电会用耀眼的雷光照亮海面。黑根毫无畏惧地聆听着轰鸣的雷声、咆哮的风声和狂浪拍打岩石的涛声。突然，他看见了一艘势单力薄的船正与这恶劣的天气做着殊死搏斗，黑根的心里充满了希望和恐惧。一方面，黑根心中又萌生了回到家乡和父母身边的希望；但另一方面，他担心这艘纤弱的船没法扛住大海汹涌的狂浪。不久，他看到船撞到了一块岩石上，在一阵痛苦的悲鸣声中，船只和船员都被大海吞没。

暴风雨继续肆虐，直到早晨来临，晨曦的柔光才渐渐平抚狂风的怒气，海岸也恢复了安宁。海滨上散落着船骸的碎片和不幸遇难的水手们。

黑根准备走出岩石，希望捡到一些有用的东西，可就在此时，他听到狮鹫扇动翅膀的声音。黑根停了下来，他知道那些大鸟闻到了猎物的气味，来到了岸边。当怪兽忙着吞噬水手的遗体时，男孩小心地爬出他的藏身之处去找吃的。但他只发现了一根漂流木和一个淹死的士兵，这个全副武装的士兵身上拿着剑和弓，还有一盒装满利箭的箭筒。黑根原本会高兴得大叫，因为他现在手里有了武器，就像他在父王宫廷里看到的装备一样精良。他迅速地穿上锁子甲，用头盔护住了头，将剑系在身边一侧，拿起了钢弓与箭矢。

黑根刚整理完全身武具时，一只狮鹫恰好就在此刻向他扑来。黑根使出全身力气拉开弓，用箭射中了怪物的胸膛。狮鹫拍打着翅膀坠落，跌在黑根的脚下，死掉了。第二只狮鹫一样中箭而死，另外三只狮鹫立刻同时扑向黑根，但黑根用剑相继杀光了它们，并砍下狮鹫的脑袋带回了山洞里。伙伴们担心黑根外出未归,为此已一夜未眠。她们发现狮鹫全被除掉后感到非常高兴,陪着英雄来到了他得胜的战场,一起帮黑根把死去的巨鸟扔进海里,然后她们按照宗教习俗,帮黑根垒起土堆埋葬死去的士兵,感谢他留下的武器帮黑根赢得了胜利。众人在船骸中寻找食物,但没有找到补给。不过他们发现了一个保存完好的盒子,里面装有能帮他们生火的燧石和钢铁。因此他们现在能享用好好烹饪过的食物,和之前难以下咽的生肉相比,他们现在享用的熟食堪称是美味佳肴。

　　黑根比过去打猎更加频繁,他猎杀过熊、狼、黑豹和其他野兽。不过有一次,他遇到了一个奇怪的生物。它身上长满了耀眼的鳞片,双眼就像炽热的煤块一样发着红光,而它血盆大口里的可怕尖牙则闪着夺目的凶光。

　　黑根将锋利的箭镞瞄向了怪兽的背部,可他射出的箭被闪亮的鳞片弹开,怪兽亦转身扑向了年轻人。发现第二箭一样无法奏效后,黑根随即拔出了他的剑,但无论他怎么努力攻击都没法伤到怪兽,只能凭借自己敏捷惊人的身手躲开怪兽的爪子。就当他快在这场长时间的缠斗中筋疲力竭时,黑根终于找到了机会,将剑刺进了怪兽的大嘴中。疲惫不堪的黑根坐在还在呼吸的怪兽身上,他想喝几滴水来解渴,可附近一点水都没有,所以他急忙喝下怪兽从伤口流出的血。黑根刚喝下血水,就恢复了十足的精神,感觉浑身充满了难以控制的怪力。他一跃而起,希望试试自己新的力量。要是可以,他会毫不犹豫地与世界上所有的狮鹫和巨人战斗。黑根拔出剑,一击便杀死了一只熊。同样是只用了一剑,他又杀了两只黑豹和一头犀牛。黑根从头到脚都沾满了血迹,他肩上扛着熊,看上去神情凶狠,吓坏了山洞里的姑娘们。但见到温柔的希尔德后,黑根又恢复了惯常的作风。

许多年过去，黑根和他的三个伙伴吃喝无忧，也穿上了兽皮做成的衣服。虽然他们在孤岛上生活得非常开心，但都期盼能重新回到人类生活的城镇。为此他们经常焦虑地望着大海，希望能看到一些船驶近。终于，有一天早晨，三个姑娘站在海岸上时，一张白帆出现在地平线上，而且逐渐离她们越来越近了。姑娘们点起火，叫来全副武装的黑根。船上的人看到了她们发出的信号，于是派出了一艘小艇，很快就驶近了岸边。舵手看到岛上四人奇怪的装束时惊愕地叫了一声，问他们是人类还是水生精灵。

"我们只是一群不幸落难的人，"黑根说，"看在上帝的分上，请带我们离开这里吧。"

于是水手带他们渡到大船那儿，很快他们登上了甲板。船长惊讶地看着新来的乘客们，而黑根为了回答他的问题，说出了他们全部的经历。黑根谈及他的父王，巴里安的雄主西格班德时，船长惊呼："什么！你可以像杀死苍蝇一样杀死狮鹫！但能逮到你也是我走运，因为我就是饱受你父亲迫害的加拉迪伯爵。从现在起你就是我的人质，直到有人能付一笔让我满意的赎金才会放你。快来几个人，把这个毛小子拴上铁链，然后转舵航向加拉迪。"

伯爵刚说完这些话，黑根就如同狂战士一般大发怒火。他把本来要抓他的水手通通扔到海里，然后拔出剑，冲向船主。这时一只娇柔的手放在他胳膊上。他愤怒地转身，却看到希尔德那张温柔而可爱的脸，黑根的愤怒就消失了。希尔德温柔地劝说黑根要与人和解，黑根也仔细聆听着。然后，他转向伯爵承诺说，如果他能立即驶向巴里安，就愿意帮他调解和国王之间的纷争。船长同意后，将船驶向了爱尔兰。海上的顺风鼓足了船帆，十天后，巴里安的城墙和塔楼就映入众人的眼帘。黑根的父母自然一开始没认出自己的儿子，但等他们发现黑根真是他们的亲儿子时非常高兴，三个姑娘也得到了应有的礼遇。

黑根并不喜欢一直在他父亲的宫殿里安逸度日，他希望能多去世界各地游历，见识些事情，为自己赢取功名。

时光流逝，黑根因他的伟大功绩而声名远扬，他受命接替年老的父王统治王国。由于黑根结束游历后生活安定下来，母后便劝他娶一个妻子，而他也在这时向甜美的童年伴侣希尔德求婚，不久就娶了她。

犹特王后活到了抱孙女的年纪，女孩以她母亲的名字取名为希尔德。但之后不久，犹特王后和西格班德就去世了，留下儿子独自管理国家。

希尔德公主长得很是漂亮，有许多求婚者都慕名来到巴里安向她求婚。但是黑根宣称他永远不会把女儿嫁给一个比自己弱的男人，若有人想做他的女婿，就必须要和他决斗。然而，任何敢冒险与黑根比试的人都被击败。凶猛的黑根不仅是诸侯畏惧的蛮王，也是求婚者的噩梦，但不久之后，他确实有了女婿，组建了自己的大家庭。

第二章
黑格林人赫特尔和他的英雄们

大约就在这个时候，黑格林人的国王赫特尔住在丹麦的马特兰城堡。他是一名勇敢的武士，诺尔兰、弗里斯兰和迪特马施三地的王侯都向他俯首称臣。赫特尔身边有许多地位显赫的英雄建言献策，辅臣的首领是赫特尔的亲族老威特，他统治着斯特姆兰，因英勇的战功而闻名。乐官霍兰德和弗鲁特也同样鼎鼎有名，他们都是丹麦颇有实力的大贵族。然后是来自弗里斯兰的"捷步侠"伊罗德和尼夫兰的莫隆，这两位勇士随时愿为主君赴汤蹈火。

一天晚上，尼夫兰的莫隆在宴会上建议国王赫特尔找一位妻子，他说爱尔兰公主希尔德貌美如花、贤淑聪慧，名声传遍各国，是国王求婚的最佳人选。霍兰德也附和说公主确实配得上这份赞誉，但是公主的父亲是著名的蛮王黑根，他不允许任何男人向女儿求爱，已有许多高贵的勇士为求亲与他决斗而死。

听到他们对美人希尔德的描述，国王很是着迷。他非常想同她分享黑格林的王权，于是问谁来为他求婚。朝臣建议他任命老威特作为他的大使，虽然身为斯特姆兰领主的老威特并不情愿，但他还是答应出发，并说如果霍兰德和弗鲁特能够陪同的话，此次求婚定能成功。于是这三名武士在弗里斯兰的伊罗德加入后，准备开始他们的旅程。他们率领一支小舰队出发，船上不仅有一千名士兵，还有大量珍奇宝物。

经过长途航行，他们到达了巴里安，蛮王黑根的宫廷所在之地。

使团得到了最热烈的欢迎，因为爱尔兰没有人见过这么华丽的阵势。丹麦舰只的桅杆由闪亮的柏木制成，船帆是用紫色丝绸缝制，而船锚则是纯银打制而成。身着华服的水手们从船里拿出来自各国的奇珍异宝，放到顾客面前排开，惊得爱尔兰人目瞪口呆。船长们拿出大量商品售卖，他们解释说自己是商人，是来巴里安做生意的。

黑根听到码头上发生的事情后，便和希尔德王后一起去船上看个究竟。弗鲁特立刻走上前，把国王拉到一边，解释说他们不是真正的商人，而是群逃犯，他们希望黑根能保护他们免受国王"黑格林人"赫特尔的攻击。

黑根一听这话就笑了，因为他早就想和丹麦国王决斗来试试自己的身手。于是他告诉武士大胆放心，可以去他的王宫避难。这群异邦来客接受了邀请，他们送给国王和王后诸多厚礼，包括衣物和宝石。他们的财富的确看上去用之不竭，黑根遂愿意把他们留在国内，并分给他们房屋和土地。但来客们恳求说，他们的妻儿还留在黑格林兰，他们还希望能有一天可以回归故土。

众人在宴厅里会面，众位来客都向公主介绍了自己，只有威特很少说话，常常朝大海望去。

"去吧，希尔德，"王后低声说，"去和外国的领主亲吻问好吧。"

姑娘吓坏了，因为斯特姆兰的英雄比他的所有同伴都要高大，他神情严肃，有一个大钩鼻，光脑袋，还留着一道长长的灰胡子。

"您在看什么，威特大人？"王后说，"难道海岸上有比宴厅里更漂亮的女人？"

"我在看我的船，"英雄答道，"因为一场风暴就要来临了。"

随后公主微笑着说道："您和我们待在一起不开心吗，高贵的武士？还是说您讨厌饮酒作乐，只想在风暴中战斗？"

"公主大人，"威特说，"我从来不知道怎么跟女人说甜言蜜语，也不会勾搭女孩一起跳舞。在诺恩三女神唱起战歌，鼓舞战士们不惧牺牲、英勇杀敌时，我只会关心肆虐的狂风和喧嚣的战场。"

严肃的老武士语气沉重，而其他武士则轻松愉快地谈起他们黑格林人的美丽家乡，那里有城堡和庄园，还有尽忠职守的贵妇、谦逊踏实的骑士。宴后，来客向主人告别后，便回去休息。第二天大家和往常一样，观赏决斗，举办晚宴，同时还一起吟诵诗歌活跃气氛。

霍兰德常在清晨和深夜时分，亲自为王后和她的女儿唱歌，母女俩都很喜欢他的嗓音和歌曲。有一次，霍兰德和公主独处时，他唱了一首歌曲，讲述一位伟大的国王因为爱上一位名叫希尔德的少女而病倒的故事。公主觉得这首歌曲背后有些深藏之意，所以她问是哪位国王在意她。乐官给她看了一幅赫特尔国王的肖像，并告诉公主，所有来巴里安向她求婚的高贵武士都会遭到她父王残忍的对待。他还坦露了自己和同伴到这儿秘密执行的任务，恳求她和他们一起去黑格林兰，国王就在那里急切地等待她的到来。霍兰德还说，一旦到了那儿，他会每天为公主唱歌，赫特尔国王也会这样，而且国王不仅会的歌曲比他多，嗓音也更好听。希尔德答应霍兰德，她会要求父王允许她上船看一看甲板上的奇异珍宝。

随后，公主按照自己承诺的计划行事。

一天，黑格林人来到黑根国王面前，说他们得到了来自家乡的好

诺恩三女神

第二部分 尼伯龙根及其同源传奇

消息。他们的国王发现他们被诬告了，因此又愿意善待他们。他们现在想和黑根告别，回到他们自己的家园。国王见客人要走，心里有些惋惜，他想在对方上路之前送去一些贵重的礼物。

"陛下，"智者弗鲁特说，"我们本就家财万贯，不用劳您赠送金银，但如果您愿意赏脸，还请带着王后和宫女登上我们的船，看看我们的宝藏吧。"

黑根直摇脑袋，但他的女儿和王后却执意要去，最终国王让步同意了。

到了约定的时候，船扬起帆，舰队准备离港。国王、王后、公主和她们的宫女也来到了海岸边，黑格林人的小艇已准备好把他们送到船队上。突然，美丽的希尔德和她的侍女迅速跳到了霍兰德摆渡的小舟上，但是当黑根和他的武装侍从正要登上另一艘小艇时，威特、弗鲁特和伊罗德立刻把他们挡开，然后将小舟驶出了陆地。国王见状，立刻抓起自己的长矛去追小船，直到海浪淹过头顶方才回头。双方互相投去长矛，但霍兰德安全地将公主带到了船上。黑根沿着海岸跑去，他绝望地大喊，要战船和士兵去追杀叛徒。但没有一艘爱尔兰的舰船做好了出海的准备，因而黑根只能眼睁睁看着黑格林人的舰队渐渐消失在远处。

舰队航行了许多天许多夜，美人希尔德因为想念父母而流了很多泪。但是霍兰德会为公主唱歌，有时歌颂的是别人伟大的事迹，有时是人们的爱情，他一直唱到公主的心感到宽慰方才停下。最终船队抵达海岸，赫特尔国王在那儿等着使团。他来见回家的众人，并很快就赢取了美人希尔德的芳心。第二天一早，他们准备出发前往梅特兰，可他们刚要启程，就看到白云出现在西方的地平线上。而当这些"白云"靠近时，他们发现这其实是一支大舰队，每艘战舰桅杆顶端都飘扬着印有十字架的旗帜。黑格林人起初以为这是一支十字军舰队,要去征讨不信教的维京人和罗伊森人,但很快有一艘船升起了印有黑根虎纹徽章的船帆,黑格林人这才明白大敌将至。

赫特尔王与老威特率领他们的部队在海岸上列起战阵。老威特高兴地大笑一声,因为他终于能亲自和好战的爱尔兰王一决雌雄,而其他亲王则率领他们的部队阻止敌人登陆。武士们兴高采烈,跃跃欲试,但美人希尔德却悲痛地绞拧双手,从城堡的垛口凝视着下方混乱的战场,因为她觉得这场血战因自己而起。

军舰下锚,满载士兵的小舟下海。战斗就此开始,展开登陆的爱尔兰人受到了守军极为顽强的抵抗,以至于船夫没法将船靠岸。随后蛮王黑根跃入水中,带着最勇敢的武士一路杀到岸上。黑根出手招招致命,将面前的所有敌人通通打倒,就连赫特尔本人也受伤倒地,寸步难行。于是老威特此时挺身而出,他与黑根展开了肉搏战。两人都像雄狮一样奋力搏斗,虽然他们各受了重伤,但都不肯向对方退让一步。

头上绑着绷带的赫特尔国王因为失血而脸色苍白,可最终他还是在希尔德的搀扶下努力穿过一群群士兵,用自己的胳膊环抱住威特,同时希尔德也一样抱住了父亲,恳请他们为了她而和好停战。

黑根虽然性情暴戾,可听到女儿的话后也被打动了,他用双臂紧紧抱住女儿,随后伸手先与赫特尔握手,随后又向神情严肃的斯特姆兰英雄伸出手。

既然战斗已经结束,威特为所有伤员包扎伤口,无论是爱尔兰人还是黑格林人,他都用自己非常熟悉功效的药草为他们敷疗。当晚黑格林人大办了一场宴会,第二天一早,所有武士都前往举办婚礼的梅特兰。一艘快船也被派出,将王后希尔德接到教堂去参加女儿的盛大婚礼。

第三章
古德伦

国王赫特尔和美人希尔德在梅特兰幸福地生活着,而黑格林、弗里斯兰和迪特马施三地的百姓都是他们忠诚的臣民。因为赫特尔秉持正义,为百姓提供保护,所以民众爱戴感谢他。王室夫妇共诞下两个孩子,分别是男孩欧特文和女孩古德伦①,他们都很健壮,就像诺尔兰盛开的玫瑰一样。男孩长大后便交给了斯特姆兰的英雄管教,这样他便能从国家最伟大的战士那儿学到比肩师父的本领。古德伦则被父母留在家中,由母亲悉心教育,使她知晓世间道理,带她学习各种女红。长大后,古德伦不仅美丽温柔,而且颇具智慧,她的美名传遍了各国。

在她还很小的时候,就有许多贵族王侯前来求婚。其中有骄傲的摩尔人国王奇戈弗雷德,他身材高大,形如巨人,同时还有一身棕色的皮肤。因其治下有许多王侯朝贡,奇戈弗雷德觉得自己威震四海,雄霸天下,不必担心求婚被拒。然而,希尔德王后认为这位英雄的举止专断傲慢,不知道怎么正确地对待女性。赫特尔也持同样的观点,

---

① 古德伦,Gudrûn,英语发音读作Goodroon,原作者注。

他告诉求婚的国王，自己的女儿还太小，没法料理好王家事务，无法现在就嫁给对方。摩尔王极为气愤地回到了他那遥远的王国，但在离开梅特兰之前，他用黄金收买了一些不忠的叛徒，好让自己知道黑格林人土地上发生的一切。

同一时期，国王路德维希统治着诺曼底和邻近地区。他是一位强大而好战的君王，其子哈特穆特与父王性情相似，常常协助父亲处理战事。哈特穆特听说了古德伦的情况后，决意向她求婚。路德维希王觉得这样做不妥，因为他曾是古德伦外公黑根的封臣，他觉得黑根永远不会原谅自己将诺曼底摆脱爱尔兰治下而独立的行为。同时，他还认为希尔德王后继承了她父亲的坏脾气。但路德维希的王后格林德夫人有不同的看法：她认为哈特穆特配得上基督教世界最尊贵的妻子，只要他们行事得当，古德伦就会接受这份婚约。年轻的武士听了母亲的建议非常高兴，于是大使带着丰盛的礼物，前往了黑格林的宫廷。希尔德王后亲切礼貌地接受了礼物，她感谢大使送来厚礼，说她猜测诺曼底的领主是想还清亏欠她父王的旧债，毕竟黑根曾是他的主君。虽然来访的武士得到了善待，但实际上国王和王后听到他们说王子求婚的消息后并不高兴，因他们觉得自己的女儿必须嫁给一个出身高过诺曼底领主的君王。大使见自己在此多留无益，便回国将坏消息告诉了路德维希。

诺曼国王对此次出使的结果并没有多惊讶，可祖先曾是伟大君主的格林德夫人却很生气，自觉受辱的她建议儿子用剑报复对方的责难，但年轻的王子已经想到了另一个计划。他在苏格兰拥有几处要塞和庄园，于是决定穿着苏格兰服饰，领着一大批侍从亲自求婚。身为英雄，哈特穆特熟知骑士礼节，同时他还身材高大、颇具男子气概，并且有着无比英俊的容貌。颇有魅力的他习惯了贵妇投来的微笑，无论走到哪里,他都能收获女人的好感。因此他一直深信自己也能收获古德伦公主的爱意。船只水手悉数就位,一道顺风吹来,鼓起风帆,但很快风势又止,旅途的航行速度变得非常缓慢。

就在此时,另一位求婚者率先来到梅特兰,此人便是西兰岛之王赫尔维格。这位武士因胜绩颇多而名声显著,同时他为人磊落,无论是面对敌人还是和朋友相处都诚实可信。此外,赫尔维格相貌英俊,一头秀丽的鬈发垂在脸两旁,还有一双蓝眼闪烁着智慧的光芒。少女古德伦很快便和他情投意合,在两人互诉爱意前,就已经知道彼此的心意。

伪装成苏格兰王子的哈特穆特来到梅特兰时,很快就发现了这两人关系正进展不错。

一天,哈特穆特抓住良机来到花园,发现古德伦正独自一人在那儿。哈特穆特向公主表白,同时坦露了自己真实的身份。古德伦吓了一跳,但她很快就恢复镇定,并说自己已经另有在意的对象。她还告诉王子要小心,别暴露自己的身份,因为她的父王、母后把路德维希国王视为封臣,如果他们知道哈特穆特的真名和品性,那王子一定会有性命之忧。听到"封臣"一词,年轻的英雄气得脸颊泛起红晕,然而他没有表现出内心的愤怒,而是体面地与少女分别,在向国王和王后告别后,扬帆回到了他自己的封地。

赫尔维格在宫里逗留,希望能有机会和公主独处并跟她说话。但不知是偶然还是王后故意阻拦,他从未找到机会。于是,他大胆地去找国王,正式向古德伦求婚。赫特尔平静地听他说完,随后告诉赫尔维格,他的姑娘还太小,还不能结婚。然而,这只是一个借口罢了,实际上是因为赫特尔觉得这位穷困的西兰岛国王配不上自己无与伦比的女儿。

赫尔维格回家后没有停歇，他集结军队，准备入侵黑格林人的国土。他的军队只有三千名武士，但个个都是久经考验、忠心耿耿的精锐老兵。赫特尔完全没有防备敌人入侵，他部下的英雄们要么在家、要么四散国外各地，于是他召集齐所有可以动员的战士，出战迎击敌军。很快整片海岸杀声震天，战斗就此开始。经过长时间的激战，最终希尔德王后带着古德伦，领着自己的侍女来到战场。她凭自己一番机智的说辞，劝诱双方放下了武器，达成了和约。赫特尔非常满意赫尔维格展现出的胆量与勇气，于是他同意西兰岛之王做自己的女婿，但规定他们一年内不得举行婚礼。

赫尔维格和其他几位武士在梅特兰度过了一段时光，而年轻的欧特文和他几个朋友也从斯特姆兰的老威特手里接过他们的宝剑。老威特要求这些年轻人全力以赴地战斗，这样他们才能很快具备获得骑士殊荣的资质。在接下来的比武中，年轻人的武艺令老师非常高兴，可从西兰岛来的伤员一下让众人的喜悦烟消云散。伤兵带来消息说摩尔国王奇戈弗雷德突然袭击了岛屿，正要把整个国家都夷为平地。

赫特尔决定派军队去帮助赫尔维格同摩尔人战斗，可西兰岛之王没等赫特尔召集完军队便立刻出发，他说援军可以之后跟来，但他必须立刻回到岛上，告诉他的子民自己没有抛弃他们。

赫尔维格在一处小海湾登陆，看到残忍的摩尔人在此犯下的暴行，他心痛不已。虽然自己的实力无法与敌人一战，但他并没有坐以待毙，而是和三千名部下分成了许多支小队，将落单的小股匪军分割包围，尽力袭扰敌军。赫尔维格如此战斗了数周后，赫特尔和他麾下的英雄们搭乘的黑格林舰队终于赶到。双方在海上和陆上爆发了大战，虽然摩尔人损失了大量的部队和船只，但并没有遭遇决定性的失利。奇戈弗雷德知道此时他已经无法通过正面作战来取胜，但战场千变万化，摩尔王相信自己可以抓住意外的机会，从而脱离险境，而他的希望没有落空。

正当赫特尔王和他的英雄在西兰岛鏖战时，哈特穆特带着一支诺曼大军攻陷了黑格林人的家园。路德维希陪同儿子出战，他们一起率领部队突袭了王宫，拿下宫殿后便掳走了古德伦公主和她的侍女，其中就有希尔德博格，她的祖母便是黑根在狮鹫海岸上救下的少女。

第一位前来的信使带来了诺曼人入侵的消息，紧接着第二个信使便到，汇报了城堡沦陷、古德伦遭人掳走之事。所有人都首先想到应该立刻出发，追上强盗。赫特尔国王派人到奇戈弗雷德那儿开出议和的条件，并告诉了他发生的意外，随后摩尔国王立刻表示愿意一同营救公主，于是赫特尔、赫尔维格和奇戈弗雷德三方十分顺利地结成了同盟。

海岸上古德伦

结盟一事达成后，大家转而关注船只的整备。可他们十分绝望地发现大部分船只都在战斗中被烧毁，只剩下很少的战舰可以航海。赫尔维格本想和他的部下独自出海，但弗里斯兰人伊罗德拦住了他们，他提醒众人有一支舰队正在靠岸。这些船只的桅杆和旗帜上都有十字架的标志，而甲板上的人穿着灰色的长袍，手里拿着象征和平的节杖。

"他们是去圣墓的朝圣者。"乐官霍兰德说。

朝圣者下了船，在沙滩上搭起帐篷，经过漫长而艰苦的航行后，他们要休整一下。

"情出无奈罪可赦，"威特说，"这些虔诚的信徒可以推迟一下他们的旅程，毕竟他们还有足够的时间来做忏悔。让我们先借他们的船只和供给一用，如果我们能活着回来，可以好好报答这次强征欠下的债。"

霍兰德和弗鲁特警告他们的朋友，这样做肯定会遭到报应的。可怜的朝圣者们也恳求赫特尔能放他们一马，可赫特尔国王还是决定要坐朝圣者的船出海，威特与赫尔维格也支持了他。

于是英雄们坐上带着十字架旗帜的帆船，穿越公海，追逐诺曼人。

航行了许多天后，他们看到了一座名为沃尔彭沙德的低矮小岛，岛上有一支大军驻扎，营地的军旗上画着一只大展双翼的乌鸦，那正是诺曼人的纹章。多亏了朝圣者的船只，敌人察觉危险时，赫特尔王等人已经离小岛非常近了。诺曼人见黑格林人来袭，便一跃而起，他们高呼战吼，准备防御。

战斗打响，长矛和箭矢飞满天空，两边士兵都战斗得极为英勇，胜负难分的他们战到天黑方才休战。当晚天色阴暗，战云密布，只有闪烁的营火稍许照亮了现场。赫特尔国王向路德维希发起挑战，要和他进行一对一的决斗，赫特尔王还告诉路德维希，如果他不立刻拿起武器来见自己，就会永远把他当一个懦夫来看。路德维希接受了挑战，出来迎战国王。两位英雄互相朝对方发起凌厉的攻势，但最终还是路德维希给了对手致命一击。黑格林人看到自己的首领倒下后，立刻高呼口号，向前冲杀，而双方就此在黑暗中展开大战。没有人能分清敌我，许多勇士都死在了自己同袍的矛下。双方将领下令鸣金收兵，两军分离，拉开比以往更远的距离。诺曼人知道黑格林人会在第二天展开报复，同时他们本身就在离开黑格林回程的路上，所以认为"小心即大勇"的诺曼人立刻带着俘虏，趁夜色扬帆回国。

破晓时分，老威特叫他的士兵起来行动。发现敌人已经逃跑时，大家都非常惊讶。威特和赫尔维格非常想立即追杀诺曼人，但随行者建议他们要谨慎行事，还提醒他们联军已经损失惨重，须回国休养，等到那些还在成长的年轻人学会运用武器后再复仇。

大家都认为这个建议十分明智，只有赫尔维格感到震怒，但实力弱小的他无法独自行动，因此他回到西兰岛恢复民生，励精图治，只等时机到来后再次发起远征。

希尔德王后看到黑格林人大败而归，还没能带回丈夫和女儿时非常伤心，但她又能做些什么呢？她只是一个弱女子，既不能挥剑为赫特尔报仇，也没法救出女儿古德伦。

霍兰德、莫隆和伊罗德同王后一起哀悼死去的国王，但威特斥责他们三人不该像女人一样伤情消沉，他命令他们振作起来，教导国内的年轻人学会一切作战的本领，这样他们才能最终抓住机会，实现复仇。

第四章
格林德王后

与此同时，诺曼人的舰队抵达了目的地。

格林德王后带着她温柔的女儿奥特伦，领着侍女和卡西安市民来到港口欢迎英雄回家。他们向国王问候致敬，奥特伦急忙走到悲伤的古德伦身边和她拥抱，还告诉古德伦在这儿可以放心大胆地生活。少女的善意打动了古德伦，但她依然在不停哭泣。轮到格林德王后亲吻她时，古德伦惊恐地避开了王后，因为这个长相锐气的女人有着一双闪着凶光的眼睛，古德伦感觉她仿若一条毒蛇，随时准备扑向它的猎物，用身体缠死自己的对手。

"哟，漂亮的玩偶，"被冒犯到的王后说，"怎么，这么害羞？但你很快会在我的调教下变得顺从。"格林德本还想继续说下去，哈特穆特插嘴说，古德伦会在哀悼她父亲的日子结束后做自己的妻子，随后他向公主伸手，古德伦很不情愿地与他并排进了宫殿。一些镇上的居民看着公主说："她真是一位漂亮的公主！"而其他人回道："但她的命运是多么悲惨！"

日子一天天过去，哈特穆特尽其所能想赢得美人古德伦的芳心，但他所有的努力都是徒劳的。有一天，他问古德伦为什么不爱他，她回答说哈特穆特确实是一位伟大而高贵的战士，值得世间女人爱慕，可她已经和赫尔维格订婚，并且永远不会打破自己的誓言。格林德王后不像她的儿子那样有耐心：她决心要挫败古德伦的傲气，强迫她同意嫁给哈特穆特。起初，她试着温柔地说些奉承的好话，发现这样做也没法令古德伦改变心意后，她便打算采取更强硬的手段，不过她还是等到儿子出战远征后方才行动。临行前哈特穆特将古德伦交给母亲照顾，告诉她可以在不伤害公主王室尊严的情况下，随心所欲地用各种方式"驯服这只野鸟"。

哈特穆特刚一走，格林德王后便开始行动。她把古德伦打扮得像个仆人，然后让她和自己的宫女一起做饭、扫地。古德伦一声不吭，坚忍地承受着自己的不幸。她用那柔嫩的双手擦洗锅盘，做着其他厨房杂活，为此从清晨一直忙到深夜。王后有时会恶毒地问她是不是还宁可继续做奴隶的苦活，也不愿戴上诺曼人的王冠。但古德伦只会温和地回答说，她会遵守自己的誓言。

因此，不论是炎炎酷暑，还是冰雪寒冬，古德伦都在王后的安排下做着苦力活，可对于自己艰难的命运，她从未抱怨过一句。

她年复一年地过着这种悲惨的生活。最终，打完仗的哈特穆特得胜回家。他热情地问候了他的父亲、母亲和妹妹，然后四处去找古德伦。当他发现古德伦穿着粗织的破衣干着累活时，他为母后欺凌女孩的行为感到非常气愤。他请求古德伦能原谅过去发生的不快，将她的爱献给自己。哈特穆特还承诺愿意和古德伦分享王国的财富和显赫的身份，但古德伦只回答说，高尚的女人一生只能爱上一个人，此后不能再有第二次。哈特穆特只好离开了公主，但暗中又小心翼翼地保护她免受母后的恶毒对待。

古德伦恢复了原来的地位，那晚她又睡在了自己的旧房间里。第二天早晨，她醒来时发现许久未见的奥特伦公主正俯视着她，两个女孩一起度过了整个夏天，她们开始热心地关爱彼此。秋天来临时，古德伦觉得自己的挚友看起来比平时更沉重伤感，便问她为何如此。奥特伦随后承认，因为古德伦没有屈从于哈特穆特的求婚，而是一如既往地固执，所以母后格林德打算把自己和黑格林公主分开。

正在两位公主交谈时，哈特穆特也来到她们中间，说："古德伦殿下，你托付誓言的那位武士配不上你的爱，否则他不会这么多年都没领着士兵来找你。他已经忘记你了，而且很可能娶了另一个女人。"

"高贵的英雄，你并不了解他。"古德伦答道，"我和他只有死后才能结束所有的约定，从此彻底分离。"

"如果他在战斗中倒下，或者死于什么疾病怎么办？"年轻的王子问。

"那当我和他在冥界相会之时，赫尔维格会发现我对他的这片忠贞之心。"神色坚定的公主勇敢地回答道。

于是哈特穆特告别了古德伦，他再次踏上远征，尝试在刺激的战斗中忘掉心爱的公主。

他走后，格林德王后又废黜了古德伦尊贵的地位，她派公主去海边洗衣，从清晨忙到深夜。如果公主偷懒，她就用棍棒威胁她。但公主干活十分勤恳，王后找不到任何借口打她。又过去许多年，哈特穆特和当初一样凯旋。他和古德伦说话，却发现她依然对赫尔维格忠心不改。

此后格林德对古德伦比过去更加严苛，甚至连黑格林侍女负责的劳务都比古德伦少。侍女们在屋内用亚麻羊毛纺纱，并把纱线梳理整齐，而她们心爱的女主人则要在整个寒冬清洗衣服。很多时候，古德伦刚回到岸上，就疲倦得睡倒在稻草垫上，甚至没有力气先脱下自己湿透的衣服。见到古德伦如此辛苦，堂妹希尔德博格也没法坐视不管，她质问王后怎么敢如此残忍且不敬地对待公主。可格林德没有就此手软，反而让希尔德博格和古德伦一起受苦。

这正是希尔德博格想要的。她最大的愿望是和她的女主人在一起，鼓舞她、安慰她，同时分担她的辛劳。希尔德博格在城堡里忙碌的时候，古德伦经常独自到岸边去。有一次，她看见一只天鹅从海里游了过来。

"唉，天鹅啊，我要是有你那双翅膀，我便会冲上高空，飞回自己的家乡。"

就在她说话时，天鹅潜入海中，而原来的位置上出现了一条美人鱼："哦，你的心久经考验而真诚不改，你经历的悲伤定会过去：你的恋人和亲人都还活着，他们会赶来救下你。"

美人鱼说着潜回了大海，白天鹅又再次浮在浪上。它展开双翼，飞向天空，绕着公主飞了三次，并且唱道：

> 世间真爱终将找到，
> 两颗真心不再游荡，
> 瞧，拍岸巨浪的白波传来
> 你的勇士响彻波涛的喊声，
> 他要将挚爱的姑娘带回家。

因为格林德的残暴与日俱增，越来越令人无法忍受，所以这份鼓舞对于古德伦而言是件好事。公主和希尔德博格被迫穿着单薄的麻衣，光着脚在海边洗衣服。天气非常寒冷，但在她们恳请拿双鞋子穿时，女监工却辱骂她们，还威胁说如果她们不能在傍晚干完一天的活，就用带刺的鞭子抽她们。两人在刺骨的冬风中瑟瑟发抖，尽管她们的秀发被吹到脸上，但依然得继续忙碌地干活。突然，她们看见一艘船快速地在岸边水面上滑行，在船上划桨的是两位全身穿甲的武士。衣不蔽体的少女本要害羞地逃走，可两位武士叫住了她们，要她们说出高处的要塞是哪座城堡，还说如果得不到回答，就把少女的亚麻衣都丢到海里。姑娘听到这话时便回来了，而古德伦同时小声地说："看，那是赫尔维格来了。我还是很清楚地记着他，可他——他已经把我忘了。"

确实，英雄并不知道站在眼前的人就是他失散已久的未婚妻，但当古德伦刚把飘逸的头发从脸上往后撩起时，赫尔维格就认出了她，并急忙跑到她跟前，把她抱在怀里。当另一位武士摘下他的面罩时，古德伦喊道："欧特文！"接着投入了她兄弟的怀抱。

随后欧特文转向古德伦的同伴，握住她的手说道："是你，希尔德博格！不要羞于承认你我已相爱多年，要不是诺曼人把你掳走，我们几年前就会公开订婚了。"他们随后给了对方订婚之吻。

赫尔维格想马上把两位少女带走，但欧特文并不同意，他说他们应该在明天光明正大地接走古德伦和希尔德博格，而不是带她们从这群盗匪手中悄悄逃走。

两个女孩站在岸边，看着船一直驶离她们的视线。最后回过神的希尔德博格惊恐地恳求她的同伴帮自己洗完麻衣，但古德伦骄傲地回答说，她们受奴役的日子已经到头了，而她一边说着，一边把亚麻衣一件又一件地扔进海里，面带微笑地看着它们随浪飘走。而可怜的希尔德博格吓得浑身颤抖，担心自己和古德伦在逃离苦海之前，会惨遭诺曼王后的报复。

赫尔维格认出未婚妻古德伦

她们来到城堡时,格林德王后下楼来见两人,问她们为什么这么早就回来,麻布衣洗好了没有。古德伦回答说,因为洗衣这项累活对她们来说太过艰苦,所以她就把衣服全扔进了海里,如果格林德王后及时派手下坐船去找,衣服还能找得到。王后听到一向温驯、忍耐的古德伦竟这样对自己说话,一时震怒到说不出话,但是很快她就恢复了镇静,叫她的女仆去拿刺棍,准备鞭笞无礼的少女。女仆急忙按照命令去做,但是古德伦叫住了她们,她告诉女仆们若要对自己动手便有危险,因为明天她将会成为她们的王妃。

"你真的会嫁给哈特穆特吗?"格林德高兴地问道,"这里面怕是有什么蹊跷吧。"

"让未来的国王到这儿来,"古德伦说,"我要和他谈谈。"

王后若有所思地走到她的儿子身边说:"哈特穆特,那个固执的姑娘终于让步了,她同意做你的妻子,但是……"

"没有'但是',"英雄喊道,"她同意了!——母后,我必须听她亲自开口这样说。"随后他迅速走出了房间。

哈特穆特见到古德伦时,本想把她抱在怀里,但公主示意他不要走近,她说自己在这间房间经历了太多痛苦,不愿在此和王子互诉衷肠。但第二天日光普照之时,她会在全体武士的面前和哈特穆特互相戴上婚戒。哈特穆特当即下令,即将成为未来王妃的古德伦必须过上舒服幸福的生活,而为此她的一切所需都应被满足。同时,他还下令如数归还古德伦原来的侍女。

王子的命令得以执行,而公主和希尔德博格丝毫没有走漏她们的秘密。直到黑格林侍女都安全地待在卧室时,她们才听到欧特文和赫尔维格到来的消息。

第五章
出战得胜

天亮前，有位黑格林侍女一直站在窗前焦急地望着大海。过了一会儿，她发现载满士兵的舰队驶近岸边。侍女见此大喜，她忍住欢呼的冲动，叫醒古德伦，把这个好消息告诉了女主人。不久，哨塔响起警钟，叫醒了昏昏欲睡的卫兵。

格林德王后比任何人都更机警冷静，不用说她也知道敌人是谁，因此在路德维希和哈特穆特醒来前就向守军下达了必要的命令。但父子俩整装待发后，撤回了王后的命令。两人完全不顾王后的警告和恳求，没有选择坚守城堡，而是行军出城迎战敌人。

双方列起密集的阵型，同时向对方行进，没多久两军接阵，开始战斗。欧特文与哈特穆特短兵相接，要不是霍兰德勇敢地招架住诺曼国王的长矛，欧特文就会被打得大败。但身受重伤的他很快就被部下带到了后方。与此同时，赫尔维格与路德维希狭路相逢，一场恶战过后，路德维希被杀身亡。

"国王死了！"路德维希的士兵们大喊，纷纷不由自主地逃跑了。强健的伊罗德和摩尔王奇戈弗雷德则乘胜追击。斯特姆兰的老英雄占据了优势，他挥舞利剑的臂膀从未停歇，并且一直冲在前列。害怕的诺曼人逃到城堡时，惊恐地发现老英雄就在他们身后不远处，他们及时关上大门才逃过一劫。但威特不会善罢甘休，他向士兵大声发令，叫他们搬来云梯和强攻用的绳索，打算登上城墙。

哈特穆特不知道他父亲的死讯，他一直英勇战斗，直到他看到诺曼人溃逃时，才和他的近身侍卫们慢慢撤回城堡。哈特穆特抬头望向城垛，发现王后将一把出鞘的剑递给一个男人，并十分急切地指向了女人们在城堡的住处。哈特穆特了解他的母亲，担心她是在叫那个男人去杀光来自黑格林的女人，于是他大声命令道："懦夫！如果你敢出手杀死任何一个女人，我就在日落前把你绞死。"

那名杀手把剑扔在地上，偷偷溜走了。就在这时，哈特穆特十分惊讶地发现老威特就在城堡门口。他环顾四周，试图求助，可路德维希不见踪影。黑格林人和他们盟友的旗帜却在四面八方被人挥舞着，而联军最前列的士兵也迅速包围了哈特穆特和他的小队。极为勇敢的哈特穆特不肯逃跑，他准备抵抗敌人到最后一刻。斯特姆兰领主上前攻击他，虽然哈特穆特拼死奋战，但要是没有赫尔维格阻拦老武士、为其求情的话，哈特穆特也会命悬一线。战斗正酣的威特没有注意到是谁和他说话，他用大锤敲中了赫尔维格的头，西兰岛之王便晕倒在地，和许多死伤的诺曼人躺在一起。凶蛮的斯特姆兰领主因此恢复了理智，他把哈特穆特晾在一边，弯下腰去看他的朋友，然后他高兴地发现赫尔维格并无大碍。当赫尔维格一站起来，威特就问道："是哪头魔鬼附身了你，竟然要我去饶了这个诺曼绑匪的性命？"

"根本不是什么魔鬼作祟，"赫尔维格回答说，"高贵的古德伦公主深爱着奥特伦公主，为了她我恳求你能饶哈特穆特一命。"

"女人啊，女人！"老武士喊道，"她们都一样有着柔软的心，打动她们是如此容易，就像用微风吹动浮云。但现在我们得动作快点，把那头母狼困在她的巢穴里。"

被攻破的城堡大门最终大开，斯特姆兰的英雄从一小群卫兵中杀出一条血路，来到了女人们的住所。在那儿，他发现所有受惊的女人都围在古德伦身旁，而奥特伦和格林德则跪在她脚边，恳求得到她的保护。

"那头恶毒的母狼在哪？"威特吼道，"说吧，古德伦，还有你们其他人。"

英雄的表情阴沉严肃，再加上他的铠甲和剑还滴着敌人的鲜血，所以没有人敢正视可怕的他。但古德伦并没有被吓得发抖，而对于曾

格林德和奥特伦跪倒在古德伦脚下

经虐待她的格林德王后，古德伦也没有说一句出卖她的话。她安静地坐着，浑身充满一种温和的威严，毫不退缩地看着愤怒的老人。

威特迅速地瞥了眼房间去找格林德，就在此时，一位侍女指认了王后。看到那双像蛇一样闪着光的眼睛，威特一下就抓住格林德的头发，把她拖到城垛上，砍下她的头，然后把尸体全都扔下了墙。

"现在轮到另一个了，"威特喊道，向吓坏的奥特伦冲去，"她是那条母毒蛇的后代，必须和她母亲一个下场。"

但古德伦把姑娘紧紧地抱在怀里，她将奥特伦对自己的爱和善意告诉了冷酷的武士，于是完成复仇的威特心满意足，没有再伤害奥特伦。

同时，城堡外的战斗也已停息，诺曼英雄哈特穆特不堪疲惫，他和自己剩下的八十名武士一起投降了。

三天后，得胜的军队登上了船，扬帆回到黑格林人的土地，而莫隆和他的部下都留下来驻守卡西安。哈特穆特、奥特伦以及三十位诺曼侍女也不得不陪同征服他们的黑格林人一同出发。途中，大家来到了沃尔彭沙岛，希尔德王后在那修建了一所大教堂，埋葬古战场上牺牲战士的遗骨，英雄亦在此庄重地感谢前人护佑他们取得伟大的胜利。奥特伦独自坐在教堂的墓地里，看着那些坟墓。她想起了战死的父亲，甚至希望自己也一同逝去。但古德伦走到她跟前，拉着她的手，把她带到摩尔国王奇戈弗雷德那里，后者渴望赢得她的芳心。在接下来的旅途航程中，古德伦设法撮合两人，并且乐于向奥特伦讲述奇戈弗雷德在战场立下的赫赫战功。

与此同时，希尔德王后和赫尔维格的妹妹赫尔加特经常待在一块，她们喜欢坐在一扇可以俯瞰大海的窗户前闲聊。赫格林军队肯定很快就会回来，但他们会是大败而归还是光荣凯旋？而古德伦还会信守她对恋人的誓约吗？希尔德不像她的年轻同伴那么充满乐观，因为她更习惯多愁善感。有一天，当他们像往常一样站在窗前时，赫尔加特看见舰队出现在远处，她高兴地叫了一声，告诉希尔德王后她们的朋友要回来了。

王后和她的宫女还没来得及赶到海岸，威特就已经上岸了。一见到王后，他就立刻将好消息告诉了对方。

其余的船在不久后到达，很快希尔德就高兴地拥抱了她失散多年的女儿古德伦。随着时间流逝，大家心里又充满了欢乐，只有一个人例外，那就是哈特穆特，他伤心得不能自已，温柔的赫尔加特同情他，她请王后开恩释放诺曼国王，并允许他回到自己的王国。但希尔德解释说，哈特穆特肯定对他们怀有致命的敌意，只要他有机会时便会发起攻击，要释放这样的人是根本不可能的。有一天，哈特穆特偶然听到赫尔加特非常温柔而聪明地为自己求情，他为此深深感动了。哈特穆特甚至开始觉得，赫尔加特可能比古德伦更美丽，于是他立刻开始寻找机会和她说话。不久之后，他们开始彼此相爱。哈特穆特把这件事告诉了王后，请求她恩准自己和赫尔加特的婚事，王后立刻同意了，同时归还了他的宝剑，恢复了他的自由，因为娶了甜美可爱的赫尔加特后，哈特穆特只会永远是黑格林人的朋友。

几周后，一场盛大的婚宴得以举办，宴席间有四对夫妇在圣坛前接受牧师的祝福，之后他们一起来到宴厅庆祝。为了现在的幸福生活，大家选择将过去所有的仇恨一并释然。之后，老乐官霍兰德拿起竖琴，唱起他的最后一首歌。他在歌中讲述了所有他知道的丰功伟绩，歌颂那些尚在或是已故的高贵英雄，赞美他们忠诚与坚毅的品质；他将歌唱完时，大厅里众人无不流泪，甚至冷酷的老威特也被人看到流下了一滴眼泪。

IV

贝奥武甫
BEOWULF

又名猎蜂之狼或啄木鸟,贝奥武甫的名字Beowulf起源在学界众说纷纭,作者提到的"Bee-Wolf"即"猎蜂之狼"是来自研究德语的哲学家与语言学家Henry Sweet的说法,他认为贝奥武甫的名字由"Beowulf"延伸而来,意思上接近于"熊"。而"啄木鸟"即"Woodpecker"的说法来自英国哲学家Walter William Skeat,他认为Beowulf是Beewolf的另一种拼法。

第一章
格伦德尔

一天晚上,一群武士来到赫罗德加的大厅里享用宴席,他们找来一位吟游诗人唱歌助兴。吟游诗人调好竖琴,唱起了斯基奥尔德[1]的故事。此人是奥丁之子,被其父送往人间与凡人一起生活。这位神之子躺在盾牌上随海浪漂泊,最后被人发现并得到了悉心的照料。最后他历经磨炼,成了日德兰半岛上一位威猛的武士和强大的国王。诗人歌颂斯基奥尔德荣耀的一生,赞颂他留给子孙后代的王国。最后,他称赞斯基奥尔德最著名的孙子赫罗德加,说他和神话中的祖父一样,是治世贤君、艺术的赞助者、纯良百姓的保护者和为恶歹徒的制裁者。

国王的宫殿有一座用石头刻成的鹿角装饰的城垛,而这尊鹿角雕像上有超过十二个角叉,所以丹麦王宫得名"鹿厅"。那天晚上,国王邀请了许多勇士来到鹿厅。终于,到了勇士分开过夜的时候。由于他们人数太多,城堡里其他任何地方都无法容纳,国王便在大厅里为他

---

[1] 斯基奥尔德,即丹麦最早的君王Skjöldr,Skiold是其姓名转写成英语后的结果。在许多北欧传奇中,斯基奥尔德被描述成奥丁的儿子,并最终成为最初统治丹麦的传奇君王之一。

们准备了床铺。二三十个勇士躺在大厅的床铺上,但第二天早上当仆人来叫醒他们时,发现武士已经全部死亡。大厅里一片狼藉,遍布血迹和打斗的痕迹。

赫罗德加国王刚听说发生的事情,就亲自赶来,仔细察看现场,想找出这场灾祸的成因。血迹从大厅一直延伸到门外。在松软的土地上,他看到了一个巨人的脚印深深地印在地上。这下,他全都明白了。曾经,在一位大魔法师的帮助下,人们将巨人格伦德尔驱逐出了这片土地。但现在,它回来了。格伦德尔回来的消息传出后,十位勇士主动提出在大厅放哨,如果巨人闯进来,他们就和他战斗。但第二天早上,他们也都死了。这些人要么在睡梦中遭到了奇袭,要么没有足够的力量与怪物对抗。斯基奥尔德族裔的子民勇敢无畏,又有十二位英雄立即站了出来,其中十一人穿着盔甲睡在大厅里,而第十二位勇士则是一个吟游诗人,他在那里站岗。

午夜时分,巨人拖着沉重巨大的身体、龇着他的大嘴奔袭王宫。吟游诗人将发生的一切都看在眼里,听在耳里,可他既说不出话,也没法动弹,被吓倒的他最后昏倒在地上。第二天早上,人们好不容易才让他醒来,可游吟诗人不能也不愿说出自己看到了什么。他拿着自己的武器和竖琴,既没有说一句话,也没有向任何人告别,沿着地板上的血污离开鹿厅,径直走向了海滩。

当时,正好有一艘船即将驶往高特兰,于是游吟诗人上船,离开了命运多舛的日德兰半岛。

吃掉武士的怪物格伦德尔

第二部分 尼伯龙根及其同源传奇

第二章
勇敢的潜水侠贝奥武甫

这时高特兰①由勇敢英武的海格拉克统治,他身边聚集着许多著名的英雄,其中为首的便是他的侄子贝奥武甫(意为猎蜂者,也就是啄木鸟),他是艾克塞奥的儿子。那位吟游诗人到达高特兰时,当地人正在反抗入侵王国的瑞典人,一场大战即将打响。几天后,战斗开始了,如果不是贝奥武甫表现神勇,高特人定会惨败。尽管贝奥武甫一再遭遇险境,他总能化险为夷。他的冷静和勇气鼓舞了部下,最后瑞典人不得不撤回到自己的土地上,哀悼他们死去的国王和勇士。

高特人举办宴会庆祝胜利,陌生的吟游诗人向聚集在一起的勇士唱起了古今英雄的伟大事迹。他先唱到英雄沃尔松格的勇敢后裔西格蒙德(齐格飞)以及他勇斗巨人、屠杀恶龙的冒险故事,然后又用竖琴弹出更响亮的旋律,歌颂贝奥武甫的胜利,号召英雄做出更伟大的义举,去寻找并杀死可怕的沼泽恶魔格伦德尔。这个怪物每晚都会潜

---

① 高特兰,意为高特人(基特人)居住的土地,大致位于今天瑞典南部一带,而非今天瑞典的哥特兰省或哥特兰岛。

入斯基奥尔德族裔的大厅里，吸食英雄的鲜血。

于是，贝奥武甫答应去杀死这头骇人而残暴的怪物。这时，身为高特兰大领主之一的布雷克嫉妒贝奥武甫的名声，他提议两人明天一起下海，去和深海的怪物搏斗，借此来看看谁才是更强大的英雄。战斗后谁先上岸，谁就获得胜利的奖赏。双方商定，这场较量在第二天举行。海格拉克国王承诺，他会把自己颈上的金链送给胜利者。

第二天早晨，火红的太阳从东方升起，风急浪大的大海呻吟低吼，挟浪冲向海边，就像在索取活人祭品。两位勇士站在海滩上，穿着盔甲，手里握着剑。他们刚看到比赛开始的信号，就一起跳进波涛汹涌的大海，很快便消失不见。他们紧紧靠在一起，以便被海怪压制时可以互相帮助。但是，他们最后还是被海浪分开了。布雷克很快发现他处于平静的水域中，并顺利在约定的时间游回了目的地。与此相反，贝奥武甫被冲到一个湍急的海域，那里的激浪拍打着耸立海面的高崖，海域内还盘踞着大量等候猎物出现的珊瑚虫、海龙和可怕的海妖。怪物伸出一条条巨大的手臂试图抓住贝奥武甫，但都被他用剑斩断。各种各样的海龙也想绞杀猎物，但却被贝奥武甫刺碎了鳞片。

突然，一只海妖紧紧缠住英雄，想把他拖进洞里，却被他刺穿心脏、带出了水面。经过一场漫长的缠斗后，贝奥武甫来到了安全的海域，然后用尽全身力气，赶在日落之前回到了家。风暴过去了，危险也随之减少。布雷克比贝奥武甫先到达岸边，他带着胜利的微笑转身迎接对方。但当贝奥武甫把他杀死的海妖扔在沙滩上摊开时，布雷克和在场所有人一样诧异。王侯们围在这可怕的怪物周围，海妖巨大的四肢令众人看后瞠目结舌。

"这是我承诺过的金链子。"国王对布雷克说，"你通过自己的努力赢得了奖赏。但我勇敢的侄子击杀了一个深海的怪物，取得了更大的战果。因此，我要把我的宝剑奈格灵送给他。这把剑的金质剑柄上刻着卢恩文字①，一定会给持有者带来好运。"

贝奥武甫被高特人②簇拥着，但他不满足于一时的小胜，而是渴望从怪物格伦德尔手里夺回斯基奥尔德族裔的宫殿，于是他带领吟游诗人和十五个高贵勇敢的高特战士乘船前往赫罗德加的城堡。

他们的船停靠在堡垒下的海滩上，卫兵询问他们的身份和来到赫罗德加王土的目的。士兵得知他们的名字和来意后，欢喜地把高特勇士们带到了国王面前。赫罗德加也高兴而感激地款待了他们。吟游诗人调好竖琴，唱着贝奥武甫的英勇事迹，并预言他会击败杀死那池沼里的怪物。这番赞誉令身为朝臣之一的亨福德又气又妒，他说赢得比试的是布雷克，而不是贝奥武甫。他又提醒这位高特英雄，他正要执行的是一项很可能令自己身死的任务，劝他最好在与格伦德尔开战前三思。听到这里，贝奥武甫愤怒地说道，他赢得的是一把宝剑而不是一条金链，它足够锋利，既可以刺穿怪物坚韧的表皮，也能割下朝臣口不择言的舌头。见此情形，赫罗德加命令那位大臣保持肃静，并向高特人保证，如果贝奥武甫获胜，他也会给予丰厚的奖赏，并与高特人结成兄弟之盟。

夜幕降临，赫罗德加带着他的士兵退出了城堡，仆人们走进大厅为远道而来的客人们铺床。贝奥武甫对胜利充满信心，他放下头盔和

---

① 卢恩文字，又称为如尼文字，是一类已灭绝的字母，用于构成卢恩语，并在中世纪的欧洲，特别是斯堪的纳维亚半岛与大不列颠岛用来书写某些北欧日耳曼语族的语言。

② 高特人，又译作"基特人"，同时因其在古英语中的读音，也可写作"Geats"（基特人），虽然其读音非常类似"哥特人"，但基特人与哥特人是否完全为同一种族尚无定论，高特人生活大致在今天的瑞典南部，是如今瑞典人的主要祖先之一。

锁子甲，把剑交给侍从。

"我要用我的双拳打倒格伦德尔，"他说，"既然他赤手空拳，那我也要这样和他战斗。"

午夜已到，沼泽的恶魔从藏身之处爬了出来。他期待着今天能饱餐一顿，于是，他把自己裹在一层薄雾中，向宫殿走去。恶魔看到躺在宴会厅里的高特人，立刻满意地笑起来，他露出自己那近似野猪的大獠牙的巨齿，同时伸出那双布满毛发、长有鹰爪的双手，准备大快朵颐。

战士似乎都中了某种妖术，沉睡不醒，只有贝奥武甫一个人竭尽全力保持着清醒。他透过半闭的双眼注视着那个怪物，看到远处伫立的巨人正欣喜若狂地看着他相中的猎物，不知道从谁吃起。最后，巨人似乎打定了主意，他扑到一个睡着的人身上，迅速下手后，痛饮猎物死后流出的鲜血。接着他又要杀死贝奥武甫，但是英雄抓住了巨人伸出的胳膊，痛得怪物大叫起来。就此英雄与恶魔展开了一场恶斗，整座宫殿被他们搅得天翻地覆，随时都有塌为废墟的危险。睡着的人纷纷醒来，他们拔剑向怪物扑去，但是手里的武器只能擦过巨人长满鳞片的皮肤，并没有造成什么伤害。贝奥武甫的同伴只好躲在偏僻的角落里，以免被正在搏斗的双方踩到。最后，格伦德尔不得不承认贝奥武甫技高一筹，只能在此时设法逃脱。他拼死挣扎，虽然终于挣脱了英雄的手，却有一只胳膊被贝奥武甫从腋窝处扯了下来，留在了敌人手中。然后，恶魔发出一声愤怒而痛苦的嚎叫，并逃回了他的沼泽，留下一路的血迹。

此时太阳冉冉升起，阳光从窗户射进宫殿。高特英雄右手拿着战利品，站在宽阔的大厅中央，他的面庞在阳光照耀下无比炫目，仿佛众神都在以此称赞贝奥武甫的荣耀。他的伙伴围在他身边，充满敬畏地向他祝贺。贝奥武甫把怪物的手臂挂在大厅门上，然后虔诚地感谢众神之父奥丁赐予他能与怪物匹敌的力量，其他勇士围着他跪下，同他一起赞颂、感恩。高特人起身时,国王和朝臣已经聚集在大厅里了。他们看到这些高特勇士,还有门口那只怪物的胳膊,简直目瞪口呆。勇士们把夜里发生的一切都告诉了赫罗德加。

贝奥武甫执剑欲砍下怪物格伦德尔的头
《英国种族的英雄神话与传说》(*Hero-Myths & Legends of the British Race*,1910)

听闻了这传奇般的战斗，国王一时惊讶得说不出话，但他还是恢复了镇定，让他的侄子赫罗索夫取来他准备的奖赏，很快便有几个仆人在赫罗索夫的带领下，将礼物带到了宫殿。赫罗德加把这些礼物赠给贝奥武甫，并大赞他帮助自己与整个丹麦王国脱离险境。然后，他请求这位高特勇士在有生之年能一直做丹麦王国的盟友。

之后，国王命人为昨夜的大捷庆功设宴。这时，亨福德走上前，说道："高尚的贝奥武甫，昨晚我说了些不敬之词污蔑了您，如果我事先知道您是这样一位英雄，我绝不会这样失敬。您能收下我的爱剑赫伦汀吗？它由矮人打造，在龙血里淬过火。如果您收下它，您能宽容我的罪过，做我的朋友吗？"

于是，两位英雄握手言和，一起享用盛宴。宴会结束，武士们坐在喝空的酒杯边，倾听吟游诗人歌颂贝奥武甫战胜格伦德尔的事迹，以及高特和丹麦结盟的伟业。等诗人唱完了歌，维瑟欧王后为在场的所有人斟满了酒杯。她在贝奥武甫面前摆上一盏金杯，并请英雄收下礼物，以此来记住她。同时她还在贝奥武甫手里放下一枚戒指和一条项链，说这是古时候哈马（即海默）从布罗辛（可能是哈伦格）宝藏中盗走的宝物。

"戴上它们吧，这不仅是为了我们，也为了您自己，"她接着说，"您必定在未来漫长的一生中经历许多场战斗，这些饰物会保佑您平安无事。"

贝奥武甫彬彬有礼地道谢，王后随后退了出去。当国王带着他的随从与贝奥武甫一行人回到王宫的时候，大厅里已经为武士准备好了床位。由于不用再害怕独臂的格伦德尔，他们再一次拥入宫殿休息。

然而，这一夜并不像人们希望的那样平静。

第三章
海中母兽

午夜，海里升起一股巨大的水柱，从里面走出一个女巨人，她的脸庞和衣服都灰暗无比。她的眼睛像燃烧的炭火一般冒着红光，她粗硬的头发末端直竖，瘦长的手臂也向外伸展，似乎是在搜寻猎物。这是格伦德尔的母亲，她来为儿子格伦德尔报仇了。女巨人从海中浮出，穿过沼泽，走进大厅。在那里，她无视武士的抵抗，一个接一个地杀死他们，饮下他们温热的鲜血。

第二天，国王和百姓听闻新的灾难又降临到这片土地上时，他们感到深深的悲哀与绝望。贝奥武甫说，是格伦德尔的母亲造成了这一切的不幸，只要她还活着，丹麦便永无宁日。唯一的办法是找到她的老巢，然后杀死她。贝奥武甫准备独自一人践行这项除魔计划，他向赫罗德加王请愿，如果他在与巨人之母的战斗中牺牲，就把他收到的宝物送给他的叔叔——高特王海格拉克。

大家随即陪伴英雄走到海岸边，贝奥武甫先涉水而下，想找出通往怪物巢穴的路，却发现巢穴的位置比想象中远太多，于是他走回岸上，向他的同伴们郑重告别。同伴们都劝他放弃这项凶多吉少的任务，但他坚持要去。

"等我两天两夜,"他嘱咐同伴道,"如果那时候我还没回来,你们就当我已经死在那母兽手里了。至于我能否获胜,一切都要看诸神的旨意了。"

说罢,这位英雄从他抽泣的朋友身边走开。他披挂着铠甲,腰间挂着亨福德赠他的剑,一头扎进波涛汹涌的大海。贝奥武甫游了很远的距离,终于,他看到海水深处的一处光亮。

"她一定就在那里,"他想着,"愿诸神站在我这边!"

他继续向下深潜,直到海底。在他冲向目的地的途中,许多奇形怪状的怪物游过来袭击他,但它们的牙齿根本穿不透贝奥武甫的链甲。突然,贝奥武甫感觉自己被什么东西勾住,随后又被它飞快地拖拽着前进,几乎无法呼吸了。过了一会儿,他发现自己来到一间海底宫殿的水晶大厅里,对面正是自己一直在找的敌人。

随后,一场惊心动魄的战斗开始了。宫殿的墙壁在贝奥武甫和女巨人的死斗下剧烈摇晃,几欲倒塌。双方都摔倒在地,贝奥武甫被女巨人压在身下。女巨人拔出一把尖刀试图割开他的喉咙,但威兰德打造的铠甲异常坚固,它保护贝奥武甫免遭女巨人伤害。贝奥武甫挣扎着站起身,女巨人也抽出了一把巨剑,其剑身之重,世间凡人几乎都无法挥动。但在她挥剑之前,贝奥武甫就已经扑到她跟前,从她手中夺走了剑。随后他双手紧紧握住巨剑,用尽全身力气挥舞,砍掉了那女巨人的头。筋疲力尽的贝奥武甫倚着剑休息了一会。过了几分钟,他环顾四周,看见格伦德尔的尸体躺在一张铺满海草的躺椅上。他想要把尸体的头当成战利品带走。但他一砍下怪物的头,血就从怪物的身体里汩汩流出,变成一道激流,同巨人之母的血混在一起,漫出宫殿大门,流进大海。女巨人的剑刃在血水中融化,像烈阳下的冰块一

贝奥武甫与吃人怪物
格伦德尔德之母缠斗

样消失得无影无踪，只留下金质的剑柄。贝奥武甫带着剑柄和格伦德尔的头离开了怪物的宫殿。

他的朋友聚集在岸边，看见被鲜血染红的大海，不禁心急如焚，因他们不知道那是谁在流血，但看到英雄贝奥武甫平安归来后，他们全都欢呼雀跃、欣喜若狂。

赫罗德加王和他的臣民对英雄感恩戴德，因为贝奥武甫从巨人格伦德尔和其母手中两次拯救了这片土地。当贝奥武甫和他的战士启程回家时，整个王国的臣民都为他们送上了礼物与祝福。

海格拉克热烈地欢迎了他的侄子，而侄子的冒险故事更让他听得惊喜到说不出话来。

第四章
贝奥武甫称王

高特人度过了几年和平的时光,但弗里斯兰人突然来袭,他们在许多村庄和农场烧杀掳掠,人们却无力反抗。海格拉克率兵支援,可为时已晚,他还没到达目的地,弗里斯兰人已经登上战舰逃之夭夭。国王决定发兵弗里斯兰,惩治这些强盗。怒火中烧的国王无视了贝奥武甫的建议,不做准备便直接启程。

突然来袭的高特人未遇抵抗,他们长驱直入进入敌国,烧毁了许多农场,又占领了许多堡垒和城镇以作报复。但好战的弗里斯兰人并没有逃避战斗。他们的英雄曾在布拉瓦拉之战[①]中大放异彩,而现在他们为了捍卫家园与自由英勇反抗。他们和入侵的高特人大战一场,打得日月无光、流血漂橹。最终,高特人战败了,国王战死后他们士气全无,相继溃逃,飞奔回自己的船上。贝奥武甫和其他高尚的战士们

---

① 布拉瓦拉之战(The Battle of Bråvalla),又写作雷维尔之战(The Battle of Brávellir),是一场据说发生在公元770年的传奇之战,此战中瑞典国王希格鲁德·赫林(Sigurd Hring)传言在奥丁干预下击败了叔叔"战齿王"哈拉尔德(Harald Wartooth)。

独自坚守阵地,尽管受了重伤,他们仍然抢回了国王海格拉克的尸体,然后才撤回高特兰。

起初,王后希格德因失去丈夫而悲痛得无法自已,难以处理朝政。在她沉浸在悲伤之中时,贵族争论不休,制造了许多骚乱。一段时间后,王后还是从悲痛中清醒了过来,开始考虑国家的未来大计。希格德召开了一场贵族会议,在所有人面前,她谈到国家局势动荡,又有外敌觊觎,但王子赫德莱德尚且年幼,不能治国理政,所以她建议让贝奥武甫来当国王。贵族们一致同意,甚至欢呼雀跃,让贝奥武甫继承王位的呼声越来越高,但英雄本人却走上前说道:"高特兰的诸位大人,海格拉克是我的叔叔,也是我的朋友,你们真的以为我能剥夺他孩子的权力和荣誉吗?愿天上的诸神和惩罪的圣灵保佑我,使我不必犯下如此的罪行!"他喊着,用盾牌托起年幼的赫德莱德,"这才是我们的国王!我将成为他忠实的监护人,以他的名义代为管理他的国家,直到他长大成人,能亲自治理国家为止。"

听闻此言,所有人都知道贝奥武甫心意已决,他们无一反对,就这样,贝奥武甫成了摄政王,而非真正的国王。

于是贝奥武甫遵守着诺言,在此期间用不失公义的强权统治着王国。又过了许多年,年轻的赫德莱德逐渐长大,就像他的监护人和老师贝奥武甫一样,成为可以独当一面的君主,有了可以掌控国家的智慧,也时刻关心人民的福祉。他坦率、真诚,愿意信任所有不与他为敌的人。斯威迪奥德(瑞典)王奥特雷的儿子伊恩蒙德和艾吉尔斯逃到他那里避难时,赫德莱德厚待了他们,并教导他们不要与父亲为敌,还提出愿意帮助他们与奥特雷谈判和解。

一天,当他认真地和两位王子讨论和谈一事时,傲慢而暴躁的伊恩蒙德听不下去了。他声称赫德莱德太过年轻,没资格对他这样久经沙场的人说三道四。赫德莱德则严厉地提醒他,让他别忘记自己的身份。听闻此言,伊恩蒙德彻底失去了理智,他拔出剑,刺穿了高特王的心脏。年轻的威奇斯坦(魏斯坦)当场杀死了伊恩蒙德来为他的国王报仇,但艾吉尔斯逃回了瑞典,不久便继承了父亲的王位。

赫德莱德已死的消息一传开,高特兰的全体自由民就立即被召集来举行高特万民大会①,贝奥武甫获得全票,被选为继承他堂兄的新王。贝奥武甫接受了王位,并发誓要公正地统治他的子民。

---

① 万民大会(Allthing),冰岛的议会体制,又称全体议会或音译为"阿尔庭"(冰岛语:Alþingi),是世界上最早出现的议会之一,约930年在辛格韦德利的法律石创立。1944年,冰岛成为共和国后,成为该国的最高立法机构。

第五章
与龙搏斗

赫德莱德的死讯一经传开，就有数个邻近的民族突袭了高特王国，好在贝奥武甫一直在海岸上严防死守，击退了来自各方的袭击。祸不单行，海上强盗的威胁刚刚平息，瑞典国王艾吉尔斯又领兵来为他的兄弟复仇。仇人相见，分外眼红。高特人和瑞典人展开了一场惨烈而血腥的大战，战死者数不胜数，艾吉尔斯也死于战斗中。

国王死后，瑞典人也和过去的高特人一样溃逃到他们的船上，然后逃回了自己的国家。这场战争带来了长久的和平，维京人不敢进犯高特防卫森严的海岸线，高特贵族间也很少发生争端。成为国王的贝奥武甫以正义的原则与过人的智慧统治着高特。向他求助的人绝不会空手而归，不义的恶行也无法逃过他的责罚。

就这样平静地度过了四十年后，建立丰功伟业的英雄已经衰老，他希望自己还在世的时候，国家能享受到平静宁和的时光。可他的愿望被无情地击碎了。一个新的敌人袭击了高特兰，而高特士兵和他们的武器对它完全不起作用。

事情是这样的：一个奴隶由于害怕被主人抓住用刑而逃走，躲在了遍布岩石的荒野之地。到了那里后，他四处寻找可以栖身的山洞，当他走进山洞后，却发现一条巨龙正躺在洞里睡觉。而龙身后的洞穴深处有着各种各样的财宝。奴隶贪婪地看着闪闪发光的黄金和宝石，心里想，只要他拥有这些宝物中的任意几件，便能赎回自己的自由之身，再也不用害怕主人的惩罚了。奴隶想到这里，决定铤而走险，他悄悄从怪物身边溜过，偷走了一只有红玉把手的金罐，然后安全逃脱。他回到了主人那里，用这件珍宝换来了自由。这时候，俩人还不知道他们将给这片土地带来怎样的祸患。

巨龙在自己的洞穴里看守了几百年，它对每一件宝物都了如指掌。醒来的巨龙很快发现有人盗走了它的财宝。夜幕降临时，它爬出洞寻找小偷的踪迹，但一无所获。于是它亮起嗓门大声咆哮，使得大地都为之颤抖，同时，它又喷出火焰，烧毁了远处的农庄和房屋。而那些试图扑灭大火的人有的死于怒火之下，还有的被这怪物拖进洞里悲惨死去。一夜又一夜，这样的惨剧反复上演，灾难无休无止。许多勇敢的战士想去弑龙，但没有一个人能抵挡恶龙反击时喷出的火焰。

年迈的国王听说了之后很伤心，他决心亲自向龙发起进攻。朋友都对他看似鲁莽的决定表示反对，他却回答说，保护人民不受伤害是他的职责，诸神会站在他这边。他还说，自己要徒手与恶龙搏斗，就像对付海怪之子格伦德尔那样。但他也担心自己没有足够的防护来穿越恶龙吐出的火焰，于是他准备了一块比普通盾牌厚上三倍的巨盾，足以在战斗中将自己全身护住。此外他又选出了十一个最勇敢的战士与自己同行，其中就包括为国王赫德莱德复仇的武士威奇斯坦。

贝奥武甫一行人开始了他们的旅程，没过多久就到达了龙的巢穴所在之地。洞穴里流出一条小溪，溪水已被龙的烈焰吐息烧得滚烫。国王命令他的随从在附近待命，让他们在自己需要帮助时再上前行动，然后走到洞口，大声叫醒了龙。他一开口，巨兽就从洞穴里出来了，接着便是一场可怕的死斗。贝奥武甫和龙的身影都隐没于浓烟和大火中。那怪物的咆哮让岩石颤抖，长柄锤一样的尾巴到处猛砸。一瞬间，一阵风吹开了洞中弥漫的烟雾与火光，贝奥武甫的战友们看到国王正被恶龙的大嘴咬住。他们见此情景害怕得不能自已，有十个人吓得躲到岩石和树林后面，而第十一位武士，也就是勇敢的威奇斯坦则冲过去帮助他的国王。他的盾牌很快就被烧毁，于是他只好躲在国王身后。两位英雄在浓烟与烈火中迷失了方向。

恶龙突然袭击，撕裂了贝奥武甫的铁盾，又一次攫住了他，试图用牙齿将他咬碎。这下，连威兰德亲自打造的链甲也挡不住恶龙的惊人咬力，链甲铁环竟像瓦罐一样碎裂。但威奇斯坦抓住机会，当恶龙抬起头来试图咀嚼国王时，他立即用剑刺穿了它的喉咙，那里并没有鳞甲覆盖。受此一击的龙扔下贝奥武甫，用尾巴缠住两个对手，但与此同时贝奥武甫也向它张开的嘴冲去，将他的武器深深刺入龙的嘴中，剑刃从龙的喉咙贯穿而出。他们很快便杀掉了衰弱的怪物，然后直接瘫倒在岩石边，大声喘气，筋疲力尽。

等两位英雄稍稍恢复了一些，他们便解开了铠甲。威奇斯坦看到鲜血正从国王的喉下慢慢渗出，他想把这小小的伤口包扎起来，但被国王阻止了。贝奥武甫告诉他，包扎已经没用了，因为这是被龙的牙齿咬开的，毒液已经渗入血液了。

"我肯定会死了，"他接着说道，"但在我去见先辈们时，我不会感到悲伤，虽然我没有孩子也没有继承人。但我可以光荣地回首我这一生，因为我没有错待任何人，对所有人都做到了公正如一。"

他让威奇斯坦给他拿些水喝，又让他把财宝从龙洞里拿出来，让他亲眼看看自己留给臣民们的最后一份礼物。威奇斯坦照做了。几分

打败火龙后垂死的贝奥武甫

钟后,贝奥武甫安详而平静地离开了人世。悲痛欲绝的威奇斯坦沉默地凝视着国王,贝奥武甫是他最亲密的朋友,而他的死让威奇斯坦对人世最后的眷恋也消失了。

与此同时,躲起来的战士见危险已经消失,也从藏身之处走出来。发现贝奥武甫为杀死巨龙而牺牲后,他们放声痛哭,但威奇斯坦命令他们保持肃静,怒斥他们如果不得不流泪,也至少应该为自己的懦弱而流,怯战的他们没有资格哀悼为国鞠躬尽瘁的英雄。然后,他忠告他们尽快离开这片土地,因为如果高特人知道他们在国王需要帮助的

贝奥武甫之死

时候躲了起来，自己也不能保障他们的生命安全。武士们低着头，面带惭愧地转身而去。他们离开了高特兰，打算从此能销声匿迹。

贝奥武甫的遗体被带到了高处的墓堆，其名叫作"赫罗内斯纳斯"（Hronesnäs），举国臣民都来为国王送行，注视着国王的遗体火化成灰，悲伤的他们恸哭不止。葬礼仪式全部结束后，高特人不愿收下敬爱的国王以死为他们赢得的财宝，他们将财宝送回地下深处的腹地位置摆放如初。他们认为，如果财宝于人无用，那它无论如何也不会再伤人。

第三部分
亚瑟王及其同源传奇

PART THIRD

I

加洛林传奇

THE CAROLINGIAN LEGENDS

第一章
海蒙之子

海 蒙

法兰克人的国王卡尔大王（查理曼）[1]从匈牙利凯旋，他征服野蛮的阿瓦尔人，摧毁他们的据点后，带着大量的战利品回到了巴黎。

皇宫为此举办盛大的仪式庆祝胜利，国王忙着把新征服的国家领土划分为不同的郡县，然后将土地分封给他心中最适合的武士，严令他们要好好治理。就在各地领主任命完后，多隆的哈格勋爵走上前来，问国王是否忘记了忠心耿耿的多隆伯爵海蒙，因为国王没有给他增封任何新的领地。卡尔立刻回答说，他并没有忘记海蒙，但他认为这个勇士的封地已经足够多了。确实，如果卡尔再给他更多封地，那只会使海蒙认为自己和主君一样强大，甚至可能诱使他向法兰克国王起兵造反。

---

[1] 查理大帝，在德语中其名字被写作Karl der Große，故在此会被作者写作"卡尔大王"。此外查理大帝既是法兰克王国加洛林王朝国王，之后也是查理曼帝国建立者，所以后文对其会有"国王"和"皇帝"两种称呼。

"他是一位忠诚的封臣,陛下,"哈格回答说,"他对您是忠贯日月,就像宝剑绝不会背叛自己的剑鞘一样。但要是他的地位比那些小人还低的话,他可能会忘记自己对您的忠诚誓言,为自己的权利而战。如果真要因此举起反旗,他绝不缺少值得信赖的战友助阵。"

英雄一边这样说着,一边意味深长地摸了摸自己的剑。国王被这一番大胆的僭越之辞彻底激怒,他拔出剑,接着就一剑砍下了这位好心领主的脑

查理曼大帝

袋。朝臣们后退数步,惊恐得说不出话来。海蒙在这时赶来,问其中一个旁观者发生了什么事。他听到国王杀人的原因后,猛地背过身去,一声不吭地扬长而去了。

刚回到自己的城堡,海蒙就把朋友们召集到身边,说要向他的主君宣战。双方没有展开大规模的交战,但冲突双方的争斗旷日持久,饱受战火肆虐的国家满目疮痍,农民深受其苦。在这期间,海蒙以令人难以置信的速度在各地间移动,人们因此说他骑着一匹魔马,这匹马不仅有着闪电般的速度还有着人类的智慧。战争持续了好几年,直

到卡尔大王带着一支军队来袭，包围了造反伯爵的城堡。

在这般战局之下，有一天早晨，海蒙像往常一样来到马厩，打算去给他的爱马喂些燕麦，可他发现马厩竟是空的，宝马巴亚德也消失不见了。海蒙心生绝望，正当他考虑要不要放弃这场毫无希望的战争时，他的堂兄马拉吉斯来到海蒙面前。此人个子矮小，相貌并不起眼，还留着一把长长的胡子，他告诉海蒙一定是撒旦把马带走了，且就藏在靠近地狱入口的武尔坎努斯①山。他承诺不管有多大的困难，都会将马带回来。然后，这个矮小的男人没等海蒙说一句感谢或警告的话，就从伯爵那儿离开了。

走出城堡大门后，马拉吉斯从口袋里掏出了一小袋带毒的鹿食草粉，并在空中撒了一大把。随后风将草粉吹到围城军队的营地里，整支被感染的军队突然都打起了喷嚏，他们按照习俗，互相说着："上帝保佑你！"而马拉吉斯则趁机悄悄地穿过他们的防线，继续前往武尔坎努斯山。

马拉吉斯安全地到达了大山脚下，看到山顶正冒出滚滚浓烟与阵阵烈焰。他立刻去寻找火界的统治者，又恭敬地向对方行礼，然后向对方介绍自己是一位伟大的死灵法师，他前来是想用自己宝贵的才华为撒旦效劳。魔鬼讽刺地回答说，他听惯了黑魔法的研修者夸耀他们的力量和智慧，但因为他很好奇这个陌生人真正的能耐，所以他会给马拉吉斯一次展示能力的机会。

"你要知道，朋友，"他继续说，"直到目前，我一直驾着风暴的狂风出行，但我现在觉得那实在费力。我已经太老，没力气这样出行了，

---

① 武尔坎努斯（Vulcanus），其名取自罗马神话中的火神武尔坎的拉丁语写法，故下文中会将撒旦写作火界的统治者。

所以我四处去找好马，最终找到一匹速度令我满意的快马。于是我将那马占为己有，带到这里来了。我想我现在应该能比过去更轻松地穿越人间，但是……"说到这里，他深深地叹了口气，嘴里冒出蓝色的火焰，"如果我不是魔鬼本人，我应该也会说那匹马是撒旦的化身，它甚至不会让我骑上去。因此，我把它放进了火山里，希望这样能驯服它。因为要亲自驯马，我已经好几个月没睡，但迄今为止都没有成效。我想小睡一会儿，你能在这段时间里帮我照看它吗？"

"大王，说得好。"马拉吉斯说，"但是如果我能靠近马，不就能更好地观察驯马的成效如何吗？因此，我想请您将山上的烈焰与浓雾撤去几分钟，这样我便可以走到山中心，然后开始驯马。如果马呼吸到新鲜空气，它可能会更容易被驯服。"

撒旦同意照他的要求去做。他在马拉吉斯的陪同下爬到山顶，命令冥界的鬼魂阻挡火焰。酷热一冷却下来，"死灵法师"就走进下方的深渊，在马的附近坐下来。然后，他装作是意外发生，将一把看似灰烬的粉末抛向了空中。但这其实是一种安眠药。过了一会儿，地狱亲王就呼呼大睡，他的鼾声大到山脉都为之发抖，不知情的人还会以为发生了地震。马拉吉斯走近那匹马时，马恶狠狠地对他又踢又打。但他刚开口低声说了句"巴亚德"时，这匹灵马便竖起耳朵，他接着说："你的主人海蒙需要你。"它立刻就变得像一只羔羊一样温柔，让巫师把它带到地上世界去。

"到海蒙那儿！"马拉吉斯叫道，然后跳到了马背上。马高兴地嘶鸣，像一阵疾风迅速地翻过山冈与谷地、越过荒野和沼泽。

听到马的嘶鸣声，地狱亲王从睡梦中醒来，他立刻发现自己的马被偷了，随即跨在一朵暴风云上，向逃亡者投掷了一道闪电。但马拉吉斯平静地念起咒语道："阿布拉卡达布拉，退散！"同时举起他的十字架。于是闪电击中了地面,没有伤到任何人。但是路西法①看到十字架吓了一跳,从云上掉下来,倒在地上摔断了腿,从那天起,他的步态就跛软了。

与此同时,海蒙伯爵感到非常痛苦。他像野兽一样被人到处追捕,他的部下要么战死,要么离他而去,他因此变得形单影只,孤立无援。一天,正当他骑着累坏的劣马穿过树林,痛苦地听着寻血猎犬的狂吠和猎人们的叫喊时,他看见一个骑手跑进了前方的空地,然后他高兴地叫了起来:"马拉吉斯,我的堂兄马拉吉斯你来了!还有巴亚德,我的忠马巴亚德!我的不幸在此结束了!"

伯爵话音刚落,追赶他的猎人便一拥而上。海蒙跳到巴亚德的背上,挥舞宝剑,和自己的爱马一起战斗,最后只有少数几个敌人活了下来能讲述这场传奇的战斗。

海蒙就此否极泰来,盟友又相继赶来援助他,许多城堡和要塞再次回到了他的手中。卡尔大王的圣骑士②也避免与之战斗,战争似乎会永远持续下去。骄傲的国王希望议和,他最终向忤逆的封臣派出使节,同意恢复他的所有封地,并付给他黄金,而黄金的重量是被害的多隆勋爵哈格体重的四倍。罗兰伯爵是使臣的领队,海蒙非常荣幸地接待了使者团,尤其是他的老朋友罗兰。但是当他听到卡尔提出的条件时,他提出意见,要求国王为谋杀勋爵而赔付受害者体重六倍的黄金,而

---

① 路西法在此与撒旦同指恶魔一人。这与希伯来词语希伯来语术语"Helel"的拉丁文翻译有关。有些人认为这个词是巴比伦王的专有名称,意思为"明亮之星(即金星)",在拉丁语中写作Lucifero,并成为对撒旦的流行称呼。詹姆斯一世的翻译将希伯来语术语翻译成英语时,他们保留了流行的术语"路西法"代指撒旦。

② 圣骑士(Paladin),又音译为"帕拉丁",是指查理大帝的宫廷中十二近侍,他们都是位高权重的骑士。

且国王还得将王妹阿娅嫁给他。这些条件一开始被国王拒绝了，但后来他还是同意了，部分原因是王国需要和平，而另一部分原因据说是美丽的阿娅公主为此也向哥哥施加了压力。

和约因此终于达成。海蒙伯爵恢复了他以前的地位和尊严，并同公主结婚。婚礼结束后，这对新婚夫妇退居到他们的皮尔勒蓬特要塞，两人相爱美满地生活了一段时间，但是不甘平静的海蒙无法享受如此安逸的生活。他渴望荣耀，希望成就一番伟业，于是他越过比利牛斯山脉进入西班牙，那里的基督徒和异教摩尔人一直在自相残杀、争战不休。在最初的几年里，海蒙伯爵还常常不时地回家看望他的妻子和孩子，但当他因为忙于战事来到更靠南的战场时，便一直在外不归，似乎忘记了自己美丽的家园和那里的一切。

雷诺尔德和他的兄弟们

以为海蒙死去的伯爵夫人阿娅哀悼亡夫，同时，她把自己所有的爱都倾注在四个儿子理查德、阿德尔哈特、威克哈特和雷诺尔德身上。她不遗余力地教育他们，而男孩们也都成长为充满智慧、仪表堂堂的男子汉，以此回报了母亲含辛茹苦的照顾。雷诺尔德是最小的儿子，他有着父亲一般的容貌，身材也比他的兄弟更高更强壮，同时还是皮尔勒蓬特剑术最强的剑客。他继承了不少父亲的暴脾气，但面对自己的母亲时，他总是温柔而顺从。

四个年轻人已经在实战中展现了自己的实力，而此时，一位信使来到了皮尔勒蓬特，他说生病的海蒙伯爵正躺在比利牛斯山脚下的一家小旅馆里，那附近可以找到温泉。信使还说海蒙希望妻子能去照顾他，听罢，阿娅立刻顺从丈夫的请求，在儿子的陪同下出发了。

刚到旅馆，阿娅就急忙拥抱丈夫，并把她的儿子们带到海蒙面前。三个年长的男孩温柔地拥抱了他们生病的父亲，但雷诺尔德却犹豫不前。

"这个病垮了的老人是谁？"他喊道，"他不可能是我的父亲，因为我父亲是一个伟大的英雄，而那个人看起来不太像一名武士，我不知道他愿不愿意和我比试一场。"

"孩子，"海蒙站直身子说，"你为什么认不出自己的父亲？看看你母亲多年前给我的这枚戒指，还有我在战斗中留下的这些伤疤。"

"而且，"伯爵夫人继续说，"我对他的爱难道不能证明他是你的父亲吗？"

"能的，母亲，"雷诺尔德喊道，"我现在认出他了。"说着，他把父亲抱在怀里，强壮的他把父亲抱得几乎吸不进气。

"啊，毫无疑问这是我的儿子，"海蒙说，"他和我就像从同一块石头里蹦出来的。"

阿娅和儿子们非常想听伯爵说说自从上次分别后，他做了些什么，又看到了什么。于是海蒙把他所遭遇的一切都告诉了他们，最后他说自己为家庭挣来了巨大的财富，他打算把这笔财产均分给三位大儿子，而小儿子则可以获得他的宝剑弗拉姆伯格和宝马巴亚德，但前提是雷诺尔德得能骑上那匹马。

对骑术自信的雷诺尔德坚信自己能骑上任何动物，他请求他的父亲、母亲和兄弟来看他是如何骑上自己的新战马的。于是，他们跟着小伙子进了马厩。雷诺尔径直走到巴亚德跟前，一只手抓住缰绳，正要骑上马，这时马咬住他的外套，把雷诺尔德摔到地上。勇敢的战士对自己的摔倒羞愧不已，于是他一跃而起，立刻坐在了马鞍上。勇士与战马展开了一场激烈的角逐,最终雷诺尔德成功驯服烈马。巴亚德疯狂而激烈地跑过一段路后,再次回到了马厩里,海蒙走到这匹高贵的马面前说:"巴亚德,这是我的儿子,你未来的主人。"

宝马巴亚德似乎听明白了主人的话,因为它的头轻轻地靠在了雷诺尔德的胸膛上,好像认可了新主人。

海蒙伯爵很快就恢复健康,强健如初的他可以和家人回到皮尔勒蓬特。在他到家后不久,就听说卡尔大王在罗马加冕为皇帝[1],并打算给他的儿子和继承人路德维希王子以及另外几位出身贵族的侍从授予骑士荣誉。海蒙和他的儿子立刻决定为此前往宫廷拜访。

在年轻人受封骑士之前,皇帝举行了一场比武大赛,每个候选人的表现都配得上他被授予的荣誉,尤其是雷诺尔德,他的英勇表现令场上的众人欢呼不止。年轻贵族的册封仪式结束后,路德维希被加冕为国王,并被定为他父亲帝国皇位的继承人。新王上位后的第一个举动就是给新册封的骑士分配封地,但唯有雷诺尔德兄弟们没有得到封赏,而路德维希也完全忽略了他们,甚至没有邀请他们去参加宴会。对于海蒙的儿子来说,本是欢宴的日子却成了他们的斋戒日。雷诺尔德觉得这太糟糕了,他走进皇室的厨房,为他自己和兄弟们找些需要的食物。

路德维希行事如此极端的原因很简单,他嫉妒雷诺尔德在竞技场上表现出的神力与武艺。最重要的是,他无法忘记自己和雷诺尔德相遇时被对手击败的耻辱。他把自己对雷诺尔德的厌恶告诉了自己最宠幸的内臣加内隆,此人是一个阿谀奉承的马屁精。国王还告诉内臣他把雷诺尔德当作自己的敌人,并想除掉这个对手,灭掉他的封国。加内隆立刻提出了一个计划。他说,以棋术而闻名的路德维希应该挑战

---

[1] 历史上查理大帝在800年被教皇利奥三世加冕为"罗马人的皇帝"。

雷诺尔德兄弟中的阿德尔哈特，邀请他来下一场棋，同时双方都应该将自己的项上人头当作输赢的赌注。在加内隆看来，阿德尔哈特的死会给他的弟弟雷诺尔德带来巨大的痛苦。路德维希很快地同意了这个计划。阿德尔哈特接到挑战后，拒绝用性命为赌注下棋，他说即便自己赢了，也不能出手夺取他未来君主的性命。但路德维希不听任何借口，说如果他不同意，就会宣布他是懦夫。于是，这位年轻的英雄极不情愿地让步了。

几分钟后，两个人面对面坐在棋盘前，三个被选为裁判的朝臣站在桌旁观看二人下棋。双方一共要下五局，一边的棋子是用金子做的，另一边是用银子做的。用金棋子下棋的路德维希下第一步棋。五场规定的比赛一场接一场地进行，在这五场比赛中的每一场上，路德维希都被对手将死了。裁判沉默了，国王极不耐烦地将棋子都扔到地上。阿德尔哈特见此说他下棋只是为了维护自己的性命和荣誉，无意去伤害神圣的国王。可此时路德维希大发雷霆，他抓住棋盘，扔在阿德尔哈特的脸上，打得对方口鼻流血不止，血迹溅满衣服。

阿德尔哈特立刻起身退下。他穿过院子时，弟弟雷诺尔德急忙上前迎接他，问他怎么了。得知发生的事情后，雷诺尔德非常生气。他吩咐众人收拾行李，准备离开帝都，又派出仆人叫他父亲和兄弟们下来骑马。然后，他转向阿德尔哈特，说他会把哥哥应得的奖励带给他。雷诺尔德示意兄长跟在身后，然后来到了王座室，此时皇帝正坐在御座之上，周围都是他的骑士和贵族，而路德维希和裁判也在那里。雷诺尔德走到御座前，把整件事都告诉了卡尔，并问裁判实情是否如此。裁判中有两人害怕，缄默不语，但第三位朝臣大胆地承认了真相。雷诺尔德拔出他的宝剑弗拉姆伯格，一剑便砍下了路德维希的脑袋。在场的目击者还没来得及喘一口气，兄弟俩就离开了房间。他们刚到院子里，就立刻骑上马，在海蒙和其他人的陪同下策马离开。

但立刻就有人追赶海蒙和他的儿子们。士兵们来到城门外，一场战斗随即打响。海蒙伯爵和他的儿子们自一开始就几乎没有多少胜算，他们只有几名士兵支援，而敌人的数量每分钟都在增加。终于，海蒙等人的士兵全都牺牲，所有人的战马也都被杀，唯有宝马巴亚德神速不减，它一直安全地带着主人雷诺尔德来回奔袭。最后雷诺尔德见继续缠斗也毫无意义，就叫他的父亲和兄弟们骑上巴亚德，坐在他身后。三兄弟立刻听从了他的命令，可海蒙被敌人狠狠压在地上，动弹不得。尽管巴亚德背负了四倍的负担，还是轻松地疾驰而去，就仿佛背上空无一物。

海蒙德四个儿子与神马巴亚德（约1483）

与此同时，海蒙向主教图宾投降，成了他的俘虏，主教答应饶他一命，但皇帝拒绝履行图宾的诺言，他认为海蒙要为儿子的罪行负责，下令要将伯爵当众绞死。主教为此求情，但却毫无成效。直到罗兰和其他圣骑士威胁说，如果皇帝坚持下令要杀海蒙，他们就不再效劳，皇帝这才让步。但他强令海蒙发誓会第一时间将儿子们抓住交给他。海蒙看着眼前的绞刑架，最后低头许下了皇帝要求的誓言，而皇帝也就此释放了伯爵。

兄弟四人与此同时，已迅速穿过了法兰西广阔的土地。他们找不到一处安居之所，因为他们已是亡命之徒，如果落到皇帝手中，就会受刑而死。所以最后他们来到了摩尔酋长萨法雷特那里，和他结为朋友，并向他宣誓效忠。兄弟四人和酋长在一起待了三年，这期间他们兢兢业业、勤恳效劳。酋长曾向海蒙的儿子们承诺支付报酬，可等到时限将至，酋长也并未兑现承诺，于是兄弟四人一起向酋长索要酬金。摩尔人觉得他们势单力薄，无力维权，所以拒绝听从他们的请求。这让雷诺尔德越来越不耐烦，于是他直接砍下了酋长的脑袋。这自然麻利地解决了争端，但兄弟四人不得不立刻为此逃跑。这一次，他们转而投奔塔拉斯科尼亚的亲王伊沃寻求庇护，这位亲王也是萨法雷特最强大的对手。亲王隆重接待了来客，并在海蒙四个儿子的帮助下多次战胜敌人。但当伊沃听说四兄弟是被帝国放逐的亡命之徒时，便召集廷臣开会，询问他们该如何是好。他的一些顾问希望他尽快除掉这四个兄弟；而另一些人则说，可以把囚犯交到皇帝手中来与皇帝交好；但大部分人认为亲王家族应该和英雄建立更为牢固的关系。

伊沃采纳了最后一条建议，他把唯一的女儿克拉丽莎嫁给雷诺尔德作为妻子，并指定他和兄弟住在海边。那儿修建了一座名为蒙塔尔班的坚固要塞，也是亲王侯国的主城。有一次，皇帝的军队包围了它整整一年，但最后仍久攻不下，不得不撤退。

"快看，"理查德从城垛上往下望去，叫道，"有一只帝王鹰折断了翅膀，飞到了森林里。来吧，雷诺尔德，我们跟在老鹰后面，然后就像拔鹅毛一样扒光老鹰的羽毛，带回家吃掉。"

"我还有别的事要做，"弟弟若有所思地回答，"自从我们上一次见到母亲已经过去七年了。我无比想念她，心里也经常因此隐隐作痛，所以我必须动身回到家乡，哪怕为此付出生命的代价也在所不惜。"

雷诺尔德的哥哥们决定和他一起去。于是他们全身穿好铠甲，又在外面蒙上一层传教士的长袍，随后出发前往皮尔勒蓬特要塞。他们平安地来到了城堡，母亲阿娅十分高兴，她见到儿子们后激动万分，内心的喜悦难以言尽。

管家将四位朝圣者带到阿娅夫人面前后，很快就发现了来客的真身，并决心背叛他们。管家立刻去找主人海蒙，告诉他那些所谓的朝圣者是谁，并提醒他曾对皇帝发过的誓言。海蒙非常生气，他很想杀死管家，但还是忍住了。他暗自考虑一番后，觉得眼下他最好的办法就是先俘虏他的儿子们，送他们去见皇帝。但他会在到巴黎前，给儿子们机会偷偷溜走。于是他叫上士兵跟着自己，来到他妻子的住处。阿娅看到军队穿过庭院，本想把儿子们藏起来，但是兄弟四人不愿东躲西藏，他们脱下朝圣者的长袍，准备抵抗到最后一刻。雷诺尔德依靠自己的巨力占据了优势，激烈拼杀的他把所有士兵都击退了，只有海蒙毫不退缩。雷诺尔德挥舞着剑，但他的母亲紧紧抓住他，恳求他记住，站在他面前的是他的父亲。雷诺尔德立刻举起剑，但只是让他的父亲缴械，并把他收为俘虏。

"这个道貌岸然的男人竟愿意把自己的孩子送到刽子手的斧下，那应该用配得上他骑士操守的方式，把他送到他的奸友皇帝那里去。"雷诺尔德说道。

士兵们都非常敬畏这个年轻人的武艺和他强健的臂力，所以他们愿意服从。因此，雷诺尔德派其中一个士兵去找一头驴。士兵把驴带来后，雷诺尔德就把父亲海蒙绑在了驴子的马鞍上，然后叫来一个男孩，并把缰绳放在孩子手里，吩咐他带着犯人去巴黎。然而，伯爵并没有这样走很远，一路上他遇到了几支帝国军队，所以他很快就被人解了绑，随后骑在马上，被送回到了皮尔勒蓬特。

皇帝的军队来到城堡门前时，雷诺尔德的兄长们正在旧宅中玩耍，而入侵者要求守军下令投降的时候，只有雷诺尔德一人和母亲在一起。年轻人抓起他的剑，但他的母亲默默地指着已经被砸开的大门，然后给儿子穿上朝圣者的长袍，领着他从另一扇暗门走出了城堡。帮小儿子逃走后，阿娅又回到城堡，希望有机会再救出其他三个儿子，但她却发现他们已经成了被绑的俘虏，落入了敌人之手。阿娅流着眼泪，拧紧双手，因为她知道自己已经无力再救出儿子。

雷诺尔德尽快赶到了蒙塔尔班。他决心要拯救他的兄弟们，同时他也明白现在正是生死攸关的时候，稍有耽搁便会给兄长们带来性命危险。到了家，他径直走到马厩前，巴亚德发出喜悦的嘶鸣声迎接主人。雷诺尔德匆匆吃了几口食物便骑上他那匹勇敢的骏马赶往巴黎，而飞驰的巴亚德就像长出了翅膀一般神速惊人。

雷诺尔德在城镇附近的一片密林中停了下来，他下了马，让马在自己身边吃草的同时，自己也躺在大树脚下，考虑最好该如何行动。但他不堪浑身的疲惫，不一会儿就睡着了。雷诺尔德在梦中看到一个死灵法师正在偷他的马，他醒来后，焦急地环顾四周，却没有发现马的踪迹。他提高了嗓音大喊"巴亚德"，可依旧没有回应，于是雷诺尔德低下头仔细地寻找马蹄的足迹，最终也还是一无所获。

来到树林边缘,他遇到了一位说话恭谦的朝圣者。两人谈了一会后,朝圣者掀开兜帽,微笑地看着雷诺尔德,年轻人认出来他是自己的堂叔马拉吉斯。死灵法师随后承诺会帮雷诺尔德救出三位兄长和宝马巴亚德。他从盒子里拿出一些黄色粉末,洒在自己和雷诺尔德身上,同时念念有词地吟着咒语,不一会儿他们就变成了瘸腿乞丐的模样。于是,叔侄二人一瘸一拐地进入了巴黎。

一群衣着华丽的领主与贵妇走在塞纳河①上的大桥上,当时这座桥连接着岛城②与大陆。皇帝当时也身处其中,他身旁是著名的英雄罗兰。皇帝向罗兰许诺,如果他愿意出战,去征服海蒙的四个儿子,就会将宝马巴亚德赠予他。巴亚德正由几位马夫牵引,突然骏马停下脚步,不一会儿便嘶鸣大叫,挣脱了拽着缰绳的马夫,小跑到注视贵族们的乞丐面前。

"巴亚德真是性情怪异!"罗兰伯爵喊道,"这只野兽似乎更喜欢穷人,而不是高贵的骑士。"

"巴亚德!这就是那匹巴亚德吗?"其中一个乞丐问,"哦,尊贵的先生,如果这匹马就是巴亚德,请允许我可怜的同伴骑上他。有位神父告诉我们,如果他这样做他的病就会治好,你们看,他就是一个瘸子。"

"好吧,我的贤甥罗兰,"皇帝说,"帮这个可怜人上马,这样我们也许能在一生中见证一次神迹显灵的奇景。我只能说希望会有奇迹发生,但愿这个可怜虫的胳膊和腿不会被这匹烈马摔断。"

---

① 塞纳河是法国北部大河,全长776.6公里,包括支流在内的流域总面积为78700平方公里,自中世纪初期以来,巴黎就是在该河一些主要渡口上建立起来的。
② 此处岛城即指巴黎,因为巴黎城区的发源地位于塞纳河中的西岱岛(la cite)。

罗兰示意他的仆人行动,而仆人费了好大劲,尝试了整整三次才把乞丐安全地抬上了马鞍。乞丐刚在马鞍上稳稳坐好,便骄傲地挺直身子,用一只木鞋的鞋后跟碰了碰巴亚德,随后便疾驰而去,一骑绝尘。马拉吉斯假装表现得十分惊恐,仿佛是担心他的同伴会因为烈马脱缰而受伤。

午夜时分,巴黎街道上的市民或许能看到一个小个子男人,他穿着灰色外套,鬼鬼祟祟地踱步,不停地喃喃自语道:"伊斯塔,西斯塔,皮斯塔,阿拉卡达布拉!"之后乌云升起,遮蔽夜空,月亮与群星亦逐渐黯淡。最后,他来到了一幢高大阴郁的房子前,房前有一名卫兵。但是当他走近时,看守都已经低下头睡着了。男人掏出权杖,用尖的一端去碰坚固的橡木门,大门便为之敞开。男人走进房屋,径直来到一座地下牢房,那里有三个人被锁在墙上。他低声地念了几句神秘的咒语,锁链就从囚犯身上掉了下来。

"都起身吧,"男人说,"你们的堂叔马拉吉斯在此,我是来救你们的。"

于是兄弟三人都站了起来,跟随马拉吉斯离开。

在离开巴黎之前,死灵法师去找沉睡中的皇帝,向他借来皇冠与佩剑,睡着的卡尔立刻将宝物都给了马拉吉斯。第二天便有人向皇帝汇报了前晚的事情,不用想也知道他的感受如何。虽然卡尔对海蒙儿子们的愤恨无以复加,可他不知道该怎样去报复他们。狡猾的加内隆随后说,他相信伊沃是一个可以收买的小人,建议皇帝施以好处,诱骗亲王出卖四兄弟。卡尔决定试一试这条计策,他给了伊沃一吨重的金币后,成功将其收买到自己这一边。

贿赂成功后,负心的伊沃便去了蒙塔尔班,说从巴黎带来了好消息,他称自己已经说服皇帝将不愉快的事情都放下,只要四兄弟手无寸铁，穿着忏悔者的衣服去福尔卡龙，并在那里请求皇帝宽恕，就能化解危局。伊沃说，皇帝答应完全赦免他们，并且恢复他们家族古老的名望。

四兄弟正要动身前往福尔卡龙时，克拉丽莎恳求他们要当心她父亲的话里会有阴谋，她知道父亲甚至会为了黄金出卖自己的孩子。雷诺尔德听后严厉地批评她是个不肖之女，命令她保持安静。然后他就出发了。但阿德尔哈特在弟弟身后待了一会儿，偷偷将弟媳送来的四把剑藏在了他教袍的裙摆下。

兄弟四人骑着驴，走在前往福尔卡龙的险峻小道上，突然，一队全副武装的武士袭击了他们。阿德尔哈特把克拉丽莎给他的剑分给兄弟，这让四人的防卫滴水不漏。沙隆①伯爵害怕损失更多部下，于是他围而不打，设立巡逻线，封锁了兄弟四人据守的位置，想将他们饿死。

疲惫不堪的四人坐下来休息。他们焦急地环顾四周，想看看是否会有人援助他们。炎热的白天过去，傍晚很快降临了，他们突然在对面的山头上看到了一面眼熟的旗帜，挥舞军旗的骑手在一小群士兵的陪同下向他们疾驰而来。雷诺尔德立刻认出来那是他的宝马巴亚德和身为死灵法师的堂叔。

战斗立刻就在下方的平原上打响。战事并未持续很久，巴亚德就看见了它的主人。宝马发出一声欢鸣，冲破敌人的阵线，向雷诺尔德跑去。马拉吉斯下马，把缰绳扔给了自己的侄子，同时又把克拉丽莎送来的宝剑弗拉姆伯格递给他。雷诺尔德跳上马鞍来到战场。此时有许多失去骑手的军马在战场乱窜，雷诺尔德的三位哥哥也借此找到坐

---

① 沙隆，法国东北部城市，位于马恩河边，匈人军队与西罗马帝国军队曾在此爆发过著名的沙隆之战。

骑，跟在弟弟身后。兄弟四人取得了光荣的胜利，沙隆伯爵只得借着夜色的掩护撤退，这才保住了剩余的军队。

"是谁向魔术师泄密的？是谁背叛了我？"皇帝听到这事后叫道。

经过多轮推测，大家都得出结论，只能是伊沃将实情泄露给了马拉吉斯，其中一位朝臣还说塔拉斯科尼亚亲王正躲在波雷帕修道院避难。皇帝冷冷地说，即使是圣所的围墙也不能保护他免遭报复，于是他立即派罗兰去抓捕伊沃，并要他监督行刑，将伊沃吊死。

雷诺尔德刚回到蒙塔尔班时，决心要让背叛他的岳父以死赎罪，但克拉丽莎的求情打动了他，他答应会饶伊沃一命。正是害怕会被女婿报复，伊沃才逃到修道院避难，但他没想到皇帝会和他反目成仇。雷诺尔德得知卡尔派人把伊沃从修道院抓走，并可能会把他绞死在蒙福孔时，丝毫没有掩饰心中的喜悦。但当他告诉克拉丽莎这个消息时，妻子却心神不宁。

"啊，我的宝贝，"她弯下腰看着她的孩子说，"也许你会变成像你父亲一样的英雄，然后人们会指着你说：'是的，他非常勇敢，是一个真正的英雄，但是，他还有一个爷爷死在了绞刑架上。'然后你就会感到耻辱，不得不逃离贵族的聚会，躲在荒野之中。"

雷诺尔德一言不发地坐了几分钟，然后他跳起来，吻了吻妻子，说："你就像上帝的天使一样智慧和善良。我会救下那个叛徒的。"

他急忙赶到马厩，骑上马，向蒙福孔森林奔去。来到刑场后，他发现伊沃正站在绞刑架上，脖子上缠着绞绳。雷诺尔德击倒了一个刽子手，割断了伊沃脖子上的绳子喊道："快逃吧，你这个无赖，别给绞死了。"然后，他又击退了另一个想抓回亲王的刽子手。此时罗兰伯爵赶来救场，但很快他就被击倒在地，扬鞭而去的雷诺尔德说道："我的好表哥，你这次失利是因为马不行，而不是你武艺不精。"

几个目睹两位英雄短暂交锋的圣骑士开着玩笑，品评着刚才的战斗。除了奥利维尔将他击倒过一两次外，罗兰以前从来没有被人打落下马过。罗兰为此怀恨在心，他默默地骑马离开，去的不是巴黎，而是蒙塔尔班的方向，他想报复打倒自己的雷诺尔德。

罗兰骑马穿过一片树林时，他遇到了一个正拿着十字弩射鹿的人，他立刻认出这是雷诺尔德的兄弟理查德。罗兰将其俘虏，而理查德为此抗议，并提醒罗兰他们可是表兄弟，但罗兰全然不顾，将理查德带到巴黎送给了皇帝。卡尔对这次幸运的收获非常高兴，立即要将理查德处死在蒙福孔，并问他的哪位圣骑士愿意负责执行处决的任务。圣骑士们都拒绝了，说绞刑不是骑士体面的死法。最后，新晋骑士瑞佩提出愿为皇帝执行任务。一位虔诚的朝圣者出席了这场廷议，他请求推迟处决，直到他有时间在圣丹尼斯为这个可怜的罪人祈祷幸福。

但是牧师没有去圣丹尼斯，而是去了蒙塔尔班，把发生的事情全都告诉了雷诺尔德，嘱咐他赶快到蒙福孔，及时去救下理查德的性命。事实上朝圣者不是别人，就是马拉吉斯假扮的。他说完这番话就去厨房找食物，因为走过艰难而漫长的路途之后，此时的他已是又累又饿。

雷诺尔德、阿德尔哈特、威克哈特和他们的手下很快就找到了蒙福孔的绞刑架。因为没有发现敌人，所以他们先躺在草地上睡着了。瑞佩领着他的囚犯前来时，他们还在睡觉，但是巴亚德听到他们的声音，踢醒了他的主人。过了一会儿，兄弟三人攻击了帝国军队，很快就将敌人击溃。然后，他们解救了理查德，并用瑞佩带来准备吊死理查德的绞绳绞死了他自己。

皇帝发现他为儿子报仇的计划全都落空后，召集了一支大军，准备围攻蒙塔尔班。

蒙塔尔班要塞被卡尔的大军团团包围，被围的守军偶尔也会走出城墙突袭敌人,掠夺补给。两军杀得血流成河,难分胜负。围攻持续了好几年,但双方都没有退让。最后,蒙塔尔班的守军开始发觉粮食不足,雷诺尔德下定决心走一着险棋,他想突破围攻者的营地,掳走一些补给车。马拉吉斯趁着没人注意,溜出堡垒,在营地上撒了一些催眠药粉,希望为雷诺尔德的冒险创造成功的条件。他正要再放一撮药粉时,却被人攥住了衣领,他左顾右盼,发现是强壮的奥利维尔正要把他拖走,这位勇士也是十二名圣骑士的成员之一。圣骑士的猛攻让死灵法师手里的催眠药粉全都掉到了地上。身材矮小的马拉吉斯没有伸手拔剑,而是拿出他藏在衣服里的一袋鹿食草粉,朝奥利维尔的脸上扔去一把。英雄不停地打着喷嚏,可他喷嚏打得越狠,就将俘虏的死灵法师抓得更紧,最后拖到了皇帝的面前。

"阿嚏!陛下!"奥利维尔打着喷嚏说道,"我把——阿一嚏!——邪恶的——阿一嚏!——死灵法师——阿一嚏!——带给您——阿一嚏!——听您发落。"这时,可怜的奥利维尔已因为打喷嚏痛苦得说不出话来了。

皇帝感谢了这位可敬的圣骑士,又说了许多安慰的话。随后他下令把魔术师绑起来,押到蒙福孔绞死。

"陛下,"马拉吉斯呜咽着喊道,"请让我再住一夜,吃一顿丰盛的晚餐,因为我已经有整整一天没吃上饭了。"

这时圣骑士与其他骑士也来到了皇帝的御帐,他们都为这个可怜的小个子求情,看到皇帝似乎想让步,马拉吉斯用非常郑重的口吻说:"陛下,我以我的名誉发誓,没有你的同意,我不会离开这里,除非你与我一起,否则我也不会离开。"

卡尔同意开恩给他一天的宽限,有几位骑士自愿留下来看押战俘。领主们坐下享用晚餐,全心享用他们面前的美食和美酒,而蜷缩在附近角落的马拉吉斯看上去也在一样用餐。晚饭结束后,死灵法师被带到关押的牢房,负责看守的贵族骑士也找到了过夜的地方。

午夜时分,马拉吉斯开始运用他的黑巫术知识,在整个营地施展了催眠法术,除了他自己,所有营内的人都中招了。随后他轻轻走到皇帝的床边,向卡尔的嘴里滴了几滴药物,能保证皇帝酣睡半天。随后他把皇帝抱起,抬到蒙塔尔班城堡里。听到死灵法师熟悉的声音,城堡守军便迅速敞开大门,雷诺尔德看到马拉吉斯肩上背着的皇帝时,他大吃一惊。

"这就是我们用来谈判议和的人质了。"马拉吉斯说,"虽然费了我不少功夫,但此行确实收获颇丰。"

皇帝被带到城堡最好的客房里,克拉丽莎夫人尽她所能为这位大人物安排舒适的住宿。

卡尔直到中午才醒来。起初他看到雷诺尔德,马拉吉斯和周围陌生的仆人时,认为自己一定是在做梦,后来他才逐渐意识到事实是如此残酷。尽管皇帝并不愿食嗟来之食,但挨饿的他还是不得不吃了克拉丽莎送来的食物。雷诺尔德想尽一切办法劝诱皇帝放弃复仇的计划,同他和好,但他的努力并无成效。雷诺尔德觉得,既然不能苛责傲慢的皇帝与自己和好,就希望用善举来感动他。于是他将卡尔大帝释放,皇帝一言不发地离开了蒙塔尔班,但没有半点想与雷诺尔德和解的意思。

雷诺尔德再回到城堡时,发现堂叔马拉吉斯正在焚烧他的宝盒、包裹和各种写满字迹的纸页。雷诺尔德非常惊讶,问死灵法师为什么要这样做时,马拉吉斯回答道:"我正把所有学过的死灵术著作都烧掉,它们都乃世间绝学,但已经于我无用了。因为我服侍的主君竟是你这样的疯子。现在我要逃到旷野,去找悔罪修士,和他们一起穿麻袍,做忏悔。"

马拉吉斯把睡着的皇帝带到了蒙塔尔班

马拉吉斯说到做到，不久之后他就离开，并且再也没有回来。

皇帝回到营地时，将自己历险的经历全都说了出来。圣骑士都恳求他和这群英雄兄弟讲和，但他拒绝了，说他被杀的儿子血仇未报，还在他的梦里大声地要求复仇，因此城堡未能解围。而随着矮小的死灵法师离去，幸运女神似乎就抛弃了守军一方。储备的补给每天都在减少，勇士要面临断粮挨饿的险境。雷诺尔德经过深思熟虑，想到了一种逃跑的办法，并做好了一切必要的准备。一天傍晚，他在夜幕降临时告别了哭泣的妻子,在他兄长和一小群忠臣的陪同下,小心翼翼地悄悄穿过敌人的防线,向着阿登森林里的一座要塞出发。

第二天早晨,有人将昨晚发生之事告诉了皇帝,就像雷诺尔德预测的那样,卡尔随即下令撤去围攻蒙塔尔班的部队,转而追击逃兵。卡尔很快就找到了他们,但雷诺尔德等人早有准备,行事极为聪明的他们屡显神通,最后安全地来到了要塞。

巴亚德与雷诺尔德之死

英雄知道在蒙塔尔班的亲人已经自由,受此鼓舞的他们一如既往地英勇作战,保卫他们的新据点,可即便战士们的勇气无人可比,但他们依旧是血肉之躯,无法一直忍受饥饿与疾病的折磨。

在他们最痛苦的时候,阿娅来到帝国军营,恳求她的弟弟放过她的孩子。皇帝拒绝听她求情,严令她从自己面前离开。但阿娅一次又一次回来控诉,卡尔最终说:"好吧,那听我一言,如果雷诺尔德接受,可以饶他一命。我对那匹魔马巴亚德是深恶痛绝,它被死灵法师从地狱带出来后,就给我带来了许多麻烦,也只有雷诺尔德的罪孽比它更深。所以只要雷诺尔德愿意把那畜生交给我,现在我就可以赦免你的四个儿子,并且恢复他们的领地。我以皇帝之名向你保证,献上巴亚德的性命,就可以还清我儿子的血债。"

阿娅回到城堡,她将议和提出的条款全写在羊皮纸上,并拿给雷诺尔德看,但雷诺尔德不愿牺牲他最忠实的伙伴。

"想想你的妻子,你的孩子,还有你的兄弟们,他们已经在蒙福孔设好绞刑架了。如果你一意孤行,那里就会被放上一块碑,而之后的每一代人都会看到上面写着：'他为了一只愚蠢的动物抛弃了亲人，让他们屈辱地死去。'"

"母亲！"英雄哭喊道，他冲到巴亚德身前，给他忠实的朋友喂了最后一块面包，随后他泪如雨下，伸出双臂搂住爱马的脖子。马轻声嘶鸣，充满信任地将脑袋靠在了主人肩上。

"我做不到，母亲，我做不到，"雷诺尔德哭诉，"巴亚德和我必须同生共死。"

"行吧，我的儿子，"她说，"但是请记住，当我所有的子孙都吊死在绞刑架上时，你的母亲会心碎的。"

"母亲，"雷诺尔德的嗓音出奇地沙哑，他回答道，"我会顺从您的心意，听从您的要求，但是我也没办法再活下去了。"

然后他签署了条约，阿娅则带着条约回到帝国军营。

一大群人聚集在巴黎的桥上，因为名马巴亚德要被淹死的消息已经传遍帝国内外，而卡尔大帝和他的圣骑士也在场。

高贵的宝马巴亚德被带到桥中央，脚上还系着铁制的重物，行刑的号令一发，巴亚德就从桥边被推下，落入到塞纳河中，溅起了一阵水花。尽管腿上有重物，它仍在努力地挣扎，一次，两次，甚至三次浮出了水面。

"这匹马就是魔鬼的化身，"皇帝愤怒地喊道，"哈哈，雷诺尔德伯爵，你可要小心，它的眼睛盯着你，如果你敢用任何魔法让马活着，我就会把条约撕毁，那你也就凶多吉少了。"

惊恐的阿娅小声地叫了一声，她伸出双臂扑到儿子身上，按下他的头，这样雷诺尔德就看不到巴亚德是怎样第四次浮出水面的。巴亚德看不见主人的面庞，就此失去了求生的意志，然后沉入了水底，再也没浮上来。

英雄觉得他全部的幸福都随着巴亚德一起消失了,他猛地把母亲推到一边,将授予他封地的御诏丢到了皇帝脚下,又把宝剑弗拉姆伯格折断,扔进了塞纳河里。雷诺尔德低声自语道:"我的宝剑就和我的宝马巴亚德一起长眠在塞纳河下吧,愿上帝对我开恩,让我一生不用再骑马,无需再拔剑而战。"

随后他转身狂奔,逃到了野林深处,直到耗尽最后一丝力气倒在地上。沉浸在痛苦之中的他失去了理智,在那里待上了两天一夜。

之后,雷诺尔德向蒙塔尔班的家走去,他在路上遇到一个朝圣者,用自己的金马刺和身上所有的钱币换来了对方的灰袍和毡帽。

克拉丽莎夫人听到宝马巴亚德的死讯时流下了眼泪,因为她也深爱巴亚德这匹神马。但当雷诺尔德说要永远离开她时,夫人哭得更加伤心。

"如果你就这样一走了之,把他们抛下的话,"她哭喊道,"谁来教育我们的儿子,把他们培养成真正的骑士和高尚的伟人?"

"我们的表哥罗兰伯爵会来培养他们的,"雷诺尔德回答,"亲爱的妻子,你也要尽你的一份力来教导他们。"他吻了吻妻子流到脸上的眼泪,继续说道,"不要接受卡尔皇帝的封地。带我们的孩子去比利牛斯山脉的另一边,到我们自己的领地上生活。那片土地属于你自己,卡尔暴君无法染指。至于我的话,我准备开始朝圣,去到上帝的圣墓前,看看自己能不能得到救赎。你将永远不会再见到我了。"

话音刚落,雷诺尔德抽身离去,立刻踏上了漫长而艰辛的旅程。

雷诺尔德来到圣地,发现基督徒与异教徒在此爆发了一场激烈的战争。他信守誓言,没有再骑战马,也没有再挥舞刀剑,但他仍用着一把巨大的战棍,在战场上神勇地战斗,帮助基督徒占领了耶路撒冷。在圣墓祈祷后,他回到自己的祖国,但他没有和妻儿团聚,也没有见

巴亚德之死

第三部分 亚瑟王及其同源传奇

他的哥哥，因为他已断绝了所有与世俗的联系，也不再享受世俗的快乐。雷诺尔德去了科隆，他发现这里正在建造大教堂后，就志愿成了教堂里的建筑工，过着苦行僧一般的艰苦生活。虽然每天的工资只有一便士，可雷诺尔德非常卖力，甚至在午休的时候也一刻不停。他的行为激起了其他石匠的嫉恨，他们勾结在一起，杀死了雷诺尔德，把他的尸体扔进了莱茵河。但是雷诺尔德的遗体没有沉在莱茵河里，而是继续浮在水面，并被几位圣灵带到了陆上。随后触碰遗体的人身上都发生了奇迹，这样显灵的奇事发生了好几件，大家明白雷诺尔德已是一个圣人。卡尔皇帝听说此事后，将凶手判刑处决，同时要求将圣人遗体送到艾克斯—拉—沙佩尔（亚琛①）或巴黎。遗体刚放在运送的马车上，马车便自己开动，它一路驱轮前行，无论路况多坏都无法阻挡，最终停在了威斯特伐利亚②的多特蒙德。那显然是圣人自己选择的安息之所，多特蒙德的雷纳尔迪教堂便是为了纪念他而修建的。

这件奇迹发生的日期在史诗传奇中有明确的记载，那就是811年1月7日。

---

① 亚琛（Aachen），又译作阿亨，位于今天德国的北莱茵—威斯特法伦州，从1世纪起这里就是疗养圣地，查理大帝非常喜欢亚琛，他把法兰克王国的首都定在这里，并在此度过了大部分晚年时光。
② 威斯特伐利亚（Westphalia），又名西伐利亚。德意志西北部的历史地区，相当于德意志联邦共和国北莱茵—威斯特伐利亚州全部及下萨克森与黑森两州部分地区（加上前利珀邦）。

第二章
罗 兰

维亚纳（维埃纳①）围城战

卡尔皇帝结婚还没过多久，便召集贵族举办了一场大会。格哈特伯爵也是出席大会的贵族之一，皇帝曾许诺将维亚纳（法国的维埃纳）封为他的领地，甚至还很可能将勃艮第交给他治理，所以伯爵对这次会议充满了期待。皇帝在会上宣布将维亚纳赐封给格哈特，而伯爵按照古老的习俗，在收到第一封御诏时弯下腰，准备去亲吻皇帝的脚，但皇后却已经伸出了她的脚。伯爵犹豫了一下，最后不情愿地用双唇碰了碰。

"他一定喝了太多勃艮第红酒，才会吻皇后的脚，毕竟他以前说皇后的那双朱唇很难看，一定是今天的美酒教他学会了恭敬。"廷臣小声议论道。伯爵听了立刻起身，气得脸颊通红。

格哈特受赏后，希望能在会上等到第二封御诏，可皇帝告诉他不

---

① 维埃纳省（Vienne），位于法国的中西部，距离巴黎340公里。

能得到勃艮第的封地，因为上任勃艮第公爵的遗孀就是皇后，她非常反对将勃艮第封给格哈特。见自己无法获封勃艮第，伯爵怒火中烧，他微微鞠躬便离开大会。伯爵至此也明白皇帝今后会敌视他，因为皇后就是那位曾被他拒绝过的勃艮第寡妇公爵夫人。他随后赶往维亚纳，并在封城召集军队，举兵造反。格哈特的兄弟是称霸阿普利亚的雄主，他从伯爵的使臣那儿得知战事后，也带兵支援。

兄弟俩率领一支大军来到战场，他们的弟弟雷尼尔也带着儿子奥利维尔和女儿奥黛助阵。奥黛是一位英姿飒爽、勇敢善战的女英雄，她就像北欧神话中的女武神那样在战场上冲锋陷阵。

卡尔包围了对手在罗讷河①边的要塞，但要彻底攻下这座城塞绝非易事，因为在此据守的士卒英勇无比，同时还有礁石和大河作为天险屏障。有时攻城一方会发起强攻尝试夺城，有时又有一部分守军会主动攻击城墙下的敌人。每到这样的时候，奥黛会不时陪伴她的战友一起同强敌搏杀。有一次她在支援友军时，发现她的对手不是别人，正是实力超群的圣骑士罗兰。罗兰没有拔出剑就将奥黛缴械俘虏，她的哥哥奥利维尔见状立刻赶来营救。奥黛则趁两位英雄单挑时成功地逃回了城堡，不久之后，其他人也撤到了城堡里。围攻仍在继续。奥黛小姐经常站在城垛上，将石头砸向城下的敌军。有一天，罗兰和其他人一起来到城下，他看见那姑娘，问她的名字和出身。少女告诉他后，罗兰也告诉女孩自己是罗兰伯爵，卡尔大帝的外甥，接着罗兰说他爱上了奥黛，而且会永远不停地向她求婚，哪怕会付出生命的代价。就在这时，现身的奥利维尔向他扔了一支长矛，罗兰于是当场向奥利

---

① 罗讷河，也称作隆河，是欧洲主要河流之一，法国五大河流之首，地中海流域尼罗河之后第二大河。

维尔发起挑战,约他在罗讷河的一个小岛上进行决斗。

两位英雄和他们的战马坐船渡河,来到了岛上,随后他们开始了战斗。两位武艺高超的勇士经过一阵激斗后依旧未分胜负,最后,当夜幕降临时,一片羊毛般柔软的云朵在他们头顶盘旋,降临到两人中间,迫使他们分开。一位浑身散发玫瑰色彩光芒的天使走出云朵说:"你们同为基督徒,为何要自相残杀?你们为什么要让另一位兄弟流血?我恳求你们以死在十字架上的救主之名和好。你们要同心合意,用你们的武器来对抗基督正信的教敌。"

然后,天使挥舞着一根棕榈枝①以示告别,接着就消失了。

两位武士十分高兴地握了握手,然后他们坐下来相谈甚久。在他们分别之前,奥利维尔答应会劝说妹妹,帮助罗兰求婚,而罗兰则保证不再攻击维亚纳,也不会再与城里的守军作战。

与此同时,热衷行猎的皇帝经常会去邻国寻找猎物。有一次,奥利维尔率领的维亚纳人伏击卡尔和他的随从。卡尔在苦战之中举步维艰,性命难保,奥利维尔见此举起盾牌保护了皇帝。战斗结束后,皇帝和奥利维尔交谈了一阵,这位年轻人高尚而大度的举动使他深受感动,他不仅承诺会与维亚纳议和,还将任命奥利维尔做他的圣骑士,同时皇帝也承诺会原谅格哈特,恢复分封给他的领地。

和平的消息迅速传开,维亚纳和所有邻国百姓无不喜上眉梢,而最高兴的或许就是卡尔本人。几天后,罗兰和奥黛公开订婚的时间定了下来,为了举办一场盛大的婚宴,双方都做了充分的准备。

---

① 棕榈枝在欧洲古典时期是胜利的象征,会被赠予比赛的冠军和出战大胜的冠军武士。早期基督徒也会将棕榈枝视作虔诚信仰在精神上战胜对手的象征,故天使会在此挥舞棕榈枝。

英雄正坐在皇帝御帐里享用婚宴，来自加龙河[①]岸的使者却传来坏消息：摩尔人的国王埃戈兰率领一支黑人大军从非洲赶来，他们袭击了加斯科涅[②]，并在那里烧杀抢掠，将整个国家摧残殆尽。

　　"来得正好，"勇敢的罗兰说，"恰好有一位天使出现在我和同袍奥利维尔面前，让我们与异教徒战斗。"

　　"但此事绝对不可小视，"皇帝回道，"毕竟那个摩尔人实力超群，还有一大批像恶魔一样残暴的黑人武士助阵。听着，高贵的骑士，我来告诉你一件几年前的往事。我父亲丕平[③]死后，继母贝尔莎的儿子将我赶出了他继承的领地。我来到萨拉戈萨[④]向马西里奥王寻求庇护，最后在勇士迪博尔特的帮助下夺回王权，在艾克斯（亚琛）加冕为法兰克人的国王，并到罗马加冕为皇帝。有天夜晚，神圣的使徒雅各[⑤]出现在我面前，他的圣墓每年都有人朝圣，而他命令我将他的安息之处从异教徒的束缚中解救出来，我听从他的话，沿朝圣路线消灭沿途的异教王国，最后只剩下使徒墓地所在的加利西亚。我在那里得知埃戈兰从非洲杀来，抵达潘普洛纳[⑥]，于是立刻命令军队后撤，并在塞瑞斯河与摩尔军队相遇。当时发生了一场恶战，非洲人就像魔鬼一样战斗。

[①] 加龙河（Garonne），位于欧洲西南部，穿越法国和西班牙的一条河流，是法国五大河流之一。
[②] 加斯科涅，又称斯科涅，法国西南部的一个地区，位于今阿基坦大区及南部比利牛斯大区。
[③] 丕平三世是查理大帝的父亲，加洛林王朝的创建者，他绰号"矮子丕平"。
[④] 萨拉戈萨，西班牙东北部城市，原为凯尔特伊比利亚的萨尔杜巴城，也是西班牙最早信奉基督教的城市之一。5世纪先后为日耳曼斯维比人和西哥特人占领。714年被摩尔人夺取。现为西班牙阿拉贡自治区首府，是西班牙第五大城市。
[⑤] 雅各，是亚勒腓的儿子，耶稣十二门徒之一，是第一位耶路撒冷主教，亦在那里殉道，被封圣人。
[⑥] 潘普洛纳，西班牙东北部城市，纳瓦拉省首府。

我军的阵线被敌人突破，败北似乎不可避免。然后我的姐夫，也就是贤甥你的父亲米诺，带领他的部下们冲向了那群恶魔。他们像英雄一样殊死奋战，击败了敌人。但在彻底奠定胜局之前，伟大的米诺因为伤势过重而牺牲。这一仗我们与摩尔人都死伤甚多，于是第二天双方便各自撤军，埃戈兰就此退回到了非洲沙漠。但现在他卷土重来，入侵我们的国土，声势也更为浩大。我们现在必须为家园和信仰而战，这场危机将决定是天主基督还是穆罕默德统治法兰克人。"

"我想这没有多少悬念，"罗兰说，"不论我们是死是活，敌人终将失败，虽然我父亲在潘普洛纳战死，但他不还是获得胜利了吗？当他倒在那片流血漂橹的战场上离世时，耶和华定会授予他殉道者的王冠。各位法兰克人，来的敌人再强大又有什么关系？天主会将胜利的桂冠赐予我们的。"

慷慨陈词的罗兰眼睛里闪烁着热情的光芒。

"如果你回不来，"奥黛小声说，"那我该怎么办呢？"

"不论在哪，你都会是递给我棕榈枝的天使。"罗兰回答道，他当着众多骑士和女贵族们的面，给了奥黛一个热烈的吻。

加内隆

第二天，众人行军迎战敌人。法兰克军队最终来到由多隆河（多尔多涅河[①]）浇灌的美丽宝地上，也在此发现了对手。到达战场后的第

[①] 多尔多涅河，法国河流。发源于中央高原西北部的多尔山南部，向西南和西流约480公里，在波尔多以北约23公里注入吉伦特河。

二天早晨，法兰克人便和摩尔人打了一场惊天动地的恶仗。罗兰、奥利维尔、奥吉尔、图宾大主教和其他圣骑士奋勇杀敌，领着自己的部下一次又一次冲向敌人，尽显英雄之色。直到夜幕降临之际，摩尔人才承认战局失利，他们逃到潘普洛纳，在那儿发现有一些来自非洲的援军刚刚抵达。埃戈兰和他的手下迫不及待地想为上次败北复仇。他们认为自己人多势众，武艺高强，还有穆罕默德保佑，因而坚信此战势在必得。

卡尔没有立即追击溃散的敌军，而是等待着来自法兰克和马西里奥的援军，因为马西里奥虽然是异教徒，但以前也曾帮助过卡尔。皇帝派出多位使者去见马西里奥，但不久之后，他得知虚伪的马西里奥王不仅杀害了使者，还加入了摩尔人一方。随后卡尔皇帝将自己部下的英雄们召到身边，将他得知的坏消息全说了出来，并问英雄们，在人数差距如此悬殊的情况下，是否还能同敌人冒险一战。

"让我们继续进军吧，"勇敢的罗兰喊道，"我们眼下只有两个选择，战斗得胜，或者战死上天堂，这样还有谁会退缩撤军呢？"

其他人也同意罗兰的意见，于是征战的号角相继吹响。又一场大战打响，双方士卒奋勇当先，狂呼酣战，杀得战场血流成河、尸横遍野。但当最终罗兰一剑斩杀埃戈兰后，摩尔人便作鸟兽散了。

卡尔皇帝随即继续消灭异教徒的国家，迫使领地里的臣民遵从他的统治，只有萨拉戈萨一地幸免于难，马西里奥在那里坚壁清野，独自坚守。巴比伦的哈里发①巴利甘特是马西里奥的主君，他承诺会带来援军，马西里奥因此决心要死守等待救兵。卡尔想起了马西里奥

---

① 哈里发，阿拉伯语的音译，意为"代理者""继任人"，旧时伊斯兰国家统治者的称号。

曾对自己做过的善行，决定对老恩人大开慈悲。因此，他派出自己圣骑士中的加内隆去给马西里奥开出议和条件——如果马西里奥接受洗礼，成为帝国的附臣，就可以免于一死。出使敌军本是项光荣的使命，但加内隆害怕危险，想拒绝此事，可他太了解皇帝了，不敢不从。

马西里奥王隆重款待了大使，他静静地听完了加内隆带来的口信，请求能给他一小段时间考虑，让他和朋友商量一下。与此同时，他领着加内隆走过宫殿，向圣骑士展示了他所有的宝藏。马西里奥看到加内隆痴迷的眼神，知道自己的计策奏效了，他告诉加内隆，只要大使能帮他逃过皇帝的报复，让他不用做法兰克人的附庸，便会送出三匹马驮装的黄金、三匹马驮装的白银以及另外三匹马驮装的宝器。加内隆答应会完全按异教王的意愿行事，不止如此，为了能拿到两倍的报酬，他甚至答应会以保卫国家为借口，让法兰克人留下一小支部队交给马西里奥处置。两人很快签下了契约，并发誓一定遵守。

马西里奥几乎没有想过法兰克人会屠杀他的族人，他毫不犹豫地将自己门下的一些贵族作为人质交出，这样更能彰显他的忠心，免遭卡尔大帝的怀疑。加内隆着重向皇帝谈到了马西里奥对过去的悔悟和对未来信守和平的承诺。随后事态如他期望的那样发展，皇帝相信马西里奥成了他帐下一员忠诚的封臣，准备带领他所有的军队回到法兰克。这时加内隆继续劝说皇帝让罗兰和其他圣骑士带一支小股部队留在边境观察。加内隆巧舌如簧，卡尔大帝听后信以为真，采纳了他的全部建议。于是加内隆成为唯一一位陪皇帝回到法兰克的圣骑士，而罗兰和其他十位圣骑士挑选了六千名勇士戍守边疆，防备敌人入侵。

朗克瓦尔（荆棘谷）之战

英雄们在皇帝的主力军离开后度过了平静的一天。第二天早晨，他们的前哨跑来，禀报一支大军正在逼近，因此大家做好了战斗的准备。罗兰带领他的军队来到一处夹在两座高山之间的狭窄山谷，此地名为朗克瓦尔，罗兰决心在此抵御敌人。在法兰克人到达山谷另一端隘口之前，两万多人的摩尔大军就与他们相遇了。

"吹响你的号角，"奥利维尔说，"皇帝听到你的角声就会折返，他现在应该还没走很远。"

罗兰凝视着挂在他身边名为"奥利芬特"的大号角，这枚号角是用镶嵌黄金的象牙制成，如有人能将其吹响，角声将传遍好几英里。

"听着，我的忠友，"英雄说，"是一位来自天堂的天使给了我这枚号角和这把宝剑杜兰朵，所以我发誓只在万不得已的时候才吹响号角，而现在战局并没有那么危急。在我看来，我军兵强马壮，可以杀得这些异教徒尸横遍野。哈！看我发现了什么？你瞧，是叛徒马西里奥！毫无疑问，不忠的加内隆为了金银财宝也背叛了我们，但我们是为了正义而战。蒙鸠依，圣丹尼斯！①上帝啊，基督的战士们，让我们为自己神圣的信仰而战吧！"

英雄和他的士兵冲向摩尔军队，摩尔人刚开始以巨大的勇气顶住了对手凶猛的突击，但过了一会儿，他们就后撤逃窜，法兰克军队则杀光了他们遇到的所有敌人，在溃敌身后紧追不舍。

---

① 蒙鸠依，圣丹尼斯！即Monjoie, Saint Denys！是法国军队和法兰克王国的口号与格言，其中圣丹尼斯即代表3世纪的基督教圣人——巴黎的圣丹尼斯；而蒙鸠依的含义并无定论，其中一种说法里该词是指查理曼的传奇军旗"Oriflamme"（字面意思为金色火焰）。

英雄召回他们追击的小股军队后，便让将士坐下休息。但他们还没坐很久，身后就传来一阵"穆罕默德！穆罕默德！"的喊声，同时喇叭与鼓声大作，这把法兰克人吓了一跳。一支大军正从法军身后逼近，他们的人数远远多过之前溃逃的敌人，领军的大将正是马西里奥。

罗兰准备战斗。他派沃尔特伯爵去守卫树木繁茂的高地，然后，罗兰率领自己的士兵向敌人进攻，他的兄弟巴尔杜因、勇敢的奥利维尔、无畏的图宾大主教以及其他圣骑士都与他同时冲入敌阵。

在领军的圣骑士身边，战斗进行得最为激烈，战士的狂呼与兵器交击的碰撞声响彻战场。最后罗兰向着马西里奥飞驰杀去，但他的坐骑下一秒就被人杀死了。坠马的他一跃而起，继续同摩尔人殊死拼杀，吓得对手们转身逃窜。罗兰环顾四周，身边尽是战死或垂死之人。他把自己的号角举到嘴边，吹出的号角声响彻云霄。大约有一百名士兵前来响应他的召唤，随后又来了几人，最后集合的是奥利维尔、巴尔杜因、图宾大主教和其他几位英雄。

"吾友罗兰，你的号角声音洪亮，声音传得很远，"奥利维尔说，"皇帝一定能听到号角声，也必然会回来援助我们的。这声号角确实吹得正是时候，看，那些野蛮的摩尔人又集合起来，列起了密集的阵型，他们又要准备发起进攻了。"

"上帝啊，上帝的信徒，"罗兰喊道，"靠拢阵型，愿基督加护我！"

英雄骑上他刚抓到的阿拉伯战马，走在他士兵的前面。不久后，士兵们拿着标枪在半空中飞舞，他们手中的刀剑亦相互交锋。无论是普通的小卒还是地位显赫的贵族，基督徒军队里的上下将士都在英勇奋战。但能征善战的法兰克人还是人数太少，似乎最终还是摩尔人占了上风。奥利维尔为支援友军努力奋战，他在保护挚友罗兰时倒下，于是愤怒的罗兰又用剑残杀对手，摩尔人看到同伴可怕的死相，再一次被吓得溃逃,然而英雄已经筋疲力竭,他没有力气再去追击他们。罗兰受伤的战马倒在他身下死去,而他也伤痕累累,流血不止。

罗兰感到自己大限将至,他跟跟跄跄地走进附近的峡谷,倒在一块岩石脚下。随后躺在地上的他仰望天穹,低声说道:"主啊,请您向眼前的我施以恩典吧!如果您能听见我的话语,就请收下我顺从您意志的誓物。"

说着,罗兰举起了他的铁护手,这时一阵微风吹过他的脸上,一只看不见的手握住了罗兰的护手,将其带走了。然后,英雄举起他的宝剑杜兰朵,想把它砸碎在岩石上,以免它落入摩尔人的手中。但大理石块被宝剑一击劈开,杜兰朵却完好无损。此时罗兰第三次吹响他的号角,可敬的图宾大主教一瘸一拐地向他走来,然后赶来的是罗兰同父异母的兄弟、他忠实的侍从蒂德里奇和勇士沃尔特。沃尔特一直在守卫他负责的高地,直到自己的部下全部战死。

伤员度过了一段漫长的时光,终于,他们听到了欢快的号角声和盔甲哐当作响的碰撞声。卡尔皇帝已经回来援助他们了,但在他到达之前,罗兰已经前往了永远宁和的天堂。他忠诚的侍从含着眼泪告诉皇帝,他看到上帝的一位天使来接走他主人的灵魂。然后,他接着讲述了马西里奥的背叛,以及那天他们经历的战斗,他们都怀疑是加内隆把他们出卖到了摩尔人的手中。

"你说得对,"皇帝说,"那个叛徒也欺骗了我。我一听到罗兰伯爵的号角就想回去,但加内隆劝阻我,说我的外甥是在打猎。"

法兰克士兵的尸体皆被埋葬,而在朗克瓦尔牺牲的圣骑士包括图宾、罗兰、奥利维尔和沃尔特,他们的遗骸都被带走,浸香防腐后将埋葬到法兰克。同时加内隆也被逮捕捆了起来。

这些事情做好后,皇帝向摩尔人进军,与此同时,巴比伦的哈里发巴利甘特为摩尔人带来了援军。法兰克军队和摩尔军队之间的战斗持续了两天，随后法兰克人占得了决定性的优势，巴利甘特死在战场上，马西里奥则死在萨拉戈萨。卡尔大帝借这次胜利征服了整个西班牙。

皇帝班师回到法兰克，他在长满葡萄藤蔓的多尔多涅河畔驻留，将阵亡英雄的遗体埋葬在了布莱夫，之后又继续向巴黎进军并在那里举行了欢庆胜利的盛宴。宴会结束后，卡尔大帝前往艾克斯，有十二名圣骑士同袍组成的陪审团在那儿审讯加内隆，他们判处奸臣加内隆与罗兰的忠诚侍从蒂德里奇决斗来证明自己的清白。加内隆因为受监禁而身体虚弱，所以陪审团允许他随意选择一人代他决斗。加内隆选择了皮纳贝尔，此人是他同时代中最著名的剑客之一，但即便加内隆做到这般地步也于事无补，因为上帝也为蒂德里奇而战，皮纳贝尔被击倒，加内隆随后被判用野马分尸。

此后不久，美丽的奥黛来到艾克斯，寻找她的未婚夫。没有一位武士有勇气告诉她真相，所以他们把她带到皇帝那，皇帝含着眼泪告诉了她实情。

"他死了，"奥黛说，"罗兰死了！"

奥黛话音刚落就倒地逝去。于是大家将她的遗体带走，葬于布莱夫墓穴里的罗兰墓旁。

第三章
奥朗日[①]的威廉

继承家业

纳博讷[②]的亨利伯爵是个心善的好人，同时也是位英雄，他生活的年代正是卡尔皇帝统治法兰克人的时期。他因为立下过许多英勇功勋，深受皇帝的尊敬。因此，除了他父亲留下的采邑外，他还获得了许多封地。过了一段时间后，他回到自己的城堡，忙于和妻子一同教育他的七个儿子和几个女儿。数年过去，他的儿子都长大成人，足以继承封地自立门户。一天，父亲把他的儿子们叫到他面前，说他有一个故事要讲给他们，要他们必须仔细听。

"我得和你们说一件故事，"他说，"很久以前，我曾遭遇了一场恶战，最后筋疲力竭，倒在地上。敌人见我伤痕累累，不堪再战，便冲

---

① 奥朗日（Orange），法国东南部城市，位于阿维尼翁以北22公里罗讷河谷平原。历史上前1世纪曾被罗马人征服。11世纪成为独立的伯爵领地。
② 纳博讷（Narbonne），是法国南部的一个市镇，它距离巴黎849公里，离地中海岸15公里。

来要取我性命，但一位忠诚的扈从冒着生命危险保护了我。可就在援军抵达时，他因身受重伤，倒在了我身旁盛开的石楠花上。虽然我们都被人带离了战场，但所有人都只关照我。我的身体好转了，那位扈从的身体却一天天变得虚弱。他不怕死，但他担忧家中的幼子，因为一段时间前，他的妻子就已经去世，他的儿子会在他去世后变为孤儿。我安慰那个为我牺牲的勇士，告诉他，我将做这个孩子的养父，如果他长大后值得信赖的话，不管我有没有儿子，他都将做我的继承人。如今他既是一位英勇的骑士也是一位无畏的战士，我很自豪有他这个养子。现在，我的儿子，告诉我，你们希望我兑现和那位垂死护卫许下的诺言吗，还是希望我只将采邑分配给你们？"

随后伯爵儿子中的威廉代表其他兄弟回复了伯爵的问题，说他们宁愿当乞丐，也不愿他们的父亲违背和忠仆定下的诺言。

"不会让你们做乞丐的，"伯爵夫人厄姆沙特喊道，"我给我丈夫带来的一切财产都属于你们，而你们的父亲则已经给了你们一份无价的遗产：那就是他的虔诚，他对上帝和他人的诚意，他的勇气，以及他指导你们成为骑士的教诲。这是其他人没法从你们这儿拿走的遗产。"

"好吧，孩子们，"伯爵继续说道，"如果你们真能记住年轻时学到的东西，那你们完全可以到皇帝的宫廷，在那里出人头地。"

这些年轻的武士听从了父亲的建议，来到了卡尔大帝的宫廷。卡尔大帝十分优待这群年轻人，这起初是因为皇帝念及亨利伯爵，但之后则是年轻人自己凭实力争得了荣誉。当埃戈兰入侵加斯科尼时，他们与摩尔人作战，帮助法兰克人为朗克瓦尔战死的英雄复仇。他们从西班牙回来后，皇帝封他们为爵士，并给了他们相当多的封地。最得皇帝赏识的威廉被任命为整个法国南部海岸的总督，他在任上整饬海防，警戒外敌，无论撒拉逊人在何处冒险登陆，他都能率领士兵将其击退,有时甚至能夺取他们的船只。

号称"大帝"的卡尔皇帝去世后,他的儿子路德维希继承了他的王位。新王践祚后的第一项行动,就是寻访全国,了解国情。皇帝在地方走访时,参观了威廉伯爵和他季妹居住的城堡,他被伯爵家中甜美的少女彻底迷倒,从此爱上了伯爵的妹妹,不久后就娶了她。威廉伯爵在宫廷的影响力因此大增,他也得以维持一支规模更大的军队,并能采取他认为必要的措施来建设足够强大的海防。

威廉伯爵被俘与脱险

在威廉伯爵的贤明治理下,帝国维持了长时间的和平,但是强大的埃米尔[①]特雷曼和巴利坎带领摩尔人入侵了帝国领土,法兰克人一时措手不及。路德维希王和威廉伯爵向这群沙漠之子发起进攻,奋力将他们逐出王国。在几轮英勇的奋战后,威廉伯爵最终被摩尔人包围,一个名叫蒂巴尔特的埃米尔凭他在战场上的运气俘获了伯爵,并将俘虏押往了瓦伦西亚[②]。

来到瓦伦西亚后,伯爵被锁在一个黑暗而阴森的地牢里,而在埃米尔外出远征掠夺时,这里由其妻阿拉贝拉负责。蒂巴尔特离开之前告诉妻子,只需用面包和水喂囚犯,并且无论如何也不能取下他身上的锁链。他接着说,希望自己回家时,能看到伯爵愿意改变信仰,皈

[①] 埃米尔(Emir),阿拉伯语音译。其词来源于阿拉伯语,原意为"受命的人""掌权者",伊斯兰教国家对上层统治者、王公、军事长官的称号。
[②] 瓦伦西亚(Valencia),位于西班牙东南部,东濒大海,如今是西班牙第三大城市,第二大海港。

依穆罕默德。

在最初的一段时间，阿拉贝拉严格按照她丈夫要求的规矩办事，但一段时间后，她开始好奇这个法兰克囚犯是个什么样的人。于是她命令仆人举着火把陪她去牢房。发现威廉是一位心善之人后，阿拉贝拉为伯爵感到难过。而对于伯爵而言，他也从没想过有异教徒会看起来如此温柔，宛如一位天使。

几周很快过去了，阿拉贝拉向伯爵反复诵读《古兰经》的段落，试图借此改变他的信仰，同时她还恳求伯爵记住，只要他成为一个穆罕默德教徒，就会立刻获得自由。而伯爵则向阿拉贝拉讲述了有关上帝和基督的故事，并向她阐释了这门充满仁慈和爱的宗教。威廉的话语令阿拉贝拉深有感触，她一次又一次地去拜访伯爵，并在自己房间安静独坐时思考着他的教导，最后她承认她想成为一名基督徒。此时她已和伯爵开始相爱，所以他们决定私奔到路德维希王那里。

在忠诚老仆人的帮助下，阿拉贝拉雇了一艘船，她释放了伯爵，并和他一起上船。船长得知他要驶往法国海岸后，直截了当地回绝了他们。而威廉毫不犹豫地把他扔到了海里，然后他威胁水手说，如果不照令行事的话就只有死路一条。拔出宝剑的威廉伯爵脸色阴沉，让人看了心生胆寒，所以水手不敢违抗他的命令。

与此同时，蒂巴尔特劫掠归来，他从游上岸的船长那儿得知事情的原委。于是蒂巴尔特立即上船，起航追赶逃跑的伯爵等人。但就在蒂巴尔特仅距他们一箭之远时，威廉和阿拉贝拉恰好上岸躲进了城堡。蒂巴尔特企图强行攻下堡垒，但未能成功，最终他只能空手而归，回到瓦伦西亚。路德维希邀请威廉伯爵和阿拉贝拉到他的官廷去，他和王后以最高的礼遇欢迎了两人。所有人都钦慕摩尔夫人的美貌，认为她比官廷里的任何人都更玲珑可爱，甚至胜过了王后本人。这激起了王后的嫉妒，她开始对她的哥哥和阿拉贝拉冷淡起来。威廉伯爵和他的新娘继续动身前往阿维尼翁①，在阿拉贝拉加入基督教会后，利奥教皇为他们主持了婚礼。新娘在受洗时改名吉伯格，这也是纳博讷家族中一个古老的姓氏。路德维希出席了婚礼，但王后借口自己太过忙碌，没有前来。

几天后，威廉把他的妻子送回奥朗日的家中，同时他陪同路德维希国王去了意大利，意在帮助遭到放逐的教皇收复罗马和教国。历经许多场战斗后，他们成功达成目标。当利奥教皇再次成为帝国旧都的主人后，他在路德维希伟大父皇的房间里将法兰克国王加冕为罗马皇帝，以示他的感激之情。

加冕礼结束后，威廉和其他武士全都回到了家乡。他和妻子幸福地生活在奥朗日，由于他们没有孩子，威廉收养了他一个早逝姐妹的儿子名为维维安，将其培养为自己的继承人。维维安（或维维安兹）长大后成了一个勇敢的青年，并展现出在未来成才的潜质。

战事再起

碰巧维维安在很年轻的时候就有机会建功立业，赢取荣耀。摩尔人成群结队地入侵法国。他们迅速横扫了阿基坦，似乎很快就能统治法兰西。威廉伯爵告别了他的妻子，在年轻的维维安和他的士兵们的陪同下出发迎战入侵者，如果可能的话，他希望能将这群胆大的入侵

---

① 阿维尼翁，法国东南部城市，沃克吕兹省首府。在罗讷河畔，南距迪朗斯河（Durance）和罗讷河汇合处4公里。

者赶回家去。两军在阿里尚茨（阿利斯康）①平原相遇。"穆罕默德！穆罕默德！"摩尔人在一边喊道，而另一边法兰克军队则高呼"蒙鸠依，圣丹尼斯！"。

战斗开始后持续了好几个小时，年轻的维维安如同英雄般神勇拼杀，可身受致命伤的他很快倒了下去，他的手下则为此报了仇。维维安昏迷了一段时间，当他再次苏醒过来时，发现自己正躺在战场上，周围都是战死士卒的尸体。他很渴，祈祷能喝上一口水。一位发着光的天使听到他的祈祷从天堂降临，扶着他蹒跚地走到一条湍急的小溪边，一解难耐之渴。天使最终在从维维安眼中消失前说道："奥朗日繁华的城镇和心善的吉伯格都遇到了危险。"

年轻人听到这些话又昏倒过去。当他恢复知觉时，发现舅舅正俯身看着他。维维安用尽最后的力气，向舅舅复述完天使的警告，随后便倒地长逝。

伯爵思索着他该如何行动。在激烈的混战中，他从敌人的战线中杀出一条血路，却再也找不到自己的部下。然后，他来到外甥破碎的盾牌前，沿着鲜血留下的路径找到了维维安。此时战斗已告一段落，但是，如果没有其他士兵的话，威廉如何拯救吉伯格和奥朗日呢？伯爵的马受了重伤，他不得不用缰绳牵着马走。为了不再浪费时间，威廉立刻迈步，开始他漫长而艰辛的旅程。黎明时分，他遇到一位摩尔人的指挥官和他的几个侍从。伯爵立即遭到了对方的攻击，但威廉刚一出手就将这个埃米尔劈成两半。其他摩尔人见此吓得狼狈逃窜。伯爵意识到自己孤身一人，也没被人发觉身份，就把死去的埃米尔的衣

---

① 阿里尚茨，平原名，传说基督军队曾在此遭异教徒击败，损失惨重，在其他资料该地会被记为阿里斯坎斯（Aliscans），该地原型应为今法国境内的阿利斯康（Alyscamps）。

服套在盔甲上，同时骑上他的马，继续向奥朗日进发。伯爵安全地来到了城堡大门前，可他受伤的战马依旧忠于主人，它一路尾随伯爵，身上的法兰克马饰也被摩尔人认了出来，但好在此时城堡及时打开大门迎接，伯爵得以顺利回城。

围城的摩尔大军一次又一次尝试强攻城堡，但没有成功。最后，他们决定把守军饿死。在与敌军进行长时间的对峙后，坐困愁城的守军们便因缺乏食物而苦不堪言，伯爵决定悄悄穿过摩尔人的军队，带回援军和给养。他命令妻子与所有尉官们发誓要不惜一切死守要塞，然后他穿上从埃米尔那里拿走的衣服，开始冒险。

威廉走过敌人的防线，安全地到达了奥尔良，但那里的卫兵长抓住了乔装的威廉，并下令要立即处死信仰异教的摩尔人。威廉向卫兵长保证自己是一位基督徒和法兰克人，同时还告诉了对方自己的真名与爵位，可是这都没能奏效。无论是卫兵长还是其他人奥尔良人都不愿意相信伯爵，身陷险境的伯爵极有可能就此被群情激奋的民众撕成碎片。幸运的是，就在这时，镇长率领着一支军队出现了，一见到威

奥朗日的威廉和他垂死的外甥

廉，他就立刻认出自己的兄弟，把伯爵带到了家里。伯爵只吃了点面包，喝了点水，因为他的妻子和手下还在挨饿，他没有闲暇享用一顿宴席。休息了一两个小时后，他又再次出发前往皇帝的官廷。

路德维希冷冷地接待了威廉，而伯爵的妹妹也变得更不友善了。事实上，皇后甚至还说所有人都知道也许是伯爵的摩尔妻子派来了这群撒拉逊人，她可能已经厌倦了法兰西和基督教，想要回到她自己的族人身边。路德维希表示不愿召集他的军队，他说威廉已经足够强大，可以自己摆平这场危机。

时间一天天过去，威廉却依旧毫无建树。此时奥朗日伯爵来皇官求援对抗摩尔人的流言也四散传开，年老的纳博讷伯爵和他六个儿子以及许多贵族骑士也都前来伸以援手，他们听说威廉在官廷里进展如此不顺后，纳博讷领主走向皇帝，他警告路德维希如果不在自己封臣有难之时施以援手，那皇帝将看到封臣不再认他为领主。然后，他转向女儿，将自己对她行为的看法清楚地说了出来。老伯爵还威胁说，如果女儿不忘记她这愚蠢的怨恨，履行她的责任，那他就会狠狠地诅咒她。这番大胆的演说收效甚好，皇帝很快下达了各项召集军队的命令，在非常短的时间内，一支大军便集结起来。

摩尔人刚听说有一支法兰克大军要来，就丢下他们的营帐和补给，赶忙跑到了船上。威廉高兴地将这些战利品拿来供帝国军队享用。城堡上下又重新充满了生机，也恢复了忙碌的景象，从塔顶到地窖都有人不停奔忙。厨师更是加紧工作，为全军将士提供伙食。在后厨的仆从之中有一位高大强壮的年轻人，生为摩尔人的他被人从家园掳走，作为礼物送给了路德维希皇帝。威廉从他的外表判断他一定出身高贵，但其他人都认为他头脑愚蠢，只叫他"笨脑袋杰克"。当他还在皇官的时候，曾经很幸运地从一只狼那儿救出了爱丽丝公主。而他向公主索要的唯一奖励就是为这次历险保密。公主照做了，但当他和其他掌勺的御厨去打仗时，公主找到年轻人，给了他一枚戒指作为告别礼物。

威廉来到奥朗日后，便一直关注这个孩子，发现年轻人的武器只有一把长棍，可身上却有着英雄气概后，威廉为其赎身并将之带到了吉伯格那，让妻子给这孩子拿来一套锁子甲和所有武士都必需的装备。年轻人的真名是伦纽特，他非常感激伯爵的善意，发誓自己对威廉的忠诚会至死不渝。当他转身离开房间时，伯爵夫人听见他低声说："我现在终于可以证明自己皇室的血统了。啊，父王特拉默，虽然你忘记了失散已久的儿子，但我已经变成一个能征善战的法兰克人，我会为了保卫自己的新家园而浴血奋战的。"

吉伯格听了这些话，明白伦纽特是摩尔人，所以她急忙把他叫回来，把一切都告诉了他。纽伦特与姐姐开心地团聚相认后，便穿上了全套铠甲，带上之前用来防身的长棍，奔赴战场。他和其他人所在的大部队会合后，同大家一起进军，与海岸上等候的摩尔人厮杀。

战斗开始了，伦纽特确实不负伯爵的赏识，战斗极为骁勇，是个优秀的武士。他甚至攻上了一些摩尔人的船只，将那些被绑在船桨边的基督徒奴隶全都释放，同时说服他们和自己一起把摩尔人赶下船，最终伦纽特成功俘获了几名摩尔将官，并将其带回了城堡。被俘的摩尔人之中就有指挥官亲王特拉默。他受了重伤，也因遭遇完败而心碎沮丧。但他没想到自己得到了威廉和吉伯格的优待，本想残害法兰克人的他很快放下了仇恨，与伯爵夫妇成了朋友。而之后特拉默还见到了失散已久的纽伦特，本以为儿子已死的他喜出望外。

几天后，威廉和吉伯格带领得胜的大军凯旋，来到路德维希居住的宫廷。他们受到了热烈的接待，奥朗日伯爵被加封为阿基坦公爵，而伦纽特则获封尼姆镇及其辖区。皇帝随后奖励了所有其他参战的军官，并为士兵和贵族各设了宴会与筵席。

就在诸位英雄正享用宴上的美酒佳肴时，皇后注意到年轻的英雄伦纽特在座位上一言不发，痴痴地看着什么。等到她的女儿爱丽丝走来斟满他的酒杯后，伦纽特欣喜地看着爱丽丝，王室少女脸一下子红了，她剧烈颤抖的手还将酒倒溢了出来。王后好奇他们是不是以前在什么地方见过面，于是她立刻便问起自己的嫂子。伯爵夫人吉伯格于是说出了她弟弟的故事，她还告诉王后，自从当时还在御厨做帮工的伦纽特救了公主一命后，两人就相爱了。几天后，两位年轻人订婚了，而就在订婚日当天，特拉默埃米尔派来使者，将贵重礼物带给了他的儿子。

此时威廉已兼任阿基坦公爵和奥朗日伯爵，他英明公正地治理自己的领民，保护他们免受国内外的危险，同时，向他请愿的人无论地位如何，他都会真诚倾听。吉伯格夫人作为一个贤内助，也尽其所能从各处扶持丈夫。他们一起建立了教会和救济所，因此上帝的祝福也与他们同在。后来，他们疾病缠身多年，某天，有位天使夜晚来到了伯爵的梦境中，他向威廉指出山脉高处的一块沙地，希望伯爵可以在那里修一座教堂，这样虔诚的修道士可以在那儿生活，同时任何迷路的旅者也有了栖身之所，甚至还能庇护在雪地迷失不归的乞丐，确保他们不会凄惨地冻死。第二天，虔诚的英雄威廉便出发去寻找天使指明的地方。找到位置后，他在那儿建了一所修道院。之后，他和妻子的生命又延续了几年，其间，他们夫妻二人对所有人都行善好施。晚年后他们来到孤零的小屋中，准备迎接自己生命的结束。他们死后，夫妻两人的坟墓处发生了许多神兆和奇迹，因此人们相信两人在去世时已成了圣人。

II

亚瑟王与圣杯传奇

LEGENDS OF KING ARTHUR AND THE HOLY GRAIL

第一章
狄都雷尔

圣杯的召唤

故事始于维斯帕先[①]的时代。那时,维斯帕先刚从耶路撒冷的围城中异军突起,成为罗马皇帝。他的追随者中,有一个名叫帕里尔的卡帕多西亚[②]富翁,罗马人称他为贝里卢斯。此人在战场上骁勇破敌,战场之外也能屡谏良言,皇帝因此对他很是赞许,并把高卢的大片土地赏赐给他。他的才能随血脉代代相传。他的后人,狄都里松迎娶了贵族千金伊丽莎白。他们衣食无忧,却没有子嗣。狄都里松本人尤其郁闷,他不希望一个高贵的骑士家族因他而绝嗣。

一天,本会孤独终老的狄都里松夫妇迎来了转机:一位预言家拜访了他们的城堡,请求借宿一夜,狄都里松依照常规招待了他。当天晚上,他向客人诉说了他的忧虑,对方建议他去复活堂朝圣,并把一

---

① 维斯帕先(Vespasian),又译作韦帕芗,罗马帝国第九位皇帝。
② 卡帕多西亚(Cappadocia),是历史上的一个地区名,大致位于古代小亚细亚(即土耳其)东南部。

个纯金的基督受难像放在祭坛上。狄都里松照做之后,他的妻子果真怀了孕,并生下一个男孩,这让这对夫妇非常欣喜。孩子长大后,不但有着惊人的体力,同时智略超群,心虔志诚,令狄都里松夫妇倍感欣慰。男孩在受洗时得名狄都雷尔,不久之后,他将名扬各国。

等到狄都雷尔长大成人,他和父亲一起加入了征讨异教徒的战争。他才能卓越,在战斗中屡建奇功。父亲因此称赞他,并预言说他会成就一番宏图伟业。但年轻人谦逊地说,自己只是和其他人一样尽忠职守。

圣杯

凯旋的狄都雷尔不愿留在宫廷里，很快便匆匆赶回家乡。在走进家门之前，狄都雷尔首先穿着悔罪袍走进了小教堂。他光着脚走向祭坛，献上自己取得的战利品，祈求上帝保佑他今后能诸事顺利。祈祷完毕，他才站起来，回到城堡，拥抱母亲。

狄都雷尔也参加过征讨撒拉逊人的远征。他的英雄事迹众所周知，基督徒对他赞赏有加，连异教徒也钦佩不已。许多年过去，狄都里松和妻子伊丽莎白相继离世，独子狄都雷尔继承了遗产。虽然狄都雷尔就此掌握了万贯家财，他仍然笃信上帝，为人谦逊，乐善好施。

一天清晨，狄都雷尔到树林里散步，欣赏美好的春日。他来到长满青苔的河边，坐下来环顾四周。空气中弥漫着花香，鸟儿在树上唱着欢歌，微风在嫩叶间低语。嘤嘤鸟鸣、簌簌叶声和潺潺水声像是上帝的柔声细语，狄都雷尔侧耳倾听，感到心平气和、怡然自得。湛蓝的天空中只有一朵蓬松柔软的云。空中明明只有微风，这朵云却快得惊人。云径直飞向他，落在他面前，从中走出一位天使开口说道："赞颂吧，至高之主选中的英雄！上帝召唤你守护蒙萨尔瓦奇山上的圣杯[①]。安排好你的家事，听从上帝的指令。"他的声音低沉悦耳，就像是教堂里的管风琴。天使说完后，退回到银纱般的云朵中，飘回了天上。

狄都雷尔听到自己被上帝选中后，欣喜若狂。他把财产尽数分给自己的仆人和其他需要的人，然后披坚执锐回到了天使显圣的地方。在那里，他又一次看见了那朵云，而这次它被阳光镶上了金边。它飘在前面，引导着狄都雷尔。茫茫荒野漫无边际，狄都雷尔穿越其间。他刚走过一片深邃阴暗的森林，面前又现出一座山。山路陡峭艰险，

---

① 圣杯，是33年耶稣受难前在逾越节晚餐上使用的葡萄酒杯。后来有些人认为这个杯子因为这个特殊的场合而具有某种神奇的能力。

几乎无法攀登。但那朵云仍在前方引领着他，他便一往无前，爬上了峥嵘险峻的山石，翻越了让人头晕目眩的深渊，穿过了四处丛生的荆棘。好几次，他感到筋疲力尽，双脚像灌铅般沉重，登上山顶的希望也几乎完全消散。但每到这种时刻，他都能听见一个若有若无的声音在鼓励他，让他重新振作起来。终于，他到达了山顶。一道神圣的光芒在他面前亮起，那是被无形的手举到空中的圣杯，一群骑士穿着闪耀的盔甲跪在圣杯下。见到狄都雷尔，他们便站起来，高喊道："向你致敬！神选的英雄，上帝召唤你守护他的圣杯！"

圣杯乃是一件镶嵌金箔的翠色玉杯。狄都雷尔没有回应骑士们的呼唤，他全心关注着半空中的圣物，双眼迷失在耀眼的光芒中，暗暗祈祷着自己能有足够的实力守护这件圣物。

事实证明，狄都雷尔完全能够胜任这项崇高的使命。他和其他骑士通力合作，挡住了任何试图接近圣山的异教徒。尽管多年来圣杯从未降临凡世，狄都雷尔还是决定在山顶修筑城堡和教堂，随时恭迎圣杯的到来。

建造神殿

狄都雷尔带人清除了山上的杂草、山蕨和石块。在这些杂物下面，他们发现了一块大岩石，这块巨大的缟玛瑙石为山脉的核心。他们把这块巨石磨平成地板并擦得锃亮，作为地基建起了一座城堡。比城堡更重要的是圣杯堂，但他们既不知道该按照什么方案建造教堂，也不知道该把教堂建成什么模样。

一天早晨，狄都雷尔一如既往祈祷着，希望主启示他如何建造这座教堂。这时，神迹出现了：玛瑙地板上清晰地显现出圣杯堂的图纸，所需的材料也凭空出现，整齐地堆在一边。骑士惊异于神恩，于是整日忙于搭建教堂。而当骑士入眠时，便有无形的力量接替他们的工作。很快，城墙拔地而起，教堂也大功告成。这座圆形的教堂有七十二个八角形的唱诗席，每两个唱诗席都支撑着一座钟楼。教堂中间耸立着一座高塔，塔上布满带尖拱的窗户，塔顶有一块红宝石，上面立起一座水晶十字架，十字架上站着一只展翅的金鹰。教堂内，柱子上雕刻着藤蔓、玫瑰和百合，它们互相缠绕，留下一片荫凉，栩栩如生的鸟在枝头扑腾着。每一个拱门的交叉点上都有一块闪闪发光的红玉，亮得能把黑夜照成白昼。蓝宝石做成的拱形屋顶造型更是精巧：建造者按照天体运行的秩序，在上面放上了太阳、月亮和星星的模型。

在宏伟的大殿之中，还有一座更小的圣殿。它与大殿相似，但远比它精美。这里便是为圣杯降临凡世所预备的地方。

教堂落成，举办典礼的时刻到来了。随着钟声响起，牧师们唱起赞美诗，天使也随声附和："荣耀归于至高上帝，宁和归于大地，善心归于人间。"这时，空气中传来一阵香甜的气息，圣杯缓缓飘下，悬在内殿的圣坛上。宏伟的圣殿肃穆宁静，凡人无法窥见的唱诗班开始咏唱："主的荣耀在天国兴起！你们这些虔诚的人啊，要赞美上帝，传扬他的圣名。"牧师便接着祝圣。许久，典礼才结束。狄都雷尔沉浸在惊奇和喜悦中，即便其他人都已离开，他也很久没有动弹。他没有触碰圣杯，因为上帝没有召他这么做。

这座圣杯堂花了三十年才建成。祝圣典礼后，每逢基督受难日，都会飞来一只鸽子，叼来圣餐里的薄饼丢进圣杯，以此维持它的神力。借由这种神力，圣杯一直为守护它的骑士提供食物，同时治愈他们被异教徒攻击时留下的创伤。

狄都雷尔的婚姻与后代

斗转星移，狄都雷尔已经四百岁了，可他看上去连四十岁都不到。一天晚上，他走进圣殿，看见圣杯为他留下圣谕。圣杯上的火焰形成文字，要他娶妻生子，以免这高尚的选民血脉在此断绝。狄都雷尔找来其他的骑士，他们看到这些火焰字母后，都说狄都雷尔必须遵守圣杯的旨意。大家一致认为，西班牙君王的女儿丽楚德公主是最合适的人选。于是，狄都雷尔郑重地向那女孩求婚。见此情形，丽楚德父女也欣然同意。在他们的婚礼上，狄都雷尔终于接受了骑士的封号。此前的四百年，出于谦逊，他一直拒绝受封。狄都雷尔爵士和他的妻子生了两个孩子，儿子叫弗里穆特尔，女儿随母亲叫丽楚德。二十年后，狄都雷尔的妻子去世，他深爱的子女们也远在他乡，他再一次成了孤家寡人。

可爱的丽楚德嫁给了远方的国王。弗里穆特尔则娶了格拉纳达国王的女儿克拉丽莎，和她生了两男三女，儿子取名为安福塔斯和崔佛列森，女儿取名赫泽莱德、乔西安和芮潘斯。

终于，年老体弱的狄都雷尔再也穿不动盔甲。此后他不是在圣杯堂打发时间，就是陪伴他的孙子孙女们。一天，他像往常一样去看圣杯，发现杯壁又一次显现出火焰字母，写着："弗里穆特尔会成为国王。"老人满心欢喜，他把自己的子孙和所有守护圣杯的年轻英雄召至身边，告诉他们圣杯的旨意。然后，他让孙女乔西安把飘浮的圣杯放到圣坛上。因乔西安是纯洁的处女，可以触碰圣杯。她照做后，老人把王冠戴在他儿子的头上，并向他和所有在场的骑士们致以祝福。

狄都雷尔一直活着，见证了无数欢乐与悲伤。孙女乔西安嫁给了加泰罗尼亚国王基奥，却在生下孩子希贡时死去。

沾露玉蕾黎明绽放，
世间何物可胜花美。

乔西安的姐姐赫泽莱德带走了孩子，把希贡和朋友的遗子奇纳图兰尔一起养大。但一段时间之后，她的丈夫过世，赫泽莱德只能带着儿子珀西瓦尔一起远走他乡，把希贡和奇纳图兰尔留给朋友们照顾。但更糟的事还在后面。弗里穆特尔不愿因于闭塞的蒙萨尔瓦奇山，他厌倦了这种乏味的生活，便离开圣山四处冒险。最终，他在遥远的异教之国被长矛刺杀身亡。按照圣杯的旨意，弗里穆特尔的儿子安福塔斯继承了他的王位。但他和父亲一样浪荡不羁，没有履行圣杯为他安排的义务，而是到外界去追求爱情与功名。最后，他被一支有毒的长矛刺伤，在奄奄一息之际被带回了祖父身边。

一天晚上，狄都雷尔爵士跪在圣殿里，为他的孙子祈祷。圣杯每七天出现一次，安福塔斯因此得以借助圣杯的神力苟延残喘。突然，火焰字母再次出现在狄都雷尔眼前："莫要抱怨，年老之善人，子孙的罪罚，且多加忍耐。神选的英雄终有一天会登上圣山。在天黑之前，他若是开口询问这出悲剧的始末，悲惨的轮回将被打破，安福塔斯将会康复，国王之位也将归这位来者所有。"

狄都雷尔一遍遍地读着这些神秘的文字，一遍遍地询问命定的英雄何时才会到来，却没有得到回应，但那句"莫要抱怨，多加忍耐"却烧得更亮了。他于是低下头，全心全意地把未来交给上帝来安排。

第二章
珀西瓦尔

觐见亚瑟王

因为丈夫去世,赫泽莱德王后被迫带着年幼的儿子珀西瓦尔远走他乡。她隐居在一座偏远的小屋里,全心全意地教导着自己的儿子。她从不和儿子提起骑士的故事,因为她害怕他长大后也会效仿,最终离家,四处冒险,在比武或仇杀中死去。尽管如此,珀西瓦尔还是成了一位性情鲁莽、身强力壮的勇敢青年。

一天,打完猎的珀西瓦尔在回家的路上遇见一队骑士。这些骑士穿着全套盔甲,骑着马从树林中穿过。一个骑士叫住珀西瓦尔,问了他一个问题。珀西瓦尔胡乱答了一句,又走上前,反问对方,他们身上那奇怪的衣服是什么,鞋上又为什么能配装金质的马刺。骑士被逗乐了,友善地回答了问题,还说道:"你要是想了解骑士和爵位,就一定要去亚瑟王的宫廷。在那里,只要有能力,你也能得到册封。"

骑士和他们的话语深深刻在了珀西瓦尔心里。他再也无法专心打猎,整日魂不守舍地想着刀剑、英雄和战斗。赫泽莱德察觉了异状,

亚瑟王和他的圆桌骑士

便来询问他。得知原因的赫泽莱德内心充满了恐惧,她绝不希望珀西瓦尔步他父亲的后尘。但最终,在儿子的百般恳求下,她还是心碎地做出了让步。

珀西瓦尔也为离家而感到悲伤,但年轻的他朝气蓬勃,想到日后能荣归故里,很快就重新振作起来。

他沉浸在胡思乱想中,漫无目的地来到一片草地上,那里搭着几座帐篷。其中一座帐篷旁有一位美丽的贵妇,正在躺椅上睡觉。她的穿戴雍容华贵,腰带上、胳膊上、手指上、脖子上,到处都有宝石在闪光。"或许我可以偷吻一下这位睡美人。"他掐下手边的花朵,心里想着。但是,当他吻上去的时候,她突然醒了,并且非常生气。

亚瑟王的圆桌骑士

"别生气,"珀西瓦尔扑倒在她脚下,说道,"我经常在我母亲睡着时吻她,而你比她还要漂亮。"

那位贵妇惊讶地看着珀西瓦尔,饶有兴趣地听着他那孩子气的心里话,诸如他要去觐见亚瑟王、想成为骑士并且之后要立下举世瞩目的功绩,等等。突然,不远处传来号角声。

"那是我丈夫!"女士叫道,"快,孩子,快跑,越快越好,否则我们俩都要完了。"

"哦,我可不害怕。"他说道,"看看我的箭袋,里面装满了箭矢。我既能保护你,也能保护自己。把你的手链给我一只吧,证明你没有生我的气。"

他一边说一边取走了一只手链,然后走出帐篷,飞快地骑马离开了。

很快,那位女士的丈夫奥利斯,带着一群骑士出现了。听闻了妻子的遭遇,他勃然大怒,发誓只要逮住这个"无耻的恶棍",就把他吊死。公爵立即出发去追,但珀西瓦尔早已不见踪影。

青年继续着自己的旅程。他在森林里过了夜,于清晨脚步轻快地上了路。他从一块岩石下经过,石缝中涌出泉水,水边坐着一位少女。她看着枕在腿上的逝者,俯身哭泣。珀西瓦尔安慰她说,他会为死者报仇雪恨,因为那人肯定是遭人杀害的。为了取得女孩的信任,他又报上自己的名字。女孩告诉珀西瓦尔,自己是他的表亲希贡。死者是她的青梅竹马奇纳图兰尔,为帮她实现愿望而遭了厄运。她哭着说起自己愚蠢的愿望,说自己一开口就后悔了:她弄丢了狗,想要找它回来。而这个愿望就是造成这场悲剧的原因。

亚瑟王圆桌骑士徽章

"奇纳图兰尔是个真正的英雄。"女孩接着说,"也是亚瑟王的圆桌骑士之一。你母亲把她荒废的土地交给他治理。奇纳图兰尔击溃了一群强盗,杀掉了野蛮的强盗头领拉赫林,还把跟强盗同伙的坎伯兰领主奥利斯从马上撞了下来。他的手下好不容易才掩护他逃走。因为答应找回我的狗,奇纳图兰尔挑战了奥利斯,要当着亚瑟王和圆桌骑士的面和他决斗,赌注就是我那条被奥利斯抓走的狗。奥利斯同意决斗,但他要求推迟日期,因为他的伤还没愈合。这时候,奥利斯的妻子,叶舒特夫人担心丈夫性命不保,偷偷把狗还给了我。我和奇纳图兰尔都以为事情已经过去,就一起去了圣杯堂,准备在那里举行婚礼,谁知道奥利斯夫妇也在那里。我和叶舒特夫人拦不住他们,只能任由他们争斗起来。奥利斯挺过来了,可我的爱人——噢!我宁愿死的是我!这都是我的错,是我的错……"

"放心吧,我的表姐妹。"珀西瓦尔说,"我会去见亚瑟王,把你的故事告诉他,并让他册封我,由我来照顾你。然后我会去找奥利斯,为你报仇。"

他向希贡道别,继续上路。一条宽阔的河流挡在他面前。他找到一个船夫,询问去亚瑟王宫的路。船夫答道:"要找亚瑟王,你就要去河对岸的南特①,那里离这儿还有好一段距离。"珀西瓦尔把夺来的金手链给了船夫,让他载自己过河。收下报酬,船夫便渡他过河,并给他指了路。

在南特,他见到的第一个人是一位身穿红色盔甲、骑着栗色战马

---

① 南特(Nantes),位于法国西部,卢瓦尔河口冲积平原地区,法国内陆水域面积最大的城市之一,被称为"西部威尼斯"。在937年时,阿朗二世(为最后一个布列塔尼国王阿朗一世的孙子)在此驱逐了占据布列塔尼的维京人,成为第一个布列塔尼公爵。

的红发骑士。珀西瓦尔礼貌地向他搭话,并请求借用对方的马和盔甲,因为他想在觐见国王、请求册封的时候,打扮得体面一些。这个骑士笑了,说:"一个戴着傻瓜帽的乡巴佬,简直是替我传递决斗信息的最佳人选。"

"给,"他接着说,"把这个杯子带给国王,就当是我的信物。记得告诉他,我要和国王,还有所有圆桌骑士决斗。你看,我现在不能把装备借给你,因为我正要用上它们呢。不过,等战斗结束,你说不定能从败落的死人身上得到盔甲和马。"

遭人轻蔑的珀西瓦尔感到愤愤不平,他一声不吭地赶马离开了。当珀西瓦尔走在国王大道上时,人们都在嘲笑他,连小孩都指着他发笑。的确,他的打扮与繁华的城市格格不入——帽子上的饰带随微风轻轻飘动,破旧的上衣五颜六色,皮质的长筒袜上开了好几个洞,他那匹可怜的老马也走得一瘸一拐。最后,一个名叫伊万内特的侍从站了出来,他赶走了起哄的孩子们,斥责他们对陌生人太过无礼。珀西瓦尔向他道了谢,并请求他带自己去见亚瑟王。

伊万内特是国王的信使,他当即答应了珀西瓦尔,并把他带进了宫殿。国王和他的骑士齐聚大厅,而他们中间的大桌就是鼎鼎有名的圆桌①。

年轻的珀西瓦尔惊讶地问他的同伴:"原来亚瑟王有这么多位吗?我母亲说只有一个的。"

侍从微笑着说,亚瑟王确实只有一个,就是胡子有些许斑白、头上戴着王冠的那个。于是,珀西瓦尔走进大厅,向国王鞠了一躬,把

---

① 圆桌,来源于英国亚瑟王传说的会议形式,传说他有张巨大的圆形桌子,供他麾下的骑士聚会使用,他的骑士也被称作"圆桌骑士"。

红骑士的话复述给了国王,并补充说他很喜欢红骑士的马和盔甲,请求国王命令红骑士把这些东西送给他。

"猎人还没杀掉熊,顽童就在觊觎熊皮了。"亚瑟笑了笑,又说,"但你要的东西我都会给你,前提是你得凭本事拿到它们。"

"谢谢您,陛下。"珀西瓦尔说道,"我需要这些礼物才能成为骑士。"说完,他又鞠了一躬,离开了。

珀西瓦尔找到红骑士,把宫里的经历告诉了他,并向他索要国王许诺的盔甲和马。这时,红骑士偷袭了他,用骑枪的把手狠狠地砸他的头,把他从马背上打了下来。然而,珀西瓦尔很快反应过来,并迅速夺过骑枪刺向骑士,最终对方当场毙命。获胜的他想要脱下红骑士的盔甲,但不知道该怎么做。幸好,伊万内特碰巧经过,看到珀西瓦尔的困境,便来帮助他。很快,珀西瓦尔穿上了全套盔甲,但他坚持把自己的衣服穿在里面,因为这是他母亲亲手做的。收拾整齐后,他向伊万内特道了谢,骑上红骑士的战马,潇洒地走了。

他走了很远,来到了古内曼恩的城堡。尽管上了年纪,古内曼恩仍然是一位勇敢的战士。他邀请这位青年在他家过夜,对方欣然接受。珀西瓦尔被主人的慷慨和礼遇打动,还没入夜,他便迫不及待地向主人讲起了他的母亲,以及他离家后的奇遇。听了他的经历,古内曼恩劝年轻人留在这里待一段时间,并决定在此期间教导他成为一个真正的骑士和英雄。

"不要总把你母亲的名字挂在嘴边,"古内曼恩说,"那听起来很幼稚。把她的教诲深深刻在心里,这比时刻谈论她更让她高兴。骑士应该保持谦逊,对人从一而终,不能浪荡形骸、玩弄女性的感情。他应当帮助受压迫的人,对所有人都友善。如果他征服了敌人,他应当展现自己的仁慈;而若是被敌人打败,他便不该苟且偷生。直面死亡是英雄的荣耀，光荣地死去好过耻辱地活着。"

老人用类似的充满智慧的言语教导着珀西瓦尔，努力把他打造成一位骑士。他还给了年轻人几件合身的衣服，并告诉他，不穿母亲做的衣服，并不等于对母亲不敬。时间一天天过去，珀西瓦尔证明了自己的潜力，虽然他与古内曼恩没有血缘关系，可老骑士觉得珀西瓦尔就像是他自己的儿子一样，他为珀西瓦尔感到骄傲。

终于，古内曼恩告诉青年，是时候拔出剑，去外面的世界锄强扶弱、伸张正义了。老人说，贝里帕尔是康杜拉默女王的都城，而蛮族酋长柯莱米德和他的总管金格兰此前曾率领一支匪军劫掠王都。听闻这则消息后，珀西瓦尔没有丝毫不情愿，立刻就准备出发解救女王。

贝里帕尔城邻近一条大河的入海口。珀西瓦尔划着船过河，他的骏马跟着他游水。虽然城堡的城墙上不时传来炮声，但古内曼恩给了他口令，守卫因此允许他入城，并带他到了女王面前。珀西瓦尔得到了女王友善的接待，当即表示愿意为她效劳。女王恳请他不要卷进这场冲突，但他早已下定决心，绝不抛弃她和贝里帕尔。珀西瓦尔似乎给这座城池带来了好运。几天后，一些载满粮食的船就突破封锁，到达了贝里帕尔。不久，珀西瓦尔发起突围，俘虏了总管金格兰。作为胜者，珀西瓦尔展现了他的仁慈：他同意释放金格兰，但对方必须告诉亚瑟王自己败于"红骑士"珀西瓦尔之手。很快，同样的命运也降临在柯莱米德身上。

贝里帕尔再次迎来了和平。人们仰慕这位救他们于水火的年轻英雄。听说他要迎娶康杜拉默女王，大家都非常高兴。

婚礼举行得十分正式、隆重，珀西瓦尔唯一的遗憾便是母亲没能分享他的欢乐。他把自己的想法告诉了康杜拉默，她也支持他把母亲接过来。于是，珀西瓦尔骑上了他的骏马，又一次踏上旅程。

寻找圣杯

珀西瓦尔只知道家的大致方位,而不知道具体路线。因此,他迷路了好几次。

一天,他来到一片陌生的大湖边,看见一个人正坐在船上钓鱼。那人衣着华丽,却面色苍白、神情忧郁。珀西瓦尔向那人询问,附近是否有人能满足他和坐骑的食宿。那人告诉他,如果一直往前,只要不迷路,就会来到一座城堡,在那里会有人热情接待他。朝着渔人指路的方向,珀西瓦尔经过一番寻找,在傍晚时分到达了城堡。在那里,他受到了出乎意料的热情款待,甚至仆人"在芮潘斯女王的命令下"还给他准备了新衣服。他刚刚穿上衣服就被带进了灯火辉煌的大厅,四百名骑士坐在软垫椅上,每四个人围着一张小桌子。他们都肃穆而沉默地坐着,仿佛在等待什么。一见到珀西瓦尔,他们便站起来鞠躬,悲伤的脸上闪过一丝喜悦。

城堡的主人和珀西瓦尔在湖上看到的渔夫简直一模一样。他穿着貂皮大衣,坐在火炉边的扶手椅上,身材消瘦,显然患了某种疾病。

大厅里的寂静终于被城堡主人打破。他请珀西瓦尔在他身边坐下,声音低沉而微弱。他说自己早就盼着珀西瓦尔,并递给了他一把精致的剑,年轻的骑士心中充满惊讶。这时,一位仆人拿着一把沾着血的矛头走了进来,默默地在大厅走来走去。珀西瓦尔想开口询问,这个奇怪的仪式到底有什么含义,而主人又为什么盼着他来。但他担心,自己的发问会显得无礼,配不上骑士的身份。他这样想着,门又被打开了,几位有着蓝色眼眸的漂亮姑娘走了进来。她们两两一组,拿着一件绣着珍珠的天鹅绒靠垫、一台乌木架子和各种各样的法器。最后走来的是芮潘斯女王,她手里拿着一件珍贵的器皿,它四射的光芒让人根本无法直视。

"圣杯。"珀西瓦尔听见一个个声音耳语道。他本想问旁人，这一切是怎么回事，但大厅里气氛庄严肃穆，珀西瓦尔不敢开口喧哗。

姑娘们退了出去，内侍和骑士侍从走上前来。从那光芒四射的宝器里，他们源源不断地取出龙肝凤髓般的菜肴和葡萄酒，摆在一张张桌子上。然而，城堡的主人只动了一道菜且只吃了一点。珀西瓦尔环顾大厅，不知这奇怪的寂静与哀伤的气氛从何而来。

饭后，堡主由两个仆人扶着，吃力地站起来。他急切地看向珀西瓦尔，然后深深地叹了口气，离开了大厅。接着，仆人打开了一扇门，一位面相英俊的白发老人正躺在门后的长椅上。他睡得并不踏实，嘴唇翕动着，似乎想说什么。仆人又关上门，领着珀西瓦尔去他的房间。

他走进房间，环顾四周，立即注意到丝质的挂毯上绣着一幅画。画面显示的是一场战斗，画中最显眼的人物是一位与城主相貌相似的骑士，他被一支长矛刺倒在地，长矛的矛头和晚餐前仆人拿着的那个破损的武器一模一样。珀西瓦尔很想知道这一切到底意味着什么，但还是决定忍住自己的好奇心，等到第二天早上再询问，尽管仆人们一再表示，他们早已期待他的到来，盼望他能亲手带来救赎。随后，他们深深叹息着离开了。

那一晚，珀西瓦尔睡得很不踏实，一次次地做着噩梦，第二天早上才昏昏沉沉地醒来。他的衣服和盔甲被摆在床边，但没人来帮他，他只能自己想办法穿上。城堡里所有的门都锁着，除了通向城外的。他的马被上了鞍、戴了笼头，系在城墙外的吊桥上。他刚过桥，吊桥就被拉了起来，城垛上有人喊道："神弃的罪人，上帝原本召你去做一项伟大的工作，你却放弃了。走吧，再也不要回来了。你已经走上一条邪路，沿着它下地狱吧！"

他转头看向城堡,看见有人正瞪着他,脸上带着魔鬼般的笑容,但这人不一会儿又消失了。珀西瓦尔踢了一下马,疾驰而去。他在荒凉的乡野间跋涉了一整天,到黄昏时刻才找到一间孤零零的小屋。他下了马,安置好马后推开了小屋的门,里面有一个女人,正伏在地上祈祷。她穿着一件灰色的悔罪袍,长发披散在脸上和脖子上。尽管被进来的人吓了一跳,她还是慢慢站起来看着他。

"怎么是你?"她说,"赫泽莱德的不肖子孙!你过来做什么?奇纳图兰尔的遗骸已浸香防腐,他现在就躺在这柜子里长眠。我必须在这里苦修,跪拜祈祷,直到万能的上帝赦免我。"

"我的天啊!"珀西瓦尔想着,"这竟是希贡!她怎么成了这样?"

不幸的女人又默默盯着他看了一会,继续说道:"可恶的家伙,你已经走上了一条不归路。你有幸见到圣杯,但却没有帮那个受难者解脱,亲手抛弃了神恩。不要再污染我的房间,你这个不洁之人。走开吧,逃吧,诅咒会伴随你到天涯海角。"

希贡站了起来,就像古时候的先知一般怒视着珀西瓦尔。骑士心中产生了一种前所未有的恐惧,他跄跄踉踉着离开了小屋,消失在夜色中。他牵着马一直走,直到体力不支倒在地上。这一晚,他睡得很沉、很香。

等他醒来,太阳早已高悬在天空中,他忠实的坐骑正在他身边吃草。他信马由缰地走着,不清楚也不在意自己会走到哪里。傍晚,他遇见了一个农民,在他家借宿了一夜。第二天,他再次跨上马背时才逐渐平静下来,开始思考之前的见闻。他认为自己有义务回到那座城堡,设法弥补自己不知不觉中犯下的罪过,但他找不到回去的路。他拦下自己遇到的每一个人,询问去"圣杯城堡"的路,但没有人回答他,人们只把他当作一个疯子和傻子,这让珀西瓦尔逐渐心灰意冷。

这时，一个骑士出现在他面前，把一个锁住的女人像狗一样牵在手里。珀西瓦尔认出，她就是他曾经偷吻的那位贵妇。她用恳求的眼神凝视着珀西瓦尔，心中有愧的英雄决定出手相助，他请求骑士饶过这个可怜人，却只得到对方轻蔑的一笑。于是，一场激烈的战斗爆发了。珀西瓦尔武艺高超，把对手打得倒在地上、昏了过去。他正要补上最后一击，却突然想起占内曼恩的教诲，便克制住了杀意。他扔下败者，走向那位贵妇，解开了她的锁链。等那人醒来，珀西瓦尔逼他发誓以后再也不会为难这位贵妇，并让他去亚瑟王的王宫，宣称自己败给了红骑士。在谈话中，珀西瓦尔得知自己刚刚打败的是奥利斯爵士，被锁住的贵妇是他的妻子。自从帐篷里的那一幕发生，奥利斯就毫无根据地嫉妒珀西瓦尔，并从此开始凌虐妻子。珀西瓦尔郑重地解释道，那次见面是纯粹的偶遇，他绝无任何不纯的动机，双方于是真诚地和解了。

英雄继续寻找圣杯，不顾酷暑的炎热和严冬的寒冷，却一无所获。一天，他遇见了亚瑟王的侄子，高文爵士。高文请他一起回王宫觐见国王，并加入圆桌骑士。珀西瓦尔本就想在王城寻找圣杯的消息，如此难得的机会，他当然不会放过。

高文让自己的侍从先走一步，去告知国王红骑士的到来。高文与珀西瓦尔一到王城，国王及其麾下的骑士和很多民众都出来迎接他们，大家都想看看这位立下大功的神秘英雄。第二天，在王官的空场上，珀西瓦尔从亚瑟王手中接过骑士的徽章，从此成为圆桌骑士的一员。

传令官正要宣读新晋骑士的名字和事迹时，一个女人骑着瘦马走到了国王面前。她掀开自己的面纱，露出一张丑恶的面容。女巫的肤色如枯叶一般，夹杂着褐、黄、灰三色。而她的眼睛深陷在眼窝里，如同燃烧着的炭火一般发出凶光。

Sir Gawaine the Son of Lot, King of Orkney:

高文爵士，被认为是亚瑟王宫廷中
最勇敢、最有侠义精神的骑士之一

"是圣杯的使者，女巫昆德里！"人们喊着。

"是的，使者来了。"女人说道，"只要亚瑟王和他的圆桌骑士留下那个人，我昆德里就要来给他们哭丧了。珀西瓦尔配不上你给他的荣誉。至高的权威选中了他，差使他完成这项至尊至圣的伟业，可他却避之若浼，忽视了世上最痛苦的受难者，上帝要降罪于他了！赶快把这不洁的骑士除名，否则亚瑟王和他的骑士们也要大难临头了！"

昆德里的发言吸引了所有人的注意。等他们想起刚被册封的珀西瓦尔，发现他早就慑于女巫的发言，悄悄骑马溜走了。在圆桌骑士中，只有一个人还站在他这边，那就是高文。高文说，如果因为鹰钩鼻女巫的几句话就抛弃一位前途无量的骑士，那他们所有人都将蒙羞。

听了这话，昆德里勃然大怒，说："可怜虫，你也有灾了！去吧，如果你敢的话，去克林索尔的魔堡，你的祖母、母亲、姐妹，你家族的女人们都在那里，她们都被魔法迷住了。试试吧，看你能不能救她们出来！"

高文一言不发，转身便走，他骑上马，一路直追珀西瓦尔。

克林索尔的魔堡

几个星期以来，不论高文走到哪里，都有人声称自己见过红骑士。他们要么与红骑士并肩作战过，要么被他击败过，但谁都不知道他到底在哪儿。高文一直追到了偏远的东部，在那里，他一度断了线索，但很快又听到了珀西瓦尔的传闻，他听说了更多的英雄事迹，珀西瓦尔本人却还是不见踪影。

高文陷入了沉思。几经考量，他决定直接去寻找圣杯，因为珀西瓦尔一定会找过去。

在旅途中，高文遇见了一个被珀西瓦尔打伤的骑士。高文表示愿意帮助他，但这个名叫金里穆塞的人一直沉浸在失败的耻辱中，不愿接受任何善意。他的伤口刚一愈合，便要与高文决斗。高文还没走多远，又遇到一个妖艳的女人，她的美貌令高文无法自拔，圆桌骑士忘记了和金里穆塞约定的决斗，也忘记了圣杯，甚至红骑士在他眼中也不再重要。魅惑高文的女子确实倾国倾城：她乌黑的鬓发一直垂到双肩，眼睛像星辰一样闪耀。在交谈中，高文发现她不但貌美如花，而

高文爵士
《亚瑟王的圆桌骑士》（*King Arthur and His Knights*，1903）

且机智过人，便对她示爱。这女人对高文的表白嗤之以鼻，但高文不愿放弃，于是她便说，如果他想得她的欢心，就得去附近的花园里，把她的马牵出来。

高文走到花园门口，看见一位老人坐在里面。他问老人，在哪里可以找到那位女士的马，对方却伤心地摇摇头，答道："朋友啊，要小心。那女人是奥格妮斯女公爵，是个女巫。她害死过很多高贵的骑士。也就是因为她，伟大的安福塔斯国王被毒矛刺伤，一直挣扎在生死边缘。赶快抽身吧，趁你还做得到。看，你的马还在那儿，赶紧骑上马逃吧！"

高文似乎深陷女爵的魅术，无视了老人的警告。他牵来了那匹马。女爵高傲地拒绝高文帮她上马的请求，但高文对她的傲慢毫无察觉，顺从地跟着她走了很远。因为她的甜言蜜语，高文好几次卷入战斗，而且高文发现，每次争斗都是因她而起。但无论如何，高文每次都能获胜，而且从未变心，因此女爵也逐渐乐于与他并排骑行。

最后，他们来到了一座高山的山顶上，那里视野很好，宽广的山谷一览无余。山谷对面有一座城堡坐落在一块高高的岩石上，那儿还长有一棵巨大的枫树，遮蔽了城堡上空。奥格妮斯指着城堡，说城堡的堡主便是格拉莫夫兰。此人是她的死敌，并杀掉了她之前的爱人。"现在，"她继续说着，"要是你能从那边的魔法树上摘下一束枝条给我，然后在决斗中击败格拉莫夫兰，我就会死心塌地与你相爱。"

如此丰厚的回报，高文甚至愿意与撒旦本尊战斗。他毫不犹豫地踢了一下马，朝城堡奔去。他穿过山谷，游过深深的护城河，来到那棵树下。他折下一根小树枝，想编一个花圈。就在这时，一阵愤怒的声音喊道："你在干什么，不知天高地厚的毛小子！你怎敢动我的魔法树！我认得你，你是圆桌骑士里的高文爵士。很久以前你父亲杀了我父亲，我现在要替父报仇。八天后，我会在克林索尔的魔堡前等你。会有一千二百位勇士见证我的复仇，你最好也带上你的部下。"说完，此人便转过身去，返回了城堡。

高文返回山顶，把花圈递给女爵。她冷冷地收下了这份礼物，没有任何表示，只是继续走着。高文仍然跟着她。走了一段时间，他们看见了两座坚固的城堡，女爵说，其中一座是她父亲的祖宅洛格里斯，另一座是克林索尔的魔堡，强大的魔法师克林索尔把他偷来的贵妇人和千金小姐关在里面，用沉重的锁链锁着。她还补充说，她把父亲留下的金子都给了那个怪物，才换来了自由。

话音刚落，一个不入流的战士冲过来，向高文发起挑战。奥格妮斯退到一旁，只是提醒高文记得她的承诺。很快，骑士打倒了他的对手，登上渡船，而女爵早已在对岸了。当天晚上，高文在摆渡人那里借宿，摆渡人告诉了他当地的一系列小道消息，特别是一则提到了"勇敢的红甲骑士"的传说。

高文爵士到达城堡

夜幕降临，高文走到城堡的窗前查看情况。魔堡里灯火通明，每一扇窗户都映着一个愁眉苦脸的女人，从小姑娘到老妪，克林索尔似乎来者不拒。高文不忍再看，他转过脸，愤怒地发誓要杀掉这卑鄙无耻的城主，还她们自由。船夫劝他小心行事，他说克林索尔不但身强体健，而且精通黑魔法。但高文爵士去意已决，不会因此放弃。

第二天一早，高文骑上马直奔魔堡，面前魔堡的塔楼看起来阴暗诡异。一个身形巨大的卫兵领他进了城。城门高大沉重，卫兵却能毫不费力地打开。城堡里空空如也，找不到一件家具，也看不到一个女人，似乎废弃已久。高文惊异地探索着魔堡，最后来到一个房间，里面放着一张柔软舒适的躺椅。看见长椅，高文顿感疲惫，忍不住想躺上去。可是，他每向躺椅靠近一步，躺椅就后退一些，让他无法上去休息。终于，忍无可忍的高文直接跳了上去，突然，数不清的箭矢、骑枪、标枪和石块从暗处向骑士飞来，高文只得拼命招架。尽管高文靠身上的铠甲保住了性命，但他还是受了好几处伤。

铺天盖地的箭雨突然停了下来，房间陷入一片死寂。很快，房间里传来了沉重的脚步声，一个农夫走进房间，手里拿着大棒，身后跟着一只狮子。此人身材魁梧，用低沉嘶哑的嗓音说道："小声点，里奥。等我敲碎了他的脑袋，尸体就归你了……什么！"他惊呼，"还活着！而且还有武器！好里奥，你来对付他！"说完，他便径直跑开了。

狮子扑向骑士，想把猎物撕开，却瞬间就被砍断了一只前爪，在愤怒而痛苦的嗥叫中向后倒去。高文随即从躺椅上跳起来，精神百倍地与猛兽搏斗。他最终杀死了狮子，但自己也累得倒在它的尸体上。

等他再次醒来，便看见许多女人俯身在他旁边，称他为她们的拯救者，其中包括他的母亲、祖母和妹妹伊托妮。咒语被破除了，克林索尔也逃之夭夭。高文一回过神，便派人把此事告知亚瑟王，并请他来见证自己和格拉莫夫兰的战斗。

亚瑟王如约赶到。高文沉浸在莫大的幸福中，把美丽的奥格妮斯介绍给了他的叔叔。

备受期待的决斗之日终于到了，一位黑衣黑马的骑士出现在高文面前，他也策马上前，毫不相让。刀光剑影间，两人矫健的身姿显得更加英姿飒爽。一旁见证决斗的无一是等闲之辈，但两位决斗者的武艺却令他们自愧不如。国王和女士们被惊心动魄的战斗吸引，为了看清二人的动作，不禁上前一步。渐渐地，黑骑士占据了上风，而高文越来越抵抗不住敌人的进攻。这时，一位少女从观众中窜出来，高声

高文爵士破除克林索尔魔堡的魔咒

喊道:"高贵的骑士,请您放过我的哥哥高文!他在魔堡里受的伤还没痊愈。"

"是高文!"那黑骑士应声住手。他扬起头盔的面罩,露出珀西瓦尔那熟悉的脸。

与久别的朋友重逢,高文和珀西瓦尔都很高兴,而另一位骑士也走上前来,请求与二人和解。此人便是格拉莫夫兰,他早已和温婉可人的伊托妮秘密订婚。可是,高文不愿就此放弃,因他深知奥格妮斯痛恨着格拉莫夫兰,而且他也曾许诺要打败他,以此赢得女伴的芳心。他把手按在剑上,正要开口,却被走到面前的国王阻止了。伟大的亚瑟王用自己的名誉起誓,他会融化女公爵冰冷高傲的心,让她接受自己的侄儿。国王请来奥格妮斯,与她单独交谈。奥格妮斯折服于亚瑟王的智慧与品德,她平息怒火,终于原谅了自己的仇敌。

几天后，城堡里举办了两场婚礼，桂妮维亚王后尽她所能地让大家开心。同时，珀西瓦尔爵士也被正式册封为圆桌骑士，但他依然没能感到高兴。

他无法忘记那一切，女巫的诅咒一次次在他耳边响起，圣杯与安福塔斯痛苦的脸不时出现在他眼前，而安福塔斯妻子和母亲的痛哭更让他心碎。终于，无法忍受的珀西瓦尔再次悄悄离开，没有告知国王，也没有和朋友道别，朋友们的欢乐与善意只会令他更加伤感。

骑马而行，珀西瓦尔几乎绝望了。难道他永远也找不到圣杯吗？难道自己没有机会纠正过去的无心之失吗？

珀西瓦尔和崔佛列森与圣杯的故事

夏季与秋季悄然过去，白雪覆盖大地。一天晚上，饥寒交迫的珀西瓦尔筋疲力竭，他下马后，用尽最后的力气走近一间隐居者的小屋，敲响了房门。给他开门的是一个高大威严却面容憔悴的隐者，他让珀西瓦尔进屋，自己则去照看他的马。

隐者递给他一些食物，又为他铺了一张苔藓床。躺在床上的珀西瓦尔开始环顾四周。他看见墙上挂着一把剑，剑柄上有华丽的雕刻，还镶了金。他问屋主，这剑的主人是谁。隐士叹了口气，说这把剑曾经属于他，那时他正被圣杯宠爱着，却毫不关心它，一心只追求荣誉与爱情。

"陌生人，你可得知道，"他继续说着，"我就是崔佛列森，不幸的安福塔斯国王之兄。和他一样，我一生都在追求稍纵即逝的欢愉。自从安福塔斯被毒矛刺伤，日夜忍受着难以言表的痛苦，我就放下了剑和盔甲，隐退到这里，为自己，也为安福塔斯赎罪。唉，无望啊！安福塔斯仍在饱受煎熬，上帝派来拯救他的人却忽视了圣谕，所以那位圣使也将在诅咒中沉沦，本来他命中注定会获得荣耀，可现在却已困于诅咒之中。"

"我正是那个罪孽深重的人，虽然我无意于此。"珀西瓦尔喊道，"但是啊，上帝用这样的诅咒去惩罚一个犯下无心之失的人，怎能体现他的公正与慈爱？"

"看来你就是珀西瓦尔，我姐妹赫泽莱德的儿子。"崔佛列森说，"你曾见过圣杯，却没能救赎自己和安福塔斯，是因为你没有察觉上帝的旨意。只有虔诚的人才能听见他的话语。听好了，我会向你展示上帝对世人的爱与善行，而你要学会忍耐与虔信。"

接着，崔佛列森向他的侄子讲述了上帝与人的故事，从创世之初讲到基督的降世与殉难，并告诉他从中应该得到的教训与道理。他又说到珀西瓦尔的母亲，她在儿子离家后不久就因哀伤而死，在死前她还在祝福着珀西瓦尔。崔佛列森接着说，珀西瓦尔现在必须怀着一颗纯净而谦卑的心去寻找圣杯，要相信上帝，他知晓珀西瓦尔的忏悔，而他的慈悲是无止境的。珀西瓦尔和他的舅舅一起待了几天。其间，舅舅一直鼓励他直面命运交给他的任务。

最后，他告别崔佛列森，再次踏上旅途。他走了很久，却没有找到圣山的线索。一天，他遇见了一个骑士，对方执意要与他战斗。在战斗中，珀西瓦尔的剑突然断裂，英雄惊叫道，如果他拿的是父亲伽穆雷特的剑，绝不会闹出这出笑话。陌生人随即向他问起伽穆雷特的事，又继续说道："看来我们是兄弟。我乃摩尔人之王费里菲斯，伽穆雷特在东方冒险时迎娶了摩尔人的女王，并生下了我。但女王去世后，伽穆雷特将我交给女王的亲戚养大，他自己则回到家乡，娶了你的母亲。"

摩尔人之王一边说着，一边揭开了自己的面罩，露出一张黝黑、英俊的面孔。兄弟俩深情相拥。珀西瓦尔说道："安福塔斯给我的剑不愿沾上兄弟的血，这说明上帝听见了我的祈祷。希望我当时没有眼瞎，还记得自己走过的路。那里是湖，这里是岩石，没错，通往圣山的路就在这里。来吧，兄弟，跟着我走上陡峭的山路，一起登到山顶。仁慈的主就在那里等着我们！"

带着不屈的意志和虔诚的信仰，两位英雄走上了这条充满艰难险阻的山路。登山路上困难重重，两位英雄耗时颇多，还没等他们登上山顶，太阳都快落山了。他们刚到城堡门前，就受到了热情的接待，虽然一路上没怎么骑马，但两人的坐骑也被牵到马厩里好好照顾。侍者将珀西瓦尔和费里菲斯领到灯火通明的大厅。安福塔斯国王和其他骑士仍坐在过去的位置，侍从又一次拿着血染的长矛走进来，随后进来的几位姑娘拿着垫子、架子等物件，一切都和珀西瓦尔上次造访时一样，最后是美丽的处女女王芮潘斯拿着圣杯走到众人面前。

"仁慈的天父，慈祥的救主，"珀西瓦尔爵士低语着，"请教我如何拯救这一切。"

忽然有一个天使在他耳边嘱咐道："去问！"

珀西瓦尔知道自己得到了启示，也明白了该怎么做。他走到安福塔斯王面前，说道："告诉我，您怎么了，伟大的国王？为什么圣杯降临的大厅里一片哀伤？"

瞬间，所有的蜡烛都熄灭了，但圣杯的光芒变得更亮，它的一侧现出几个火焰字母："安福塔斯痊愈了。珀西瓦尔将成为国王。"

与此同时，空中响起天籁之音，无形的天使们唱道："荣耀归于至高上帝，宁和归于大地，善心归于人间。"珀西瓦尔静静地站着，喜悦的他在心中暗自感激上帝的恩典。这时，一位老者步履稳健地走到他面前，他庄重地把手中的冠冕戴在天选之王的头上，说："致敬，珀西瓦尔，向你致敬！我们等待已久，你终于来了。我是你的曾祖父狄都雷尔，应召来交付你象征至高荣誉的奖赏。现在，我可以平静地离去了。尘世的朝圣之旅即将终结，而我将在天堂安息。"

安福塔斯此时已经康复，再也不必受痛苦的折磨。高兴的他从座位上站起来，郑重地问候了珀西瓦尔。他把国王的披风披在珀西瓦尔肩上，请他发扬公义、惩治奸邪。

骑士们聚在一起，和安福塔斯一起宣告新国王的即位，并宣誓效忠于他。天使唱诗班欢快地唱道：

向你致敬，圣杯之王珀西瓦尔！
曾经几近沉沦，
现已蒙受神恩。
向你致敬，圣杯之王珀西瓦尔！

许久，珀西瓦尔还站在那里，沉浸在上帝的慈爱与恩典中。这时门开了，一位戴面纱的女士在随从的簇拥下走了进来。她走近珀西瓦尔，在他疑惑的目光中掀开了面纱：是他很久未见且深深爱着的妻子康杜拉默！

奇怪的是，在圣杯的照耀下，只有一个人孤零零地处在黑暗中，好似被一团乌云笼罩着，这个人就是摩尔人的国王费里菲斯。他禁不住问，照亮整个大厅，却唯独避开他的光芒究竟从何而来。

"圣杯，"老狄都雷尔说道，"它装着救世主的血，只会照亮信神的人。你仍处在无信的黑暗中，被邪理束缚着。向那十字架上的基督低头吧，向光与真理之王低头吧，你的心也必蒙光亮。"

年迈的骑士看见基督手持圣杯（1863）

老人的话深深打动了费里菲斯，他当即请狄都雷尔为他洗礼。仪式一结束，他就看见了圣杯，圣杯的光芒也环抱着他。

之后，狄都雷尔跪在圣杯前祈祷。祷告完毕，他站起来，庄重地向所有人道别，并说希贡已经得到了救赎。说完，他便走出了大厅，从此再也没有人见过他。

费里菲斯在圣山的城堡里待了一段时间。在这里，他接受基督的信仰，成了一位基督徒。他与美丽的芮潘斯女王成婚后，和她一起回到了自己的家乡，共同统治他的王国。他们的儿子名叫约翰，日后成了一位伟大的战士。就像圣杯殿堂里的圣殿骑士一样，约翰创立了名为圣杯骑士团的兄弟会，这是一个坚韧强大而又久负盛名的修会。

第三章
罗恩格林(罗安戈林)

银　铃

在亚瑟王、高文等人的带领下,圆桌骑士寻找圣山,却无功而返。它似乎近在眼前,却又远在天边,这是因为骑士的双眼被尘世的迷雾所蔽,看不见雾后的天堂。有人说,天使把圣山运到了东方,由祭祀王约翰[①]守卫着。一旦野蛮的撒拉逊人威胁到基督教世界,圣殿骑士便会佩戴刻有银鸽的头盔与盾牌,加入讨伐异教徒的队伍。但是,他们在其他时候从不出现,没有人知道他们从哪里来,也没有人知道他们去了哪里。

而此时,珀西瓦尔和康杜拉默正幸福地生活在圣杯堂里,侍奉着无上的主,并悉心教导着他们的孩子。长子卡迪斯成年后继承了

---

① 祭祀王约翰(Prester John),12—17世纪盛行于欧洲的传说人物,据说他是中亚的基督教捍卫者,曾经大破波斯军,之后大军直挥耶路撒冷,但因底格里斯河结冰无法渡过才作罢。祭祀王约翰是基督徒屡次十字军东征不顺之后,所流传出的一个希望人物,其原型可能来自耶律大石、成吉思汗等人。

家族在凡世的尊位，他接替母亲统治着贝里帕尔，并继承了瓦雷斯（Waleis）和安茹①两片领地。次子罗恩格林与父母一起留在圣山上，女儿阿莉巴黛尔则接替了芮潘斯女王，拿着圣杯往返于祭坛和大厅。

撒拉逊人早已被基督徒征服，因此圣殿骑士已经很久没有听过召集的银铃了。一天晚上，骑士们正聚在大厅里，围着他们的国王，远处却突然传来呼救似的铃声，而且那声音越来越近。与此同时，圣杯上现出了火焰字母，宣称上帝选中了罗恩格林，要他去为无辜之人伸张正义。他将乘船前往他的宿命之地，而一只脖子上戴着王冠的白天鹅会牵引他的船。

"伟大的罗恩格林，神选的英雄！"圣殿里的骑士齐声喊着。

珀西瓦尔非常高兴，他抱住儿子，祝福了他。康杜拉默为罗恩格林感到欣慰，却也担心他的安全，为此她取来安福塔斯的镶金盔甲和剑交给爱子使用。安福塔斯的佩剑虽然已在珀西瓦尔与费里菲斯战斗时断裂，但后来又在圣杯堂得以重铸。

这时，一个侍从走进来，告诉大家，山下的湖里有一只小船，正由一只戴金冠的天鹅用金链拖行。这是年轻英雄将要启程的神兆。国王、王后和圣殿骑士陪着他来到岸边，目送他登上小船。在他上船前，珀西瓦尔给了他一支金号角，说："等你到了凡人的地界，就吹三声号角，再吹三声，就表示你要回家了。要是有人问出你的身世和家人，你就必须立刻启程返回圣山。所有守卫圣杯的圣殿骑士都应遵守这条铁律。"

罗恩格林跳上小船，由天鹅带着他游向大海。一路上，他的耳畔充盈着柔和的旋律，像是天鹅的歌声，又像是天使的赞美诗。当船从

---

① 安茹（Anjou），法国西北部古地区名，曾经是欧洲西部的一个封建伯国。位于今法国西部卢瓦尔河下游。

平静的湖面到达海边，音乐才消失，取而代之的是风暴与海浪的咆哮。夜幕降临，年轻的英雄没有在意身边的风暴，他在船里安然入睡了。

美丽的女爵艾尔莎

布拉班特①的女公爵以其美貌闻名于世，人们都叫她"美人艾尔莎"。一天，她外出打猎，却和同伴失散了。她其实并不着急，因为她早就渴望能安静地独处一会儿了。于是，女爵躺倒在一棵高大的菩提树下，开始思考自己的烦心事。

她有很多追求者，但她根本不喜欢他们，尤其是特拉蒙德伯爵。特拉蒙德是一位优秀的战士，也曾是她的监护人，他坚称布拉班特的父亲在临终前把她许配给了他。年轻的女爵又恨又怕，不顾他的胁迫，直截了当地拒绝了他。伯爵恼羞成怒，声称要向她宣战，同时他还向新上任的日耳曼国王——萨克森②的海因里希提出指控，声称女爵犯下了大罪。艾尔莎怀着沉重的心情思考着这些事情，但当她看着身边嗡鸣的蜜蜂，听着微风打叶声时，又感到放松，不知不觉就睡着了。她做了一个奇怪的梦。梦中，一位年轻的英雄从树林中现身，赠给她一个小巧的银铃，还告诉她，要是遇到麻烦，就摇响这个银铃，他马上就会来帮助她。她想接过银铃，却怎么也拿不到。就在这时，艾尔莎醒了过来。

---

① 布拉班特（Brabant），中世纪欧洲西北部的封建公国，位于尼德兰南部和比利时中北部。
② 萨克森（Saxon）公国，历史上中欧著名古国，其领土涵盖不来梅、汉堡、下萨克森、北莱茵—威斯特法伦州、萨克森—安哈尔特州和大部分石勒苏益格—赫尔斯泰因州（约）。

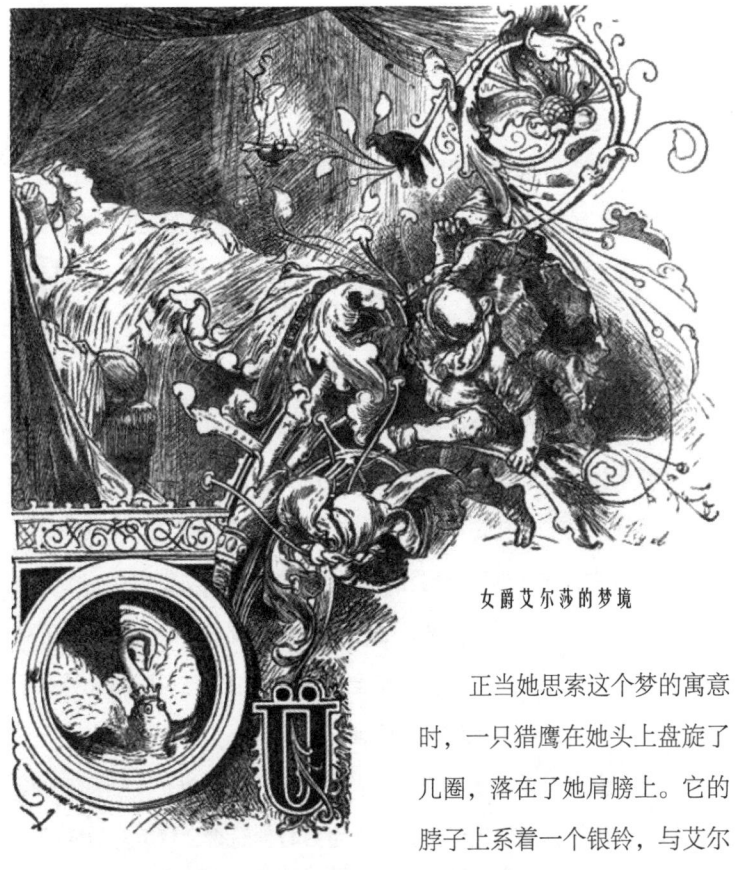

女爵艾尔莎的梦境

正当她思索这个梦的寓意时，一只猎鹰在她头上盘旋了几圈，落在了她肩膀上。它的脖子上系着一个银铃，与艾尔莎梦中的铃铛一模一样。她轻轻解下银铃，猎鹰随后便飞走了。

艾尔莎回家后不久，海因里希国王的信使便来拜访，要求她前往莱茵河上的科隆，去海因里希王的裁判庭接受裁决。艾尔莎在经历梦境后，感觉自己正被某种至高的力量庇佑着，她愿意相信那个梦，所以，她安心地接收了使者的要求。

海因里希国王是个有正义感的人，也乐于伸张正义，但每年都会有大批的匈牙利人在帝国南疆肆虐，他急需一位强悍的战士为自己助阵，而特拉蒙德正是国王所需的将才。所以海因里希期望伯爵所言非虚，这样他就可以借此笼络勇士为其效力。

审判开始了，三个证人声称尽管该国的法律禁止领主与其封臣通婚，可女爵与她的封臣确实相爱。不过，有两个证人被判定是做假证，还有一个人拿不出足够的证据。这时，伯爵站了起来，他坚持自己对女爵的指控，并要求与女爵选择的骑士决斗，让上帝来证明他说的是实话。

艾尔莎无法拒绝伯爵的挑战，她只有三天时间来物色一位斗士。她环顾大厅，试图找到一位愿意拔刀相助的勇士，但伯爵剑术高超，所有人都心生畏惧，甚至连大气也不敢出，宫廷里一下陷入了死寂。这时，少女想起了她的梦。她从腰间拿出银铃，摇了摇，清脆的铃声响彻了整个大厅，而且回响声变得越来越大，最终消失在遥远的群山之中。随后，她转向国王，说她的斗士会在约定的决斗时间点出现。

三天过去，决斗的时刻已至。海因里希国王坐在宝座上，他满脑心事，心不在焉俯瞰着比武场，还有一旁滔滔流过的莱茵河。国王身边围着诸位王公与骑士，面前则是全副武装的伯爵与可爱的女爵。不知为何，当天的女爵显得比过去更加美丽动人。

伯爵让艾尔莎的骑士出来亮相。他叫了三次，却无人应答。在场的人都看向国王，急切地等待他的裁定，看他是否会宣读对被告的判决。就在他犹豫的时候，莱茵河的远处传来了音乐声。那声音悦耳动听，如同绝迹于世的仙乐。过了一会儿，一只白天鹅游近了岸边，它脖子上戴着金冠，身后牵着一条小船，船里是一位身着华丽铠甲的熟睡骑士。等船首一碰岸，他便醒了过来，随即拿出一支金号角，吹响了三声。号角声在河上回荡，消失在远方。这表明罗恩格林接下了使命，现在他就要践行诺言，为无辜的女爵而战。骑士走下船，走进了比武场，而他的对手已等候多时了。

在战斗开始前，传令官走上前来，询问陌生人的姓名和身份。

罗恩格林伴随白天鹅到来

"我叫罗恩格林，"骑士答道，"出身王室。你知道这些就够了。"

"无妨。"国王应道，"你的血统毋庸置疑，看你的面相便知道了。"

军号吹响，战斗应声开始。特拉蒙德发起猛攻，用迅猛的攻势压制对手，逼得这个陌生的骑士只能勉强自保。突然，骑士转换了战术，他抓住机会反守为攻，仅一击就把伯爵的脑袋连同头盔一起劈开了。

"上帝已经做出了裁决，"国王说，"他的判决是公正的。至于你，高贵的骑士，我想让你指挥女爵在布拉班特的部队，和我们一起攻打入侵的蛮族，不知你意下如何？"

罗恩格林欣然接受了国王的提案。随后，艾尔莎女爵走上前来向他致谢。罗恩格林刚出现时，她就认出他正是自己梦中的英雄，惊讶之余，她对伸出援手的英雄感激不尽。前往布拉班特的途中，罗恩格林和艾尔莎有了接触彼此的机会，这期间两人关系愈发亲近，他们逐渐陷入热恋，最终在安特卫普的城堡里订婚，几周后就结婚了。

婚礼结束后，罗恩格林带着妻子走出教堂，他告诉女爵，永远都不要问他从哪里来，也不要问他的出身，一旦她问了，他就必须立刻离开她，而且再也不会回来。

国王的动员令惊醒了蜜月中的二人。数不胜数的强盗从匈牙利蜂拥而出，侵入了王国领土。海因里希国王命令大军在科隆集结，随后向敌人进军。和大部分女贵族一样，艾尔莎随丈夫一起去了王城。帝国的王侯中不乏骁勇善战之辈，女人们常常谈论丈夫和祖先的英勇事迹。但一提到艾尔莎的丈夫，她们便沉默起来，因为有谣言说罗恩格林出身于异教的巫师家庭，他能打败特拉蒙德全是靠黑魔法。

永　别

这样的流言蜚语让艾尔莎非常难过，因为她知道她丈夫的高贵本性。她渴望找到力证来堵住那些散布谣言的人的嘴，让他们学会尊敬她的英雄。终于，女爵一怒之下丧失了理智，她忘记丈夫的警告，向罗恩格林倾诉了自己的烦恼，并问他的父母是谁，又从何处而来。

"亲爱的妻子，"他悲伤地说，"我本该永远隐藏自己的身份，但现在我不得不向你，以及在座的国王与王公们坦白真相。但记住，我们分别的时刻就要来临了。"

国王和各位贵族都聚集在莱茵河畔，英雄则带着浑身发抖的妻子缓缓走来。他讲述了伟大的父亲——珀西瓦尔的故事，以及他受圣杯感召而来到科隆的始末。

"我本想与您一起讨伐野蛮人，高贵的国王。"他继续说着，"但命运要我止步于此。高兴起来吧,陛下,您将征服强盗、统治列国,赢得不朽的荣耀。"

英雄如同一位受神启示的先知,热情洋溢地预言着帝国未来将发生的奇迹,而随后他的话将一一应验。当他说完,在场的人都听到了音乐声,旋律和罗恩格林到来时一样悠扬动听,但曲调却像挽歌般迟缓、忧伤。音乐声越来越近,最后,戴着王冠的天鹅再次拉着小船出现。

艾尔莎与忠臣

"保重,亲爱的,"罗恩格林说着,把泣不成声的妻子紧紧搂进怀里,"我爱着你,爱着有你的世界,和你一起的日子让我很开心。但现在,我必须服从上帝至高的意志,就此与你永别。"

他泪流满面,依依不舍地登上了那条载他过来的小船,消失在众人的视线中。

离别后不久,艾尔莎就去世了。临死前,她坚信自己将会和丈夫团聚,且能亲眼见到圣杯。

至于她的说法是真是假,至今众说纷纭。

第四章
崔斯坦[①]与伊索德

忠臣鲁阿尔和他的养子

城堡的大门前,一场激战正在进行。因为里瓦林,这位当地的领主,再也无法忍受主君摩根日益严苛的暴政,于是选择了和自己的主君刀兵相见。里瓦林的妻子,布兰切弗勒则在城堡里虔诚地祈祷丈夫能全身而退。此时她用虚弱的双臂抱起刚刚出生的孩子,而城堡外杀声震天。

战斗持续了一整天。傍晚,元帅鲁阿尔带着伤逃回城堡,他告诉布兰切弗勒,里瓦林国王已经战死,敌人正要封锁城堡。他来是让夫人带上金银细软,收拾东西准备出逃。布兰切弗勒听了这话,尖叫一声,倒地而死。见事态已无可挽回,鲁阿尔便吩咐其他女人收拾东西,他顾不得自己的伤,只一心想带亡主的孩子逃往外地。

[①] 崔斯坦(Tristram),传说中的骑士,本篇传奇中虽然没有亚瑟王和圣杯出现,但在其他亚瑟王传说中,崔斯坦曾作为亚瑟王的骑士以及兰斯洛特的战友出场过,故作者将其故事归为亚瑟王与圣杯传奇中。

但一切都太迟了。摩根的军队把城堡团团包围，不留一丝空隙。鲁阿尔只得抬走死去的王后，让妻子带走婴儿，假称那是自己的孩子。仆人们都很忠诚，一起保守着这个秘密。摩根很快就占领了城堡，但他永远想不到，里瓦林的儿子还活着。摩根敬佩鲁阿尔的忠义，于是任命他为当地总督，随后回到了自己的领地。

寒来暑往，元帅的养子逐渐展露出过人天赋，鲁阿尔夫妇十分欣慰。他们给孩子取名崔斯坦，或者崔斯汀（名字有"悲伤的"寓意），以此纪念他降生时的悲剧。鲁阿尔亲自教导崔斯坦学习所有的骑士操典，并请来导师教他弹奏乐器，学习各国语言，还教他掌握了许多其他技能。

狩猎天才崔斯坦
《霍金奇、亨廷格和菲斯辛格的博克》（朱莉安娜·伯纳斯，约1515）

一天,一群异国商人在海边靠岸后,上岸来售卖他们的货物。年轻的崔斯坦经常走下城堡观察这些人,听他们谈论自己的故乡以及游历过的国家。商人们见男孩面貌清秀、知识渊博,不禁动了邪念,想将男孩拐骗到国外,卖个好价钱。他们趁崔斯坦在船上闲逛时,悄悄收锚起航。鲁阿尔一路追赶他们,却被商人的快船迅速甩开了。不过商人们很快就遭遇了新的危险:一场前所未见的猛烈风暴突然降临。商人又惊又怕,认为这是上帝降下的惩罚。他们敬畏地发誓会释放这个男孩,随后便将崔斯坦丢在一片陌生的海岸上,认定这个天赋异禀的孩子很快就能凭借自己的本领谋生。他们没有想错。崔斯坦遇到了一群碰巧经过的朝圣者,跟着他们来到了康沃尔①国王的王宫。国王马克很中意这个孩子,把他收为自己的侍从。

与此同时,鲁阿尔正伤心欲绝。他四处奔走,寻找他的养子,却一无所获,连一丝线索都找不到。他一路乞讨,在各国间流浪。最后,筋疲力尽、步履蹒跚的他终于找到了马克国王的王宫。崔斯坦惊喜地迎接他,并把他带到了国王面前。马克一听说这个乞丐的名字,就愤怒地喊道:"什么!你是那个叛徒里瓦林的元帅?你的主君偷走了我的妹妹布兰切弗勒!"

"陛下,"鲁阿尔答道,"他并无恶意,而是和布兰切弗勒殿下真心相爱。在离开前,布兰切弗勒殿下就已经和我主人秘密成了婚。现在他们都死了,而这个孩子。"他把手搭在崔斯坦肩上,"是他们唯一的孩子。我养大了他,这么多年我都在寻找他。"

听了这些,国王很惊讶,也很高兴,因为他最欣赏的侍从正是他的侄子。鲁阿尔的妻子已经去世,他不愿回去忍受摩根专制的暴政,

---

① 康沃尔(Cornwall),英国英格兰西南端的郡,位于德文郡以西。

于是和养子一起留在了康沃尔。

成年后的崔斯坦不仅是个高大的美男子，也是一位英勇的战士、高贵的骑士，无论辅佐治国还是外出打仗，他的表现都备受众人赞誉。尽管在康沃尔的生活充实且快乐，崔斯坦还是无法忘记自己的故乡。他时常感到悲哀，因为本应效忠于自己的臣民正受着异国暴君的压迫。最后，他向叔叔坦白了自己的感受。马克很支持他，拨给他人马和船只，让他回去解放自己的人民。他又要崔斯坦承诺，以后必须回到康沃尔，因为他已经指定崔斯坦继承他的王位。

远征大获全胜。崔斯坦打败了摩根的军队，并杀死暴君，随后他加冕为帕梅里亚的国王。在故乡逗留的一年内，崔斯坦化解了所有分歧，安顿好了自己的臣民。他让鲁阿尔再次担任帕梅里亚的总督，并如约返回了康沃尔。

伊索德（叶修特，伊素德）

崔斯坦回到了康沃尔，却发现整个国家哀声一片。在他离开期间，爱尔兰国王格尔曼入侵了康沃尔，并在莫罗尔特的帮助下征服了这里，强迫马克国王向他进贡。这让人们深感耻辱。莫罗尔特是格尔曼妻子的哥哥，他武艺高强，能征善战，为爱尔兰的胜利立了大功。根据条约，康沃尔的国王必须每年进贡三十个出身贵族的英俊男孩，给爱尔兰国王当奴隶。就在崔斯坦回来的当天，马克正准备把当年的贡品交给前来接收的使者莫罗尔特。

崔斯坦感到非常愤慨。他斥责马克太过软弱，只有懦夫才会同意这样的条约。他又找到莫罗尔特，撕毁了条约，指责爱尔兰国王提出的条件毫无人性,根本无法履行。莫罗尔特一言不发,拔出剑要与崔斯坦决斗。过了一会儿,莫罗尔特重创了崔斯坦,喊道:"投降吧,崔斯坦爵士,念在你年轻气盛,我可以饶你一命。只要你能投降,我的妹妹伊索德女王会治好你。因为只有她知道怎么解我剑上的毒。"

"不胜利,毋宁死!"年轻的骑士回敬道。他用尽全力,一击把对手的脑袋劈成两半。

乾坤落定,爱尔兰人带着他们英雄的尸体伤心而归,而胜利者回到了叔叔的宫殿。他的伤口被清洗包扎,涂上了香树膏和各种出名的草药,但依旧无法愈合。一位经验丰富的医师看过伤口后,说这种罕见的剧毒只能用嘴从伤口里吸出来,唯有爱尔兰的王后伊索德和与她同名的女儿才知道祛毒之法。崔斯坦决定打扮成吟游诗人前往爱尔兰,请王后救治他。但他也知道,格尔曼已经立誓杀掉所有落在他手里的康沃尔人,尤其是崔斯坦。

最后,他来到了爱尔兰王宫。他的弹唱精美绝伦,深受王后喜爱。她请求崔斯坦把这些技巧教给她女儿。"吟游诗人"逐渐发现公主是个非常专心的学生,每当他教导她歌艺,听到她用甜美的嗓音唱出哀婉的歌曲时,崔斯坦甚至会暂时忘记伤口的疼痛。而在学艺的过程中,性情天真的伊索德公主也逐渐全心全意地爱上了崔斯坦。

时间一天天过去,崔斯坦的伤口也逐渐恶化。他把自己的痛苦告诉了王后,请求她医治自己,她立刻同意了。几个星期后,崔斯坦就完全康复了。他的歌喉变得更加有力,甚至把国王也迷住了。格尔曼想让他从此留在王宫里,但崔斯坦害怕自己的身份会被发现,他决定趁自己还没暴露就先悄悄离开。

崔斯坦回到了康沃尔,几乎所有人都欢迎他,但各个大领主却并不热情。他们不希望外人统治康沃尔,而更期望国王结婚,把王位留

崔斯坦与伊索德
(埃德蒙·布莱尔·莱顿,1902)

给他自己的子嗣。崔斯坦察觉了领主们的想法，他建议叔叔娶妻，并推荐他迎娶爱尔兰的伊索德公主。经过一番商谈，大家达成共识，让崔斯坦代表马克国王出使爱尔兰，向公主求婚。

到了爱尔兰，他正准备前往王宫，却被传令官的布告吸引，告示上说有一头恶龙正在这片土地上肆虐，只要有人能杀掉它，不论是谁，只要出身贵族，国王都会将女儿嫁给他。

崔斯坦找到恶龙后，与它恶战一场，最终杀死了它，并割下了它的舌头作为证明。但当他正转身要走时，却被怪物呼出的毒气所害，仰面倒在了飞出恶龙的沼泽里。

沼泽已经淹没他的肩膀，不管怎么挣扎，他都逃不出去了。这时，崔斯坦看到一个人骑马赶来，砍下已死怪物的头，然后便离开了。

此人是王宫中的领班侍者[1]。他把龙头拿给国王看，并大胆地索要奖赏。但王后很了解这个人，知道他是个懦夫，所以不相信他的话。她带着随从一路来到龙的巢穴，发现真正的英雄正躺在泥沼中。王后坚信是崔斯坦杀死了龙，因为他的剑上沾着龙血，手上还有龙的舌头。人们把他抬出沼泽，带进王宫，但此时他已经失去了知觉。公主一眼就认出他是过去那个吟游诗人，她希望他是个贵族，这样就能领取国王的赏赐了。王后给了他一剂安眠药，让他无法出声。她把女儿带到隔壁房间，给她看那巨蟒般的龙舌，还有那把杀死龙的宝剑。

"看吧，"王后说，"屠龙的英雄是这个吟游诗人，而不是那个懦夫领班。"

她走出房间，又说道，真相很快就会大白于天下。伊索德公主拿

---

[1] 此处原作者注解侍者的身份可能为"the sewer"缝纫工或"head waiter"，即领班侍者。

起剑仔细端详，发现剑刃缺了一小块。

"天啊！"她叫道，"他怎么可能是——"她停了下来，从抽屉里拿出一块碎钢片，即从她叔叔莫罗尔特脑袋里取出的那片。她把碎片放在剑刃上，结果正是她最不想见到的。

"哈，"她继续说着，气得浑身发抖，"他就是杀害我叔叔的凶手。他必须死，死在我手里，死在他自己的剑下。"

她紧紧握住剑，走进崔斯坦的房间，准备朝骑士的脑袋砍去。但此时，睡梦中的崔斯坦笑了，仿佛在做一个幸福的梦，她的手僵住了。这时，伊索德又仿佛看见叔叔责备的目光，她因此决心将剑砍下去，却没发现母亲已经进了房间。她刚要下手，母亲就止住了她。

"可怜的孩子，"王后喊道，"你在干什么？你疯了吗？"

伊索德公主便告诉王后，眼前的人正是杀害莫罗尔特的凶手，崔斯坦。听了这话，母亲回答道："我深爱着我的哥哥，但我无法为他报仇，因为这个人从恶龙手中拯救了我们的人民。不论一个人跟我们有多亲近，他都不能与国家相提并论。"

伊索德的怨恨在心底消解，她承认母亲是对的。

崔斯坦苏醒之后，他没有拿出龙舌证明自己的功业，而是向领班发起挑战，要和他决斗。领班侍者虽也是习武之辈，但一见崔斯坦要与他决斗，顿时吓得魂不守舍，连忙招供了自己的所作所为。格尔曼于是下令打碎这个胆小鬼的盾牌，并把他驱逐出境。

这时，崔斯坦才拿出龙舌。众人欢呼着，承认他的胜利。

但是，出人意料的是，崔斯坦并不打算迎娶公主，而是决定代他的叔叔——康沃尔的国王马克——向她求婚。格尔曼国王非常讨厌马克，他本打算直接回绝对方的请求，但伊索德王后站了出来，舌灿莲花的她最终说服了国王答应婚事，崔斯坦也非常满意。

两国的联姻大事进展顺利，但没有人问过，甚至没有人想过去问伊索德公主自己是否愿意嫁给一个老国王。毕竟她是一位公主，而公主为了国家的利益出嫁时，是没有选择权的。

迷情药

公主带上自己的衣服和珠宝，登上了前往康沃尔的船。她的老保姆和忠实的随从也随她一起。等一切准备妥当，船就要起航了。随行的布兰干内是女王的亲信。临行前，王后叫住了她，趁最后嘱咐她几句。

"记着，布兰干内，"女王说，"拿上这只高脚杯，当心别弄洒了。它里面是用草药汁制成的迷情药。要是在婚礼那天，我女儿和马克国王能一起把药喝下去，一切就能进展顺利了。"

保姆答应会小心行事，随后告别王后，登上了船。

船走得一帆风顺，可公主并没有那么开心。想到死去的叔叔、离别的故土和未知的前途，她感到不安。一天，为了安慰公主，崔斯坦为她弹唱了很久。他渴得口舌生烟，便问下人要了些饮料。一个侍从打开橱柜，看见一只盛满液体的高脚杯，以为是保姆准备好的饮料，便把杯子拿给了崔斯坦。按照风俗，崔斯坦先把杯子递给伊索德，让她为自己祝酒。公主把杯子举到唇边，原本只会喝一小口，却因为觉得好喝而又喝了半杯。她把剩下半杯还给崔斯坦，他一口饮尽。

饮下禁药的二人四目相对，深深爱上了彼此。

几分钟后，布兰干内来看他们。一见桌子上的空杯，她马上就明白了，哭着说出了事情的原委。公主安慰说，保姆没有酿下大祸，因

崔斯坦递给伊索德迷情药
（奥古斯特·斯皮斯，1881）

为他们的意志是自由的，可以抗拒魔药的诱惑。他们确实抗争过，但爱早已覆水难收。

　　船在康沃尔靠岸，马克国王前来迎接他的侄子和未婚妻。他非常喜欢美貌的公主，因此隆重地招待了她。他们按约定成了婚，这样的幸福让马克国王乐得合不拢嘴。

　　起初一切安好，保姆小心翼翼地隐瞒着公主对崔斯坦的爱。但一段时间之后，人们开始窃窃私语，最后流言传到了国王那里。马克起初也不相信这是真的，但随着蛛丝马迹越积越多，他也无法闭目塞听。他决定把这对情人送上裁判庭。与此同时，布兰干内发现国王已经有所察觉，便警告了崔斯坦，并跟他和伊索德一起逃进了森林。他们在山洞里藏了很久，但寒冬即将到来，保姆担心这冰天雪地的环境会危及公主的生命。

一天，他们正在讨论将来的出路，马克国王却突然出现。布兰干内走上前，向他保证那些传闻都是谣言。国王爱着崔斯坦，也爱着伊索德，因此相信保姆的话，把他们带回了王宫。

然而，魔药的效力并没有减退，两个年轻人也压抑不了自己的爱。流言蜚语又一次甚嚣尘上，崔斯坦对此无能为力。他知道自己玷污了骑士的名誉，也愧对叔叔的善意。同样，伊索德也为此感到非常痛苦。他们下定决心要分开，道别时，他们都非常希望魔药的效力能在他们再会时消散。

崔斯坦离开了。他四处游荡，之后来到诺曼底和阿勒曼尼亚①冒险，一路赢下无数次决斗，但他还是忘不了伊索德。最后，他来到了阿伦德尔②。此地的国王乔威林和儿子凯丁蛰居在森林里的一间茅草屋里躲避侵占王国的强盗。崔斯坦找到他们时已是深夜，但父子俩还是亲切地接待了他。奇妙的是，乔威林的女儿也叫伊索德。崔斯坦称她为"白手"伊索德以作区分。少女和她的父王对崔斯坦很好，英雄也答应帮助他们。于是，崔斯坦回到了自己的王国。那里的百姓一直期待国王能够回归，因为老鲁阿尔已经去世，王国长期无人当政，早已陷入一片混乱。崔斯坦立即着手恢复王国秩序，他将全国管理得井井有条后，便召集军队前往阿伦德尔。他与霸占那里的强盗展开激战，最终赶走了他们。崔斯坦登上王座，并与凯丁交上了朋友。几周过去后，他和"白手"伊索德订了婚。崔斯坦希望另一个女人能代替康沃

---

① 阿勒曼尼亚（Alemannia），曾经由日耳曼民族中的阿勒曼尼人居住的地区。他们在三3世纪从美因河盆地开始不断扩张，并且袭击了罗马各省，最终于4世纪开始在莱茵河左岸定居。西班牙语中的Alemania和法语中的Allemagne表示德国，皆是来自对该地区的称呼。
② 阿伦德尔（Arundel），是位于英国英格兰西艾塞克斯郡的一座城市。阿伦德尔拥有悠久的历史，并且以阿伦德尔主教座堂和阿伦德尔城而闻名。

尔王后，平息魔药给他的诱惑，而且他知道"白手"伊索德也爱着他。

可订婚并没有带给他想要的平静。他发现自己既没有爱上未婚妻，也装不出对她的爱，便在绝望中推迟了婚约，出去讨伐进犯国家的强盗，试图以此寻死。但天不遂人愿，他大获全胜，把强盗打得四散奔逃。等他凯旋，结婚的日子就要定下来了。一天晚上，朋友凯丁唆使他一起去冒险，在战斗中，崔斯坦被长矛刺中了胸口。他昏了过去，凯丁把他带回宫殿，伊索德让他恢复了知觉。

所有人都希望崔斯坦能尽快痊愈，但他的伤情并没有好转。有一天，崔斯坦说，只要能把康沃尔的王后请来，他的伤就可以被治愈。凯丁当即动身前往康沃尔，请求王后的救助。一听这个消息，王后就说服了马克国王，让他同意她去阿伦德尔救崔斯坦。国王准许后，王后就立即上路，马不停蹄地翻山渡海，一路直奔乔威林国王的宫殿。

可是，在那里迎接他的不是崔斯坦，而是悲伤的信使："你来得太晚了——他就要死了。"王后让人们把她带到崔斯坦床前，跪在那里，握住情人的手。崔斯坦的手轻轻动了一下，他知道是伊索德来了。崔斯坦睁开眼睛，用充满爱意却十分悲伤的目光凝视着她，随即死去。伊索德王后俯身亲吻崔斯坦，她自己的灵魂也随这一吻逝去。

三天后，人们把他们合葬在遥远的阿伦德尔。

崔斯坦之死（威廉·莫里斯公司，1896）

崔斯坦和伊索德之墓（恩-琼斯爵士，1862）

III

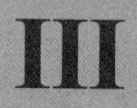

唐豪瑟

TANNHÄUSER

唐豪瑟传奇

窘困的唐豪瑟

一天晚上,高贵的骑士唐豪瑟坐在路边一间不起眼的小旅馆里,埋怨自己命运不济,非但没有成为一介王侯,还沦为了穷困之人。这时,一阵猛烈的敲门声传来,吓得骑士一跳,他一时担心自己是因为欠债要被执法官逮捕。但事实上,来者乃是巴本堡①的弗里德里希公爵,他统治着奥地利多瑙河一带的富庶土地,是唐豪瑟的主君,也一直非常优待唐豪瑟。

公爵先是批评年轻的唐豪瑟欠债累累,屡做蠢事,随后给了他一个装满黄金的钱袋,希望唐豪瑟回到宫廷,因为宫里的人都怀念他的歌声,也期盼能有他作陪。

于是唐豪瑟再次回到宫廷,他不仅在那儿与大家一起作乐,还参加了许多对抗王国外敌的大战,助他的君主取得了胜利。唐豪瑟是主

---

① 巴本堡王朝是奥地利公国的统治王朝,与法国著名的卡佩王朝同属罗伯特王朝的分支。该王朝起家于法兰克尼亚(今德国巴伐利亚州北部)的巴本堡,以此为名,1246年该家族在弗里德里希二世阵亡后绝嗣。

君最欣赏的家臣，因为他既能歌善舞，又骁勇善战。因此，弗里德里希把维也纳附近的美丽庄园利奥波茨多夫送给了唐豪瑟，同时还赠给他一大笔钱。

在霍亨斯陶芬家族①中，腓特烈二世②和之后统治德意志的儿子康拉德③也都欣赏唐豪瑟。吟游诗人从他们手中收到了许多礼物，并献身为他们服务。

虽然唐豪瑟的钱袋日进斗金，但出手阔绰的他总是负债累累。后来，资助唐豪瑟的公爵在莱塔河之战殒命，唐豪瑟深深地悼念恩主，还谱写了许多优美的歌曲来纪念他的恩人。但很快，他的诗又转向了欢快愉悦的主题。唐豪瑟拿上剩下的一点钱，在明媚的夏日间四处游历，走过一座又一座城堡，路过一座又一座城镇。遭人冷落时，他挨过饿，而得到欢迎时，他也会喜不自胜。唐豪瑟游历了巴伐利亚，在音乐环绕的纽伦堡待了一段时间之后，他越过阿尔卑斯山进入意大利，在帕维亚结识了一位日耳曼骑士。

迷人的情歌诗人④吸引了骑士的注意，同时唐豪瑟也迷上了骑士美丽的女儿库尼贡德。就在诗人向自己女儿求婚时，老骑士回答说他

---

① 霍亨斯陶芬（Hohenstaufen）是欧洲历史上神圣罗马帝国的一个王室家族，在12世纪，此家族在德意志政治上扮演重要角色，1138年此家族取得德意志王位。1254年德意志霍亨斯陶芬王朝终结，1268年霍亨斯陶芬家族最后的男性后裔康拉丁在那不勒斯被斩首示众，该家族就此灭绝。
② 腓特烈二世，霍亨斯陶芬王朝复辟后唯一的神圣罗马帝国皇帝，1220年11月22日—1250年12月13日在位。
③ 康拉德四世是神圣罗马帝国皇帝腓特烈二世之子，1237—1254年为霍亨斯陶芬王朝的德意志国王，同时也是西西里国王、耶路撒冷国王和士瓦本公爵。
④ 情歌诗人（minne-singer），Minne是德语中情歌的意思，由于中世纪乐手歌曲主题多涉及爱情，所以有时也会互译为"吟游诗人"。在瓦格纳的同名歌剧《唐豪瑟》中，唐豪瑟便被描述为一位情歌诗人（Minnesänger）。

非常喜欢唐豪瑟，也愿意将女儿嫁给对方，但前提是唐豪瑟得有足够的财力来养活他的女儿。骑士还说，吟游诗人是一门不错的职业，但是没法帮一个家庭供养生计。最后骑士微笑着说道："你的剑术与琴艺都是你可靠的特长，去吧，攒钱建房子，然后我会把库尼贡德嫁给你。"

唐豪瑟告别了他的爱人，他承诺，一年后，会带着一大笔杜卡特①金币回来，和她一起过上幸福的好日子。信心满满的唐豪瑟认为自己一定能实现诺言。

克林索尔和忠臣埃克哈特

唐豪瑟骑着马伤心地离开了恋人，但天气确实那么晴朗，鸟儿唱得也是那么欢快，唐豪瑟的坏心情因此很快消散。只要有一位观众能欣赏他的歌曲，唐豪瑟便会放声歌唱。虽然他创作的音乐甜美而欢快，可他没能因此赚到一块黄金。于是他想拿起宝剑争取功名，并在康拉德国王的大旗下与"教皇之敌"海因里希·拉斯普作战，最终帮助国王赢得了乌尔姆②之战的胜利。唐豪瑟因其表现得到了康拉德慷慨的回报。然后他回到意大利，在那里为霍亨斯陶芬家族而战，借此再次拿到了丰厚的报酬。

不久之后，他找到了一座有许多骑士聚集的城堡，打算在那里过

---

① 杜卡特，意大利威尼斯铸造的金币，12—13世纪时在威尼斯共和国开始使用，由于其便于铸造、携带、整理，价值又高，在中世纪欧洲受到很大欢迎。也常见于荷兰的金银币。
② 乌尔姆（Ulm），德国巴登—符腾堡州的一座城市，位于多瑙河畔。

夜。晚饭后，他吟唱的吟游诗令每个人听了都心情畅快。但他刚停下歌声，会场便走进一个陌生人，他穿着绣有金色纹饰的黑衣，戴着装饰黑色羽毛的帽子，手里还拿着一架竖琴。男人坐下后，便开始弹琴、歌唱，他的嗓音深沉有力，悦耳动听。不仅如此，男人的歌声似乎还有着奇异的效果，观众听到他的音乐就浑身不适，但又不知原因为何。表演结束后，困惑的客人们面面相觑。

唐豪瑟抛却他身上那种莫名的感受，拿起竖琴，唱了一首关于林鸟花草的欢快小调。很快，他和其他客人都恢复了往常愉快的心情。演奏完歌曲后，唐豪瑟开始与众人玩骰子。唐豪瑟赢了一大笔钱，但他立刻又把钱输给了那个黑衣陌生人，不止如此，还有些用来结婚的钱也被唐豪瑟赔进了赌注。

第二天，唐豪瑟离开城堡时，黑衣陌生人和他一起走出城门，并和他待了一整天。天黑之前，唐豪瑟身上所有的钱都被陌生人赢走了。

看到唐豪瑟悲伤的样子，陌生人笑着说："别因为失去这么点金币就苦着脸，跟我一起去瓦尔特堡吧，赫尔曼伯爵在那儿召开了一场吟游诗人歌艺大赛，在这场比赛获奖的人可以得到土地和财富，但要是输了比赛则要掉脑袋。我叫克林索尔，来自匈牙利，我愿意和你结盟。你的歌宛如极乐的天堂，而我的歌则似恐怖的地狱，如果我们成功了，你可以获得财富——而我将夺取那些失败者的脑袋。不过，要是输了的话，我们也会被处死，要么上天堂，要么下地狱，但这两种死法又有什么区别呢？你看你，一听我这样说就像个懦夫一样不寒而栗，因为你相信地狱就像牧师告诉你的那样，是一片遍布火焰与硫黄的地方。但事实上，那是维纳斯女爵的王国，她能让你享受这世上最极致的快乐，还会赠给你大笔的金银。如果你对这次歌艺大赛并无兴趣，可以在去瓦尔特堡的路上拜访美丽的女王，因为她住在霍塞尔堡，而无论

身处埃克哈特和维纳斯之间的唐豪瑟

如何我们都会经过那里。"

听完同伴的话,唐豪瑟浑身战栗。于是克林索尔接着又描述了富丽堂皇的霍塞尔堡,介绍了魅力非凡的维纳斯女爵,唐豪瑟听后一时鬼迷心窍,越来越渴望面见女爵本尊,便与这位陌生的伙伴上路了。此时他已经忘记,或者是快要忘记自己心爱的库尼贡德了。

当旅行者们接近图林根山脉时，有一个身材高大，仪表堂堂的男人加入了他们。此人身着铠甲，腰间系着剑，手里还拿着一根白色的手杖。三人同行时，大家互相吐露自己的身份和来历。

新来的同伴说："人们称我为忠臣埃克哈特，抚慰哈伦格兄弟之人，因为我照顾了两位高贵而年轻的王子很多年。但是，唉！坏事做尽的厄门里希和奸邪的西比奇趁我不在的时候杀死了他们，我所能做的就是替死去的他们报仇。"

"哈伦格兄弟，厄门里希、西比奇，"唐豪瑟若有所思地复述道，"那一定是很久以前的事了。"

"从那时起算的话，可能已经有三四百年甚至更久了，"埃克哈特回答说，"我升为圣徒后，很难用凡人们的算法计数时间，总之很久以前，我就一直忙着警告人们远离维纳斯山。"

克林索尔突然大笑起来，喊道："别说话了，老傻瓜，所以你是一个污蔑维纳斯夫人的白痴。"

"滚到我身后去，诱人上当的骗子，"埃克哈特说，"我要把这位优秀的骑士带到瓦尔特堡去，在那里他可以赢得荣耀和财富。"

"我还是打算把他留在我们王后的宫殿里住宿。"克林索尔答道，他轻快地向山上走去。

吟游诗人和埃克哈特一边交谈一边慢步前行，最后他们来到美丽的霍塞尔。走过茵茵草地、葱郁绿树和流淌的小溪后，他们见到了一处荒山，山中传来各种混杂的声音，有像海浪拍打礁岸的声音，还有水磨的轰鸣声，人类愤怒的叫声和野兽的嚎声。

"那就是霍塞尔堡，"埃克哈特说，"也就是维纳斯夫人的宫廷。把你的眼睛和耳朵都闭上，以免维纳斯将你诱惑进她的圈套中。"

维纳斯夫人

旅行者们离山越近,他们最初听到的混乱杂音就变得越来越协调悦耳。透过岩石上的一扇门,他们可以看到宫里的骑士、美女和小矮人,所有人似乎都玩得很开心。门口坐着一个身穿皇袍的美人,美人一看到唐豪瑟,就笑了笑,示意让他走近。与此同时,埃克哈特不断吟诵圣人的诫言,恳请唐豪瑟小心诱惑他的女人,他说维纳斯虽然貌如天使,但内心却是恶魔的化身。他本还想多说些,但维纳斯打断了他的话,她开始唱起一首美妙的歌,将她王国里等待来客享用的乐趣全都娓娓道来。唐豪瑟仿佛中了魔一样,把埃克哈特推到一边,急忙走到美丽皇后面前。维纳斯向他伸出双臂,拽着颤颤巍巍的唐豪瑟跨过门槛。随后大门关上,虔诚的圣人埃克哈特再也见不到唐豪瑟了。

骑士在无数仙境与狂欢中迷失了自己,他看到的美景与听到的仙乐多到难以言尽。虽然每一天这里都有令唐豪瑟极其享受的新乐子,但骑士最后还是开始感到厌倦。他承认,自己享用的这份安逸并不令他幸福。他担心自己堕落,害怕一直过着这样自我放纵的生活。唐豪瑟的良知再一次苏醒,他因此心神不宁。经过一番内心的斗争,他决定去找一位虔诚的牧师,把一切都告诉他,并恳求他告诉自己怎样才能得到赦免。

下定决心的唐豪瑟感觉心情畅快多了,他去见维纳斯夫人,请她允许自己离开。起初维纳斯并不同意,但她随后应允了,并说如果唐豪瑟依然一无所获的话,可以回到她身边。于是唐豪瑟走出大门,呼吸甜美而新鲜的空气。因为许久没呼吸到如此纯洁的空气,唐豪瑟最初几分钟几乎喘不过气来。随后唐豪瑟继续赶路,他心中有着许多不祥的预感:他到底能不能找到一个可以帮助他的牧师。

唐纳德将离开维纳斯夫人

唐豪瑟把自己的故事讲给牧师、修道院院长和主教听，但他们都宣称自己没法帮助他，因为若有人犯下勾结地狱恶灵的重罪，只有罗马的圣父教皇有能力赦免罪行。

唐豪瑟去了罗马，他在花园里发现教皇正在散步，于是他向教皇忏悔了他所有的罪过，也倾诉了心中所有的哀伤。唐豪瑟怀着一颗破碎而懊悔的心等待着教皇的回答。但教皇却竖起眉毛，用严厉而刺耳的声音回答说："你侍奉被诅咒的霍亨斯道芬家族①，还曾和地狱里的迷失灵魂住在一起，沦为了他们中的一员；我可以很明白地告诉你，上帝不能原谅你，就像这根干枯的手杖不能再长出叶子和花朵一样。"说着，他把自己顶端镶金的手杖插到地上，从唐豪瑟身旁离去。

唐豪瑟随后痛苦地喊道："我该怎么办呢？耶和华的大神父已经抛弃了我，天堂的大门已经对我关上，我再也没法作为正常人生活下去了。"

这时，不知是谁插嘴说道："这里还有比教皇地位更高的神父，他虽然住在天堂，也来到凡间帮助凡人赎罪，他会说：'所有疲惫痛苦的迷途之人，到我这来，我会让你们找到安宁的。'"

唐豪瑟以为是听到自己说话，他吓了一跳，转过身来，看见了虔诚的圣人埃克哈特。

"唉，"他回答，"如今为时已晚，我不能，也不敢再祈祷了。现在我要回到维纳斯夫人身边，重新享受她给我的快乐了。"

于是，他不顾埃克哈特的恳求，回到霍塞尔堡去了，因为唐豪瑟已经完全绝望了。

三天后，教皇又在花园里散步，他惊讶地发现插在地上的手杖生

---

① 历史上霍亨斯道芬家族多次侵略意大利，引发罗马教皇的不满，而皇帝和教皇尖锐的矛盾也是其家族覆灭的原因之一，所以教皇在此会如此咒骂霍亨斯道芬家族。

出了根，长出了叶子，也开出了花。教皇想起了救主耶稣的话："你们要慈悲，就像你们在天堂的圣父一样慈悲。"①于是他派出几位使者去寻找唐豪瑟。但他没能成功，因为唐豪瑟已经回到维纳斯夫人那里了。

唐豪瑟回到维纳斯夫人身边

---

① 出自《新约》中的《路加福音》第六章第22节。

尔文
趣物博思 科学智识

官方小红书：尔文 Books
官方豆瓣：尔文 Books（豆瓣号：264526756）
官方微博：@ 尔文 Books

图书在版编目（CIP）数据

中世纪史诗与浪漫主义/(德)威廉·瓦格纳纂；(英)W.S.W.安森等编；庆铸译. —— 成都：四川人民出版社，2024.5
ISBN 978-7-220-13522-4

Ⅰ.①中… Ⅱ.①威… ②W… ③庆… Ⅲ.①民间故事—作品集—欧洲—中世纪②神话—作品集—欧洲—中世纪 Ⅳ.①I507.3

中国国家版本馆CIP数据核字（2024）第051310号

ZHONGSHIJI SHISHI YU LANGMAN ZHUYI
中世纪史诗与浪漫主义

（德）威廉·瓦格纳 纂　（英）W.S.W.安森等 编　庆铸 译

出版人	黄立新
策划组稿	赵　静
责任编辑	赵　静
特约编辑	杨　婧
营销编辑	荆　菁
版式设计	张迪茗
封面设计	张　科
责任印制	周　奇
出版发行	四川人民出版社（成都市三色路238号）
网　　址	http://www.scpph.com
E-mail	scrmcbs@sina.com
新浪微博	@四川人民出版社
微信公众号	四川人民出版社
发行部业务电话	（028）86361653　86361656
防盗版举报电话	（028）86361661
照　　排	四川胜翔数码印务设计有限公司
印　　刷	成都东江印务有限公司
成品尺寸	145mm×210mm
印　　张	15.25
字　　数	366千
版　　次	2024年5月第1版
印　　次	2024年5月第1次印刷
书　　号	ISBN 978-7-220-13522-4
定　　价	98.00元

■版权所有·侵权必究

本书若出现印装质量问题，请与我社发行部联系调换
电话：（028）86361656